Silvia Herzog

Das Weltenportal

Teil I – Die Schülerin

Die Elfe ElAya wächst am Mondsee auf. Ihr Leben ist nicht einfach. Weder sieht sie aus wie die anderen Mondelfen, noch besitzt sie deren Wesen.

Sie ist noch ein Kind, als der Zeitpunkt kommt, an dem es für sie lebensgefährlich wird. Sie muss fliehen. Alleine und auf sich gestellt begibt sie sich auf eine gefährliche Reise.

Es gelingt ihr tatsächlich, ihr Volk zu finden. Sie wähnt sich am Ziel, doch hier beginnt ihr Weg erst. Eine uralte Prophezeiung erfüllt sich und ElAya lernt das Andersland kennen und muss sich einer Ausbildung unterziehen, die ihr mehr abverlangt, als sie sich jemals vorstellen konnte. ElAya hat alles verloren und so viel gewonnen; sie trifft Lup, den besten Freund aller Welten; einen jungen Wolf mit seidigem Fell und scharfem Verstand.

Zusammen reisen sie ans Ende der Zeit, um den letzten Drachen für ihre Sache zu gewinnen. Werden sie im Kampf gegen die Ungeheuer siegen?

Für Chiara

Kapitel 1

ElAya fasst einen Entschluss

ElAya saß auf ihrem Lieblingsfelsen und warf wütend Steine in den See zu ihren Füßen. Heiße Tränen liefen über ihre Wangen. „Warum nur, warum?", fragte sie sich wohl zum tausendsten Mal, „war sie so anders als die anderen?" Heute waren sie wieder einmal ganz besonders gemein zu ihr gewesen. „Ei, ei, Aya, ElAya, fieser Braunling, seht nur, wie sie aussieht, wie die Erde, ein Braunling eben, fieser, fieser Braunling, Braunling." Mit ihrem Spottlied hatten die anderen Elfenkinder sie kreuz und quer durch den Wald gejagt. Wieso nur hatte sie diese Farbe? Braun wie die Erde, nicht weiß und silbern schimmernd, ja fast durchsichtig wie die der anderen Kinder. Und dann ihre Haare! In langen rotbraunen Locken fielen sie ihr über die Schultern, so dicht, dass es keinen Sinn machte, sie zu verstecken, selbst unter einer Mütze sah man sie noch. ElAya war zornig. Und ihre Eltern schämten sich nur für sie. Dass diese Haare eine Plage waren, wollten sie nicht einsehen! „Nun ja, ändern würde es am Verhalten der anderen sowieso nichts!" Da hatten sie leider recht.

Wenn sie ihr nur ein einziges Mal geholfen hätten, wenn die anderen Kinder sie jagten und verspotteten. Aber sie taten es nie, niemals! Zu groß war ihre eigene Verzweiflung, weil ihre einzige Tochter ein Monster war!

Sie sah in den Spiegel des Sees. Ein tiefer Seufzer kam aus ihrem Innersten. Keine andere Elfe sah aus wie sie. ElAya wusste von keiner, die ihr auch nur ähnlich sah, oder ihr Wesen besaß. Es waren ja nicht nur die Haare, ihre Haut glänzte wie flüssiges Gold, ihre Lippen besaßen die Farbe von überreifen Hagebutten, sie war groß und kräftig, zumindest im Vergleich zu den anderen zarten, schönen, silbrigen Elfen, die sich leise und sacht vorwärts bewegten. Bei Nacht schimmerte deren Haut wie das Licht, das der Mond auf den See warf. ElAya fühlte sich so unendlich einsam!

Heute war es noch schlimmer gewesen als sonst. Die schöne Esbarell hatte sogar einen Stein nach ihr geworfen. Dass sie das wagten! Die Grausamkeiten waren schlimmer geworden und damit auch die Gefahr. Sie musste von hier weg. Keiner würde sie beschützen oder verteidigen und wer wusste schon, ob Esbarell oder eines der anderen Elfenkinder das nächste Mal nicht besser treffen würde.

Wohin sollte sie nur gehen, fragte sie sich wieder und wieder. Sie kannte nichts, als diesen Wald mit dem wunderschönen See. Hier war sie geboren und aufgewachsen. Den Wald kannte sie nur bis zu der Stelle mit der sprudelnden Quelle. Obwohl sie sich sicher weiter vorgewagt hatte als die anderen, wusste sie nicht, was sie fern des Waldes erwarten würde. Ob die Geschichten der Alten wohl stimmten? Gab es jenseits dieses Ortes wirklich riesige Ungeheuer, schwarze Schatten, Riesen und all die anderen grausigen Dinge? ElAya schüttelte sich „brr", aber dann fasste sie einen Entschluss. Sie würde von hier weggehen! In der Welt gab es bestimmt viele unbekannte Gefahren. Doch war es hier etwa besser? Der einzige Unterschied· schien ElAya im Moment, dass sie die Gefahren hier kannte und dort nicht. „ElAya", selbst ihr Name klang sonderbar. Sie war eine Fremde unter den Mondelfen, die bei Nacht lebten und die Sonne mieden, genau wie sie auch sie mieden. ElAya hatte ihre Entscheidung getroffen! Noch am Morgen, wenn die anderen schlafen gingen, würde sie diesen Ort für immer verlassen.

Still saß die kleine Elfe nun auf ihrem Felsen und traf im Geist Reisevorbereitungen. Was sollte sie mitnehmen, um in der ihr unbekannten Welt überleben zu können? Sie würde alles alleine tragen, also musste sie sich auf das Nötigste beschränken. Ihr Steinmesser, eine Decke, Ersatzkleidung, Waschzeug und ihren Sammelbeutel. Jäh hielt sie inne. Ihr Stein, es war völlig ausgeschlossen, die Reise ohne ihren Stein anzutreten. Verzweiflung kroch in ihr hoch und nahm ihr den Atem. Sie hatte ihren Stein nur ein einziges Mal gesehen, aber sie wusste, um seine Bedeutung. Keinesfalls konnte sie auf ihn verzichten.

„Nein, nein und nochmals nein!", rief sie zornig, „ich muss eine Möglichkeit finden, ihn zu bekommen. Und dieses Mal wird mich nichts aufhalten", knirschte sie wütend.

Schon einmal nämlich hatte ElAya versucht, ihren Stein aus dem Heiligtum der Elfen zu entwenden. Mit großer Bitterkeit dachte sie daran zurück. Mitten am Tag war sie damals zum Heiligtum gegangen. Sie war sich so sicher gewesen, dass alle Elfen schliefen. Aber dann war plötzlich dieser Alte aufgetaucht. Rodebar! So ein Verräter! Jawohl! Nicht genug, dass sie den Stein noch nicht einmal berühren durfte, oh nein, der Alte hatte sofort angefangen, so laut zu schreien, dass alle aufgewacht waren. Niemals würde ElAya diesen Tag vergessen. Hell schien ihr die Sonne ins Gesicht, als die anderen Elfen angerannt kamen und mit den Fingern auf sie zeigten und zischten: „ElAya wollte das Heiligtum entweihen!" Dann war die Hölle losgebrochen. Der Gedanke daran ließ ihr noch heute das Blut in den Adern gefrieren.

Alle hatten gleichzeitig auf sie eingeschlagen und erst als sie schon bewusstlos auf dem Boden lag, hörten sie endlich damit auf. ElAya erinnerte sich noch immer an das schreckliche Lied in der seltsamen Sprache, welches die Alten angestimmt hatten. Scharf wie Messer waren die unheimlichen Laute in ihren Kopf gedrungen und hatten sie fast wahnsinnig gemacht. ElAya bekam keine Luft mehr wie stets, wenn sie daran zurückdachte.

Nach einer Weile wurde ihr Atem wieder ruhiger, wie immer. Bisher wusste sie keine Möglichkeit, etwas gegen die Erinnerungen zu unternehmen. Von Zeit zu Zeit überfielen sie diese und lähmten sie für eine Weile. Sie war daran gewöhnt, wie an alles andere auch!

Die Elfen hatten ElAya schließlich auf der Lichtung liegen lassen, wund und zerschunden, leer, einsam und bewusstlos. So fand der Rabe Balduin, ElAyas einziger Freund, sie schließlich. Keiner der anderen war gekommen, um nach ihr zu sehen. Sie hätten sie dort sterben lassen, das wusste ElAya. Dank Balduins Hilfe aber war sie irgendwie zum See gekommen. Der Mondsee besaß heilendes Wasser. ElAya verstand bis heute nicht, wie ihr Freund, der Rabe, es geschafft hatte, sie dorthin zu bringen! Er war ihr Lebensretter! Sie würde eine Flasche des Wassers mit auf ihre Reise nehmen.

ElAya hoffte, Balduin würde ihr auch dieses Mal helfen. Er war seit diesem Tag nicht gut auf die anderen Elfen zu sprechen, aber in der Regel versuchte er trotzdem keinen Streit mit ihnen anzufangen. Balduin war eine herzensgute Seele und Harmonie bedeutete ihm sehr viel. ElAya hoffte, sie würde ihn dazu überreden können, ihr trotzdem zu helfen. Leider war es mitten in der Nacht und dem Raben war nicht nur die Eintracht wichtig, sondern auch seine Nachtruhe. ElAya seufzte tief. Sie musste es trotzdem versuchen, die innere Unruhe, die immer stärker wurde, gemahnte sie zur Eile. Ein weiterer Tag könnte durchaus tödlich für sie enden.

Kapitel 2

Der Elfenstein

Jede Elfenmutter ging in den Heiligen Turm, fünf Tage, bevor das Elfenkind zur Welt kam. Was dort genau geschah, das wusste ElAya nicht, nur, dass jedes Elfenkind mit einem Stein zur Welt kam. Wieso und warum, oder was es mit dem Stein auf sich hatte, das hatte sie niemals in Erfahrung bringen können. „Du wirst es erfahren, wenn deine Zeit gekommen ist in den Turm zu gehen!" Stets hatte sie die gleiche Antwort auf ihre Fragen erhalten.

Der Stein war in jedem Fall sehr wichtig und ein Teil von ihr. Jedes Elfenkind ging fünf Tage vor seinem 13. Geburtstag ebenfalls in das Heiligtum. Dort geschah etwas mit dem Stein, danach gab es ein großes Fest und die Elfe war dann kein Kind mehr, sondern vor-erwachsen, richtig erwachsen wurde man erst mit 21 Jahren. Eine Elfe war dann in der Lage, sich magisch und sehr schnell fortzubewegen. Aber schon mit 13 Jahren taten die „Großen" den Kleineren gegenüber ganz besonders geheimnisvoll und wichtig wie die richtigen Erwachsenen eben auch.

ElAya schnaubte vor Wut. Immer diese verflixten Heimlichkeiten, keiner sagte ihr irgendetwas! Sie erinnerte sich an Korbas Steinfest. Sie hatte wunderschön ausgesehen in ihrem Sternenkleid. Ein trauriges Lächeln breitete sich auf dem Gesicht der kleinen Elfe aus. Sie würde wohl nie erfahren, was im Turm geschah. Sie würde aber Ihren Stein von dort wegholen und mitnehmen. Er gehörte ihr und nicht diesem Volk, das niemals das ihre gewesen war und es auch nie sein würde.

Es ging auf Mitternacht zu, als ElAya bei der alten Linde ankam, die Balduins Nachtquartier war. Die kleine Elfe setzte sich unter den alten Baum, um zu überlegen, was sie nun tun sollte. Wenn Balduin gar zu schlechte Laune hatte, würde er ihr vielleicht nicht helfen. Noch während sie grübelte, und versuchte, sich einen Plan zurechtzulegen, kam ihr der Zufall zu Hilfe. Eine Wildschweinfamilie raste laut grunzend und Blätter aufwirbelnd unter der Linde hindurch. Balduin begann vor lauter Schreck mit den Flügeln zu schlagen. Seine Schimpftirade konnte sich wirklich hören lassen, stellte ElAya zufrieden grinsend fest.

Ihr Freund sah ungläubig zu ihr hinunter: „Was in drei Teufels Namen machst du denn hier?", er war noch immer ziemlich wütend, aber ElAya bemerkte sehr wohl, dass sich schon ein leises Lächeln in seine Züge stahl, als er mit ihr sprach.

Sie druckste zuerst ein wenig herum, dann aber nahm sie all ihren Mut zusammen und erklärte Balduin, worum es ging.

Ungläubig starrte sie ihn an, als er sofort und ohne lange zu überlegen erklärte, dass es ihm ein großes Vergnügen wäre, ihr zu helfen. Was war denn mit Balduin los, sonst überlegte er immer Stunden, bevor er eine Entscheidung traf, zumal wenn es sich um eine handelte, bei der es Ärger für ihn geben konnte.

Schon oft hatte ElAya darüber nachgedacht, wie es sein konnte, dass ein Vogel dieser Größe, denn Balduins Spannweite war beträchtlich, wenn er sich in die Lüfte erhob, oft so zaudernd und vorsichtig sein konnte. Versonnen dachte sie an Balduin im Flug. Es sah majestätisch aus, wenn seine schwarzen, glänzenden Schwingen von der Sonne beschienen über ihr schwebten. Sein gelber Schnabel glänzte dann meist golden. Sie rief sich zur Ordnung, sie hatte jetzt Wichtigeres zu tun, als in sentimentalen Erinnerungen zu versinken.

Das Glück war ihr hold, denn Balduin hatte sich fürchterlich mit dem widerlichen Rodebar gestritten. Dieser dumme, eingebildete Elf hatte dem Raben das Recht auf seine Lieblingsfrüchte, die Hagebutten, streitig machen wollen. Rodebar war wirklich ein unersättliches Scheusal, als würden die Hagebutten von diesem besonderen Strauch nicht für alle beide reichen. Aber ElAya sollte es dieses Mal ganz recht sein, hatte sie so doch den aufgebrachten Balduin auf ihrer Seite.

Sie fand es zu ärgerlich, dass der Elfenrat nach der Geschichte mit ElAya und dem angeblichen Diebstahl, den Beschluss gefasst hatte, eine Wache vor dem Heiligtum aufzustellen. Bei diesem Gedanken schoss ihr wieder einmal die Zornesröte ins Gesicht, sie hatte sich ihren Stein nur ansehen und ihn nicht einmal berühren wollen. ElAya seufzte tief. Sie musste einen Weg finden, die Wache zu umgehen. Wieder und wieder rief sie sich den Heiligen Hain in Erinnerung, aber es gab, soweit sie sich erinnerte, nur einen einzigen Eingang. Plötzlich fiel ihr etwas ein, natürlich, sie schlug sich die Hand vor die Stirn, dass sie nicht schon längst darauf gekommen war. Das Heiligtum musste ein Fenster im Dach haben. Das Dach sah aus wie ein abgeschnittener Kegel. ElAya wusste es genau, sie erinnerte sich an das Tageslicht, das ihren Stein angestrahlt hatte. Die Wände aber, und da war sie sich ebenfalls sicher, besaßen nicht den kleinsten Ritz. Ob Balduin sie auf das Dach bringen konnte, ohne dass jemand etwas davon mitbekam? ElAya legte die Stirn in Falten, wie immer, wenn sie angestrengt nachdachte.

Balduin versprach, am Morgen, wenn die Elfen sich schlafen gelegt hätten, mit ihr loszufliegen. ElAya würde alles besorgen, was sie für ihr Vorhaben brauchte. Sie verabschiedete sich von Balduin und lief über einen Umweg nach Hause, damit sie möglichst keiner sah. Eine Weile beobachtete sie das Haus, in dem sie lebte, bevor sie eintrat. Sie wollte sichergehen, dass niemand zu Hause war. Um diese Zeit gingen ihre Eltern in der

Regel ihrer Arbeit nach, aber man konnte nie wissen. ElAya sah sich um. Sie packte alles, was sie für die Reise mitnehmen wollte, in einen Rucksack und ließ ihren Blick noch einmal über die vertrauten Mauern und Gegenstände wandern, dann ging sie. Sie würde nicht mehr zurückkehren. ElAya schluckte. Trotz allem, was sie hier erlebt hatte, fiel ihr der Abschied schwer. Sie sah sich ein letztes Mal um, dann nahm sie ihr Bündel und ging den üblichen Schleichweg durch den alten Rosengarten hinaus in den Wald zu ihrem Versteck. Viele Stunden hatte sie hier zugebracht. Bevor sie ihr Bündel endgültig schnürte, wollte sie noch Wasser vom See holen.

Zurück vom See verstaute sie die Flasche mit dem Wasser so, dass sie nicht zu Bruch gehen konnte. Sie benutzte einen alten Schal ihrer geliebten Großmutter, in den sie die Flasche vorsichtig einwickelte. Nun begann der schlimmste Teil ihrer Reisevorbereitungen. Tief in einem holen Baum versteckt, lag ein kleines, silbernes Kästchen. All die Jahre, seit es dort verborgen war, hatte sie es ein einziges Mal hervorgeholt. Der Anblick schmerzte so sehr, sie konnte es kaum ertragen. Das Bild der Kette und des Büchleins in der silbernen Kassette, war tief in ihr eingebrannt. Sie musste das Kästchen nicht öffnen, um zu wissen, was der Anblick auslöste. Denn darin befanden sich die Sachen der einzigen Elfe, die ElAya je geliebt hatte: ihrer Großmutter. Diese war nun schon seit mehr als sechs Jahren tot. ElAya vermisste sie noch immer wie am ersten Tag.

14

Die Erinnerungen an das geliebte Gesicht verblassten immer mehr, sie konnte nichts dagegen tun. Sie war noch nicht einmal ganz vier Jahre alt gewesen, als ihre Großmutter in den Bergen gestürzt war. Sie musste wohl sofort tot gewesen sein. Mehr wusste ElAya nicht. Danach fragen, das konnte sie nicht. Und von sich aus hatte keiner etwas erzählt. Ihre Mutter sprach nie über die Großmutter und ihr Vater ebensowenig.

Das Buch enthielt das gesammelte Kräuterwissen der alten Elfe. Die Kette hatte sie stets getragen. Das Kästchen war neben der aufgebahrten Leiche gelegen. Ohne lange zu überlegen, hatte ElAya es an sich genommen. Das war sicher nicht richtig von ihr gewesen, aber all die Jahre hatte sie trotzdem das Gefühl gehabt, ihre Großmutter würde es so gewollt haben. Trotzdem, hatte sie es nie gewagt, die Dose zu öffnen. Jetzt holte sie die Schatulle hervor. Der Deckel mit den eingravierten Ornamenten schimmerte im Licht und ElAya kam es vor, als würden sich die kleinen kunstvollen Blüten leicht im Wind bewegen. Auch das Kästchen wickelte sie in ein weiches Tuch. Sie legte es zuunterst in ihren Beutel.

Den Stein würde sie sich um den Hals hängen, dafür hatte sie schon einen kleinen Lederbeutel vorbereitet. Nun war alles in ihrem Rucksack, was sie mitnehmen wollte und konnte. Sie schnürte das Bündel zu und versteckte es in dem Hohlraum des alten Baumes. Sie würde versuchen, sich noch ein wenig auszuruhen, bevor es Tag wurde. Aber ihre Gedanken drehten sich immerzu im Kreis, an Schlaf war nicht zu denken.

Kapitel 3

Der Diebstahl!?

Balduin und ElAya trafen sich wie verabredet an der dritten Ulme. Balduin sollte erst einmal einen Erkundungsflug ohne ElAya unternehmen. Sie mussten herausfinden, ob ihre Erinnerung stimmte und wer von den Elfen Wachdienst schob. Als der Rabe zurückkam, sah ElAya sein Grinsen schon von weitem. Und wirklich, es gab ein Fenster im Rund des Daches. Und es wurde sogar noch besser. Zeralon hatte Wachdienst und der war die größte Schlafmütze, die man sich nur vorstellen konnte, Zeralon würde bald in tiefen Schlaf fallen. Blieb noch die Frage, wie sie das Fenster aufbekommen sollte. ElAya beschloss, diese Frage einstweilen zu vertagen.

Als Balduin meldete, dass Zeralon tief und fest schlief, machten sich die beiden auf den Weg. Die kleine Elfe klettere auf den Rücken des Raben. „Halte dich an meinem Hals fest. Drück mir aber bitte nicht die Luft ab!" Balduin breitete seine mächtigen schwarzen Schwingen aus. Er erhob sich mit einem sanften Rauschen in die Lüfte. ElAya schnappte entsetzt nach Luft, dann breitete sich ein verzücktes Strahlen über ihr Gesicht aus und sie begann leise zu lachen. Es war wundervoll, so durch die Lüfte getragen zu werden. Balduins Gefieder war seidig und weich, ElAya fühlte sich geborgen und beschützt, ein Gefühl, das sie nur aus der Zeit kannte, als ihre Großmutter noch gelebt hatte.

Viel zu schnell setzte Balduin ElAya auf dem Rand des Daches ab. Sie seufzte leise und stieg von seinem breiten Rücken. Der Rabe half ihr, das Fenster, das mehr einer Luke ähnelte, zu öffnen. Gemeinsam stemmten sie sich gegen den rostigen, alten Riegel. Er war lange nicht benutzt worden. Es gab ein schabendes Geräusch, als er nachgab. ElAya und Balduin hielten entsetzt die Luft an. Doch niemand wurde wach, was für ein Glück.

Nach einer Viertelstunde würde Balduin sie wieder abholen. So war es abgemacht. Es war ihnen sicherer erschienen. Ein nicht schlafender Elf könnte Balduin auf dem Dach entdecken, dieses Risiko wollten sie nicht eingehen. ElAya hatte also 15 Minuten. Entschlossen knotete sie das mitgebrachte Seil am Rand der Luke fest. Sie prüfte den Sitz. Es würde halten. Dann kletterte sie nach unten in die Dunkelheit.

Nun zahlte sich die Jagd der Anderen auf sie aus. ElAya war schnell. Noch an den unmöglichsten Gebilden konnte sie hoch und auch wieder herunterklettern. Unten angekommen, sah sie sich kurz um. Sie sah den Ort genau vor sich, an dem ihr Stein lag. Wie könnte sie diesen Anblick je vergessen. Auch dieses Mal erlag sie sofort seinem Zauber. Staunend und ehrfurchtsvoll stand sie ein paar Minuten völlig reglos da. Dann besann sie sich, sie durfte keine Zeit verlieren. Schnell nahm sie den kostbaren Stein an sich. Er schimmerte in allen Farben des Regenbogens. Schon damals, als sie ihn das erste Mal gesehen hatte, war ihr das aufgefallen. Die anderen Steine schimmerten wie der Mond. Nur ihr Stein leuchtete wie der Regenbogen.

ElAya nahm den Stein vorsichtig in ihre Hände. Ein nie erfahrenes Glücksgefühl durchströmte sie. Sie hielt ihn fest und sog alles in sich auf. Behutsam legte sie den schimmernden Stein in den mitgebrachten Lederbeutel. Dann band sie den Beutel um ihren Hals, prüfte den Knoten und steckte ihn ehrfürchtig unter ihr Gewand.

Mut breitete sich in ihr aus. Voller Zuversicht machte sie sich an den mühevollen Aufstieg. Keine Sekunde zu spät kam sie oben an. Balduin landete gerade. ElAyas Gesicht strahlte so glücklich, wie Balduin es noch nie gesehen hatte. Er ließ sie aufsteigen und brachte sie zu der großen Linde. ElAya stieg verträumt ab.

Nach einer kleinen Ewigkeit erinnerte sich die kleine Elfe an ihr Vorhaben. Sie schluckte schwer. Nun war es Zeit, Abschied zu nehmen. Sie umarmte ihren Freund Balduin ein letztes Mal. In den Augen der beiden glitzerten Tränen. Bevor sie nun anfangen würden zu heulen, drehte sich ElAya um, schulterte ihr Bündel und ging in den dunklen Wald davon.

Der Rabe Balduin war der einzige Freund, den sie je gehabt hatte. Tränen liefen über ihre Wangen, aber sie blickte nicht zurück.

Kapitel 4

Zwerge

ElAya war schon ein paar Stunden unterwegs. Sie beschloss, eine kurze Pause einzulegen. Ihre Beine taten weh und ihr Magen knurrte. Ein Stück abseits stand ein großes Himbeergestrüpp. Sie pflückte so viele der saftigen Beeren, wie in ihr Beutelchen passten. Damit setze sich unter einen Baum. Sie wollte gerade beginnen, die Beeren zu verspeisen, als sie eine seltsame Stimme vernahm. „Was machst Du hier?", tönte es dunkel und dumpf hinter ihr. Ein kleines dickes Wesen mit einem langen, grauen Bart stand vor ihr. Ein Zwerg. Der erste, den ElAya in ihrem Leben sah, bisher hatte sie nur von ihnen gehört. Der vor ihr trug eine dunkelgrüne Hose und ein braunes hemdartiges Oberteil. Seine Füße waren riesig und er trug derbe, dunkelbraune Stiefel. Das Erstaunlichste an ihm aber waren seine Ohren. Sie standen waagerecht vom Kopf ab, unglaublich groß und vollständig behaart. Auf seinem Kopf saß eine seltsame Mütze aus alter, verfilzter Wolle. „Was machst du hier?", wiederholte der Zwerg. ElAya begann zu stottern: „Mein Name ist ElAya und ich komme vom Mondsee!" Der Zwerg schaute die kleine Elfe ärgerlich an: „Komm mit!"

Der Zwerg Oleor brachte ElAya in eine Höhle, tief in dem großen, alten Baum. „Erzähl!", forderte er sie auf. Und ElAya erzählte, woher sie kam, was sie suchte und wie lange sie schon unterwegs war. Die Hoffnung der kleinen Elfe war es, ein anderes Elfenvolk zu finden, bei dem sie würde leben können.

„Geh zu den Elfen im Moor!". Oleors Sätze waren stetes kurz. Er bellte sie eher, als dass er sie sprach. - „Wohin?", fragte ElAya verdutzt. Der Zwerg konnte es nicht glauben. Wie dumm war dieses Elfenkind? Sie kannte die Moorelfen nicht! Das tat ElAya tatsächlich nicht. Schließlich erzählte Oleor mürrisch und knurrend: „Es ist nur einige Tagesreisen von hier entfernt. Ich war selbst oft dort. Die Moorelfen haben die Gabe der Hellsicht. Sehr nützlich!" Dann verstummte er. Auf ElAyas Fragen antwortete er nicht. Es schien, als hätte er vergessen, dass sie noch neben ihm stand. Er hing seinen eigenen Gedanken nach. Nach einer Weile erhob sich der Zwerg und verließ die Höhle, ohne ElAya weiter zu beachten. Ihr „Wo gehst du hin? Halt! So erzähl mir doch, wie ich diese Moorelfen finde!", verhallte ungehört. Frustriert kletterte die kleine Elfe aus der Höhle. Von dem Zwerg war weit und breit nichts mehr zu sehen. Zornig stampfte ElAya mit dem Fuß auf. Was sollte sie jetzt tun?

Eine gefühlte Ewigkeit später, ElAya wusste noch immer nicht, was sie tun sollte, kehrte Oleor zurück. „Komm mit!" Bellte er erneut. ElAya erhob sich und trottete hinter ihm her. Was blieb ihr auch anderes übrig.

Der Zwerg führte sie zu einem anderen Baum. Auch dort gab es eine Höhle. ElAya hörte Stimmen und Gelächter. Der grummelige Zwerg hatte eine lustige Zwergenfrau und ein Dutzend Zwergenkinder. Sie alle lärmten und lachten in der Höhle, die wohl ihr Zuhause war. Als sie die kleine Elfe entdeckten, sprangen sie um sie herum und wollten alles wissen und noch viel mehr. ElAya stand wie erstarrt da. Die Zwergenkinder spielten laut, voller Lachen und Energie. Wie Gummibälle flitzten sie um das Elfenkind herum. So etwas hatte ElAya noch nie erlebt. Sie konnte sich nicht entscheiden, wohin sie zuerst sehen, oder wem sie welche Frage zuerst beantworten sollte.

Erschöpft ließ sie sich einfach nieder, wo sie stand. Verdutzt sahen die Kinder sie an. Zu ElAyas Glück gebot ihnen die Mutter Einhalt, bevor sie wieder mit ihrem Fragenwurm beginnen konnten. „Setz dich, es gibt gleich Essen!" Auch die Sätze der Zwergenfrau: kurz und knapp. Vermutlich war es bei dieser lärmenden, tobenden Kinderschar der einzige Weg, sich Gehör zu verschaffen.

Das Abendessen schmeckte ganz famos. ElAya hatte noch nie zuvor etwas Derartiges gegessen. Es war süß und scharf und würzig. Es hinterließ einen feinen bitteren Geschmack in ihrem Mund und in ihrem Bauch. Sie fiel nach wenigen Bissen in eine dunkle, schwarze, samtige Stille.

Stunden später schreckte sie hoch, mit einem eigenartigen Gefühl im Hals, ihr Mund war trocken wie Löschpapier. Was hatten ihr diese verdammten Zwerge ins Essen getan und warum? Da hörte sie es! Viele Füße auf dem Waldboden und alle bewegten sich in ihre Richtung. Die Zwerge hatten sie betäubt und den Mondelfen Bescheid gesagt! ElAya richtete sich mühsam auf. Suchend blickte sie sich um. Da, ihr Beutel! Schnell nahm sie ihn hoch, warf ihn sich über den Rücken, kletterte aus der Höhle und sah sich hektisch um. „Da lang", dachte sie, dann rannte sie los.

Völlig außer Atem erreichte sie einen Buchenhain, ein guter Platz, um sich zu verstecken. Die Bäume standen hier sehr dicht, umgeben von wildem Dornengestrüpp. Außerdem konnte sie einfach nicht mehr. Sie suchte sich einen Platz ganz oben in der Krone eines besonders dichten Baumes. Sie musste in Zukunft vorsichtiger sein. Woher war die Warnung gekommen? Das war ihr letzter Gedanke, dann schlief sie vor Erschöpfung ein.

ElAya bekam nicht mehr mit, dass eine Schar Mondelfen und der Zwerg Oleor die Gegend nach ihr absuchten. Sie fühlte sich noch immer müde von dem starken Schlafmittel. So konnte sie sich auch nicht wundern, wieso die Verfolger keine Spur von ihr fanden.

Kapitel 5

Die Moorelfen

Als ElAya erwachte, stand die Sonne hoch am Himmel. Ihre Haut war blutig und voller Kratzer. Das musste gestern passiert sein, als sie sich durch das Dornengestrüpp gekämpft hatte. „Na ja, besser als den Mondelfen und diesem elenden Verräter Oleor in die Hände zu fallen!" ElAya überlegte, ob sie vielleicht die Moorelfen benachrichtigen würden, jetzt, da sie ihr Ziel kannten.

Was für ein Schlamassel! Wie sollte sie dieses Volk finden? Sie würde es einfach versuchen müssen. Noch zittrig von dem Gift kletterte sie den Baum hinunter. Sie brauchte etwas zu essen. In ihrem Beutel fand sie noch die Beeren vom letzten Tag. Sie war gestern, war das wirklich erst gestern gewesen, nicht mehr dazu gekommen, sie zu verspeisen. Was für ein Glück! Nach dieser köstlichen Stärkung durchsuchte sie ihren Rucksack. Es fehlte nichts! Die Zwerge hatten es wohl sehr eilig gehabt, zu den Mondelfen zu kommen! Angewidert verzog sie das Gesicht: „Was habe ich ihnen Böses getan, dass sie mich verraten?"

ElAya sah sich um. In welche Richtung sollte sie gehen? Sie spürte einen sanften Zug nach Süden. Es erschien ihr seltsam. Da sie aber keine Ahnung hatte, in welche Richtung sie gehen sollte, befand sie den Süden für ebenso gut, wie jede andere Himmelsrichtung, um das Volk der Moorelfen zu finden. Zumindest konnte sie bei Tag und in der Nacht reisen, und schlafen, wenn sie müde war. Der Rhythmus der Mondelfen, wach in der Nacht und schlafen gehen, wenn es hell wurde, entsprach ihr nicht. Sie konnte bei Tag schon immer genauso viel sehen wie in der Nacht und unterschied sich auch darin von den Mondelfen. Um ihre Wunden zu heilen, trank sie einen Schluck vom Mondseewasser. Dann machte sie sich auf den Weg.

Die Bäume verfärbten sich bereits und überall sah sie Tiere, die sich für den Winter einrichteten. Sie würde sich beeilen müssen, um das Moor rechtzeitig zu erreichen, bevor der erste Schnee fiel, sonst hätte sie keine Chance mehr, es noch in diesem Jahr zu schaffen. Dann war auch sie gezwungen, sich eine warme Höhle zu suchen und einen Wintervorrat anzulegen. Daran durfte sie gar nicht denken. All das hatte sie in ihrem Zorn nicht bedacht, sie hatte einfach nur weg gewollt, und das möglichst schnell.

Vorsichtig holte sie ihren Stein unter ihrem Gewand hervor. Liebevoll strich sie über seine glänzende Oberfläche. Sie würde es schaffen. Wie immer ging von dem Stein etwas Tröstliches aus, das ihr Mut machte.

ElAya lief tagelang durch bunte Herbstwälder immer im Schutz des Walddickichts. Bei Nacht suchte sie sich stets einen hohen Baum, in dessen Krone sie sich sicher fühlte. Sie ernährte sich von den Früchten und Beeren des Waldes, die sie unterwegs fand. Peinlich genau achtete ElAya darauf, keinem anderen Wesen zu nahe zu kommen. Zu frisch war noch das Erlebnis mit den Zwergen. So erreichte sie schließlich kurz vor Wintereinbruch das Moor.

Schmatzend und blubbernd lag die Landschaft vor ihr. ElAya wusste nicht, wie sie hier einen Weg finden sollte. Immer wenn sie auch nur versuchte, irgendwo ihren Fuß aufzusetzen, sank sie sofort ein. Jetzt war sie diesen langen Weg gegangen, ihre Füße waren voller Blasen und sie völlig erschöpft, sie hatte es vor dem ersten Schnee geschafft. Und nun das! Zorn wallte in ihr auf! „Verdammt!", dachte ElAya. Erschöpft setzte sie sich ins nasse Gras und begann zu weinen. Irgendwann versiegten die letzten Tränen und sie schlief erschöpft ein.

Im Traum hatte sie eine merkwürdige Idee. Die Moorelfen waren hellsichtig. Wenn sie es schaffen würde, ihre Gedanken an diesen Ort zu lenken, müssten die Moorelfen sie doch hier sehen, vielleicht würden sie kommen und ihr den Weg zeigen. Als ElAya erwachte, stellte sie sich auf sicheren Untergrund und dachte ganz fest an die Moorelfen. Wieder und wieder ließ sie die Landschaft, in der sie sich befand, vor ihrem inneren Auge entstehen, dazwischen dachte sie an die Elfen des Westmoores.

ElAya hatte die Hoffnung schon fast aufgegeben, als sie ganz in der Nähe ein Kichern vernahm. Also doch, sie hatten ihre Nachricht empfangen. ElAya war ganz aufgeregt, aber auch vorsichtig. Misstrauisch beäugte sie die drei Elfen, die aus dem sumpfigen Morast auftauchten. ElAyas Mund öffnete sich in ungläubigem Staunen. Diese Elfen sahen ganz genauso aus wie sie selbst. Sie stand nur da, unfähig sich zu bewegen, so tief erschütterte sie dieser Anblick.

Sie brachten ElAya zu ihrem Dorf. Wie einfach und offensichtlich sich der Weg zeigte, wenn man einen Führer hatte, oder besser drei. ElAya kam aus dem Staunen nicht mehr heraus. Als sie erst tiefer in das Moor hineingingen, erstrahlte alles in einem warmen, goldenen Licht. ElAya konnte sich gar nicht sattsehen. Schließlich erreichten sie die Siedlung. Alles sah ganz anderes aus als am Mondsee. Die Bäume wuchsen viel niedriger als im Wald und sie waren alle schwarz. Dieser Ort hätte sehr gespenstisch gewirkt, wäre da nicht dieses goldene Leuchten gewesen.

Unter den Bäumen standen im Kreis dreizehn Häuser. Jedes sah aus wie ein abgeschnittener Kegel. ElAya fühlte sich an das Heiligtum der Mondelfen erinnert. Es lebten nur wenige Elfen hier. Das Volk schien viel kleiner zu sein als das der Elfen am See. ElAya war glücklich. Sie konnte sich nicht sattsehen an den Gesichtern, die dem ihren so ähnelten.

Keiner stellte ihr eine Frage oder sprach sie wirklich an. Das seltsame Verhalten fiel ihr nicht auf. Zu sehr war sie mit all den neuen Eindrücken beschäftigt. Nach einer Weile brachten sie ElAya zu einem Kegel etwas abseits des Kreises. Sie hatte ihn zuvor gar nicht bemerkt. In dem Kegel saß eine alte Frau. „Nun, mein Kind", begann die Alte, „woher kommst du?" Seltsam sahen die Augen der alten Elfe sie an. ElAya begann zu frösteln. Ihr wurde plötzlich unwohl. Waren ihr diese Elfen wohlgesonnen? Ihr blieb nichts anderes übrig, als ihre Geschichte zu erzählen. Die Alte würde sie nicht gehen lassen, bevor sie wusste, was sie wissen wollte. ElAya konnte es fühlen.

Die alte Elfe hörte ihr schweigend zu. ElAya hätte nicht sagen können, warum sie ihren Stein mit keinem Wort erwähnte. Als sie zu Ende erzählt hatte, stelle ihr die Frau eine Reihe seltsamer Fragen. ElAya wurde immer unruhiger. Was wollte sie von ihr? „Oh, ist das nicht offensichtlich?", fragte diese süffisant. „Ich versuche herauszufinden, ob du nützlich bist!" Sie brach in gackerndes Gelächter aus. Da begriff ElAya, dies war die Hüterin des Heiligtums und sie versuchte herauszufinden, ob ElAya die Gabe der Hellsicht besaß.

Bitterer Zorn stieg in ElAya auf. Nun hatte sie dieses Volk gefunden und sah, dass es wirklich existierte, aber es war hier ebenso wie bei den Elfen am Mondsee. Die Alte würde keine ihrer Fragen beantworten. Sie verhielt sich genau, wie die Mondelfen es auch taten. Sie konnte es schon hören: „Du wirst es erfahren, wenn deine Zeit gekommen ist". Wütend rannte ElAya ohne Abschied aus der Hütte. Sie versteckte sich hinter einem Baum, der etwas außerhalb stand und weinte bittere Tränen. Würde sie irgendwo ein Zuhause finden?

Kapitel 6

Kundor

In ihrem Kummer entging es ElAya, dass sich ein junger Elf neben sie setzte. „Was willst du von mir?", fuhr sie den Jungen an, als sie seiner gewahr wurde. Dieser aber lächelte nur und begann, ihr eine Geschichte zu erzählen. Die Geschichte von Kundor, dem schönsten Moorelf, den es je gegeben hatte. ElAya fühlte sich gestört, aber sie hatte keine Kraft mehr, und so ließ sie ihn einfach reden.

Der Elfenjunge besaß eine angenehme Stimme, die sie einlullte. - „Kundor aber war nicht nur schön, sondern auch mutig, neugierig und voller Abenteuerlust. Eines Tages machte er sich auf und davon, um die Welt zu erkunden. Aus einem Gespräch der Alten erfuhr er, dass die Moorelfen nicht das einzige Elfenvolk waren. Da erwachte seine Neugier und er zog los, um die anderen zu finden. Nach wochenlanger Wanderschaft gelangte Kundor an einen wunderschönen See. Dort lebte das Volk der Mondelfen." - ElAya horchte auf und plötzlich hörte sie wie gebannt zu. - „Kundor wollte erfahren", erzählte der Junge weiter, „wie diese Elfen lebten. Das aber war nicht der einzige Grund, weshalb er beschloss, bei ihnen zu bleiben. Kundor hatte sich in die schöne Elmera verliebt." - Der Elfenjunge sprach von ihrer Mutter! Ganz offensichtlich handelte es sich um keine Legende, sondern um eine wahre Geschichte. - „Was Kundor in seiner Verliebtheit nicht bemerkte oder vielleicht besser, nicht bemerken wollte, war das wahre Wesen der schönen Elmera. Sie gierte nach Macht und glaubte, mit Kundor am Ziel ihrer ehrgeizigen Pläne angekommen zu sein. Schon immer war es ihr einziger Lebensinhalt gewesen, einst die mächtigste Mondelfe aller Zeiten zu sein.

Tja, und dann tauchte Kundor auf, mit der außergewöhnlichen Gabe der Hellsicht. Ungeahnte Möglichkeiten taten sich vor Elmera auf. Sie beschloss, mit Kundor ein Kind zu haben und dieses Kind nach ihrem Willen zu erziehen und zu formen. Sie war überzeugt, ein Kind mit der Gabe der Hellsicht würde der Schlüssel zur Macht sein. In den schönsten Farben malte sie es sich aus. Ein hellsichtiges Kind, welch ein Werkzeug! Sie wiegte Kundor in dem Glauben, ihn zu lieben, und schließlich wurde Elmera schwanger. Sie sagte niemandem ein Wort von ihrer Schwangerschaft, denn sie hegte vollkommen andere Pläne als Kundor. Der naive, verliebte Mann träumte vom Heiraten, von einer Familie. Elmera hatte längst bemerkt, dass ihr Opfer ein gutmütiger Elf mit einem liebenswerten Wesen war. Er hätte ihre Absichten niemals gut geheißen und als sie wusste, dass sie schwanger war, wollte sie ihn loswerden. Er stand ihr nun ihm Weg.

Sie schmiedete einen hinterhältigen Plan und brachte ihren Geliebten mit einer Lüge dazu, in das Heiligtum einzubrechen. Der größte Frevel, den ein Elf begehen konnte." - ElAya nickte: „Sein Todesurteil, er als Fremder!" - Der Elf erzählte einfach weiter, ohne ihre Bemerkung zu kommentieren. „Elmera erzählte Kundor, eine Mondelfe könne nicht ohne ihren Stein heiraten, sie machte ihn glauben, der Elfenrat wäre gegen ihre Verbindung und dies die einzige Möglichkeit für eine gemeinsame Zukunft. Kundor, der Elmera über alles liebte, versprach, den Stein zu stehlen. Er glaubte ihr, anstatt seine Gabe zu nutzen. So verliebt war er, dass er alle Zeichen übersah. Elmera hatte leichtes Spiel. Sie sorgte dafür, dass er bei dem Diebstahl überrascht wurde. Der Elfenrat glaubte ihm kein Wort, er war ja ein Fremder. Er wurde unter Schimpf und Schande davongejagt und durfte die Siedlung der Mondelfen nie wieder betreten.

Kundor war ein gebrochener Mann, gedemütigt von seiner großen Liebe. Er verstand die Welt nicht mehr und machte sich in seiner Verzweiflung auf den langen Weg nach Hause.

Weil er sich aber schämte, erzählte er die Geschichte niemandem. Wenig später beschloss seine Mutter, dass ihr Sohn nun alt genug sei, er sollte heiraten. Niemals hätte er dem in früheren Zeiten einfach zugestimmt, aber ihm war alles gleichgültig geworden. Der Mutter war es egal, warum ihr Sohn

34

nicht widersprach. Sie war einfach froh, dass er endlich Vernunft annahm. Kundor empfand keine Liebe für die junge Zobel. Sie kam aus gutem Hause, ihr Vater ein angesehener Mann. Dem Betrogenen war es egal, ihn schmerzte noch immer der schändliche Verrat von Elmera. In der Hochzeitsnach stellte er sich vor, mit Elmera zusammenzusein und nicht lange nach der Hochzeit gebar Zobel ein Kind. Ein Kind zu haben, steigerte seine Verzweiflung noch. Er hielt sich von seiner jungen Frau fern.

Zobel nannte ihren Sohn Skioll. Der Vater kümmerte sich weder um die Mutter noch um seinen neugeborenen Sohn. Er streifte stundenlang durch das Moor. Zobel zog Skioll die ersten Jahre alleine groß. Dann geschah das Unglaubliche und Kundor begann sich für den Jungen zu interessieren und ihn zu lieben. Zu Zobel fand er keine Beziehung, aber beide liebten sie nun ihren Sohn. Es entstand eine Art Familienleben. Die Liebe zu seinem Sohn war wohl der Grund, warum er seine Geschichte an diesen weitergab. Skioll sollte niemals den gleichen Fehler begehen.

Eines Tages aber geschah etwas wirklich Seltsames. Eine fremde Elfe tauchte am Eingang des Westmoores auf. Woher die Fremde wusste, wie man zum Volk der Moorelfen gelangt, konnte sich niemand erklären. Ganz deutlich aber hörten sie alle ihre Bitte um Einlass. Der Elfenrat berief eine Sitzung ein und sie beschlossen sie einzulassen. So erfuhr Kundor, dass er nicht nur einen Sohn, sondern auch eine Tochter hatte. - " ElAya zog scharf die Luft ein! - „Er geriet in Panik. Die Angst, seine Schande und seine grenzenlose Dummheit würden nun ans Licht kommen nahm immer größere Ausmaße an. Aber Mord kam für ihn nicht in Frage. Selbst wenn dieses Kind Elmeras Tochter war, so war sie doch auch sein Kind. Schließlich entschied er, seine Großmutter, die Vorsitzende des Elfenrates, um Rat zu fragen und ihr die Wahrheit zu erzählen. Sidore rief ihre Urenkelin in ihre Hütte. Sidore war alt. Sie empfand keine Schande, die Liebe ging oft seltsame Wege und die Jugend war dumm und unerfahren. Sie sah es als Chance und würde herausfinden, ob die junge Elfe die Gabe der Hellsicht besaß." Hier endete Skioll, aber den Rest der Geschichte konnte ElAya sich selbst zusammenreimen.

Elmera hatte wohl nur so lange gewartet bis Kundor weg war, und dann den reichen Elfensohn Tagular geheiratet. ElAyas Vater. Das hatte sie zumindest bisher geglaubt. Leider sah Elmera in ihrer Sucht nach Macht und Reichtum nicht, dass es auch ganz anders kommen könnte. Genau das aber war passiert. ElAya wurde geboren und sah aus wie ihr leiblicher Vater. Wie Elmera sich da herausreden konnte, das wusste ElAya nicht, aber sie war sich sicher, dass Tagular nicht wusste, dass sie nicht seine leibliche Tochter war. Er ahnte es vielleicht, wobei sie sogar das bezweifelte. Ihre Mutter wusste ihm sicher eine ihrer wunderbaren Lügengeschichten zu erzählen. Letztlich lag Tagular wohl nichts daran, dass die Wahrheit ans Licht kam. Alle hätten ihn verspottet und er war ein arroganter und eingebildeter Mann.

ElAya war herangewachsen und Elmera musste feststellen, dass ihre Tochter die erhoffte Gabe nicht besaß. Oh ja, ElAya verstand plötzlich nur zu gut. Was für eine Enttäuschung musste es für ihre Mutter gewesen sein, das zu entdecken. All ihre Pläne zunichtegemacht durch ihre Tochter. Kein Wunder, dass Elmera sie niemals geliebt hatte, ja, sie musste ihre Tochter geradezu gehasst haben. ElAya war ganz elend zumute. Lange saß sie so schweigend neben dem jungen Elf. ElAya schien es, als wäre sie in einen Wirbelsturm geraten. Langsam erst begriff sie die ganze Tragweite dessen, was Skioll ihr erzählt hatte. Skioll, ihr Bruder, was für ein seltsamer Gedanke. Aber, erschrak ElAya, würden die Moorelfen sie denn überhaupt als eine der ihren betrachten, jetzt, da sie wussten, sie besaß die Gabe nicht? Sie fühlte sich niedergeschlagen. Nun hatte sie ihr Volk gefunden und musste feststellen, dass sie doch wieder nur eine Außenseiterin war.

Kapitel 7

Die Entscheidung

Offensichtlich hatte der Elfenrat beschlossen, ElAya aufzunehmen, denn es wurde ein großes Fest vorbereitet. Es gab ein wundervolles Abendessen mit allen Köstlichkeiten, die man sich nur vorstellen konnte, sogar eine Sternentorte. Das hatte ElAya zum letzten Mal gegessen, als ihre Großmutter noch lebte. Kundor aber kam nicht zur Begrüßung. Skioll versuchte, ElAya zu besänftigen. „Für Kundor ist es einfach schwierig. Es erinnert ihn an diese traurigen Zeiten. Er schämt sich." ElAya war unendlich traurig und da gab es noch ein anderes Gefühl: Zorn! Ihr Vater war genauso selbstsüchtig und egoistisch wie ihre Mutter. Sie wollte nur noch alleine sein. Selbst die Sternentorte konnte ihr nun keinen Trost mehr spenden. Als sie sich schlafen legte, gingen ihr viele Gedanken durch den Kopf. Was sollte sie jetzt tun? Ja, die anderen Elfen hatten sie nun doch noch aufgenommen, aber Kundors Verhalten konnte ElAya nicht verstehen. Machte er sie für den Verrat ihrer Mutter verantwortlich oder war es einfach nur Selbstmitleid? Traurig und erschöpft fiel ElAya endlich in einen unruhigen Schlaf.

Als sie erwachte, war es fast Mittag. Die Moorelfen lebten nach einem anderen Rhythmus. Sie schliefen bei Nacht. ElAya war das herzlich egal. Sie schlief unruhig und schlecht, selbst wenn sie sich so unendlich müde fühlte, dachte sie bitter. In dieser Nacht tat sie wieder einmal kein Auge zu. „Es hat allerdings den Vorteil, dass ich jetzt mit Großmutter sprechen kann!", dachte ElAya bitter und machte sich auf die Suche nach Sidore, ihrer Großmutter und Vorsitzenden des Elfenrates. Sie fand sie im heiligen Hain der Moorsiedlung. ElAya brauchte einen Rat! Sollte sie bleiben? Die ganze Nacht lag sie mit dieser Frage wach. Sidore wartete schon auf sie. „Nun, hast du schon eine Entscheidung getroffen?", wollte sie wissen. Nein, das hatte ElAya nicht. Sidore forderte ihre Enkelin auf, sich zu setzen. „Hör zu", sagte sie, „es wird nicht mehr lange dauern, dann fällt der erste Schnee, keine gute Zeit um zu reisen. Warum bleibst du nicht über den Winter und wartest ab, was passiert." ElAya wusste, dass sie recht hatte, aber der Gedanke an Kundor machte sie so wütend, dass sie am liebsten sofort aufgebrochen wäre. Wohin sie noch gehen konnte, das wusste sie aber leider nicht. Ein Zuhause gab es für sie nicht! Sidore entließ sie mit den Worten: „Denk darüber nach".

ElAya mochte ihre Großmutter, die alte Elfe nicht. Auch Skioll, ihr Bruder, war eine Enttäuschung für sie. Sofort hatte er sich auf die Seite seines Vaters gestellt, immer fand er eine Entschuldigung für dessen Verhalten. Wo war sie hier nur gelandet, das kam ihr ja fast noch schlimmer vor, als bei den Mondelfen. „Na ja", dachte ElAya bitter, „zumindest werfen sie keine Steine nach mir". Es würde ihr wohl oder übel nichts anderes übrig bleiben, als den Winter hier zu verbringen. Es schien ihr einfach zu gefährlich, bei diesem Wetter zu reisen, zumal sie nicht einmal ein Ziel hatte. So stand ihr Entschluss fest, sie würde bleiben, bis das Wetter besser wurde und dann gehen. Wohin, das würde sich ergeben. Sie musste sehen, ob sie einen Ort fand, an dem sie leben wollte und konnte. Dieser Winter war auch zu überstehen, schließlich waren Ablehnung und Einsamkeit schon immer ihre Weggefährten gewesen. Was machte da ein Winter mehr oder weniger. Ihre Gedanken wanderten zu Balduin, sie vermisste ihn schmerzlich und sie seufzte tief, sie würde die Gegend erkunden, um sich ein wenig abzulenken, bevor ihr schon wieder die Tränen kämen.

Kapitel 8

Helena

Der Winter wurde noch viel schlimmer als ElAya befürchtet hatte. Kundor bekam sie kein einziges Mal zu Gesicht und auch Skioll zog sich mehr und mehr von ihr zurück. Bei den Spielen der anderen Elfenkinder konnte sie nicht mitmachen. Stets wussten sie, was gleich geschehen würde, manche waren darin besser als andere, aber alle hatten sie die Gabe. Ihre Spiele konnte ElAya nicht verstehen und so blieb sie auch hier eine Fremde. Sie fühlte sich sehr einsam. Wie bei den Mondelfen entdeckte ElAya schon bald einen ganz besonderen Platz, weit genug von der Siedlung entfernt, so dass ihr hier noch nie eine andere Elfe begegnet war. Sie verbrachte viele Stunden bei den drei alten Eichen. Die Bäume waren ihre einzigen Freunde.

Nach einigen Wochen begann ElAya auch hier, ihren Lebensrhythmus umzustellen. Die Moorelfen schliefen bei Nacht und so begann ElAya bei Nacht wach zu bleiben und bei Tag zu schlafen. Dadurch begegnete sie kaum mehr irgendjemandem und sie merkte schnell, dass auch den anderen Elfen diese Lösung ganz recht zu sein schien. Die meiste Zeit der Nacht verbrachte ElAya an ihrem Lieblingsort bei den drei alten Eichen. Eines Nachts bemerkte sie eine Eule, die offensichtlich hier ihr Jagdrevier hatte. ElAya freundete sich mit ihr an, sie hieß Helena und erinnerte ElAya an ihren alten Freund Balduin. Die Eule war ausgesprochen intelligent und feinfühlig. Schnell merkte sie, wie einsam das Elfenkind war, und kam bald jede Nacht, um mit ihr zu sprechen. So auch in einer besonders kalten Nacht. ElAya saß unter den drei Eichen und grübelte wieder einmal über ihrer Zukunft nach. Helena steuerte im Tiefflug einen weit unten stehenden Ast an und landete wie immer direkt über ihr. „Guten Abend mein liebes Kind, findest du es nicht langsam zu kalt um hier zu sitzen?" - „Ach, du bist es, Helena, guten Abend. Ja du hast recht, es ist wirklich bitter kalt heute, aber weißt du, bei den Elfen in der Moorsiedlung ist es noch viel kälter, selbst wenn ich unter der warmen Decke liege, ich kann nicht schlafen, wenn sie alle um mich sind. Stets hab ich dann das Gefühl von Gefahr."

Helena fand, dass es so nicht weitergehen konnte. ElAya würde den Winter nicht überleben und erfrieren, hier war es des Nachts klirrend kalt. Sicher, den Gedanken an Gefahr, den konnte die Eule sehr gut verstehen. Schon des Öfteren hatte sie selbst das merkwürdige Gefühl gehabt, dass ihre kleine Freundin dort nicht sicher war.

Bisweilen hatte sie noch nicht mit ihr darüber gesprochen. Sie wollte das Elfenkind nicht noch mehr ängstigen und bis heute Nacht war ihr selbst nicht klar gewesen, wohin ElAya gehen sollte. Das verhielt sich jetzt anders. Tagelang hatte Helena über eine Lösung nachgedacht und jetzt wusste sie eine. ElAya würde nicht mehr zur Siedlung der Moorelfen zurückkehren!

„Hör mal, Kleine", begann die alte Eule das Gespräch von neuem. „Ich habe lange nachgedacht und leider teile ich deine Sorge. Du bist nicht sicher in der Elfensiedlung." Gestern konnte Helena noch einmal mit Kim und Kid sprechen, zwei Amselfreundinnen. Diese waren zur Siedlung geflogen, um die Lage auszukundschaften. Ihr Bericht hatte der alten Eule ganz und gar nicht gefallen. Kundor war durch die Anwesenheit seiner Tochter immer mürrischer und nervöser geworden. Gestern konnten die Amseln eine Unterhaltung zwischen ihm und Skioll belauschen. Kundor wollte ElAya loswerden. Egal um welchen Preis, er würde auch vor Mord nicht zurückschrecken. Kim und Kid waren entsetzt gewesen und erstatteten der Eule sofort Bericht. Helena verbrachte den ganzen Tag mit Nachdenken, sie konnte in dieser Situation nicht schlafen. Jetzt aber wusste sie eine Lösung: Nur zwei Tagesreisen entfernt gab es eine Höhle. Helena war sicher, dass die Moorelfen diese nicht kannten. In diesem Teil außerhalb des Moores gingen sie nie. Es gab eine Legende bei den Elfen, dass es dort ein riesiges Ungeheuer geben sollte. Sie hatten alle große Angst. Nicht einmal der mutige junge Kundor war jemals dort gewesen. „Ja, er muss einmal mutig und aufrichtig gewesen sein. Lange her!", dachte Helena. Es schien ihr der perfekte Ort zu sein, um das Ende des Winters abzuwarten. Die Amseln versprachen, ElAya mit Essen zu versorgen. Es war nicht sehr schwierig, die kleine Elfe davon zu überzeugen, dass dies die beste Lösung war. Auch ohne die Gabe der Hellsicht ahnte ElAya die Gefahr. Nicht ohne Grund saß sie auch heute Nacht wieder hier, obwohl die Kälte ihre Finger und Zehen schon ganz taub gemacht hatte. So brachen sie noch in dieser Nacht auf. ElAya trug alles bei sich, was sie besaß, denn außer dem Stein, den sie immer bei sich trug, und ihrem Beutel besaß sie sowieso nichts. Sie freute sich sehr, dass die alte Eule sie begleitete. Es war anstrengend und bitterkalt. Manchmal bekam ElAya den Eindruck, dass es immer eisiger wurde. Sie fühlte sich entsetzlich, nur die Neuigkeiten der Amseln hielten sie aufrecht. Sie konnte nun auch nicht mehr zu den Moorelfen zurück. Na ja, wohlgefühlt hatte sie sich dort sowieso nie wirklich.

Kapitel 9

Die Höhle

ElAya war nun schon seit Stunden unterwegs. Anstatt aber müde zu werden, wie man hätte annehmen sollen, wurde die kleine Elfe immer wacher und glücklicher. Ihr war auch nicht mehr so kalt und das kam nicht nur vom Laufen. Auch Helena war der Wandel nicht entgangen, hatte sie sich doch schon so etwas gedacht. Die Elfen in der Moorsiedlung hatten nach und nach ElAyas Lebensenergie abgezogen. Ein Glück, dass ihr die Höhle eingefallen war. Nun machte sich die Eule keine Sorgen mehr. Die Elfe würde den Weg bis zur dorthin leicht schaffen und mit dieser neu entfachten Lebensenergie den restlichen Winter gut überstehen. Das Elfenmädchen besaß einen festen Platz in ihrem Herzen.

Nach zwei Tagen und zwei Nächten erreichten sie um Mitternacht ihr Ziel. ElAya war nun doch sehr müde, sie hatten sich kaum eine Pause gegönnt, der Geruch nach Neuschnee in der Luft, trieb sie stets vorwärts. Auch Helena spürte die Erschöpfung in allen Gliedern. Immer wieder war sie vorausgeflogen, um die Gegend nach möglichen Gefahren abzusuchen. Dann kehrte sie stets zu ElAya zurück, um ihr zur Seite zu stehen.

Als ElAya in der Höhle verschwunden war, ließ die Eule sich erschöpft auf einem Ast nieder, um die Augen zu schließen, als sie einen markerschütternden Schrei hörte. Entsetzt schreckte Helena auf und schlug wild mit den Flügeln, um nicht von dem Ast zu fallen, auf dem sie saß. Hektisch flatterte sie zum Höhleneingang, um nachzusehen, was dort vor sich ging. „Himmel", Ben hatte sie in ihrer Sorge um ElAya vollkommen vergessen. Und richtig, schon kam die Kleine schreiend aus der Höhle gerannt. - „Ein Ungeheuer, oh Helena, das Vieh gibt es wirklich", rief sie nach Luft schnappend. „Helena wir müssen von hier weg, na los, komm schon" und schon rannte sie völlig kopflos auf den Wald zu.

„So bleib doch stehen ElAya, das ist ja nur Ben." - ElAya wusste nicht so recht, ob sie anhalten sollte oder weiterrennen, so schnell sie konnte. Es endete damit, dass sie versuchte, sich im Laufen umzudrehen und mit voller Wucht im tiefen Schnee landete. Unglücklicherweise befanden sich darunter die letzten Ausläufer des Sumpfes. Wütend versuchte sich ElAya zu befreien und grub sich dabei immer tiefer ein. Helena, die das Geschehen mit Entsetzen verfolgt hatte, rief Ben zu Hilfe. Der Bär, beim Winterschlaf überrascht, trottete verschlafen aus der Höhle. „Was ist denn hier los?", wollte er wissen. „Wer stört meinen Schlaf?" Dann sah er ElAya, die in den Schnee- und Sumpfmassen um ihr Leben kämpfte. Ben war mit einem Schlag hellwach. „Hör auf, mit den Armen zu rudern, ich zieh dich raus!" So sehr sich ElAya auch vor dem großen Tier fürchtete, sie konnte sich nicht wehren. Der Sumpf zog sie immer schneller in die Tiefe und sie erkannte, wäre dieses Ungeheuer nicht, würden dies ihre letzten Atemzüge sein.

Ben zog sie heraus und brachte sie in die schützende Höhle. Helena flog besorgt hinterher. Hoffentlich ist der Kleinen nichts Schlimmes passiert! Und das alles nur wegen ihrer eigenen Nachlässigkeit. Wie hatte sie nur Ben vergessen können. Außerdem hätte sie doch wissen müssen, dass auch ElAya noch nie im Leben einen Bären gesehen hatte. Diese Mond- und Moorelfen waren doch wirklich unglaubliche Angsthasen, auch wenn sie sonst über ein enormes Wissen verfügten. Bären lebten hier normalerweise keine. Ben war eine Ausnahme.

Helena hatte es schon lange aufgegeben herauszufinden, warum er hier wohnte und nicht im großen Wald oder im Gebirge wie all die anderen seiner Art. Die Eule kannte Ben schon lange. Sie erinnerte sich noch gut, es war nach dem großen Sturm gewesen. Eines Nachts tauchte er hier auf, struppig, hungrig und schwer verletzt. Helena hatte ihr Möglichstes getan, ihm zu helfen. Ja, sogar zu Listig dem Kobold war sie geflogen. Sie hatte sie alle Überredungskünste gekostet, den Kobold davon zu überzeugen, Ben zu helfen. Tja, fast zehn Jahre war das nun her. Ben erholte sich damals nur sehr langsam von seinen Verletzungen. So oft sie aber danach auch nachgefragt hatte, er hatte niemals über die Vergangenheit gesprochen und so wusste Helena bis zu diesem Moment nicht, was damals geschehen war.

Heute spürte sie nur die Freude darüber, dass er hier lebte. ElAya wäre sonst wohl nicht mehr am Leben. Was für ein fürchterlicher Gedanke. Die alte Eule schüttelte sich und landete neben der Elfe und dem Bären. Ben öffnete bereits ElAyas Gewand, das völlig durchnässt war. Plötzlich hielt er mitten in der Bewegung inne und zuckte zurück, als wäre er einem Geist begegnet. „Das kann nicht sein", dachte Ben entsetzt. Er betrachtete seine verbrannten Finger. „Weg, diese Elfe mit ihrem Stein, sie muss weg, sofort! Helena, sie muss weg von hier, sofort! Los, hilf mir, sie hier rauszuschaffen", Ben war vollkommen außer sich. Helena versuchte den Bären zu beruhigen. So hatte sie ihn noch nie erlebt, so völlig außer sich. In diesem Augenblick wunderte sich Helena nicht mehr, dass die Elfen sich nicht in seine Nähe trauten. So sehr sie es auch versuchte, sie konnte kein verständliches Wort aus ihm herausbringen. Immerzu schrie er nur, sie muss weg, weg, weg! Panisch schleifte er die kleine Elfe mit einer Pfote zum Höhleneingang.

Erst jetzt bemerkte Helena, dass Ben verletzt war. „Ben, bei der alten Elfenmutter, was ist denn nur los und was ist mit deiner Hand?" Das schien ihn endlich zur Vernunft zu bringen. Er ließ

ElAya am Eingang der Höhle liegen und drehte sich zu der alten Eule um. Wieder begann er: „Helena, sie muss hier weg und zwar sofort. Hast du dieses Ding auf ihrer Brust nicht bemerkt?" - „Was für ein Ding? Ben, so beruhige dich doch endlich und erzähl der Reihe nach!", forderte Helena ihren großen Freund auf. Und dieser begann zu berichten.

Helena traute ihren Ohren nicht. ElAya trug offensichtlich einen Beutel um den Hals. Bei der Rettungsaktion war der Beutel aufgeschlitzt worden. ElAya bewahrte darin einen Stein auf. Nicht weiter ungewöhnlich, fand die alte Eule. Aber Ben konnte es genau sehen, der Stein schillerte wie ein Regenbogen und er war glühend heiß. Seine verbrannte Pfote zeugte davon. Dies alles fand Helena nun zwar etwas seltsam, aber sie konnte nicht verstehen, warum der Bär das arme Elfenmädchen unbedingt und vor allem sofort loswerden wollte. Ben sah sie aus entsetzten Augen an, dann ging ein mächtiger Ruck durch seinen schweren Körper und er begann zu erzählen.

Er war noch ein Bärenkind gewesen, als seine Mutter eines Tages plötzlich verschwand. Überall hatte er nach ihr gesucht, tagelang war er durch den großen Wald auf der anderen Seite der Berge geirrt, seine Stimme heiser vom vielen Rufen. Erschöpft sank er damals neben einer alten Ulme zu Boden und weinte sich in den Schlaf. Das musste den Zwerg, der dort lebte, wohl so berührt haben, dass er bei dem kleinen Bären sitzen blieb und über seinen Schlaf wachte. Als Ben erwachte, fragte der Zwerg ihn viele Dinge. Danach machte er ein sehr sorgenvolles Gesicht und versuchte, den kleinen Bären davon zu überzeugen, mit der Suche aufzuhören. Der aber wollte davon nichts hören, er musste seine Mutter finden. Als er sie aber nach vielen Tagen endlich fand, wünschte er, er hätte auf den alten Zwerg gehört.

Der Bärensohn dehnte seine Suche aus und schließlich gelangte er an einen Bach. Das Wasser schillerte in allen Farben und blubberte wie Brausepulver. An vielen Stellen stiegen farbige Blasen auf, große und kleine. Ben war wie verzaubert stehen geblieben. So etwas unglaublich Schönes hatte er in seinem ganzen Leben noch nicht gesehen. Als er aber versuchte, über den Bach zu kommen, musste er feststellen, dass das Wasser kochte. Noch heute konnte man die Narben davon auf seinem Fell sehen. Warum Ben so sicher gewesen war, den Bach überqueren zu müssen, das konnte er sich heute nicht mehr erklären. Aber er erinnerte sich selbst jetzt noch an dieses starke Gefühl. Deshalb folgte er dem Lauf des Baches, in der Hoffnung, irgendwo eine Brücke zu finden.

Und er hatte eine Brücke gefunden! Die Brücke und seine Mutter. Niemals würde er diesen Tag vergessen, die Bilder waren in seine Seele eingebrannt. So schön war die Brücke gewesen, als würde sie aus lauter bunten Latten bestehen und ein Geländer aus bunten Steinen besitzen. Doch als Ben näher kam, musste er mit Entsetzen feststellen, dass es sich um lauter Bärenschädel handelte, die wie Luftballons an der Brücke schwebten. Ben hatte seinen Augen nicht getraut und sich vorsichtig genähert. Die Bärenköpfe wisperten und raunten. Der kleine Ben war wie erstarrt stehen geblieben. Dann erklang die Stimme seiner Mutter: „Geh wieder in den Großen Wald mein Sohn, du kannst nichts mehr für mich tun. Die Regenbogenelfen haben mich gefangen und ich muss ihnen dienen. Geh mein Sohn, geh weg von hier. Lauf so schnell du kannst!" Ben hatte sich umgedreht, unfähig einen Laut von sich zu geben, und war davongerannt.

Als er nicht mehr laufen konnte, hatte er sich versteckt. Dann aber war ihm klar geworden, dass er es wenigstens versuchen musste und so machte er sich bei Nacht abermals auf den Weg zur Brücke. Die letzten Meter war er ganz leise geschlichen. Er wurde trotzdem entdeckt und übel zugerichtet. Noch heute wunderte sich Ben, dass er diesen Elfenangriff überlebt hatte. Was ihn allerdings auch noch immer erstaunte, war die Tatsache, dass ihm weder seine Mutter noch ein anderer Bär zu Hilfe gekommen waren. Sie mussten unter einem starken Zauber stehen. „Und alle trugen solche Steine um den Hals", beendete Ben seinen Bericht.

Kapitel 10

Die Flucht

Während der Bär der Eule seine Geschichte erzählte, kam ElAya langsam wieder zu sich. Sie hatte sich noch nicht wirklich von ihrem Schrecken erholt, als sie die tiefe Stimme aus der Höhle vernahm. Etwas in ihr mahnte sie zur Vorsicht. Sie rappelte sich hoch, alle Knochen taten ihr weh und sie fror entsetzlich. Ihr Gewand strotzte vor Schlamm und Schneematsch. Achtsam spitzte ElAya die Ohren, das war etwas, was sie schon immer sehr gut konnte. Ihre kleinen Ohren schienen dabei wirklich nach oben zu wachsen, als würden sie völlig unabhängig von ihr lauschen. Was ElAya da hörte, das gefiel ihr gar nicht. Ben wollte sie loswerden; offensichtlich wegen ihrem Stein. Wie konnte es sein, dass es ein Elfenvolk gab, das identische Steine besaß? Und sie kannte sie nicht?

Leider hatte ElAya den Anfang von Bens Geschichte nicht mitbekommen, daher wusste sie nicht, wo dieses Volk lebte. Eines aber war ihr klar, auf die Hilfe von Ben und Helena konnte sie wohl nicht mehr zählen. Sie musste weg von hier, ehe dieser Bär über sie herfiel. Suchend schaute sie sich um. Der große Wald, den sie in der Ferne sah, schien ihr die einzige Möglichkeit. Besorgt betrachtete sie ihr nasses Kleid. Sie musste eben schnell gehen und einen warmen Unterschlupf finden.

Dann würde sie ein Feuer machen und versuchen, ihre Kleider zu trocknen.

Sie sah noch einmal zur Höhle, sah noch einmal zu Helena, dann drehte sie sich um und verschwand im Unterholz. Als Helena nach draußen flog, um nach ElAya zu sehen, war diese bereits verschwunden. Die alte Eule war sehr traurig. „Sie ist weg", rief sie Ben zu, „offensichtlich hat sie unser Gespräch belauscht. Ich mache mir wirklich große Sorgen um sie. Wo sie wohl hin will?" Helena hatte Tränen in den Augen, sie konnte sich einfach nicht vorstellen, dass die kleine Elfe irgendetwas mit diesem gemeinen und hinterhältigen Volk zu tun haben sollte.

Seltsam aber war wirklich, dass Ben sich die Finger an dem Stein verbrannt hatte. Mit keinem Wort hatte ElAya diesen Stein je erwähnt. „Eigenartig!" Helena überlegte, was es wohl mit der Kleinen auf sich hatte und beschloss, ElAya zu suchen. Sie überlegte, wohin sie selbst gehen würde. Eigentlich konnte sie nur versuchen, zum großen Wald zu kommen. Dann aber würde Helena sie finden. Die Eule beschloss zu warten, bis es dunkel wurde, dann waren ihre Augen einfach unschlagbar. Wenn ElAya bis dahin kein Lager gefunden hatte, und davon ging Helena aus, dann würde sie die Kleine bestimmt entdecken.

ElAyas Angst war groß. Ob dieses Ungeheuer sie wohl verfolgen würde? Sie beschloss, stets im Dickicht zu bleiben, auch wenn sie so nur langsam vorankam. Kurz bevor es ganz dunkel wurde, suchte sich die kleine Elfe einen Unterschlupf. Zur selben Zeit flog Helena über den Wald und hielt nach ihr Ausschau. Die beiden verpassten sich nur knapp. ElAya zog ihre nassen Sachen aus und hielt den Feuerstein schon in der Hand, als ihr der andere Stein einfiel. Vielleicht würde er ja so viel Wärme abgeben, dass ihre Kleider trockneten und sie nicht erfror. Dann würde sie kein Feuer machen müssen und dieses Ungeheuer würde sie hoffentlich nicht finden.

Hätte ElAya geahnt, dass nicht Ben es war, der nach ihr suchte, sondern Helena, vielleicht wäre ihre Entscheidung anders ausgefallen. So aber fand Helena die kleine Elfe in dieser Nacht nicht. ElAya legte ihre Kleider aus, sie zitterte am ganzen Körper und fast wäre ihr der Stein aus der Hand gefallen. Sie legte ihn in die Mitte und wartete einfach ab, sie wusste selbst nicht so genau worauf. Nach einer Weile wurde der Unterschlupf mollig warm, es fühlte sich an, als würde der Stein ihre Gedanken lesen und ihre Wünsche erfüllen. ElAya war unendlich erleichtert und schlief getröstet ein.

Als sie am Morgen erwachte, umgab sie noch immer die Wärme und ihre Kleider waren trocken. Sie holte die letzten Beeren aus ihrem Beutel und frühstückte. Sie saß noch immer neben dem wärmenden Stein und hing ihren Gedanken nach. So viel war geschehen, seit das Leben bei den Mondelfen hinter ihr lag. Ihren Vater hatte sie gefunden und auch wieder verloren. Seltsam, dachte sie. Wenn das Volk der Moorelfen die Gabe der Hellsicht besaß, die ihr fehlte, warum nutzten sie diese dann nicht. Hätten sie nicht bemerken müssen, dass sie fliehen wollte, hätten sie nicht im Voraus wissen müssen, was passieren würde? Irgendetwas stimmte hier nicht. Andererseits musste es wahr sein, dass Kundor die Gabe besaß oder besessen hatte. Niemals hätte sich ihre Mutter auf so einen riskanten Plan eingelassen, wenn sie sich nicht ganz sicher gewesen wäre. So gut kannte ElAya ihre Mutter immerhin. Mit Sicherheit hatte sie Kundor getestet.

Ob er und sein Volk die Gabe verloren hatten, fragte sich die kleine Elfe. Passen würde es ja, wegen der großen Enttäuschung der alten Elfe. Aber die Elfenkinder beim Spiel, schienen zumindest ansatzweise die Gabe gehabt zu haben. Immerhin sahen sie stets voraus, was in den nächsten paar Sekunden geschehen sollte. ElAya grübelte noch darüber nach, als ein Gefühl in ihr unglaublich stark wurde. Jemand wollte mit ihr sprechen. Der Stein, diese Kraft ging von dem Stein aus. ElAya konzentrierte sich darauf. Sie vernahm ein leises zaghaftes Lachen und eine sanfte samtweiche Stimme in ihrem Kopf: „Bisher hast du nie das Gespräch mit mir gesucht ElAya, deshalb habe ich nie zu dir gesprochen." - ElAya konnte es nicht glauben, der Stein sprach tatsächlich zu ihr. „Weißt du etwas über die Moorelfen oder über diese Regenbogenelfen?", fragte ElAya. - „Oh, ich weiß so manches. Das Wissen wohnt in mir. Vergiss die Moorelfen und mach dich auf den Weg zu den Regenbogenelfen." - Noch bevor ElAya nachfragen konnte, wie sie dorthin gelangen sollte, hörte sie wieder die warme lächelnde Stimme. - „Du musst durch den Großen Wald und über das Gebirge.", - ElAya dachte eine Weile darüber nach. Da sie aber nicht wusste, wohin sie sonst gehen sollte, dachte sie, das eine wäre sicher so gut wie das andere. „Ja, lass uns zum Volk der Regenbogenelfen aufbrechen und sehen, ob wir dort vielleicht ein Zuhause finden!"

Kapitel 11

Der Große Wald

ElAya fühlte sich nun nicht mehr einsam, denn wann immer sie wollte, konnte sie sich mit ihrem Stein unterhalten. Oft staunte sie darüber, was er für ein umfangreiches Wissen besaß. Ohne ihn hätte sie den Weg niemals gefunden. Ihre Gedanken wanderten häufig zurück zu ihrer Freundin Helena. ElAya bedauerte es sehr, dass sie sich nicht verabschieden konnte. Die alte Eule war ihr eine gute Freundin gewesen. Die Geschichte mit dem Bären hatte ihr ElAya längst verziehen. Sicher war es nicht Helenas Absicht gewesen, ihr Schaden zuzufügen.

Der Große Wald, durch den sie lief, trug seinen Namen nicht umsonst, die Bäume waren riesig, so etwas sah die kleine Elfe auf ihrer langen Wanderschaft zum ersten Mal. Wenn sie stehen blieb, was sie immer wieder tat, um nach oben zu blicken, konnte sie die Kronen der Bäume nicht sehen. ElAya kam aus dem Staunen nicht mehr heraus. Eines Tages bemerkte sie in der Ferne etwas Glitzerndes. Vorsichtig ging sie näher heran. Ein Einhorn! Sie hatte gedacht, es würde sie schon lange nicht mehr geben, aber war sicher, dass ein Einhorn vor ihr stand. An vielen langen Winterabenden hatten die Mondelfen Geschichten erzählt und ElAya erinnerte sich gut. Die

Geschichte mit dem Einhorn war immer ihre Lieblingsgeschichte gewesen. Später dann blieb sie auch diesen Treffen fern. Daran wollte sie jetzt lieber nicht denken. Langsam ging sie näher heran. Das Einhorn wandte den Kopf, es hatte die kleine Elfe längst bemerkt. "Sei vorsichtig", mahnte der Stein. ElAya blieb stehen.

"Was tust du hier, Elfe?", wollte das Einhorn wissen. ElAya war noch immer so erstaunt, dass sie gar nichts erwidern konnte. Jetzt trat das Einhorn näher. Es schien, als würde es über dem Boden schweben. Kein Laut war zu hören. Das Fell des Tieres schimmerte wie die Tautropfen am Morgen, das Horn aber glänzte, als wäre es aus purem Licht, die Flügel des Tieres sahen kraftvoll aus und doch so, als wären sie aus ganz weichen Daunen.

Vielleicht war das ihre Rettung. Sicher würde das Einhorn wissen, wie man zu dem Gebirge jenseits des Großen Waldes gelangte. Seltsamerweise konnte ihr Stein ihr darauf keine Antwort geben. So sprach ElAya: „Ich suche den Weg zum Gebirge jenseits des Großen Waldes, kennst du den Weg?" - Das Einhorn warf den mächtigen Kopf in den Nacken und begann lauthals zu lachen. „Was willst du denn in den Leuchtenden Bergen?" - ElAya war empört über so viel Unverschämtheit. Wie kam dieser Kerl dazu, über sie zu lachen. Energisch stemmte sie die Hände in die Hüften, richtete sich zu ihrer vollen Größe auf, die leider nicht wirklich beeindruckend war, und sagte: „Ich will zum Volk der Regenbogenelfen, wenn du es genau wissen willst und es wäre sehr nett von dir, mir den Weg zu zeigen anstatt über mich zu lachen du unverschämt Kerl!" - Das Einhorn hielt inne, erstaunt über die Antwort. „Werd nicht frech, Kleine!" Er funkelte ElAya aus gefährlich blitzenden Augen an, „und merk dir eins, wir Einhörner dienen niemandem, wir sind frei und unabhängig. Also such dir deinen Weg selbst oder nutze deine Flügel, du dummes Ding!", sprachs, drehte sich um und galoppierte davon.

ElAya blieb verdattert zurück. „Also so was", dachte sie, vielleicht hätte sie das Einhorn doch nicht gleich einen unverschämten Kerl schimpfen sollen, sicher hätte es den Weg zu dem Gebirge, der Leuchtenden Berge gewusst. Verflixt, wie sollte sie nur den Weg aus diesem Wald herausfinden. „Flügel", wütend kickte ElAya gegen eine Wurzel, Flügel waren erst mit 21 ausgewachsen und sie zählte gerade einmal 10 Jahre! Sie hatte sehr wohl festgestellt, dass sich auf ihrem Rücken etwas tat, aber zum Fliegen reichten diese Ansätze leider bei weitem nicht!

Es stimmte, Flügel wären wirklich sehr nützlich gewesen, um die Gegend von oben zu erkunden und den Weg zu den Leuchtenden Bergen zu finden. Außerdem gab es noch eine zweite Schwierigkeit! Bevor sie nicht ausgewachsen waren, konnte sie mit dem zusätzlichen Gewicht des Steins, nicht fliegen. Wieder kickte sie zornig gegen die Wurzel. Was sollte sie nur tun. ElAya fühlte sich müde und niedergeschlagen. So setzte sie sich unter einen Baum. Auf dem Weg hatte sie ein paar Pilze gefunden, zumindest musste sie nicht hungern.

Während ElAya über alles nachdachte und überlegte, was sie nun tun sollte, tauchte eine kleinere Ausgabe des Einhorns auf, ein Einhornkind! Es sah genauso aus wie der unverschämte Kerl von vorhin, nur irgendwie unfertig, der Glanz des Horns schimmerte noch etwas unwirklich, die Flügel wirkten eher zerbrechlich.

Die beiden musterten sich neugierig. Da ElAya schlechte Erfahrungen mit dieser Art gemacht hatte, schwieg sie und wartete erst einmal ab. Das Einhorn sah sie noch eine Weile an, dann siegte offenbar die Neugierde und es kam näher. „Hallo, mein Name ist Emilia und wer bist du?" - Na, geht ja auch netter, ging es ElAya durch den Kopf. Sie stellte sich ebenfalls vor. - ElAya war die erste Elfe, die Emilia sah und sie war gebührend beeindruckt. „Wieso hast du keine Flügel? Meine Großmutter hat erzählt, dass ihr Elfen Flügel habt", wollte sie wissen. - ElAya seufzte tief. „Ich bin noch nicht alt genug, sie haben erst angefangen zu wachsen!" „Leider", setzte sie nach einer kleinen Weile hinzu. - „Wieso leider?", wollte Emilia wissen. - „Hätte ich Flügel, würde ich den Weg zu den

Leuchtenden Bergen finden, so einfach ist das!" - „Du willst zu den Leuchtenden Bergen, ganz alleine? Du bist aber mutig! Meine Großmutter sagt, der Weg ist furchtbar weit und in den Bergen wohnen die bösen Regenbogenelfen!" Als Emilia das aussprach, wich sie entsetzt zurück. „Du bist aber keine von denen oder?" - „Nein", antwortete ElAya, „ich bin eine Mondelfe vom See" und in Gedanken fügte sie hinzu „oder auch nicht!" Laut sagte sie: „Aber genau da muss ich hin. Kannst du mir helfen?" - Das kleine Einhorn war entsetzt! Jemand wollte freiwillig zu den Regenbogenelfen! Mit Schaudern dachte sie an die furchtbaren Geschichten, die sie schon über dieses Volk gehört hatte. Emilia schüttelte sich. ElAya wollte wissen, was Emilia über dieses Elfenvolk berichten konnte und so begann das kleine Einhorn zu erzählen.

Das Volk der Elfen lebte lange friedlich in den Leuchtenden Bergen. Eines Tages aber zogen Misstrauen, Neid und Gier bei den Elfen ein. Plötzlich dachten sie, alle hätten es nur auf ihren Glanz abgesehen. Sie begannen, Mauern um ihre Siedlung zu errichten, und nicht genug damit, fingen sie auch noch an, einander zu misstrauen. Jede Elfe erhielt bei der Geburt einen Stein. - Das wusste ElAya. - Diese bewahrten die Elfen im Elfenturm auf. - ElAyas Herz schlug plötzlich schneller, vielleicht würde sie nun Antworten auf ihre Fragen bekommen. - Emilia fuhr fort. Immer wenn ein Elfenkind zur Welt kam, ging die Elfenmutter in den Turm. Dort blieb sie fünf

Tage und Nächte. Während dieser Zeit lagerten die Elfen einen Teil der Kraft des Kindes in eben diesen Steinen ab. Diese Kraft diente dem Schutz aller Elfen. Deshalb wurden die Steine im Elfenturm aufbewahrt. Sie schafften eine Art Ring um die Siedlung und beschützten das Elfenvolk. Im Gegenzug erhielt jede Elfe von dem Stein eine Gabe, aber erst an ihrem 13. Geburtstag. „Deshalb sind die Steine so wertvoll und wichtig". - Plötzlich begann ElAya zu verstehen. - Mit 13 Jahren werden die Elfen erwachsen, erzählte Emilia weiter, dann gibt es immer ein großes Fest. Das Geburtstagskind darf für fünf Tage und Nächte in den Turm. Genau so viel Zeit wie es braucht, um die Lebenskraft des Kindes in den Stein zu transferieren, braucht es auch, um die Gabe an das dreizehnjährige Elfenkind abzugeben. Im Turm erfährt jede Elfe von diesem Geheimnis.

Als die Elfen aber anfingen, einander zu misstrauen, begannen sie auch, ihre Steine bei sich aufzubewahren und nicht mehr gemeinsam im Turm. Zu groß war ihre Angst, eine andere Elfe könnte den Stein stehlen und ihre Kraft so mehren. Dadurch wurden die Elfen schutzlos. Die Steine aber begannen außerhalb des Elfenturms ganz sonderbar zu leuchten. Dieser Umstand und die Mauern, die die Elfen errichtet hatten, zogen nun wirklich Feinde an. Plötzlich glaubten die anderen Bewohner der Leuchtenden Berge, die Elfen hätten große Reichtümer und begannen sie zu überfallen.

Die Elfen mussten sich etwas einfallen lassen, sie waren verzweifelt. Emilia machte eine Pause und ElAya fragte: „Was haben die Elfen getan?" - „Nun ja", antwortete das Einhorn, „daran kann ich mich nicht mehr erinnern, es ging um irgendetwas mit den Bären, ich weiß es aber leider nicht mehr so genau, jedenfalls handelte die Geschichte von etwas ganz Furchtbarem." - ElAya wollte wissen, woher Emilia all das überhaupt wusste. - „Von meiner Großmutter, sie weiß viele solche Dinge", sagte das Einhornkind. - „Emilia, ich muss wissen, was dann geschah, kannst du deine Großmutter nach der Geschichte fragen und mir den Schluss erzählen?" - Emilia wiegte nachdenklich den Kopf. Ihre Großmutter war sehr schlau, sicher würde sie wissen wollen, woher dieses plötzliche Interesse an der alten Geschichte rührte. Was sollte Emilia ihr dann erzählen? Die Großmutter würde sicher nicht begeistert sein zu hören, dass ihre Enkelin dieses Wissen mit einer Elfe geteilt hatte. Emilia kannte das Gesetz. Die Einhörner waren die Hüter der Zeit und damit auch der Geschichten.

Natürlich erzählten die Alten den Kindern alle Geschichten, Emilia wusste aber nur zu gut, dass dies keinesfalls bedeutete, dass auch andere Wesen einfach so davon erfahren durften. Was hatte sie sich nur dabei gedacht, ElAya alles zu erzählen. Natürlich, die kleine Elfe war so traurig gewesen und da bekam sie Mitleid mit ihr. Oh nein, was hatte sie da bloß wieder angestellt. Sie konnte ihre Großmutter nicht fragen, sonst würde es herauskommen. „Hör zu ElAya, ich habe dir schon viel zu viel erzählt, das hätte ich eigentlich gar nicht gedurft. Bitte verrate mich nicht, vielleicht kannst du den Rest der Geschichte ja bei den Regenbogenelfen herausfinden, du willst doch sowieso dorthin. Bitte", setze Emilia noch hinzu und es klang wirklich sehr verzweifelt. - ElAya dachte über alles nach und schließlich versprach sie dem Einhornkind, niemandem etwas zu erzählen.

Kapitel 12

Die Einhorngroßmutter

ElAya dachte darüber nach, ob die damals getroffene Wahl, die richtige gewesen war. Vielleicht sollte sie einfach versuchen, irgendwo anders hinzugehen. Was Emilia ihr da erzählte, das hatte sich nicht so angehört, als würde sie an diesem Ort ein neues Zuhause finden. ElAya dachte noch immer über eine Lösung nach, als ihre Freundin mit großen Sprüngen zurückkam. „ElAya, ElAya, du musst sofort mitkommen, meine Großmutter will dich sprechen!" - „Aber wieso hast du ihr denn von mir erzählt, ich hab dir doch versprochen zu schweigen?" ElAya war nicht gerade erpicht darauf, die Großmutter der kleinen Emilia kennenzulernen. Noch immer dachte sie mit Schauder und Ärger an das andere große Einhorn zurück. Erwachsene eben. „Pah!".

Die Sache war allerdings ganz einfach. Emilias Bruder Lon hatte die beiden belauscht und war schnurstracks zu seiner Großmutter gerannt, um seine Schwester anzuschwärzen. Als Emilia nach Hause zurückkehrte, wusste die Großmutter bereits Bescheid und nun wollte sie ElAya sprechen, und zwar sofort! Emilia hatte mächtigen Ärger bekommen und so blieb der kleinen Elfe nichts anderes übrig als mitzugehen. Seufzend erhob sie sich. Irgendwie war das Glück, was ihre neuen

66

Bekanntschaften betraf, im Moment nicht gerade auf ihrer Seite.

Die Großmutter war wirklich beeindruckend. Sie besaß mächtige Schwingen auf ihrem Rücken, die wirkten, als wären sie mit tausenden von Silberfäden durchzogen. Ihre Hufe glänzten wie Perlmutt und ihr Fell sah so schön aus, dass ElAyas Augen schmerzten, als sie das große Tier ansah. Ihre Stimme aber war eine wirkliche Überraschung. Als das alte Einhorn sprach, war der kleinen Elfe, als würden tausend Glocken erklingen und sie hörte einen Singsang, der sie sofort in ihren Bann zog. ElAya verfiel dieser Stimme und es war ihr, als würde sie zuhause sein. Selig lächelnd sank die kleine Elfe ins Moos und schlief ein.

Das alte Einhorn hatte beschlossen, ElAya die Geschichte wieder vergessen zu lassen. Sie war eine mächtige Zauberin und dies eine leichte Aufgabe für sie. Als sie aber gerade den Zauber wirken wollte, sah sie den Stein, den die Elfe um den Hals trug. Erstaunt hielt sie inne. Dann glitt ein überraschtes Lächeln über ihr Gesicht. Nein, sie würde ihr die Geschichte nicht wegnehmen, im Gegenteil, die Elfe musste unbedingt auch den Rest erfahren. „Bring sie zu mir", befahl sie ihrem Sohn. Emilia und ihr Vater schauten sie verwundert an. „Das erklär ich euch später, jetzt bringt sie erst einmal zu mir!"

Kapitel 13

Antworten

Als ElAya erwachte, sah sie sich staunend um. Sie hatte nicht die leiseste Ahnung, wo sie war. Alles um sie her sah irgendwie durchsichtig und unwirklich aus, gerade so, als wäre sie von lauter leuchtenden Nebelschwaden umgeben. Da entdeckte sie das Einhornkind und alles fiel ihr wieder ein. Die Großmutter musste auch in der Nähe sein, denn wieder vernahm sie die Stimme, hell und melodisch wie Glockenklang. „Emilia, wo bin ich hier?" - „Bei meiner Großmutter, du wirst sie gleich kennenlernen!" Noch ehe das Einhornkind weitere Erklärungen abgeben konnte, erschien auch schon das alte Einhorn. Sie begrüßte ElAya herzlich und begann zu sprechen: - „Kleine Elfe, höre mir gut zu, denn ich werde dir nun den Rest der Geschichte erzählen!" Was ElAya da erfuhr, ließ ihr die Haare zu Berge stehen.

Die verzweifelten Elfen hatten schließlich einen furchtbaren Plan ersonnen und beschlossen, die Bärenmütter für ihre Pläne zu benutzen. Durch einen gemeinen Lockzauber war es ihnen gelungen, sie in ihre Gewalt zu bekommen. Erst einmal in ihrer Siedlung wirkte der Elfenzauber mächtig genug, um die Bären für immer zu versklaven. Die Elfen bemächtigten sich der Seelen der großen Tiere und brachten sie so dazu, ihnen zu dienen. So mächtig ist der Zauber, dass seit dieser Zeit niemand mehr zum Volk der Regenbogenelfen gelangen kann. Und noch etwas ist geschehen. Die Bären, die fast all ihre Muttertiere verloren haben, sind so traurig, dass sie überall, wo sie nun leben, viele sind es leider nicht mehr, der Umgebung alles Frohe, alles Lachen absaugen. Tja, sie sind keine gern gesehenen Gäste mehr. Überall wo sie auftauchen verklingt das Lachen und wenn sie sich in der Nähe einer Elfensiedlung niederlassen, dann kommen dort Elfenkinder zur Welt, die die besonderen Gaben ihres Volkes nicht mehr besitzen oder nur noch teilweise. Auch kommen weniger Kinder zur Welt, so dass die Völker immer kleiner werden. Irgendwann werden sie wohl entweder von ihren Siedlungen fortgehen oder aussterben. Ein trauriges Schicksal!

Das Einhorn hielt inne. „Sicher fragst du dich, warum ich dir all das erzähle. Aber höre: Einst gab es eine Weissagung und es steht geschrieben, dass eine Elfe kommt, die Grund hat, die Bären zu erlösen und die im Besitz eines Steines sein wird, der in den Farben des Regenbogens leuchtet. Diese Elfe bist du, ElAya!" - „Woher wollt ihr das wissen?", fragte ElAya. - „Ich habe den Stein wohl gesehen, den du um den Hals trägst Elfenkind, nenn mir nun auch den Grund!", fuhr die Alte fort und sie konnte an ElAyas Gesicht ablesen, dass die kleine Elfe nur zu gut wusste, was sie hören wollte. ElAya konnte einfach nicht so tun, als wüsste sie nicht, wovon das Einhorn sprach und so erzählte sie schließlich die Geschichte von Ben, dem Bären und auch wie es dazu gekommen war, dass sie in seiner Höhle landete.

Nun verstand ElAya, warum es in der Siedlung der Moorelfen so wenige Kinder gab und weshalb die Gabe verschwand. Jetzt verstand sie, wieso ihre Großmutter so enttäuscht gewesen war, als ihr klar wurde, dass auch ihre Enkeltochter die Gabe nicht besaß! Ben traf die Schuld daran! Ja, nun verstand ElAya nur zu gut, was dort vor sich ging.

ElAya konnte nicht wissen, dass dies nur ein kleiner Teil dessen war, was im Land vor sich ging. Das alte weise Einhorn erzählte ihr nur das Nötigste. Zu gegebener Zeit würde die Kleine erfahren, was sie wissen musste. „Die Zeiten werden sich nun ändern, denn die Prophezeiung wird wahr!", dachte das alte Einhorn und damit meinte sie nicht nur die Weissagung, von der sie zu ElAya gesprochen hatte.

„Nun, kleine Elfe", sagte das alte Einhorn, „damit ist auch der letzte Zweifel ausgeräumt. Du musst die Elfe sein, auf die wir gewartet haben! Mein Sohn wird dich zu den Leuchtenden Bergen bringen und dir von dort aus den Weg erklären!" - „Moment, Moment, wie könnt ihr einfach so über mich bestimmen?", fragte ElAya empört. - „Niemand entgeht seiner Bestimmung, kleine Elfe!", das alte Einhorn ließ keinen Zweifel daran aufkommen, was nun zu tun war und ohne noch einmal nach ElAyas Wünschen zu fragen, bereitete sie alles für den Aufbruch vor, gab Anweisungen und packte ein Bündel für ihren Sohn. ElAya war es, als könne sie gar nichts anderes tun und so fügte sie sich in ihr Schicksal.

Schon bald machten sich die beiden, das unverschämte Einhorn namens Fredo und ElAya auf den Weg zu den Leuchtenden Bergen. Fredo sagte auf dem ganzen Weg kein Wort. Offensichtlich führte er den Auftrag nicht gerne aus und augenscheinlich mochte er ElAya nicht. Die schwieg ebenfalls, denn auch sie mochte den eingebildeten Kerl nicht. Etwas in ihr sagte ihr aber, dass sie es Ben schuldig war, zum Volk der Regenbogenelfen zu gehen und wenigstens zu versuchen, etwas zu verändern. Also ging sie weiter, er hatte ihr schließlich das Leben gerettet.

Kapitel 14

Die Leuchtenden Berge

Unterwegs fing sie an, darüber nachzugrübeln, warum ihr Stein ausgerechnet den Weg zu den Leuchtenden Bergen nicht beschreiben konnte. Sie spürte ein warmes, wohliges Gefühl an ihrer Brust und hörte auch schon die Antwort von ihm: „Ganz recht meine Liebe – es war sehr wichtig, dass du die Einhorngroßmutter kennenlernst und von ihr die Geschichte erfährst. Und schließlich hat sie dich gut für die Reise gerüstet!" Es kam ElAya vor, als lächle der Stein vor sich hin. Mehr gab er allerdings nicht preis. Sie schüttelte nur den Kopf, wie viel sie doch erlebt hatte, seit sie aus der Mondelfensiedlung weggegangen war und nun sah es auch noch so aus, als würde sie Teil einer Prophezeiung sein, was ihr allerdings eher Angst machte, weswegen sie den Gedanken schnell wieder zur Seite schob.

Schließlich erreichten die beiden den Rand des Gebirges und ElAya erkannte, woher die Leuchtenden Berge ihren Namen hatten. Es war ein unglaubliches Schauspiel. Von den Gipfeln ging ein Strahlen aus, gerade so als wären dort Millionen von Glühwürmchen unterwegs. Verwundert stellte ElAya fest, dass es Frühling wurde.

Fredo überreichte ihr wortlos einen Beutel, den das alte Einhorn ihm mitgegeben hatte, sagte ein paar Worte zum weiteren Weg und verschwand ohne ein Wort des Abschieds im Wald. ElAya war froh, ihn los zu sein. Neugierig öffnete sie den Beutel. Was war das denn? In dem Beutel befanden sich lauter Federn. Verwundert schüttelte sie den Kopf. Was um alles in der Welt sollte sie denn mit einem Haufen Federn? Nun ja, der Beutel wog nicht viel, also beschloss ElAya ihn mitzunehmen.

Sie hielt sich genau an Fredos Anweisungen und wirklich, drei Tage später erreichte sie die Quelle, von der er gesprochen hatte. Von hier aus konnte es nicht mehr weit sein. ElAya beschloss, bis zum Abend zu warten, dann wollte sie die Gegend erkunden. Sie war ziemlich beunruhigt durch die Geschichte, die Emilia und ihre Großmutter ihr erzählt hatten.

Kapitel 15

Der Turm

Was sie am Abend vorfand, übertraf ihre schlimmsten Vorstellungen und sie hatte sich furchtbare Dinge ausgemalt während des langen Marsches durch den Großen Wald. Die Hängebrücke wurde tatsächlich von vielen Bären bewacht. Das war aber noch längst nicht das Schrecklichste. ElAya war fassungslos, dass die Bären gar nicht wirklich da waren. Es schien eher so, als seien die Seelen der Tiere in riesigen schwebenden Blasen gefangen. Das Heulen, Ächzen und Stöhnen, das die armen Tiere von sich gaben, war kaum zu ertragen. Versuchte man allerdings, näher heranzukommen, wurden sie dummerweise plötzlich ziemlich lebendig. ElAya zitterte jetzt noch, wenn sie daran zurückdachte.

Wie sollte sie nur zur Siedlung gelangen? Sie musste an den Bären vorbei, es gab keinen anderen Weg. Sie hatte überall nachgesehen. Wenn sie doch schon älter wäre, dann hätte sie Flügel. Über den Luftweg könnte sie es vielleicht schaffen. Wenn sie weit genug oben wäre, wer weiß? Verflixt, sie besaß aber keine Flügel.

Da fiel ihr der Beutel des alten Einhorns ein. Die Federn! Vielleicht würde sich daraus ja etwas bauen lassen. Ob sich das alte Einhorn das so gedacht hatte? Als ElAya den Beutel öffnete und noch darüber nachdachte, wie sie die Federn in Flügel verwandeln sollte, geschah etwas Seltsames. Es kam ihr gerade so vor, als wisse der Beutel genau, was ElAya in diesem Moment am dringendsten brauchte. Und so trug sie plötzlich mächtige Schwingen auf dem Rücken. Es war wie ein Wunder. Das alte Einhorn hatte natürlich gewusst, dass sie es nie ohne Flügel schaffen würde. Nun war ElAya zuversichtlicher. Sie würde es gleich am Morgen versuchen. Wie hoch sie wohl würde fliegen müssen? Bis zum Mond, wenn es nötig wäre. Lachend warf sie die Arme in die Luft und tanzte wie wild im Kreis. In ein paar Stunden konnte sie aufbrechen. Sie fühlte sich so frei wie noch niemals in ihrem Leben!

ElAya nutzte die Stunde des Morgengrauens. Hier in den Leuchtenden Bergen war dann alles in ein Netz aus glitzernden Fäden getaucht. Nichts konnte man so ganz genau sehen, die Dinge hatten noch keine wirklichen Umrisse. So hoffte ElAya, dass sie unbemerkt in die Elfensiedlung gelangen konnte. Darüber hätte sie sich allerdings keine Sorgen machen müssen. Die Schwingen trugen sie hoch, dass die Bären an der Brücke sie nicht wahrnahmen. Elfenflügeln wäre das niemals möglich gewesen, aber das wusste sie nicht. Das alte Einhorn hatte einen mächtigen Zauber gewirkt. ElAya genoss das Fliegen. Es war unglaublich! All ihre Sorgen, ihre Ängste, ihre Einsamkeit, alles löste sich auf, gerade so, als hätte es niemals existiert.

Unter ihr tauchte die Siedlung der Regenbogenelfen auf. ElAya beschloss zu landen. Sie konnte nicht wirklich erkennen, wo sie ankommen würde, und hoffte einfach.

Was sie sah, verschlug ihr den Atem. Es standen mindestens 50 Elfenhäuser auf der Lichtung. Jedes Haus leuchtete, als wäre es der Regenbogen selbst. Überall hörte man morgendliches Wispern und Raunen. Die Elfen begrüßten wohl gerade den Tag. ElAya überlegte, wohin sie jetzt gehen sollte. Da fiel ihr der Turm auf. Einst Mittelpunkt der alten Siedlung, hatten die Elfen das Gebiet wohl einfach verlassen und eine neue Siedlung errichtet. Die alten Behausungen waren alle mehr oder weniger verfallen. ElAya beschloss, sich den Turm aus der Nähe anzusehen, bevor die Regenbogenelfen auf sie aufmerksam wurden.

Die Tür klemmte und die Stufen waren alt und morsch. Sie stieg vorsichtig nach oben. Es konnte lange niemand mehr hier gewesen sein. Überall lagen dicke Staubschichten und Spinnen hatten ihre Netze gewebt. Auf Augenhöhe waren rundherum in der Mauer lauter kleine Fenster eingelassen. Auch hier strotzten die Scheiben vor Schmutz. Wie konnten die Elfen ihr Heiligtum nur so verkommen lassen? ElAya ging an den Fenstern entlang und versuchte, hier und da ein kleines Guckloch in die Scheiben zu wischen. Sie konnte leider nicht viel erkennen, aber die Aussicht musste früher einmal gigantisch gewesen sein. In der

Ferne sah ElAya Gipfel, die noch heller und schöner leuchteten als die, die sie hier umgaben.

Sie ging zur Mitte des Turms und setzte sich auf den Boden. Um sich herum konnte sie noch die Schalen sehen, in denen die Steine einst gelegen hatten. Damals, als die Elfen noch einen Elfenring als Schutz gehabt hatten und keinen Zauberring, der so viel Leid für die Bären bedeutete. ElAya packte ihren Stein aus und legte ihn neben sich. „Ja, so sollte es sein. Viele deiner Art müssten hier wachen. Was aber soll ich, ein kleines Elfenmädchen, tun, damit es wieder so wird?"

ElAya hatte keine Ahnung und so blieb sie einfach sitzen. Während sie so dasaß, begann sich der Turm zu verändern. Der Schmutz an den Scheiben verschwand, die Spinnen packten ihre Netze ein, der Staub löste sich auf, die Treppe setzte sich wieder instand und die Tür machte sich wieder gerade. Das Leben kehrte mit ElAya und ihrem Stein in den Turm zurück! Die kleine Elfe musste gar nichts weiter tun, ihre Anwesenheit und ihr Wunsch, der Turm möge wieder werden, was er einmal war, reichten völlig aus. Verwundert dachte ElAya: „So einfach ist meine Aufgabe? Dasein! Einfach nur da sein?" Sie schüttelte verwundert den Kopf und dann begann sie aus tiefstem Herzen zu lachen, zu tanzen und zu singen. Als sie das tat, öffnete sich ihr Herz wieder und all das Grausame, all das Schlimme, das sie in ihrem Leben erfahren hatte, verschwand. Sie würde es nie vergessen, das spürte ElAya, aber es würde auch keine Macht mehr über sie haben. Nun war sie wirklich frei!

Kapitel 16

Die Regenbogenelfen

ElAyas Gesang lockte die Regenbogenelfen an. Sie kamen zum Turm, um nachzusehen, was dort geschah. Die ersten blieben einfach stehen, mit offenen Mündern. Die etwas später eintrafen, überrannten die, die bereits da standen vor lauter Unglauben. Der Turm sah schöner aus, als er in den alten Geschichten beschrieben wurde! Und dieser Gesang! Die Elfen waren plötzlich ganz aufgeregt. Auf einmal versuchten alle gleichzeitig, ins Innere zu gelangen. Es gab ein furchtbares Schubsen und Treten, Hauen und Schlagen. Aber die Tür öffnete sich nicht für die Elfen, so sehr sie auch dagegentraten und es mit aller Kraft versuchten. ElAya hörte den Krach und sah zum Fenster hinaus. „Ja, ist es denn zu glauben!", rief sie empört, „Niemand kann den Heiligen Turm mit Gewalt öffnen! Geht alle in eure Häuser, setzt euch hin und denkt einmal darüber nach, was ihr getan habt. Wenn ihr einen Plan habt, wie ihr es wieder gutmachen könnt, dann kommt zurück!"

Die Elfen sahen sich verdutzt an. Noch niemals hatte es jemand gewagt, so zu ihnen zu sprechen! Wer befand sich da oben in ihrem Turm? Wer konnte so dreist mit ihnen reden! Empört gingen sie nach Hause, um sich zu beraten. Sehr bald bemerkten sie aber, dass von dem Turm eine ungeheure Anziehungskraft ausging. Er leuchtete und lockte die Elfen und der Gesang erschien ihnen süß wie Nektar. Sie mussten in den Turm, koste es, was es wolle. So oft sie es aber auch versuchten, die Tür ließ sich nicht öffnen. Jede Leiter, mit der sie es probierten, zerbrach sofort. Jede Elfe, die versuchte nach oben zu fliegen, versengte sich die Flügel.

Nachdem die Elfen länger als eine Woche jeden Tag aufs Neue versucht hatten, einen Weg zu finden, beschlossen sie, die Stimme im Turm um Rat zu fragen. Die Elfen hatten drei aus ihrer Siedlung auserwählt. Die sollten hingehen. Es musste einen Weg geben, in den Turm zu gelangen. Der Turm gehörte ihnen! Jawohl, so sagten und riefen sie, es wäre ja gelacht, wenn ausgerechnet sie nicht hineinkönnten!

ElAya saß noch immer im ehemaligen Heiligtum. Sie fühlte sich leicht benommen. Das Erlebnis hier im Turm war surreal und dann diese Stimme. Es kam ihr vor, als würde sich der Turm ihrer bedienen, um zu den Elfen zu sprechen.

Sie war noch ganz mit diesen Gedanken beschäftigt, als die drei Elfen unten auftauchten und anfingen hinaufzurufen: „Du da oben, sag uns, warum wir nicht in den Turm können?" ElAya spürte, wie der Turm wieder von ihr Besitz ergriff, um zu den Elfen zu sprechen. - „Denkt nach über die schlimmen Dinge, die ihr anderen angetan habt und ändert sie!", rief es zu den drei Elfen hinab.

Die sahen sich nur an und machten auf dem Absatz kehrt! Die Stimme war ihnen unheimlich. Sie berichteten den anderen, was sie gehört hatten. Da erhob sich ein wütendes Zischen und Schreien. „Nichts haben wir getan, wir sind ein friedliches Volk, was will diese Stimme von uns?" Die Regenbogenelfen waren empört und beleidigt. Sie beschlossen, das Rufen und Locken des Heiligtums zu ignorieren. „Pah, sie hatten den Turm schließlich bisher auch nicht gebraucht", sagten sie zueinander und verschwanden in ihren Häusern.

Es dauerte allerdings nicht lange, da kamen sie wieder heraus. Der Sog des Turms war mächtig und stark. Die Elfen berieten und berieten, bis sie der Anziehungskraft nicht mehr widerstehen konnten. Sie mussten zu dieser Stimme und würden tun, was sie verlangte! Das Leben schien ihnen nicht mehr lebenswert, wenn sie nicht in den Turm gelangen konnten. Dieses Mal gingen alle zusammen. Unten angekommen, riefen sie nach oben: „Höre, Stimme, wir haben nochmals beraten und wir wissen nicht, was wir Böses getan haben, aber wir sind bereit, alles zu tun, wenn wir Einlass in den Turm bekommen!"

ElAya glaubte, ihren Ohren nicht zu trauen! So eine Bande! Es konnte doch nicht sein, dass sie das Unrecht gar nicht mehr sahen, oder etwa doch? Sie war so zornig, dass sie dieses Mal der Stimme des Turmes nicht bedurfte. Wütend schrie sie zu den Elfen hinab: „Und die Bären, was ist mit den armen Bären, was habt ihr ihnen angetan?" - Und der Turm fuhr fort: „Habt ihr niemals anderen Leid zugefügt, so öffnet sich die Tür von selbst, habt ihr es aber doch getan, so werdet ihr vor Sehnsucht nach dem Turm nicht mehr essen, noch trinken, noch schlafen." - Das Volk sah sich verdutzt an. Was sollte das denn für eine Antwort sein? Ihnen fehlten die Worte. Sie hatten niemals etwas Böses getan und die Bären dienten ihnen eben. Was sollte daran falsch sein? Es war schon immer so.

Aber nach sehr kurzer Zeit mussten die Elfen feststellen, dass sie wirklich nicht mehr essen, trinken oder schlafen konnten. Sie begannen, sich große Sorgen zu machen. Lange durfte das nicht mehr so weitergehen, sonst würden die Alten und die ganz Kleinen verdursten oder verhungern. Plötzlich begannen sie wieder, an die anderen zu denken, nicht nur an sich selbst.

Kapitel 17

Der Eremit

Tamia, die Enkeltochter der verstorbenen Run, die eine der ältesten Elfen des Volkes gewesen war, erinnerte sich an die vielen Geschichten, die die Großmutter ihr erzählt hatte. Sie hatte stets gedacht, die Großmutter würde das nur erfinden. Nun aber musste sie erkennen, dass Run sehr viel Wissen besessen und die Geschichten nicht einfach nur so erzählt hatte. Nein, sie verstand nun genau. Die Großmutter wollte ihr dieses Wissen weitergegeben für den Fall, dass sie nicht mehr am Leben sein sollte, wenn eintraf, was nun geschehen war. Run handelte in weiser Voraussicht, denn nun war sie tot und ihre Enkelin vermutlich die einzige, die noch um die alten Sagen wusste. Was sollte sie denn jetzt tun? Die anderen würden einer Zehnjährigen doch niemals glauben! Sie glaubten ja nicht einmal der Stimme im Turm.

Die Elfe grübelte lange nach, dann überlegte sie, was ihre Großmutter Run wohl getan hätte. Irgendwann fiel ihr die Elfenhütte am Silbernen Berg ein. Früher, als sie noch ganz klein gewesen war und ihre Ahne gut zu Fuß, hatten sie oft einen alten Mann besucht, der dort wohnte. Sie erinnerte sich, wie die Großmutter über sein außerordentliches Wissen geredet hatte.

Wie war nur gleich sein Name gewesen? Sie konnte sich nicht mehr erinnern.

Einige Elfen wurden unglaublich alt. Sein könnte es, dass er noch lebte und dann wusste er vielleicht einen Rat. Sie beschloss zu handeln, irgendjemand musste etwas tun. Ohne den anderen Bescheid zu sagen, brach sie auf. Es waren etwa zwei Stunden zu Fuß. Fliegen wäre einfacher gewesen, aber ihr erging es wie ElAya. Auch sie war erst zehn Jahre alt und ihre Flügel leider noch sehr kümmerlich. Sie würde laufen müssen. Aber auch die Großmutter war immer mit ihr gelaufen, sie hatte stets Gefallen daran gefunden, obwohl sie gut hätte fliegen können.

Im letzten Moment fiel ihr noch etwas ein: sicher wäre ein Geschenk nicht schlecht! Sie grübelte nach, was sie dem Eremiten mitbringen könnte. „Essen, ja natürlich! Sicher würde er sich darüber freuen. So ganz allein und vergessen wie er lebte, war seine Nahrung wohl nicht üppig." Sie bekam ein schlechtes Gewissen. „Ihr Volk dachte nicht mehr an den alten Mann. Seit Run tot war, hatte ihn niemand mehr besucht, um ihm Essen zu bringen. Sie selbst auch nicht! Hoffentlich lebte er noch! Wie selbstsüchtig sie doch alle waren. Ihre Ahne konnte nicht die einzige gewesen sein, die den alten Elf kannte! Nun, das ließ sich jetzt nicht mehr ändern!" Sie packte, so viel sie tragen konnte, in den alten Rucksack ihrer Großmutter und machte sich auf den Weg. Die Sonne schien heiß an diesem Tag und sie brauchte fast drei Stunden bis zu der alten Hütte am Silbernen Berg. „Meine Güte, wie lange ist das nun schon her, seit ich mit Großmutter hier war?", überlegte sie. Damals, als Run noch lebte, besuchten sie den alten Oliv regelmäßig und brachten ihm Essen. Genau, Oliv war sein Name und plötzlich spürte sie, dass er noch lebte, sie konnte seine Präsenz fühlen und ein leiser Schauder lief über ihren Rücken. Er musste ein mächtiger Zauberer sein.

Schüchtern klopfte sie an die Tür. Nach einer Weile hörte sie von drinnen eine leise Stimme: „Komm nur herein, mein liebes Kind." - Verblüfft öffnete sie die Tür. Dann fiel es ihr wieder ein. Der Eremit konnte seine Gedanken auf Wanderschaft schicken. Und wohl auf diese Art nachgesehen, wer an der Tür war. Sie staunte wieder einmal über diese Gabe und erinnerte sich, dass sie Oliv einmal gefragt hatte, wie er das mache. - „Übung mein Kind, Übung - und Zeit dazu hat man hier im Überfluss.", war seine Antwort gewesen. Tamia trat ein und packte ihren Rucksack aus. Oliv setzte Tee auf wie früher. Nachdem Tee wartete Oliv einfach ab. Er merkte, dass sie etwas auf dem Herzen trug. Sie druckste zwar noch eine Weile herum, dann aber platzte alles aus ihr heraus, gerade so, als würde eine Tüte mit Elfenkaramell zerplatzen. Oliv hörte geduldig zu, bis sie zu Ende gesprochen hatte. „So so, und alle Elfen waren sich einig, nichts Böses getan zu haben! Auch die Alten?", wollte der

Eremit von ihr wissen. Leider konnte das Elfenkind dies nur bestätigen. „Sie sind völlig verzweifelt, aber mir würden sie trotzdem keinen Glauben schenken! Für sie sind die Bärenmütter ein Schutz und lebensnotwenig, niemals würden sie sie gehen lassen, nur weil eine Zehnjährige ihnen das sagt!"

Oliv dachte lange nach. Es mussten Stunden vergangen sein, als er wieder sprach. „Komm mit, ich werde dich begleiten!" Tamia fiel eine Zentnerlast vom Herzen! Oliv war ihre einzige Hoffnung, ihm mussten die anderen einfach glauben! „Wir haben einen langen Weg vor uns, denn ich kann nicht mehr sehr schnell gehen."

Kapitel 18

Olivs Botschaft

Im Morgengrauen des nächsten Tages erreichten die beiden das Dorf. Die Kunde, dass Oliv, der alte Eremit, ins Dorf kam, breitete sich wie ein Lauffeuer aus. Offensichtlich wussten doch noch sehr viele Elfen von ihm, auch wenn sich keiner je die Mühe gemacht hatte, nach ihm zu sehen oder ihm Essen zu bringen. „Was will er hier..., woher weiß er von unserer Not...", so raunte es überall. Die Kinder, die Oliv nicht kannten, bekamen ihre kleinen Münder nicht mehr zu, als sie ihn sahen.

Die Haut des alten Mannes war so faltig, dass sie ganz brüchig aussah. Er war sehr klein und seine Haare schlohweiß und so lang, dass sie den Boden berührten. Er musste uralt sein! Sein Gang aber war aufrecht wie der eines jungen Elfs und seine Augen das Beeindruckenste überhaupt. Den Kindern kam es gerade so vor, als könne Oliv in ihr Herz sehen und dem einen oder anderen wurde es dabei Angst und Bang. Wirklich unbehaglich wurde es allerdings den alten Elfen des Dorfes. Denn als Oliv sie so der Reihe nach musterte und dabei jedem tief in die Augen sah, da fiel ihnen allen eine ganz alte Geschichte ein, die Geschichte vom Elfenturm, vom Heiligtum, von den Steinen, die gemeinsam verwahrt wurden, vom Schutzring aus Elfenkraft.

Oliv musste nichts sagen. Mit der Erinnerung an diese alte Geschichte wurden die ersten Zweifel wach! Wofür brauchten sie die Bären? Warum lebten diese großen wilden Tiere bei ihnen? Die eine oder andere Elfe hatte wohl doch schon einmal eine Mutter oder Großmutter murmeln hören, dass es Unrecht sei, was die Elfen mit den Bären taten. Niemals hatte jemand das laut ausgesprochen und doch waren wohl nicht immer und zu allen Zeiten alle mit diesem Vorgehen einverstanden gewesen.

Dann aber verging so viel Zeit, dass die Regenbogenelfen die Erinnerungen verdrängten und der Zauberschutzkreis, den die Bären für die Elfen weben mussten, erschien ihnen so selbstverständlich und normal, dass sie kein Unrecht mehr darin sahen. Nun aber war etwas geschehen, das sie veranlasste nachzudenken. Sie mussten handeln, bevor die ersten von ihnen starben. Deshalb waren sie nun bereit, Oliv zuzuhören. Was er ihnen erklärte und erzählte, gefiel ihnen aber nicht. Ihre Steine sollten sie zum Turm bringen und die Bären freilassen. Sie hatten sich so sehr an ihre Steine gewöhnt und glaubten so innig, dass sie ohne deren Kraft in ihrer Nähe nicht leben konnten.

Während sie noch das Für und Wider abwogen, starb der kleine Holler. Der Junge war erst ein paar Tage alt gewesen und da er nicht mehr trinken konnte, kam für ihn die Entscheidung zu spät. Die Elfen waren so schockiert, dass sie alle, ohne noch einmal darüber zu sprechen, in ihre Häuser gingen, ihre Steine holten und in einer langen Prozession zum Turm gingen.

ElAya konnte nicht glauben, was sie sah. Die Elfen rückten tatsächlich an. Wie ein langer bunter Regenbogen zog sich ihre Schlange dahin. Nun würde sicher alles gut werden. Hätte sie gewusst, was für einen Preis das Volk für diese Veränderung bezahlt hatte, sie wäre entsetzt gewesen, denn wären sie nicht so selbstsüchtig gewesen, so würde Holler noch leben. So aber war ElAya einfach froh, dass die Bären bald frei wären.

Sie überlegte, was nun wohl geschehen würde. In diesem Augenblick öffnete der Turm seine Pforten. Nacheinander wanderten die Elfen die nun wieder völlig intakte Wendeltreppe des Turmes nach oben. Schweigend legten sie ihre Steine in die dafür vorgesehenen Schalen. Die letzte Elfe hatte ihren Stein gerade losgelassen, als draußen ein unglaublicher Tumult losbrach. In dem Moment, als der Elfenschutzring seine Kraft wiederherstellte, waren die Bären frei! So schnell sie konnten, liefen die großen, mächtigen Bärenmütter in den Wald. Ihre tiefen Stimmen hörte man noch lange. Sie riefen nach ihren Kindern und nach ihren Gefährten. ElAya hoffte, dass auch Ben die Rufe hören würde. Vielleicht könnte er wieder zu seiner Familie zurückkehren. Sicher nicht für immer, aber wenigstens, um zu sehen, dass seine Mutter noch am Leben und frei war!

Kapitel 19

Veränderung

Am Abend saßen alle Elfen um ein großes Feuer. Noch einmal sprachen sie über die vergangenen Ereignisse. Sie schworen an diesem Abend, dass es nie wieder soweit kommen sollte. Dass Holler gestorben war, daran trugen sie alle Schuld. Er sollte sein Leben nicht umsonst gelassen haben. Die Elfen beschlossen, wieder einen Rat zu wählen. Dieser sollte darüber wachen, dass Missgunst und Neid, Selbstsucht und Eigennutz für immer der Vergangenheit angehörten. ElAya freute sich sehr, das zu hören. An diesem Abend freundete sie sich mit dem Elfenmädchen Tamia an, sie war ElAyas erste Elfenfreundin! Ihr schwindelte vor Glück, hier würde sie bleiben, nun hatte sie endlich ein Zuhause gefunden.

Tagelang erzählten sich die beiden Mädchen Geschichten aus ihrem Leben. Sie lachten und spielten und waren glücklich. Dann beschloss Tamia, Oliv zu besuchen. Von nun an wollte sie den Brauch ihrer Großmutter fortsetzen. Sie nahm ihre neue Freundin mit. Diese staunte nicht schlecht, als Oliv sie durch die geschlossene Türe begrüßte. Als sie den Raum betrat und Oliv das erste Mal sah, da wurde ihr ganz eigenartig zumute. Der erste Kreis schloss sich. In ElAyas Innerstem erblühte etwas. Sie öffnete sich wie ein Blütenkelch seine Blätter und plötzlich spürte ElAya, dass sie nicht bei den Regenbogenelfen bleiben konnte. Ihr Platz war hier bei diesem alten Mann. Sie wusste es ganz genau, obwohl dieser Gedanke sie sehr traurig machte. Oliv lächelte sie nur an, auch er hatte in diesem Moment erkannt, dass seine Schülerin, auf die er schon so lange wartete, nun endlich gekommen war.

Oliv setzte Tee auf. Um alles zu besprechen, würde nach der ersten Tasse noch Zeit genug sein! Tamia spürte die Veränderung. Sie wurde unendlich traurig, als ihr Oliv erklärte, dass ElAya bei ihm bleiben musste. Sie sollte sich einer Ausbildung unterziehen. Mehr konnte Tamia nicht aus ihm herausbekommen. Traurig und alleine machte sie sich schließlich auf den Heimweg. Seit ihre Großmutter tot war, war sie nicht mehr so glücklich gewesen und nun musste sie ElAya zurücklassen und verstand noch nicht einmal warum. Zornig kickte sie einen Stein weg. Der Abschied war schrecklich gewesen, aber auch ihre Freundin hatte ihr versichert, dass Oliv recht hatte. Gründe konnte auch sie keine nennen, aber sicher war sich ElAya gewesen, das hatte Tamia gespürt. Sie nahm sich fest vor, regelmäßig nach ihrer Freundin zu sehen. Wer wusste schon, was der verrückte Alte mit ihr anstellen würde. Daraus sollte allerdings nichts werden. ElAya fragte sich oft, warum Tamia sie nie besuchte. Oliv verschwieg ihr, dass ihre Freundin auf dem Heimweg einen schrecklichen Unfall hatte. Es passierten immer schlimmere Dinge im Land, aber noch war die Zeit nicht reif, ElAya davon zu erzählen.

Kapitel 20

Die Ausbildung

ElAya stöhnte, als Oliv sie um fünf Uhr in der Frühe weckte. Sie
würden heute mit der Ausbildung beginnen. Der alte Elf hatte
schon durchklingen lassen, dass es sehr anstrengend für ElAya
werden würde. Die Ausbildung begann um fünf in der Früh und
dauerte bis spät in die Nacht. Viel Schlaf würde sie wohl nicht
bekommen. ElAya fragte sich, warum Oliv es so eilig hatte.
Befürchtete er bald zu sterben? Er war wirklich unglaublich alt!

ElAya reckte sich ein letztes Mal, dann stand sie auf und
schlurfte in den Wohnraum. Oliv war bereits hellwach und
fertig angezogen. „Guten Morgen ElAya!", begrüßte er sie und
sie sah die Missbilligung in seinem Gesicht, als er ihr
Nachtgewand bemerkte. „Wir wollen gleich mit deiner
Ausbildung beginnen", fuhr Oliv fort. - ElAya sah ihn
unbehaglich an: „Könnten wir nicht zuerst frühstücken, ich bin
schrecklich hungrig!" - Oliv lächelte nur. „Deinen Hunger zu
bekämpfen, das ist deine erste Lektion! Es ist ausgesprochen
wichtig, dass du lernst, deine körperlichen Bedürfnisse zu
kontrollieren!" ElAya war sprachlos: „Na das konnte ja heiter
werden!".

Sie gingen mindestens eine halbe Stunde durch ziemlich unwegsames Gelände. ElAya keuchte und konnte kaum mit dem alten Elf Schritt halten. „Woher nahm er nur diese unglaubliche Kondition?" Ihr das mitzuteilen, wäre ihm ein Leichtes gewesen, aber das wollte er nicht. Er fühlte sich um Jahre jünger, seit ElAya hier war. Endlich! So lange hatten sie auf diesen Tag gewartet. Er würde ihr alles beibringen, was er wusste und das möglichst rasch. Sie durften keine Zeit verlieren. Als Oliv stehen blieb, erstreckte sich vor ihnen ein großes Felsplateau. Er ließ sich im Schneidersitz nieder und ElAya wunderte sich ein weiteres Mal, wie gelenkig, beweglich und außerordentlich fit der Alte war. Sie hingegen war völlig erledigt und ließ sich dankbar neben ihm nieder. Oliv schwieg, und ElAya traute sich nicht nachzufragen, was sie hier eigentlich taten. Der alte Elf blickte zu den Bergen und schien auf etwas zu warten und wirklich, plötzlich glitt ein Lächeln über sein Gesicht und sie bemerkte, dass die Sonne hinter den Berggipfeln auftauchte.

„Oliv hat mich doch wohl hoffentlich nicht hier herauf geschleppt ohne Frühstück, um sich den Sonnenaufgang anzusehen?" ElAya hatte den Gedanken noch nicht zu Ende gedacht, da antwortete der auf die unausgesprochene Frage: „Aber natürlich sind wir deshalb hierhergekommen! Ist der Anblick nicht einfach atemberaubend? Dies ist deine zweite Aufgabe, die Wunder der Welt, in der du lebst, wahrzunehmen und zu achten! Deshalb wirst du nun jeden Morgen vor Sonnenaufgang hier heraufsteigen und dir dieses Wunder ansehen und zwar ohne zuvor etwas zu essen oder zu trinken." -.„Pah das werden wir noch sehen", dachte ElAya trotzig, „worauf hatte sie sich da nur eingelassen?" - „Ich werde dich selbstverständlich mit meinen Gedanken begleiten", erwiderte er lächelnd, „zumindest so lange, bis ich sicher sein kann, dass du dich an meine Anweisungen hältst." ElAya ahnte, dass sie Verfehlungen und Schwindeleien jedweder Art vergessen konnte. Entweder sie wollte diese Ausbildung oder nicht, halbe Sachen gab es nicht. Eigenartigerweise spürte sie ganz tief in ihrem Inneren, dass sie es trotz aller Strapazen, die auf sie zukamen, tun musste. Warum, das hätte sie nicht erklären können, es war wie ein innerer Zwang. Also würde sie sich wohl in Zukunft jeden Morgen hungrig und durstig hier heraufquälen, um sich dieses Ereignis anzusehen. ElAya seufzte noch einmal tief und Oliv lächelte vor sich hin.

Später, in der Hütte, gab es wirklich und wahrhaftig endlich Frühstück. Beeren, wilder Honig und selbstgebackenes Brot, dazu frischer Tau. ElAya wollte sich schon setzen, da mahnte der Elf: „ElAya, geh dich zuerst waschen und dann zieh die Sachen an, die ich dir zurechtgelegt habe!" Widerwillig ging ElAya zur Quelle hinter der Hütte, dann zog sie sich um. Die Kleidung fand sie etwas merkwürdig für ein Elfenmädchen. Hosen, ganz fein gewebt, aber sehr fest, aus einem ihr unbekannten Material, sowie ein kurzes Gewand, das mit einem breiten Gürtel zusammengehalten wurde. Das Oberteil besaß weite Ärmel und war brombeerrot. Die Schuhe die Oliv dazugelegt hatte, erinnerten ElAya an die Stiefel des Zwerges Oleor, nur waren sie viel feiner gearbeitet. Noch niemals zuvor hatte sie so etwas getragen, keine Elfe, die sie kannte, besaß solche Kleider. Stets hüllten sich alle in fließende lange Gewänder. „Nun ja, dachte ElAya, ich werde mich sicher daran gewöhnen."

Als ElAya in den Wohnraum ging, um zu frühstücken, stellte sie mit Entsetzen fest, dass das Essen verschwunden war. „Wo ist das Frühstück hin?", fragte sie mit einem weinerlichen Unterton in der Stimme. - „Es ist noch nicht Zeit! Zuerst steht dir noch eine Übung bevor, aber ich verspreche dir, dann gibt es Frühstück!" - „Ich kann mich nicht auf irgendeine Aufgabe konzentrieren, wenn mein Magen knurrt wie verrückt, Oliv, das musst doch sogar du einsehen!" - „Genau das wirst du aber lernen und deshalb werden wir es nun jeden Morgen so handhaben. Komm mit!" ElAya traute ihren Ohren nicht, jeden Morgen – der Alte war wohl verrückt geworden!

Sie wollte sich diese Sache noch einmal überlegen! Ernst sah Oliv sie an, „ElAya, es gibt für dich nun kein Zurück mehr! Deine Entscheidung ist gefallen und mit deinem Einverständnis hast du dich für die Zeit deiner Ausbildung an mich gebunden." -

„So", erwiderte ElAya wütend, „und was sollte mich daran hindern, dieses Zugeständnis zurückzunehmen?" - Ruhig erwiderte der Elf: „Glaub mir, die Aufgabe, die vor dir liegt, erfordert all die Übungen, die ich dir abverlange und vermutlich noch viel mehr!" ElAya bekam bei diesen Worten eine Gänsehaut. Sie war hier gefangen, ob sie wollte oder nicht, und wohl oder übel würde sie tun müssen, was ihr Lehrer von ihr verlangte. Zorn und Wut wallten in ihr hoch. „Der Alte sollte sich noch wundern, wenn sie schon bleiben und diese Ausbildung durchstehen musste, dann würde sie die beste Schülerin werden, die er je gehabt hatte." - Glücklicherweise sah ElAya nicht das zufriedene Lächeln, das sich in diesem Moment auf dem Gesicht des alten Eremiten ausbreitete. - Ja, sie war die Richtige. Nach der Ausbildung würde sie der schwierigen Aufgabe hoffentlich gewachsen sein! „Ach, wenn es doch schon so weit wäre! Sie hatten so wenig Zeit!", seufzend wandte er sich um.

Kapitel 21

Spiel und Tanz

Oliv führte ElAya in ein kleines Waldstück und befahl ihr, sich auf einen moosigen Baumstumpf zu setzen. Er nahm ebenfalls Platz. „Nun sieh dich um und versuch an nichts zu denken, lass nur die Umgebung auf dich wirken." Doch je mehr sich ElAya bemühte, an nichts zu denken, desto stärker strömten die Gedanken auf sie ein. Sie dachte an die Mondelfen, die Moorelfen und an das köstliche Frühstück, das sie erwartete. Oliv schüttelte den Kopf und verlangte, dass sie sich mehr Mühe gab. Nach vielleicht einer Stunde gelang ihr ein winziger Augenblick der Leere, dann aber brachen die Gedanken wieder über sie herein. - „Wir machen Schluss für heute, das war gar nicht so schlecht! Lass uns frühstücken gehen!"

Als sie die Hütte betraten, war der Tisch gedeckt. „Wie hast du denn das gemacht, du warst doch die ganze Zeit mit mir zusammen?", wollte ElAya verwundert wissen. - „Oh, der Tisch war schon die ganze Zeit gedeckt, du hattest nur den Eindruck, ich hätte das Frühstück wieder abgeräumt!", sagte Oliv lächelnd. - „Aber dann hast du auch noch nichts gegessen?" - „Aber nein, dachtest du, ich erwarte nur von dir, deinen Hunger zu kontrollieren, ohne es selbst zu tun? Aber jetzt greif zu!" Als ihr Frühstück beendet war, ging der Unterricht weiter. ElAya, die schon dachte, die Fertigkeit „Kopf entleeren" für heute hinter sich gebracht zu haben, wurde leider schnell eines Besseren belehrt. Oliv brachte sie dieses Mal an einen anderen Ort. Sie hielten unter einem mächtigen Buchenhain und Oliv führte ElAya in die Mitte. Dort setzte sie sich auf die Erde. „Du wirst nun die Aufgabe von heute Morgen fortführen ElAya! Schweig!", unterbrach er ElAyas Einwand, noch bevor diese überhaupt etwas sagen konnte. „Ich weiß wohl, dass du diese Arbeit hasst mein Kind, aber es ist von immenser Bedeutung für deine weitere Ausbildung! Also gib dir Mühe und überwinde deine Abneigung. Ich kehre zur Hütte zurück. Wenn es dir gelingt, deinen Geist für eine Weile zur Ruhe kommen zu lassen, dann komm zurück!" Mit diesen Worten drehte sich der alte Elf um und verschwand.

ElAya holte tief Luft. Hatte sie nicht noch vor wenigen Stunden beschlossen, die beste Schülerin des Alten zu werden. Nun, keiner konnte wissen, dass er wieder mit dieser vermaledeiten Übung weitermachen würde. Ihre Hoffnung war es gewesen, eine kurze Schonfrist zu erhalten und zwischendurch etwas anderes tun zu können. ElAya versuchte sich zu konzentrieren, aber je mehr Mühe sie sich gab, desto mehr Gedanken stiegen in ihr auf. Es war wirklich zum Verrücktwerden. Sie saß in der Mitte des Hains, bis es dunkel wurde und schaffte es einfach nicht, ihren Geist zu beruhigen und ihre Gedanken zu sammeln.

Enttäuscht beschloss sie, dass es für heute genug sei und sie zur Hütte zurückkehren würde.

Als sie aufstand, konnte sie ihre Beine kaum noch bewegen, sie war viele Stunden im Schneidersitz auf der Erde gesessen und nun kribbelten ihre Beine wie verrückt. Sie begann zu tanzen, um wieder Leben in ihre Beine zu bekommen und das Kribbeln zu vertreiben. Als sie eine Weile getanzt hatte, bemerkte sie, dass die Buchen um sie herum anfingen zu wispern und zu summen. Verdutzt hielt ElAya inne. „Tanz weiter, ach wie schön, so lange haben wir den Elfentanz vermisst", ElAya traute ihren Ohren nicht, die Bäume sprachen zu ihr! Sie baten immer wieder um ihren Tanz, bis ElAya einfach weitermachte. Sie konnte ja später noch mit ihnen reden und wer konnte schon wissen, ob nicht gar die Bäume einen Rat wussten, wie sie es schaffen sollte, ihre Gedanken loszuwerden. Während sie so für die Bäume tanzte, entdeckte ElAya, wie viel Spaß ihr das bereitete. Das war eine neue Erfahrung. Sie hatte sich ja auch immer im Hintergrund gehalten und nie mit den anderen Elfenkindern gespielt.

Bisher war sie daher nie auf die Idee gekommen zu tanzen. Umso größer war ihre Freude jetzt. Sie wirbelte herum und schwang ihre Beine und Arme in der Luft. Voller Freude bemerkte sie, dass die Bäume zu ihrem Rhythmus sangen. Am Ende hätte sie nicht mehr sagen können, wer von ihnen mehr

Freude empfand, die Buchen oder sie selbst. Erschöpft von der ungewohnten Bewegung ließ sie sich auf die weiche Erde fallen. Die Bäume klatschten wie wild mit ihren Blättern gegen den Stamm: „Komm wieder und tanz für uns", riefen sie noch eine ganze Weile, dann verstummten sie, gerade so, als wären auch sie müde von ihrem Spiel, in dem sie offensichtlich nicht mehr geübt waren.

ElAya fühlte sich trunken vor Glück, so dass sie beschloss, noch eine Runde zu üben. Oliv würde sowieso nicht sehr erfreut sein, von ihrem Misserfolg zu hören und sein Kommentar konnte getrost noch ein wenig warten. Plötzlich fühlte sie sich sehr wohl hier. Kaum hatte ElAya die Augen geschlossen, hörte sie die Bäume wispern: „Schick sie zum Tanzen, schick die Gedanken zu einem fröhlichen Reigen!" Und die kleine Elfe verabschiedete jeden Gedanken, der in ihr aufstieg und schickte ihn zum Tanz! „Komm wieder, wenn du müde bist, gab sie ihnen mit auf den Weg." Und wirklich, langsam verschwanden ihre Gedanken und irgendwann stiegen keine neuen mehr in ihr auf.

ElAya saß minutenlang völlig regungslos da und spürte dem unglaublichen Gefühl nach, dann bemerkte sie, dass die Gedanken langsam vom Tanz zurückkehrten. Sie erfasste außerdem, dass die Gedanken Kraft und Energie mit zu ihr zurückbrachten. ElAya war verzückt. Das musste sie unbedingt Oliv erzählen. In freudiger Erregung lief sie zur Hütte zurück.

„Oliv, Oliv", rief sie schon von Weitem, „ich habe es geschafft! Und stell dir nur vor, wer mir geholfen hat – die Buchen! Oliv kannst du das glauben?" Der alte Elf reagierte auf ElAyas Bericht alles andere als begeistert. Streng musterte er sie und hielt ihr eine lange Strafpredigt: „ElAya, wenn ich dir eine Aufgabe stelle, dann erwarte ich, dass du sie ganz alleine erfüllst und dich nicht irgendwelchen Mächten und Helfern bedienst – ist das klar!". ElAya bemerkte erstaunt, wie wütend Oliv war. Aber in diesem Fall konnte sie ihm nicht zustimmen. Was sollte falsch daran sein, dass die Bäume ihr geholfen hatten?

Als sie das dachte, bemerkte sie, dass Oliv versuchte, in ihren Geist einzudringen. Obwohl sie dies noch nie getan hatte, schloss sie die Tür zu diesem inneren Raum. Erstaunt hielt der Alte inne. Dann sah er sie an und sagte: „Oh, du scheinst heute noch mehr gelernt zu haben – die Fähigkeit, deinen Geist zu verschließen!" ElAya bemerkte sehr wohl, dass ihm das nicht gefiel. Für den Alten kam diese Fähigkeit in seinem Ausbildungsprogramm sicher sehr weit hinten und sie verstand auch warum! Nun würde er nicht mehr all ihre Gedanken überprüfen können. ElAya war den Buchen sehr dankbar für dieses Geschenk, denn dass sie es von den Bäumen hatte, daran zweifelte ElAya keine Sekunde.

Der alte Elf hingegen sorgte sich sehr! Es könnte sehr gefährlich für ElAya werden, wenn er nicht mehr in der Lage war, sie ständig zu begleiten. Was für die kleine Elfe eine furchtbare Überwachung war, das bedeutete für ihn anstrengende Arbeit. Aber das wusste ElAya nicht.

Der Abend dämmerte bereits, aber offensichtlich war Oliv noch immer schlechter Laune. ElAya bemerkte sehr wohl, dass sich der Alte bemühte, sich nichts anmerken zu lassen, aber sie spürte es dennoch, was ElAya überhaupt nicht komisch vorkam. Oliv hingegen machte sich durchaus seine Gedanken. ElAya schien noch viel begabter zu sein, als er erwartet hatte. Er würde die Ausbildung nicht zu Ende führen können. Dazu fehlten ihm einige besondere Fähigkeiten, die ihm früher zu eigen gewesen waren. Nun waren sie für immer verloren.

Sie konnte trotz allem noch viel von ihm lernen. So durfte er sie nicht gehen lassen. Aber dass sie nun schon begann, ihren Geist zu verschließen, das würde für die Ausbildung, die noch vor ihnen lag, alles andere als förderlich sein. Oliv rieb sich den schmerzenden Kopf. Er bekam wirklich Kopfschmerzen von diesen Überlegungen! Das war ihm wahrlich schon lange nicht mehr passiert! Wenn er ihren Geist nicht mehr kontrollieren konnte, würde er sie bei den gefährlichen Übungen nicht mehr schützen können. Es blieb ihm keine Wahl, er musste noch schneller und unerbittlicher mit ihr arbeiten. ElAya sollte die Auswirkungen dieser Schlussfolgerungen noch früh genug zu spüren bekommen!

Oliv ließ sie jede Nacht nur noch drei bis vier Stunden schlafen und seine Forderungen nach Erfolg bei den Aufgaben, die er ihr stellte, wurden immer härter und strenger. ElAya fragte sich in diesen Wochen oft, wie lange sie das Programm noch durchhalten würde. Sie kämpfte so oft mit dem Schlaf, weswegen ihr die Fortschritte, die sie machte, gar nicht auffielen. Was ihr hingegen sehr wohl auffiel, waren ihre Misserfolge und am schlimmsten fand sie die Aufgaben, die nur erledigt werden konnten, wenn sie es schaffte, ihre Gedanken auf Reisen und in andere Körper zu schicken. Sie hatte viele Stunden geübt, mit Steinen, Pflanzen, Tieren und Wasser. Es wollte ihr einfach nicht gelingen. So sehr sie sich auch bemühte, jedes Mal stieß sie gegen eine gläserne Wand. ElAya war klar, dass ihr Lehrer diesen Teil ihrer Ausbildung zusammen mit dem Verschließen ihres Geistes als das Wichtigste überhaupt ansah.

Oliv wusste, dass dies einst über Leben und Tod entscheiden konnte. Wenn ElAya nicht in der Lage war, ihren Geist in andere Körper zu schicken, wäre sie nicht geeignet für die Aufgabe, die vor ihr lag. Dann waren sie alle und das ihr ganzes Land verloren! ElAya war die letzte Schülerin, von der Oliv wusste und damit die letzte Möglichkeit. Und sie hatten nicht mehr viel Zeit!

Kapitel 22

Lup

Oliv hatte ElAya auch an diesem Morgen weit vor Sonnenaufgang geweckt und wie jeden Morgen ging sie allein zum Felsplateau, um die Sonne zu begrüßen, sobald die hinter den Bergen auftauchte.

Oliv begleitete sie schon lange nicht mehr! So sehr sie am Anfang davon überzeugt gewesen war, niemals freiwillig diesen mörderischen Aufstieg und diese Kälte auszuhalten, nur um die Sonne aufgehen zu sehen, so sehr genoss sie nun diese allmorgendliche Pflicht. ElAya wusste nicht, woher sie die Kraft hätte nehmen sollen, die Tage mit ihrem strengen und unerbittlichen Lehrer durchzuhalten ohne diese Sonnenaufgänge. Sie staunte in diesen Tagen oft über sich selbst. Manchmal erschien es ihr, als würde sie sich eben erst kennenlernen. Sie war so versunken in den Anblick der aufgehenden Sonne und in ihre Gedanken, dass die Tür ihres Geistes weit offen stand. Oliv, der um ElAyas Stimmung wusste, wenn sie sich in den Bergen aufhielt, versäumte nie, ihren Geist zu prüfen. Zu wichtig waren ihre Gedanken und Gefühle für den Fortgang ihrer Ausbildung. An diesem Morgen wurde Oliv auf diese Weise Zeuge einer wundervollen Begegnung.

Es begann damit, dass ElAya plötzlich ein leises Geräusch wahrnahm. Suchend schaute sie sich um, konnte aber nichts entdecken, alles sah aus wie immer. Sie wandte eben ihren Blick wieder gen Osten der aufgehenden Sonne entgegen, da hörte sie das Geräusch wieder. Es hörte sich an wie das leise jämmerliche Fiepen eins Katzenkindes. ElAya erhob sich. Dieses Mal war sie sicher, sich nicht getäuscht zu haben, und jetzt hörte sie auch, aus welcher Richtung es kam! Allerdings war sie mehr als verblüfft, als ihr klar wurde, dass die Laute aus dem Berg neben ihr kamen! Zuerst umrundete sie den Felsen, konnte aber nichts Merkwürdiges entdecken. Da, schon wieder, es hörte sich wirklich an wie das klägliche Wimmern einer kleinen Katze. ElAya legte den Kopf an den Felsen und konzentrierte sich.

Ganz deutlich vernahm sie die Stimme in ihrem Kopf: „Bitte hilf mir, meine Pfote steckt fest". - Ein Tier also! ElAya fragte zurück: „Wo bist du? Wie kann ich zu dir gelangen?" - „Umrunde den Felsen fünf Mal, dann wirst du den Eingang schon sehen! Aber beeil dich, sonst ist von meiner Pfote nichts mehr übrig!" ElAya fand das Ganze äußerst merkwürdig, aber die Stimme klang so flehentlich und außerdem fühlte sie da noch etwas, worüber sie sich nicht so ganz im Klaren war, aber jetzt hatte sie keine Zeit, darüber nachzudenken. Die Stimme hatte sich dringend angehört!

So schnell sie konnte, lief sie fünf Mal um den Felsen und wirklich, genau in dem Moment, als sie die fünfte Runde beendete, traf die aufgehende Sonne auf einen schmalen Durchgang in der Felswand. Hatte sie diesen Durchgang vorhin übersehen oder war er wirklich nicht da gewesen? Sie quetschte sich durch den engen Spalt und da sah sie ihn! Ein junger Wolf lag am anderen Ende der Höhle, die sich vor ihr auftat. Eine seiner Vorderpfoten lag unter einem großen Felsbrocken eingeklemmt. Sie konnte das Blut nicht sehen, aber sie roch es ganz deutlich! Es roch nach Metall!

Ohne lange zu überlegen konzentrierte sie ihren Geist auf den Felsbrocken. Dieser wog mindestens so viel wie ein ausgewachsener Bär und ElAya wäre niemals in der Lage gewesen, den jungen Wolf mit den Händen zu befreien. Was ihre Hände nicht vermochten, das schaffte ihr Geist nahezu mühelos. Sie hob den Stein ein Stück an und der Wolf zog seine Pfote hervor. Gerade noch rechtzeitig, denn in dem Moment, als der kleinen Elfe bewusst wurde, was sie gerade tat, brach ihre Konzentration und der Brocken krachte mit einem entsetzlichen Geräusch zurück auf den Boden. Zitternd vor Ungläubigkeit und Entsetzten setzte sie sich auf die Erde. Sie konnte gar nicht anders, ihre Knie fühlten sich an, als wären sie aus Pudding!

„Danke!", hörte sie da wieder die Stimme des Wolfes. - „Was ist mit deiner Pfote?", stammelte sie noch immer völlig durcheinander. Sie atmete tief ein und aus. Um das, was hier gerade geschehen war, musste sie sich später kümmern, jetzt kam erst einmal das verletzte Tier an die Reihe. Vorsichtig untersuchte ElAya die Pfote, es sah wirklich schlimm aus. Ob er je würde wieder richtig laufen können? Sie hatte den Gedanken noch nicht zu Ende gedacht, als vor ihrem inneren Auge ein Bild entstand. Sie sah die Pfote an und die Pfote war gesund und nicht das kleinste Anzeichen einer Verletzung konnte man mehr sehen. Vor lauter Verwirrung schüttelte sich die kleine Elfe und zwinkerte heftig. Als ihr Blick wieder klar wurde, sah sie, dass die Pfote wirklich geheilt war. Sie traute ihren Augen kaum. „Wie konnte das sein?" Da passierte alles gleichzeitig. Sie vernahm die Stimme von Lup, dem jungen Wolf, der sich ihr vorstellte und zu erklären versuchte, was geschehen war. Gleichzeitig spürte sie Olivs Anwesenheit. Er besetzte ihren Geist, um dem jungen Lup zu helfen. ElAya verstand nicht wirklich, was da vor sich gegangen war, aber offensichtlich hatte Oliv sie benutzt, um Lup zu heilen. Dieses Mal verschloss sie ihren Geist aus lauter Verwirrung und ihr Lehrer war kein bisschen ärgerlich. Im Gegenteil! Das, was ElAya heute gelernt und getan hatte, zauberte ein seliges Lächeln auf sein Gesicht.

Als ElAya ihren Geist hektisch verschloss, bemerkte sie noch, dass Lup versuchte, ihr etwas mitzuteilen. Zu spät! Die Kraft, die es ElAya ermöglich hatte, den Felsbrocken anzuheben und Oliv, der ihren Geist zu Lups Heilung missbraucht hatte, führten dazu, dass sie vor Schwäche in Ohnmacht fiel. Lup, der noch versuchte, sie daran zu hindern, ihren Geist zu verschließen, konnte nun nichts mehr für sie tun. Geduldig setzte er sich neben sie und leckte ihr immer wieder über das Gesicht. Er würde einfach warten, bis sie aufwachte. Dann fand sich sicher Zeit genug, um zu reden und zu erklären. Einstweilen konnte er nicht mehr tun, als bei ihr zu bleiben und ihren unfreiwilligen Schlaf zu bewachen. Lup war voller Vertrauen, auch er hatte Olivs Anwesenheit gespürt. So ein Heiler würde auch ElAya beschützen. Lup war der sicheren Überzeugung, dass seiner Retterin nichts geschehen konnte!

Der Alte hingegen teilte die Ansicht des jungen Wolfes keineswegs. Nach der anfänglichen Erleichterung wurde ihm schnell klar, in welch bedrohlicher Lage sich seine Schülerin befand. ElAya hatte ihre Kräfte mit Sicherheit über alle Maßen beansprucht. Er machte sich sofort auf den Weg zum Felsplateau. Unterwegs versuchte er vergeblich, Kontakt mit dem Wolf aufzunehmen. Es gelang ihm nicht. Auch er hatte seine Kraft überstrapaziert, indem er durch ElAyas Geist Lup geheilt hatte. Oliv war klar, dies war ein großer Fehler gewesen. Er hatte nicht darüber nachgedacht, sondern ganz instinktiv gehandelt. Solche Missgeschicke waren ihm vor der großen Wende niemals passiert! Damals hatte er noch die Fähigkeit besessen, sich in Sekundenschnelle an einen anderen Ort zu bringen. Ihn ärgerten seine Gedanken, das war alles lange her und ließ sich nicht mehr ändern. Vielleicht würde ElAya eines Tages dafür sorgen, dass die alte Zeit wiederkehren konnte! Dafür musste er jetzt aber so schnell als irgend möglich zu ihr. Oliv fühlte sich sehr geschwächt und verfluchte seine Beine, die ihn nicht mehr schneller trugen! Seine verbliebene Energie war zu gering, trotzdem musste der alte Elf handeln, bevor für die kleine Elfe jede Rettung zu spät kam.

Ullahom! Es musste sein, nur sie konnte jetzt noch helfen! Oliv setzte sich im Schneidersitz auf die Erde und konzentrierte seine ganze verbliebene Kraft, dann rief er sie. Jetzt würde er keinen Schritt mehr gehen können. Wenn sie nicht erschien, wäre ElAya verloren, er hatte alles auf eine Karte gesetzt. Die Angst, sie könnte nicht kommen, kroch wie Eis in sein Herz. Was war das? Vor Erleichterung traten ihm Tränen in die Augen. Sie kam! Er konnte ihre mächtigen Schwingen spüren und hören. Da landete sie auch schon neben ihm.

Ihr Fell glänzte immer noch genauso prächtig wie in seiner Erinnerung, ihre Flügel schienen stärker zu sein als je zuvor. Sie war der schönste Hippogreif, den Oliv kannte und sie hatte ihn gehört und erhört. „Steig auf, alter Mann, das Elfenkind hat nicht mehr viel Zeit!" Sie wusste es also. Darauf hatte er gehofft. Niemals hätte er sonst den Mut gefunden, sie zu rufen. Für ein

Gespräch, falls sie ihn überhaupt würde zu Wort kommen lassen, war später noch Zeit! Es eilte! Er schwang sich mit letzter Kraft auf den Pferderücken und Ullahom erhob sich mit ihren mächtigen Schwingen in die Luft. „Wo ist sie?", wollte der Hippogreif wissen. Oliv erklärte ihr den Weg und bereits nach wenigen Sekunden landeten sie auf dem Felsplateau.

Der alte Eremit hatte sehr wohl gespürt, dass Ullahom ihm, während dieser wenigen Sekunden einen Teil ihrer Kraft gegeben hatte. Sie wusste genau, Oliv könnte sonst nichts für die kleine Elfe tun. Der Alte umrundete den Felsen fünfmal und auch vor ihm tat sich der Durchgang in der Wand auf. Leider war der Spalt nicht besonders breit und Oliv, so sehr er sich auch bemühte, passte nicht hindurch. Wütend grummelte er vor sich hin, dann rief er den jungen Wolf: „Lup! Kannst du ElAya zum Eingang bringen?" Lup begriff sehr schnell, was Olivs Auftauchen zu bedeuten hatte und auch, dass der alte Elf, so schlank er auch sein mochte, mit seinen immer noch sehr breiten Schultern nicht durch die Öffnung passte. Der junge Wolf zögerte nicht lange. Kurz entschlossen packte er die robusten Stiefel der kleinen Elfe mit seinen starken Zähnen und schleifte das leblose Bündel zum Ausgang. Dort angekommen mussten er und Oliv jedoch feststellen, dass es unmöglich war, die liegende ElAya durch die schmale Öffnung zu bekommen. Oliv war der Verzweiflung nahe und auch Lup bekam es nun mit der Angst zu tun. Da hörte der junge Wolf plötzlich ein wütendes Schnauben: „Weg da, macht Platz, ich hol sie heraus."

Entsetzt sah Lup durch die Öffnung. Draußen stand ein riesiges Pferd, aber nein, nur auf den ersten Blick. Das Tier hatte mächtige Schwingen auf dem breiten Rücken – ein Hippogreif! Lups Begeisterung hielt sich in Grenzen, er misstraute grundsätzlich allen Lebewesen, die größer waren als er und die Kunst des Fliegens beherrschten. Und dass dieses Wesen fliegen konnte, daran hatte der junge Lup nicht den allergeringsten Zweifel. Verschüchtert versuchte er, sich ins Innere der Höhle zurückzuziehen. Da fuhr in Ullahom an: „Du da, bring die Kleine soweit es geht von der Öffnung weg, aber sei vorsichtig, verstanden!?" Es lag so viel Autorität in der Stimme des Hippogreifs, dass Lup keine Sekunde zögerte und wieder die Stiefel seiner Retterin ins Maul nahm und ElAya vorsichtig zum anderen Ende der Höhle zog. Von dort schaute er entgeistert zu, was Ullahom tat.

Dieser verrückte Hippogreif hatte tatsächlich vor, mit seinen Hufen den Eingang der Höhle zu vergrößern. Ja, war dieses Riesenvieh denn von allen guten Geistern verlassen? Aber noch bevor Lup auch nur den Hauch eines Protestes anbringen konnte, bebte die ganze Höhle und tatsächlich brach ein Stück Felsen neben der Öffnung weg. Ullahom musste über außerordentliche Kräfte verfügen. „Geh und heile sie!", fuhr der

Hippogreif den alten Elf an und ohne ein Wort setzte sich Oliv in Bewegung. Ullahom überraschte auch ihn. Er kannte die Hippogreifendame schon sehr lange, aber sie musste in den langen Jahren, in welchen sie sich nicht gesehen hatten, enorm an Kraft zugelegt haben. Aber er fühlte im Moment nur Dankbarkeit für diesen Umstand.

In der Höhle ließ er sich neben seiner Schülerin nieder. Der alte Elf merkte, dass er sie mit der ihm verbliebenen Kraft nicht würde zurückholen können. Erstaunlicherweise war sie wohl aber nicht so sehr geschwächt, wie er erwartet hatte. Sie befand sich zwar noch immer in einer tiefen Ohnmacht, aber Oliv konnte deutlich spüren, dass ihre Lebenskraft ungebrochen floss. Erleichterung und Erstaunen breitete sich in ihm aus, dann glitt ein Lächeln über sein Gesicht. „Sie ist stärker, als wir dachten!" Die Überraschung in Ullahoms Stimme war nicht zu überhören! Die meisten Elfen in diesem Stadium der Ausbildung hätte das Erlebte umgebracht. ElAya aber würde, so wie es aussah, in ein paar Stunden von alleine wieder zu sich kommen. Oliv trug seine Schülerin mit Lups Hilfe nach draußen und legte sie vorsichtig nieder. Ohne es abzusprechen, setzten und legten sich die drei um ElAya herum und warteten schweigend auf ihr Erwachen.

Kapitel 23

Eine schicksalhafte Entscheidung

Es war bereits später Nachmittag, als ElAya aus ihrer Ohnmacht erwachte. Verwirrt schaute sie sich um. Zuerst trafen ihre Augen auf Oliv, sein Gesicht zeigte Erleichterung. Dann sah sie den jungen Wolf neben sich und erinnerte sich, Lup war sein Name, sie hatte bestimmt noch nie einen so schönen Wolf gesehen. Sein Fell glänzte wie Seide. Das Erstaunlichste aber war die Farbe, er war schwarz wie die Nacht, ohne einen einzigen Fleck. Seine Ohren waren nicht zu groß und nicht zu klein und sie zeigten steil nach oben. Er sah noch etwas schlaksig aus, würde aber mit den Jahren sicher kräftig und stark werden. Irgendwie war sie sehr froh, dass er noch da war und neben ihr Wache hielt.

ElAya setzte sich vorsichtig auf. Sie fühlte sich noch immer sehr benommen. „Grundgütiger Himmel!", rief sie, als ihr Blick auf den Hippogreif fiel. Sie brachte vor Erstaunen den Mund nicht mehr zu. Ullahom sah sieh nur lächelnd an. - „Darf ich bekannt machen", unterbrach Oliv ihr Staunen, „Ullahom, die mächtigste und schönste Hippogreifendame des Landes. ElAya, meine Schülerin". Über die Hippogreife wurde im Land nur gemurmelt, ElAya glaubte nicht, dass viele Elfen wirklich einmal einen gesehen hatten und dieser hier schien ihr etwas ganz Besonderes zu sein.

Eifersüchtig drängte Lup seine glänzende schwarze Schnauze in ihre Seite. Wie es aussah, hatte ElAya heute gleich zwei neue Freunde gefunden. Der Gedanke machte sie glücklich! Kurz dachte sie an Tamia, schob den Gedanken aber schnell wieder beiseite. Selig kraulte sie den jungen Wolf am Hals, was dieser mit großem Wohlbehagen über sich ergehen ließ. „Nun, alter Mann, ich denke es ist an der Zeit der Kleinen eine Geschichte zu erzählen!" Sie ließ sich von Olivs verschlossenem Gesichtsausdruck nicht irritieren. Sie hielt den Zeitpunkt für gekommen. Oliv wechselte nur seine Sitzposition, holte tief Atem und dann begann er zu berichten. Die Hippogreifin würde, egal wie, sowieso ihren Willen durchsetzen.

Die Welt, in der sie alle lebten, war durch ein Tor mit der Menschenwelt verbunden. So war es immer gewesen. Und stets hatte es 13 Wächter gegeben, die das Tor hüteten. Ihre Aufgabe bestand darin, Menschen abzuwehren, die Böses im Schilde führten und viele tausend Jahre war es ein Leichtes für diese gewesen, die Bösen abzuhalten. Die Wächter besaßen große Macht und sie konnten zu jeder Zeit ihren Geist in die Welt der Menschen schicken. Das taten alle auch immer wieder und so erfuhren sie viel über die Bewohner dieser anderen Welt. Dann aber hatte einer der 13 etwas Schreckliches getan.

Dieser Wächter schickte nicht nur seinen Geist, er ging ganz durch das Tor. Auf seinen Geistreisen hatte er ein wunderschönes junges Mädchen kennengelernt und sich so sehr in sie verliebt, dass er beschloss, für immer bei ihr in der Menschenwelt zu leben! Er tauschte seine Magie gegen eine menschliche Gestalt. „Ein fataler Entschluss für unsere Welt!" Der Selbstschutz des Tores und die Magie der Wächter wurden durch das Handeln dieses Elfs schwer geschädigt. Aber noch immer war die Kraft der anderen 12 so stark und ihre Macht so groß, dass kein Mensch ohne ihre Erlaubnis zu uns kommen konnte.

Dann aber geriet der abtrünnige Elf in der Menschenwelt in große Schwierigkeiten. Trotz seiner menschlichen Gestalt kam der Vater seiner Frau hinter sein Geheimnis. So lieb das Mädchen, so böse war ihr Vater. Er zwang den abtrünnigen Elf, ihm zu verraten, wie er in unsere Welt gelangen konnte. Er gierte nach Macht. Viele Male hatte er es schon versucht, aber immer wieder war er von den Wächtern vertrieben worden. Jetzt sah er seine Chance gekommen. Der Elf konnte sich nicht wehren, da er seine Magie aufgegeben hatte. Der alte Mann hatte den Elf so lange gefoltert, bis er schließlich das Geheimnis preisgab. Denn wer sein Krafttier in unserer Welt kennt und rufen kann, dem können die Wächter den Eintritt nicht verwehren. Sie kennen die Krafttiere aller Menschen und natürlich wissen sie auch, wie sie gerufen werden können.

Erschöpft hielt Oliv inne. „Lass mich weitererzählen alter Mann", sagte Ullahom, die sehr wohl gemerkt hatte, wie sehr ihn das Erzählen der alten Geschichte mitgenommen hatte.

Also fuhr sie mit der Geschichte fort. „Was dann geschah, das konnten wir uns in unseren kühnsten Träumen nicht vorstellen. Zuerst ging er nur alleine, dann aber wurden es immer mehr. Das Schlimmste aber passierte, wenn sie unsere Welt wieder verließen. Immer blieb etwas von der Niedertracht und von dem Bösen zurück. Es war gerade so, als würde sich ein schmieriger, ekliger Kleister über Teile unserer Welt ausbreiten. Sie begann sich zu verändern. Die Wächter taten ihr Möglichstes! Mit Hilfe großer Magie gelang es ihnen, Teile des Kleisters wieder zu entfernen."

„Ich glaube, den Teil der jetzt kommt, den muss ich erzählen", Olivs Stimme klang brüchig. Denn was dann geschah, daran trage auch ich große Schuld. Eines Abends saßen wir wie immer zusammen und sprachen über die Situation, in der wir uns befanden. Da sagte einer von uns in die Runde: „Wir sind einfach zu wenige, um all das Böse, das die schlechten Menschen hierher bringen, wieder zu beseitigen!". Dieser banale Satz sollte die schlimmsten Auswirkungen für uns alle haben. Wir beschlossen, den Kreis der Wächter zu erweitern. Dies durch mehr Schüler zu bewirken war aber leider unmöglich. Es werden immer nur so viele Schüler geboren, wie nötig sind, um den Kreis der 13 aufrechtzuerhalten.

Da kam uns eine Idee! Wir würden ganz besondere Kinder aufnehmen. Unser Kreis bestand damals aus sieben Elfenfrauen und sechs Elfenmännern. Wir beschlossen, selbst Kinder zu haben. Diese würden wir dann in unserem Sinne genau wie die Schüler und Schülerinnen erziehen. Sie würden uns helfen, unsere Welt zu retten! Eine nur stimmte gegen diesen Plan! Sie versuchte mit aller Macht, uns von dieser Idee abzubringen. Sie sprach von dem großen Risiko, erinnerte uns an das alte Verbot, dass niemals Wächter untereinander Kinder haben dürften.

Wir aber hielten sie für eifersüchtig und haben all ihre Warnungen in den Wind geschlagen. In einer Vollmondnacht haben wir es getan. Wir mussten sehr schnell feststellen, dass die dreizehnte, ihr Name ist Kalaban, Recht behalten sollte. Schon in dieser Nacht verloren alle Elfenmänner ihre jeweils mächtigste Gabe! Einer konnte nicht mehr mit seinem Geist auf Reisen gehen, das war die größte Katastrophe überhaupt, denn so war er als Hüter für das Tor eigentlich nicht mehr zu gebrauchen; ein anderer konnte seine Flügel nicht mehr benutzen, und er war immer der Schnellste von uns gewesen und damit auch derjenige, der als erster bei den klebrigen Flächen des Bösen sein konnte, um den Schaden zu begrenzen – Oliv erwähnte nicht, das er von sich selbst sprach; der dritte verlor die Gabe zu heilen und viele hätten zu jener Zeit seiner Hilfe bedurft; der nächste konnte sich nicht mehr unsichtbar machen, er war damals unser bester Spion, sichtbar nützte er uns leider wenig; der fünfte verlor sein Gedächtnis und wusste nichts mehr über die Krafttiere der Menschen; den letzten traf es wohl am allerschwersten, er war der größte Magier, den unser Land jemals hervorbrachte". Oliv hielt inne, eine silberne Träne rann über seine Wange, Locan war sein bester Freund gewesen, mehr war er nicht bereit, dazu zu sagen. - Es war einerlei, ElAya konnte nur erahnen, was das für ein Verlust gewesen sein musste. – „Unsere Frauen aber verloren für die ganze Zeit der Schwangerschaft alle ihre Gaben.", fuhr Oliv fort. „Als wir es bemerkten, waren wir entsetzt, aber nun kam jede Reue zu spät. Ohne Kalaban wären wir in dieser Zeit verloren gewesen. Wir konnten unsere Welt nun weniger schützen oder gar befreien, als jemals zuvor. Gleichzeitig gelang es uns, in dieser Zeit auch nicht mehr das Tor überhaupt zu bewachen. Während der Zeit dieser Schwangerschaften und auch noch eine ganze Weile danach, als unsere Frauen verletzt waren, hatte alles Böse viel leichteren Zugang als üblicherweise.

Das Krafttier, das die Menschen, die hierher kamen, normalerweise begleitete, bot ihnen und uns Schutz. Das Böse, können auch sie nicht verhindern. Wie wir aber sehr schnell feststellen mussten, hatten sie es sehr wohl in Grenzen gehalten, auch wenn uns das damals nicht so vorkam. Nun aber konnten die Menschen plötzlich ohne ihre Begleiter reisen. Dass die sechs anderen Wächterinnen überhaupt noch am Leben sind, das verdanken wir Kalaban. Oliv seufzte tief, bevor er fortfuhr. ElAyas Gefühl, das Schlimmste stand noch aus, täuschte sie nicht.

„Keiner von uns hatte erwartete, was sich bei der Geburt der Elfenkinder ereignete. Alle sechs Kinder wurden in derselben Sekunde geboren! Ein wirklich schlimmes Omen! Es war eine pechschwarze Neumondnacht." Oliv zögerte, bevor er weitersprach, gerade so, als wäre er wieder an jenem Ort und würde alles noch einmal erleben.

Der Himmel war in jener Nacht früher dunkel geworden und das Schwarz der Welt hatte etwas Bedrohliches gehabt. Die Väter hatten zum Himmel emporgesehen, als sie die gellenden, furchtbaren Schreie ihrer Gefährtinnen vernahmen. Es gefror ihnen das Blut in den Adern und so schnell sie konnten, eilten sie zu ihnen. Oliv erinnerte sich noch sehr gut an das Gesicht von Alinor. Er würde den Anblick niemals vergessen. „Zu sagen, ich sei erschrocken gewesen, würde es nicht treffen. Heute glaube ich, ich stand unter Schock! Jedenfalls spürte ich in dem Moment, als ich ihr Gesicht sah, dass ich Kalaban holen musste. In diesem Augenblick war mir völlig gleichgültig, was die anderen sagen würden! Ich rannte, als wäre der Teufel hinter mir her, um so schnell wie möglich an ihrer Hütte zu sein.

Kalaban eilte mir schon entgegen, die Schreie hallten weit über das Land. Sie sah mich nur an und befahl: Bringt alle in eine Hütte! Ihre Umsicht hat ihnen wohl das Leben gerettet. Gemeinsam hetzten wir zu den anderen zurück. Keiner dachte groß darüber nach, wir taten einfach alle, was Kalaban sagte. Die Geburten dauerten bis zum frühen Morgen, der Himmel hing immer noch tiefschwarz über dem Geschehen, als die Kinder endlich das Licht der Welt erblickten." Eine schauerliche Grimasse überzog sein Gesicht und er fuhr fort: „Sechs Jungen! Sie hatten alle Flügel!"

Entsetzt hielt ElAya den Atem an. Nach einer langen Pause fügte Oliv hinzu: „Die Flügel waren vollständig ausgebildet. Sie fügten ihren Müttern schwere Verletzungen zu. Kaum geboren, erhoben sie sich in die Lüfte und flogen laut lachend davon. Noch heute höre ich ihre heiseren Stimmen, wenn ich meine Augen schließe, es verfolgt mich Tag und Nacht!" Er brach völlig erschöpft ab! „Ullahom, bitte, erzähle du den Rest der Geschichte!"

Ullahom tat, was Oliv wünschte und erzählte weiter: „Es stellte sich als großes Glück für uns alle heraus, dass Kalaban den Plan von Anfang an abgelehnt hatte. Nur so war es ihr möglich, die Verletzungen zu heilen. Sie hat den sechs Wächterinnen das Leben gerettet. Es hätte sie beinahe ihr eigenes gekostet, so viel musste sie von ihrer Lebenskraft geben, um die anderen zu heilen."

„Was die weise Kalaban aber nicht verhindern konnte, war, was mit den Kindern geschah. Oliv hat es ja bereits erwähnt. Ihre Flügel waren sofort nach der Geburt so stark, wie es Elfenflügel sonst erst im Alter von 21 Jahren sind! Dies war leider nicht die einzige Gabe, die die sechs Jungen mitbekommen hatten. Tja es waren lauter Jungen, kein Mädchen befand sich unter ihnen, ein böses Omen, das sich leider auch erfüllt hat. Die Fähigkeiten, die die Kinder mitbrachten, hätten wirklich helfen können, unsere Welt zu retten. Aber die Elfenkinder dachten und denken nicht daran, sie in den Dienst der Wächter des heiligen Tores zu stellen. Das Schlimme sind nicht eigentlich die Talente, die haben andere schließlich auch, nicht wahr ElAya? Aber die Gaben und Anlagen dieser Kinder sind vollständig entwickelt. Leider haben sie niemals eine Erziehung oder gar eine Ausbildung genossen und so nutzen sie ihr Können ohne Gewissen, denn ein solches besitzen diese Sechs nicht."

Ullahom sah zuerst ElAya an, dann Lup: „Sie haben sich schon sehr bald nach der Geburt zusammengeschlossen. Niemals sind sie auch nur in die Nähe ihrer Eltern gekommen. Keiner hat je versucht, mit einem der Wächter Kontakt aufzunehmen und jeder Versuch der Wächter ihrerseits ist gescheitert. Sie wollen nichts mit ihren Eltern zu tun haben."

Oliv sah Ullahom an und machte weiter: „Heute auf den Tag genau ist es 27 Jahre her, dass dies geschehen ist. Sie haben sich sehr weit von hier niedergelassen. Hinter den Lila Bergen. Ich kenne den Ort, an dem sie sich aufhalten. Nicht nur einmal war ich dort und habe versucht, mit ihnen zu sprechen. Vergebens! Was wir da erschaffen haben sind Monster, keine Elfen!"

Ihre Flügel sind schwarz wie die lichtloseste Nacht und doppelt so groß wie die Wesen, die sie tragen. Wenn man sie sieht, fragt man sich unwillkürlich, wie sie es schafften, das Gleichgewicht zu halten! Ihre Körper wirken schwer und aufgedunsen. Ihre Gesichter sind fahl und rund wie der Mond, die Haut faltig wie bei sehr alten Elfen und die Lippen haben die gleiche Farbe wie der Rest ihrer Gesichter. Auf den ersten Blick denkt man: „Sie haben gar keine Münder." Am schlimmsten in diesen Fratzen aber sind die Augen! Sie blicken völlig gefühllos und sind rot wie Blut. Sie haben nicht einmal Pupillen. Die Augen wirken wie zwei rote Spritzer in den unwirklichen, maskenhaften Gesichtern.", Oliv schüttelte sich angewidert. „Ich habe diese Kreaturen noch niemals jemandem beschrieben, ich konnte es einfach nicht, zu schrecklich ist ihr Aussehen. Sie scheinen seelenlos!

Das Schlimmste aber ist: Sie gieren nach Macht und wollen die Herrschaft über unser Land. Dazu ist ihnen jedes Mittel recht" Oliv machte eine lange Pause. „Sie holen sich die Menschen zu

Hilfe, zumindest die bösen!", beendete der alte Mann mit einem zynischen Auflachen seinen Bericht. „Das ist es, was wir erreicht haben! Vor der Geburt dieser Bestien traf es nur einzelne von uns, nur in winzigen Teilen unseres großen Landes blieb das Böse kleben, nur einzelne von uns wurden schwermütig oder verloren ihre Gaben! Nun aber wird es von Tag zu Tag schlimmer! Immer mehr Menschen kommen hierher und richten Schaden an und wir Wächter können immer weniger dagegen tun. Je mächtiger die Sechs werden, desto schwächer werden wir Wächter", fügte Oliv leise hinzu.

„Aber warum weiß ich denn gar nichts davon?", fragte ElAya verwundert. „Du weißt mehr als du denkst!", erwiderte der Hippogreif. „Denk an die Zwergenfamilie, die du unterwegs getroffen hast, an Kundor, deinen Vater, an die seltsame Atmosphäre im Dorf der Moorelfen, an den Bären Ben ,an die Regenbogenelfen, an deine Kindheit bei den Mondelfen vom glänzenden See und", hier stockte die kräftige Stimme des großen Tieres zum ersten Mal, „und an deine Mutter Elmera!" - Ungläubig sah ElAya Ullahom an. Das konnte nicht wahr sein! ElAyas Körper überzog sich mit einem Schaudern, das ihr die Luft zum Atmen nahm, erst langsam sickerte in ihr Bewusstsein, was die Beiden ihr da gerade erzählt hatten.

Kapitel 24

Die Prophezeiung

Als ElAya ihre Sprache wiedergefunden hatte, fragte sie mit einem Blick in die Runde: „Es gibt etwas, das ihr tun könnt, nicht wahr?" Oliv und Ullahom sahen sich gerade so an, als würden sie kurz beraten, wer ElAya diese Frage beantworten sollte. Die Wahl fiel offensichtlich auf Oliv. Der alte Eremit sah ElAya lange an, bevor er antwortete: „Ja, mein Kind, es gibt vielleicht eine Chance für unser Land!" Dann stockte er und sah sie so durchdringend an, dass es ElAya heiß und kalt wurde. „Warum siehst du mich so an?", wollte sie wissen. - „Du, ElAya, bist eine Schülerin, eine ganz besondere Schülerin, so sagt es die Prophezeiung! Du bist diese Chance." In ElAyas Kopf wirbelten die Gedanken durcheinander. Sie verstand nicht wirklich, was Oliv ihr sagte, aber tief in ihrem Inneren war ihr, als wüsste sie genau, wovon er sprach, als würde sie die ganze Geschichte kennen.

„Aber ich habe keine besonderen Fähigkeiten, ich hab ja noch nicht einmal Flügel. Wie soll ich euch denn helfen können?" Zum ersten Mal seit sie hier zusammen saßen, meldete sich Lup zu Wort: „Nun, ElAya, ich glaube, was das betrifft, irrst du dich! Als Oliv mich durch dich geheilt hat, habe ich einen Blick in deinen Geist werfen können. Glaub mir, du bist genau die

Richtige für diese Aufgabe. Und wenn du zustimmst, so werde ich gerne bei dir bleiben!"

„ElAya, du bist unsere Hoffnung, wir warten schon lange auf dich. Alles, was du noch nicht weißt und kannst, wirst du lernen. Auch ich werde von nun an bei dir bleiben und dich unterstützen!", hörte sie wie im Traum Ullahoms tiefe, melodische Stimme. Vor Rührung und Ungläubigkeit standen ElAya Tränen in den Augen. Außer dem Raben Balduin und der Eule Helena hatte ElAya nie wirklich Freunde gehabt. Sie konnte nicht anders, auch wenn ihr noch so sehr graute vor dem, was vor ihr lag, in diesem Moment überwog eindeutig die Freude darüber, an einem Tag gleich zwei Freunde gefunden zu haben.

Ullahom beschloss, dass es für alle gut wäre, sich erst einmal auszuruhen. ElAya musste sicher verdauen, was sie gerade gehört hatte, Lup war auch noch etwas blass um die schwarze Schnauze und Oliv war sichtlich am Ende seiner Kräfte. So brachte der Hippogreif seine drei Freunde zu Olivs Hütte. Dann verabschiedete sie sich. Sie musste noch etwas Wichtiges erledigen und es erschien ihr besser, keine Hoffnungen zu wecken, bevor sie nicht sicher war, ob ihr Vorhaben gelingen würde.

Ullahom flog zum höchsten Punkt der Leuchtenden Berge. Es war lange her, dass sie hier gewesen war. Sie wusste, Kalaban schätzte ihre Einsamkeit, denn nur hier in der Abgeschiedenheit des heiligen Berges gelang es ihr, ihre Kraft zu erhalten, so dass sie das Werk der Zerstörung, das diese sechs Ungeheuer anrichteten, zumindest einigermaßen eindämmen konnte. Aber nun war der Zeitpunkt gekommen! Kalaban musste ihnen helfen. Oliv würde die Ausbildung nicht zu Ende bringen können, dazu fehlten ihm inzwischen zu viele Gaben, auch wenn der Alte versucht hatte, es vor ihr zu verbergen. Ullahom war nicht blind! Oliv konnte ElAya nicht mehr viel beibringen! Dieser Gedanke machte die Hippogreifin wieder einmal unglaublich zornig, aber leider auch unendlich traurig.

Ullahom wusste nur zu gut, dass die Wächter letztendlich selbst Schuld daran trugen, dass sie ihre Kräfte und Gaben verloren hatten, aber sie wusste auch, sie hatten es gut gemeint. Wütend schnaubte sie vor sich hin: Wann würden die Wesen dieser Welt endlich begreifen, dass „gut gemeint" meistens das Gegenteil bewirkte! Langsam wurde auch sie zu alt für diese Welt.

Aber noch waren weder ihre Kraft und auch nicht ihr Wille gebrochen, selbst wenn sie manchmal zornig und traurig zu sein schien und man den Eindruck gewinnen konnte, Ullahom wäre kurz davor aufzugeben. Solche Momente der Schwäche gönnte sie sich nur, wenn ihr keiner zuhörte. Grinsend setzte sie zur

Landung an. Von nun an würde es besser weitergehen, als in den ganzen letzten Jahren. ElAya war zu Großem geboren, auch wenn sie es noch nicht wusste. Ullahom lebte schon lange genug, um die Zeichen erkennen zu können. Endlich war der Moment gekommen, den sie schon so lange herbeisehnte. Sie hatte ein gutes Gefühl bei dieser Sache: Kalaban würde ihre Hilfe nicht verweigern.

Kapitel 25

Kalaban

Der riesige Hippogreif landete am Fuß des höchsten Berges der Leuchtenden Berge. Hier nützten ihr die mächtigen Schwingen nichts. Auch die starke Ullahom musste den vorgezeigten Weg gehen. Es gab keine andere Möglichkeit, die Wächterin zu rufen. Ächzend und ohne dass es ihr wirklich gelang, ihren Unmut zu verbergen, machte sie sich ans Werk. In der heiligen Acht ging sie um den höchsten und den niedrigsten Berg des Gebirges herum. Dabei murmelte sie stets die gleichen Worte vor sich hin: „Kalaban, Wächterin des Tores, Kalaban, Hüterin des heiligen Berges, höre mein Rufen und antworte mir..." Es war lange her, dass Ullahom diesen Ruf das letzte Mal gemurmelt hatte. Einst gab ihr Kalaban unmissverständlich zu verstehen, sie möge sie in Ruhe lassen. Ullahom verstand das durchaus nicht als Beleidigung trotz des ruppigen Tons. Nur zu gut verstand sie, Kalaban brauchte die Einsamkeit, um ihre Kraft zu bündeln. Sie wusste auch, dass es der Elfenwächterin nicht leichtgefallen war, diesen Weg zu wählen. Früher, als noch alles in Ordnung gewesen war in diesem Land, war Kalaban eine sehr gesellige Elfe gewesen. Noch heute konnte sich Ullahom an ihr helles Lachen erinnern. Viele Abende saßen sie gemeinsam am Feuer, und erzählten sich Geschichten.

Die Hippogreifenfrau seufzte tief. Kalaban opferte ihr Leben für ihr Land. Es war ein schwerer Weg, für den sie sich entschieden hatte. Heute aber würde sie für ihre Mühen belohnt werden. Noch während Ullahom das dachte, war sie die Heilige Acht zum siebten Mal gegangen. Sie blieb stehen und lauschte in die Stille. Lange Zeit geschah gar nichts, aber ihr kam es vor, als könne sie Kalabans Gedanken hören. Sie spürte genau, dass die Wächterin darüber nachdachte, ob sie überhaupt antworten sollte. Sie täuschte sich nicht. Hoch oben auf dem höchsten Gipfel der Leuchtenden Berge saß Kalaban in ihrer Höhle. Sie meditierte und bündelte ihre Energie.

Gerade als sie kurz davor war, eine der dunkelgrünen Flächen vollständig zu neutralisieren, hörte sie den heiligen Ruf. Kalaban fiel aus ihrer tiefen Konzentration wie ein Stein. Wütend erhob sie sich. Wer wagte es, sie hier zu stören, hatte sie sich damals nicht deutlich genug ausgedrückt? Als sie aber erkannte, wer da nach ihr verlangte, siegte doch die Freude. Ein Lächeln glitt über ihr altes zerfurchtes Gesicht, ihre gute Freundin! Es musste etwas Außerordentliches geschehen sein. Niemals würde Ullahom sie sonst stören, sie wusste zu gut, wie wichtig ihre Arbeit war.

Sie antwortete ihr mit den heiligen Worten und während diese nach unten getragen wurden, begannen sich die Stufen zu zeigen, die zu Kalabans Höhle auf dem höchsten Gipfel des

Gebirges führten. Ullahom lächelte zufrieden. Sie empfand freudige Erwartung, so lange hatte sie ihre alte Freundin nicht gesehen. Der Weg, der sich vor ihr auftat, als Kalabans Antwort das Tal zwischen dem höchsten und dem niedrigsten Berg erreichte, führte wie eine Spirale um den Berg herum nach oben. Er war sehr beschwerlich und auch hier konnte sie ihre Flügel nicht nutzen. Die Vorfreude auf das Wiedersehen besänftigte sie aber und so machte sie sich an den Aufstieg. Kalaban erwartete sie hinter der letzten Biegung. Auch sie hatte ein freudiges Lächeln auf ihrem runzeligen alten Gesicht. „Schön, dich zu sehen, Ullahom, was führt dich zu mir?" - „Lass mich doch erst einmal ankommen", antwortete die Hippogreifin schnaufend. Insgeheim war sie mehr als zufrieden, sie verstanden sich noch immer ohne große Worte. Kalaban war klar, sie wäre niemals hierhergekommen, wenn es nicht wirklich wichtig wäre.

„Komm zuerst einmal in meine Höhle." Bei einer Tasse Tee sprachen die beiden über alte Zeiten. Dann aber wollte die alte Wächterin des Heiligen Berges wissen: „Es ist schön, über alte Zeiten zu reden und dich wieder zu sehen, aber sicher bist du nicht den weiten Weg hierhergekommen, um mit mir zu plaudern!?" - „Nein, ich komme, weil wir deine Hilfe brauchen! Sie ist da, Kalaban!" - „So so", antwortete diese. „Wer ist es und wo befindet sie sich?" Auch die Wächterin wartete schon lange auf diesen Moment! Als sie Ullahoms Rufen vernahm, hatte sie einen kurzen Moment lang die Hoffnung gehegt, ihre alte Freundin würde kommen, um ihr diese freudige Botschaft zu überbringen. Letztlich hatte sie es aber nicht wirklich zu hoffen gewagt.

Sie konnte die Jahre des endlosen Wartens nicht mehr zählen. Aber nun endlich war es so weit, die Schülerin, auf die sie alle so sehr gehofft hatten, war da. Ullahom berichtete: „Als ich sie verlassen habe, hat sie tief und fest geschlafen mit einem jungen Wolf im Arm und sicher in der Hütte des alten Oliv!" - „Was hat er ihr bereits beigebracht?", fragte Kalaban ungeduldig. - „Tja, meine Liebe, das ist der Grund, weshalb ich hier bin! Oliv hat sein Möglichstes getan und viele Fähigkeiten haben sich auch prächtig entwickelt, aber der Alte ist am Ende seiner Gaben angelangt." - Erschrocken sah Kalaban Ullahom an: „Hat er so viele seiner Gaben und Kräfte verloren, seit ich hier bin?" Traurig nickte ihre Freundin: „Es ist viel schlimmer, als wir gedacht haben."

„Ullahom, Oliv und sein Freund waren trotz allem immer die mächtigsten und stärksten von den sechs Vätern..." - „Ich weiß, ich kann dir nicht sagen, wie es bei den anderen aussieht, ich habe sie lange nicht gesehen, teile aber deine Befürchtungen. Sobald ich meinen Auftrag hier erledigt habe, werde ich sehen, was ich für dich herausfinden kann, auch wenn es mir widerstrebt, diese unfähigen Kreaturen wieder zu sehen."

Ullahoms Stimme bebte vor Wut. - „Ich höre, dein Zorn ist nach wie vor ungebrochen, genau wie der meine, aber so wie du, Ullahom, trotzdem gehandelt hast, werde auch ich handeln. Bring die Schülerin so schnell wie möglich zu mir. Wir müssen dafür sorgen, dass ihre Ausbildung abgeschlossen wird." - „Es macht mich sehr glücklich zu hören, dass du meine Ansichten teilst, Kalaban, ich werde mich umgehend auf den Weg machen." - „Vergiss den kleinen Wolf nicht!", rief Kalaban ihr grinsend nach, als Ullahom sich an den Abstieg machte. - „Sie kennen sich zwar erst seit ein paar Stunden, aber ich glaube nicht, dass die Kleine ohne ihn kommen würde!" Kalaban freute sich außerordentlich, das zu hören, zeugte es doch von einem starken Willen. Und den würde die kleine Elfe brauchen!

Kapitel 26

Der Umzug

Während Ullahom die Serpentinen des Heiligen Berges nach unten stieg, wachte in der Hütte ElAya auf und ließ gerade noch einmal alles in ihren Gedanken vorüberziehen, was in den letzten Stunden geschehen war und ihr fiel wieder ein, welche Aufgabe ihr in diesem „Spiel" zugedacht war. Sie schüttelte sich und legte dankbar den Arm um ihren Freund Lup, der neben ihr lag. Der junge Wolf erwachte und lächelte zu ElAya hoch: „Na, wie geht es dir?" ElAya wusste nicht so recht, wie es ihr ging, sie fühlte sich noch immer ziemlich durcheinander, deshalb sagte sie nur: „Ach, es geht schon, lass uns aufstehen und sehen, wo Oliv ist. Ich habe schrecklichen Hunger und hoffe, er wird heute eine Ausnahme machen und mir ohne Wenn und Aber Frühstück geben."

Oliv saß draußen vor der Hütte neben sich einen großen Kessel über der Außenfeuerstelle, aus dem es ganz wunderbar duftete. „Na, ihr beiden, gut geschlafen? Habt ihr Hunger?" - „Und ob!", riefen beide gleichzeitig. Sie aßen, bis sie fast platzten, dann legte ElAya den Löffel weg und sah Oliv an. Ihr fiel auf, wie traurig ihr Lehrmeister aussah. Das beunruhigte sie und sie schämte sich fast ein bisschen. Sie hatte den alten Elf lieb gewonnen, so hart die Ausbildung bei ihm auch war! Ob Oliv ihre Gedanken wohl kannte? Schnell verschloss ElAya ihren Geist. Es war ihr peinlich.

„Warum bist du so traurig, Oliv?" Der alte Elf sagte eine Weile nichts, zu sehr war er in seine Gedanken versunken. Als er heute früh aufgewacht war, hatte er festgestellt, dass Ullahom nicht mehr da war. Er wusste, wohin sie wollte. Deshalb war er traurig. ElAya würde ihm fehlen. In der Zeit ihrer Ausbildung hatte er zum ersten Mal seit dieser unglückseligen Geschichte das Gefühl gehabt, seinen Beitrag zur Wiedergutmachung leisten zu können. Er war alt, aber nicht töricht und wusste, er würde die Ausbildung nicht zu Ende führen können. Zu viele seiner Gaben, Kräfte und Fähigkeiten waren inzwischen verloren. Trotzdem, wie immer im Leben, auch wenn er es noch so genau wusste, stets hatte er diesen Gedanken erfolgreich verdrängt. Nun aber konnte er das nicht mehr, deshalb wollte er es ElAya lieber selbst erzählen.

Bevor er sich jedoch die richtigen Worte zurechtlegen konnte, hörte er das Rauschen mächtiger Schwingen und Ullahom setzte zur Landung an. An ihrem Gesicht konnte Oliv erkennen, dass die Mission geglückt und Kalaban bereit war, die Ausbildung fortzuführen. Wie viel Zeit ihnen wohl noch bleiben würde?

Ullahom berichtete, woher sie kam und mit wem sie gesprochen hatte: „ElAya pack bitte deine Sachen zusammen, wir brechen sofort auf, wir dürfen keine Zeit verlieren!" ElAya, die gerade erst begriff, was der Hippogreif ihr da sagte, wurde plötzlich wütend, so wütend, wie sie es noch niemals zuvor gewesen war. Und sie war schon oft sehr, sehr wütend gewesen. Immer und überall wollten alle über sie bestimmen, keiner fragte auch nur, ob es ihr recht sei, was sie über ihren Kopf hinweg entschieden. Sie kannte diese Kalaban ja gar nicht und überhaupt dachte sie im Traum nicht daran, Oliv zu verlassen. Der alte Elf hatte ihr so viel beigebracht, hier würde sie auch den Rest lernen, den sie für ihre Aufgabe brauchen würde. „Ich gehe nirgendwohin!", erklärte sie deshalb zornig und stampfte mit dem Fuß auf.

Erstaunt sahen sie die anderen an. Oliv und Ullahom versuchten gleichzeitig, ihr das „Weshalb" und „Warum" zu erklären, was dazu führte, dass ElAya kein Wort verstand. „Ruhe!", brüllte Lup da plötzlich. „So geht das nicht! Egal was ihr für richtig und wichtig haltet, ihr habt sie nicht einmal gefragt, was sie davon hält!" Betroffen sahen sich der alte Elf und der mächtige Hippogreif an. In ihrer Aufregung und Freude dachte keiner von ihnen an ElAya und wie sie sich bei all dem wohl fühlen mochte. Wie selbstverständlich waren sie alle davon ausgegangen, ElAya würde ihrem Plan folgen, ohne nachzufragen. Wie töricht von ihnen! Jemand mit ElAyas Gaben und Fähigkeiten und mit der Aufgabe, die vor ihr lag, so jemand besaß natürlich einen eigenen Kopf und eigene Vorstellungen! Ullahom wurde ganz flau im Magen. Wenn Kalaban erfuhr, wie stümperhaft sie das Ganze angegangen war, sie durfte gar nicht daran denken. Noch einmal versuchte sie es von vorne, aber diesmal erklärte sie der kleinen Elfe die Situation genau und bat sie, mitzukommen. „Nur wenn Oliv und Lup auch mitkommen!", sagte ElAya bestimmt und ließ keinen Zweifel daran, dass sie keinen Millimeter von ihren Forderungen abweichen würde. Sie ging entweder mit den beiden oder überhaupt nicht. Und damit Schluss!

Oliv und Ullahom sahen sich entsetzt an! Lup stellte kein Problem dar, jeder sah in den Augen des anderen, dass auch er es wusste. Das Problem war der Alte! Weder er selbst noch Ullahom konnten sich vorstellen, dass nach allem, was geschehen war, Kalaban Oliv bei der Ausbildung von ElAya dulden oder gar miteinbeziehen würde! „ElAya, das geht nicht!", sagte der alte Mann deshalb auch sofort. „Sicher ist es kein Problem, wenn Lup mitkommt, aber ich bin viel zu betagt für solche Geschichten". ElAya war zwar erst zehn Jahre alt, aber nicht dumm. Sie glaubte ihrem Meister kein Wort. Sie konnte sich schon denken, warum ihr Lehrer nicht mitkommen wollte. Sicher gab es zwischen ihm und dieser Kalaban damals einen heftigen Streit, aber das war ihr vollkommen egal. Daher wiederholte sie mit einer Bestimmtheit, die sie sich selbst nicht zugetraut hätte: „Wie ich schon sagte, entweder ihr kommt beide mit oder ich bleibe hier!" Sie ließ ihn überhaupt nicht zu Wort kommen, als dieser versuchte, ihr zu widersprechen. „Du brauchst mir nichts zu erklären, ich weiß genau, weshalb du nicht mitkommen willst, aber ich habe so viel von dir gelernt und du bist mein Freund. Da kann diese Kalaban reden was sie mag, mich gibt es nur mit euch oder gar nicht!"

Über Ullahoms Gesicht breitete sich ein Lächeln aus, ganz langsam und von innen heraus, gerade so, als würde ein wunderbarer Gedanke aus ihrem Inneren aufsteigen und genauso verhielt es sich. Die Kleine war genau die Richtige für die Aufgabe, die vor ihr lag. Wenn es darauf ankam, konnte sie kämpfen wie eine Löwin und dies war eine Fähigkeit, die Kalaban sicher zu schätzen wusste, selbst wenn es in diesem Fall bedeutete, dass sie sich mit Olivs Anwesenheit würde abfinden müssen.

„Na, dann ist das also beschlossene Sache! Geht und packt zusammen, was ihr braucht und macht die Hütte dicht. Wer weiß, wann Oliv zurückkehren wird" - oder ob überhaupt, fügte sie in Gedanken hinzu. Die anderen sahen sie erstaunt an, ElAya und Lup, weil sie insgeheim nicht damit gerechnet hatten, einen so schnellen Sieg zu erringen und Oliv, weil er sich nicht so recht vorstellen konnte, was Ullahom gerade dachte. Trotzdem gingen die drei los, um ihre Habe zusammenzupacken, jeder von ihnen froh über den vorläufigen Ausgang des Gesprächs, selbst Oliv, dem vor dem Zusammentreffen mit der mächtigen Kalaban graute. Er hatte ElAya so liebgewonnen, dass er trotz allem glücklich war, sie begleiten zu können!

Kapitel 27

Ankunft

Für Oliv war es trotz seiner wenigen Habseligkeiten am schwierigsten, seine Sachen zu packen und die Hütte zu verschließen. So viele Jahre seines Lebens hatte er hier verbracht, er würde den Ort vermissen.

Plötzlich hörte er Gelächter und Geschrei von draußen. Er ging vor die Tür, um nachzusehen. Das Bild, das sich ihm bot, ließ auch ihn auflachen. Verzweifelt bemühte sich ElAya darum, Lup mit Worten und Taten davon zu überzeugen, auf Ullahoms breitem Rücken Platz zu nehmen. Die ganze Aktion sah nicht danach aus, als würde sie Erfolg haben. Augenscheinlich schien Lup eine Heidenangst vor dem Fliegen zu haben. Oliv ließ ihn noch ein wenig zappeln, dann beschloss er einzugreifen.

Er verband seinen Geist mit dem des jungen Wolfes. Dort angekommen, suchte er nach der Ursache und es dauerte auch nicht lange, bis er sie fand. Lup hatte offensichtlich als ganz kleiner Welpe die leidvolle Erfahrung gemacht, von einem großen Bussard angegriffen worden zu sein. Wäre seine Mutter nicht genau in diesem Augenblick von der Jagd zurückgekehrt, hätte er dieses Abenteuer wohl nicht überlebt. Der Bussard hielt den kleinen Lup gepackt und schwebte bereits über dem Boden.

Glücklicherweise nur so hoch, dass die Mutter noch in der Lage gewesen war, dazwischenzuspringen. Dieses furchtbare Erlebnis hatte Lup nicht vergessen und er trug es immer noch mit sich herum. Auslöschen konnte der Elf dieses Gefühl nicht, aber er konnte dafür sorgen, dass Lup verstand, was da in ihm vorging. Und wirklich, langsam ließ die grenzenlose Angst und Panik nach, man konnte es an der Reaktion des jungen Wolfes erkennen. Noch immer etwas widerwillig ließ er sich von ElAya hochziehen. Die war inzwischen völlig durchgeschwitzt von dem Bemühen, ihren Freund auf Ullahoms Rücken zu befördern und atmete erleichtert auf, als sie bemerkte, dass Lup wohl beschlossen hatte, doch aufzusteigen. Ein letztes Mal drehte sich der alte Eremit um, dann ging er entschlossenen Schrittes zu Ullahom und stieg ebenfalls auf ihren Rücken.

Das Fliegen genoss er noch immer, im Gegensatz zu Lup, der ihn dankbar ansah. Lup war froh, seine Angst zumindest so weit überwunden zu haben, dass er hier saß, seine Augen hielt er aber noch immer fest auf Oliv gerichtet. Nach unten sehen konnte er nicht, davon wurde ihm schwindelig, schließlich war er ein Wolf und kein Vogel. Sehr zu Lups Erleichterung dauerte der Flug nicht lange. Als Ullahom gelandet war, sah er, wo sie sich befanden. Sie waren noch immer in den Leuchtenden Bergen. Trotzdem sah die Umgebung vollkommen anders aus.

Auch ElAya hatte es bemerkt. Das Licht leuchtete hier anders, irgendwie golden, der silberne Schimmer war verschwunden. Sie konnte die Umrisse der Berge nicht mehr so deutlich sehen wie noch vor wenigen Sekunden. Hingegen sah sie sehr deutlich eine schimmernde Acht, die sich zwischen einem riesigen Berg, dessen Gipfel sich in dem seltsamen goldenen Leuchten verlor, und einem wirklich winzigen Nachbarberg hinzog. Diese Acht zog ElAya magisch an und ohne lange darüber nachzudenken, sprang sie von Ullahoms Rücken und ging geradewegs darauf zu. Oliv und Ullahom sahen sich verblüfft an. Sollte ihnen noch ein Beweis gefehlt haben, die richtige Schülerin hierhergebracht zu haben, jetzt wussten sie es sicher. Noch niemals in der langen Geschichte ihres Landes war es vorgekommen, dass jemand die heilige Acht sehen konnte, bevor die Bewohnerin gerufen worden war. Normalerweise erschien der Weg erst, nachdem Kalabans Worte den Berg heruntergeschallt waren und selbst dann dauerte es immer noch eine Weile, bis der Rufende die Acht sah.

ElAya aber merkte nichts von all dem, sie sah einfach, was andere nicht sehen konnten, eine Fähigkeit, die ihr sicher noch sehr nützlich sein würde. Um sie anzumelden, trat Ullahom an den Punkt, an dem sich die Schlaufen der Acht kreuzten und murmelte die heiligen Worte. Den für sie sehr beschwerlichen Weg brauchte sie diesmal gar nicht zu gehen, denn ElAya hatte sich schon an die Arbeit gemacht. Woher auch immer sie wusste, was zu tun war, sie lief den Weg der Heiligen Acht nach und murmelte etwas vor sich hin. Oliv und Ullahom bekamen bei ihrem Anblick eine Gänsehaut. Irgendwo in ihrem Inneren besaß ElAya das Wissen dieser heiligen Handlung. Als sie die siebte Runde beendete, schallte Kalaban Ruf den Berg herab. Die Buchstaben der Worte purzelten den Weg hinunter, wie Noten auf einer Tonleiter. Dieses Schauspiel durften noch nicht viele sehen. Die kleine Elfe war eine von ihnen. Lachend drehte sie sich um, rief ihre Freunde zu sich und in der Sicherheit, dass sie ihr folgen würden, machte sie sich an den Aufstieg. Kalaban erwartete sie schon. Sie wusste, was eben am Fuß des Heiligen Berges geschehen war, auch Olivs Anwesenheit entging ihr nicht. ElAyas Ausbildung würde eine Freude für sie werden. Das Kind verfügte über mehr Gaben und Fähigkeiten, als sie es jemals für möglich gehalten hätte.

Als ElAya um die Ecke bog, erschrak Kalaban allerdings heftig. Die Kleine konnte höchstens neun oder zehn sein! Warum auch immer, sie war davon ausgegangen, dass ElAya wenigstens schon 13 war, und damit die Initiation erhalten hatte. Das brachte natürlich Schwierigkeiten mit sich, die dem zeitlichen Rahmen, den Kalaban für die Ausbildung brauchte, ganz neue Dimensionen gaben. Keinesfalls konnten sie sich noch drei Jahre Zeit lassen, die Ausbildung zu beenden und eins der wichtigsten Ereignisse im Leben einer Elfe abwarten. Kalaban würde sich etwas ausdenken müssen. Unmöglich konnte die

Kleine ohne Initiation in die Menschenwelt gehen. Aber auch für dieses Problem würde es eine Lösung geben – später, jetzt gab es anderes zu tun! Unwillig schob sie diese unerfreulichen Gedanken beiseite.

Sie begrüßte ihre Besucher mit so viel Wärme und Herz, wie sie es in den letzten Jahren nicht sehr oft verspürt hatte, nur Oliv gegenüber benahm sie sich äußerst frostig. Aber auch diesem Problem würde sie sich später widmen. Jetzt ging es erst einmal darum, das Vertrauen der kleinen Elfe zu gewinnen. Kalaban seufzte tief, sie wurde langsam zu alt für all diese Schwierigkeiten. Dann musste sie aber doch über sich selbst schmunzeln. In ihrem langen Leben hatte sie schon viele schwierige Situationen gemeistert und, wenn sie ehrlich zu sich selbst war, freute sie sich, das Mädchen bei sich zu haben.

Kalaban beschloss, erst einmal Tee aufzugießen, etwas, das sie immer tat, wenn sie Zeit brauchte oder ihre Gefühle sie überwältigten, so wie jetzt. Obwohl ihr bewusst war, dass Ullahom ElAya herbringen würde, konnte sie vor lauter Freude die Tränen kaum zurückhalten. Es war so viele Jahre her, dass sie die Prophezeiung gehört hatte und jetzt endlich war sie wahr geworden.

Langsam wurde Kalaban ruhiger und auch die anderen entspannten sich. Sie redeten über Belanglosigkeiten. Dann berichtete Ullahom vom Stand der Dinge im Land. Gespannt lauschten ihr die anderen. Niemals hätten sie gedacht, dass diese sechs Ungeheuer und die bösen Menschen, die hierher gelangt waren, bereits so viel Schaden angerichtet hatten. Offensichtlich gab es schon so viele verklebte Flächen, dass manche Gebiete inzwischen unbewohnbar waren. Das Böse schaffte kreisrunde Flächen mit verschiedenen Durchmessern und fransigen Rändern. In den Kreisen gab es weder Bäume, noch Blumen oder Kräuter, nur eine zähe, glibberige Masse, die matt und dunkelgrün schimmerte. Kein Lebewesen ihres Landes konnte einen solchen Kreis betreten, ohne zu sterben. ElAya begriff, das Ganze war ein Wettlauf gegen die Zeit und sie hatte eine wichtige Rolle in diesem Spiel! Wieder einmal wurde ihr ganz flau im Magen. Kalaban, die das sehr wohl bemerkte, versuchte, ElAya von ihren düsteren Gedanken abzulenken, und fragte sie nach ihrem bisherigen Leben.

Was die Kleine ihr erzählte, machte Kalaban sehr wütend. Immer bezahlten die Schwachen im Land für die Dummheiten der Mächtigen! In diesem Augenblick schwor sie sich, der kleinen Elfe alles beizubringen, was sie wusste, auch die geheimsten Dinge, von denen selbst Oliv nichts ahnte. ElAya hatte es schwer gehabt in ihrem Leben. Trotzdem schien sie ihre natürliche Freundlichkeit und Fröhlichkeit nicht verloren zu haben und das grenzte wirklich an ein Wunder, eines das Kalaban die Gewissheit gab, ElAya würde ihr einst eine gute

Nachfolgerin werden! Tja, davon ahnten die anderen noch nichts, sie würden es erfahren, wenn die Zeit dafür gekommen war.

ElAya war so müde, dass sie die Augen kaum noch offen halten konnte. All die neuen Eindrücke! Ihr Leben hatte sich in so kurzer Zeit so sehr verändert! Zärtlich wanderte ihr Blick zu Lup. Er stellte mit Abstand das Beste dar, was ihr in ihrem neuen Leben zuteilgeworden war. Sie fühlte eine so tiefe Verbundenheit mit ihm und gleichzeitig konnte sie spüren, dass es dem jungen Wolf ebenso ging. Lup würde sie sicher niemals im Stich lassen. Mit diesem tröstlichen Gedanken fielen ihr die Augen zu. Ihr Kopf sank sachte auf Lups Bauch. Der junge Wolf gab nur ein zufriedenes Grunzen von sich. Auch er war bereits eingeschlafen.

Kapitel 28

Der Traum

Kalaban und Oliv, die es gleichzeitig bemerkten, sahen sich lange an, beiden war klar, es gab noch viel zwischen ihnen zu klären. ElAya ließ keinen Zweifel daran, dass sie nur blieb, wenn Oliv es ebenfalls tat. Außerdem fand Kalaban es sowieso an der Zeit, die Vergangenheit zu begraben. So wie die Lage im Land aussah, hatten sie wahrlich Besseres zu tun, als sich zu streiten. Sie würden alle zusammenarbeiten müssen, wenn sie auch nur den Hauch einer Chance haben wollten, etwas gegen diese sechs Ungeheuer zu unternehmen.

Ullahom kannte die Schwierigkeiten, die es aus dem Weg zu räumen galt. Deshalb verabschiedete sie sich. Der Weg, der vor ihr lag, war noch weit. ElAya würde sie die nächste Zeit nicht brauchen. Dieser Abschnitt ihres Lebens, wenn sie mit Ullahom zusammenarbeiten würde, lag noch in weiter Ferne. Deshalb würde die Hippogreifin nun wie abgemacht das Land erkunden. Wenn es ihr gelang, so würde sie auch versuchen, die sechs Ungeheuer und ihre Helfer auszukundschaften. Erst wenn diese Mission geglückt war, würde sie wiederkommen und den anderen Bericht erstatten. Sie verabschiedete sich mit Tränen in den Augen. Kalaban und sie würden sich eine lange Zeit nicht sehen, jetzt, wo sie gerade wieder zusammengefunden hatten.

Aber so waren eben die Zeiten. Hier ging es um viel mehr als ihre kleinen persönlichen Bedürfnisse. Mit einem letzten Seufzen straffte sie ihre Schultern, um sich an den Abstieg zu machen; sie hasste es, zu laufen.

Auch die alte Wächterin war traurig. Aber die Lage des Landes ließ für ihre Wünsche keinen Raum. Sie brauchten die Informationen, die Ullahom ihnen bringen würde nun dringender denn je. Bis zu diesem Zeitpunkt floss die Kraft ihrer Gedanken, um Böses zu finden und zu neutralisieren. Dafür würde sie nun weder die Zeit noch die Kraft haben. Sie musste versuchen, ElAya so schnell wie möglich so viel wie möglich beizubringen. Nachdem, was sie selbst in der letzten Zeit gesehen hatte und nach Ullahoms Bericht, stand ihnen das Wasser bereits bis zum Hals. Sie mussten handeln, und zwar so schnell wie möglich. Und deshalb würde sie nun zuerst ihren alten Zwist mit Oliv beilegen.

Als Ullahom gegangen war, setzte sie sich wieder ans Feuer. Oliv wartete schon auf sie. Ein letztes Mal würden sie heute Abend über vergangene Zeiten sprechen. Fortan sollten ihre Gedanken und ihre ganze Kraft wieder dem Kampf gegen das Böse gelten. Die beiden sprachen die halbe Nacht miteinander. Als sie zu Bett gingen, waren sie vielleicht keine Freunde, aber Verbündete in jedem Fall.

Der Morgen brach für alle viel zu schnell an. Der Einzige, der einigermaßen ausgeschlafen hatte, war Lup. ElAya streckte sich gähnend, als er ihr mit seiner feuchten Schnauze über die Wange strich. „Guten Morgen, meine Liebe, es ist Zeit aufzustehen. Kalaban und Oliv sitzen schon seit einer ganzen Weile vor der Höhle und betrachten den Sonnenaufgang. Es sieht so aus, als würden sie sich wieder vertragen. Uns haben sie wohl nur schlafen lassen, weil heute dein erster Tag ist. Würde mich wundern, wenn sich das nicht sehr schnell ändern wird."

Lup sollte mit seiner Vermutung Recht behalten. Gleich nach dem Frühstück ging es los. Kalaban testete alle Kräfte, Gaben und Fähigkeiten, die ElAya bereits ausgebildet hatte und machte sich so ein Bild vom Stand ihres Könnens. Und sie war erstaunt, sehr erstaunt. ElAya konnte ihren Geist verschließen, ihre Gedanken auf Wanderschaft schicken, mit Bäumen und Blumen sprechen und natürlich mit Lup. Sie beherrschte die Kunst der Meditation und konnte ihren Körper stundenlang an einem Ort lassen, während ihr Geist sich an einem anderen Ort aufhielt. Sie beherrschte die Kunst der Selbstverteidigung und des Kampfes. Ja, die alte Wächterin lächelte sehr zufrieden. Für heute würden sie die Übungen beenden, aber gleich morgen würde ElAya lernen, sich unsichtbar zu machen. Kalaban freute sich darauf zu sehen, wie die Kleine sich bei dieser Übung anstellen würde.

Wie Lup es prophezeit hatte, wurde ElAya am nächsten Morgen bereits vor Sonnenaufgang geweckt. Oliv hatte das Frühstück schon fertig, aber ElAya war es in der Zeit ihrer Ausbildung so in Fleisch und Blut übergegangen, zuerst den Aufgang der Sonne zu betrachten, dass sie ohne groß zu überlegen, den noch selig schnarchenden Lup weckte, damit er mit ihr diese erste Übung des Tages begann. Der junge Wolf war allerdings überhaupt nicht willens, irgendetwas vor dem Frühstück zu tun. Deshalb trottete er zu Oliv in die Höhle, anstatt seiner Freundin zu folgen. ElAya rief ihn empört zurück, da hörte sie auch schon sein klägliches Jaulen. Dann erschien ein ziemlich nasser Lup am Eingang. ElAya brach in schallendes Gelächter aus: „Na, hast du versucht, Oliv etwas vom Frühstück zu stibitzen?" - „Wirklich sehr komisch, ha, ha, ha! Der Alte hat sein Teewasser über mich ausgeschüttet, nur weil ich eins seiner Brote vom Tisch nehmen wollte. Pah, Brot, es war noch nicht mal Fleisch oder sonst etwas Vernünftiges!" ElAya erklärte mit erstickter Stimme (sie versuchte noch immer mühsam, ihren Lachreiz zu unterdrücken): „Mitgefangen mitgehangen mein Lieber. Ich erhalte schließlich auch erst später Frühstück und jetzt komm endlich, sonst geht die Sonne auf und wir bekommen erst morgen etwas zu essen!"

Lup sah seine Freundin entgeistert an: „Damit willst du hoffentlich nicht andeuten, dass der Alte dich wegen so etwas einen ganzen Tag hat hungern lassen?" - „Doch, hat er, und ich konnte den Sonnenaufgang nicht von der Hütte aus beobachten, ich musste bis zum Felsplateau gehen – ohne Frühstück. Der Marsch war schon mit vollem Magen anstrengend genug, das kannst du mir glauben!" Lup schüttelte noch immer fassungslos den Kopf, trottete nun aber brav neben seiner Freundin her. Sie gingen ein paar Meter und ElAya hielt nach einem geeigneten Platz Ausschau. Da sah sie linker Hand einen Halbkreis aus Bäumen. Was für ein seltsamer Ort!

ElAya wurde wie so oft magisch von einem Platz angezogen. Zielstrebig ging sie darauf zu. In einem Halbkreis von etwa sieben Metern standen 21 Bäume, immer leicht versetzt vor- und hintereinander. Lauter unterschiedliche Bäume. Die meisten waren ihr vertraut, aber einige sah sie das erste Mal. Staunend ging ElAya in den Halbkreis. Ehrfürchtig ließ sie den Blick über die riesigen Kronen gleiten. Von hier sah es aus, als stünde sie in einer kunstvoll aufgefädelten Perlenkette, die Bäume standen dicht an dicht, jeder mit so viel Platz wie er brauchte. So etwas hatten weder sie noch Lup je gesehen. Wenn es irgendwo heilige Haine gab, so waren diese stets rund, bestanden aus neun oder 18 Bäumen, die ebenfalls dicht beieinander wuchsen. Sehr oft aber kamen sich die Kronen der Bäume ins Gehege und machten sich gegenseitig den Platz streitig.

Nicht so hier! Es war verblüffend, denn was Lup und ElAya hier sahen, konnte es eigentlich gar nicht geben. So genau wusste doch niemand vorher, wie die Bäume wachsen würden! „Guten Morgen ihr beiden!", hörten sie da eine lächelnde Stimme. „Schön dass ihr hier seid. Wir freuen uns immer über Besuch und die alte Kalaban hat ja viel zu selten Zeit und tanzen kann sie auch nicht mehr so schön wie früher." ElAya drehte ihr Gesicht zu den Bäumen, denn die Stimme kam eindeutig von dort. Sprechende Bäume, die den Tanz und den Gesang liebten, hatten ihr doch schon einmal geholfen. Vielleicht konnte sie auch mit diesen hier Freundschaft schließen. Lachend begann sie zu singen und sich im Kreis zu drehen. Die Bäume klatschten mit ihren Blättern und Ästen den Takt dazu. Es war wie ein großes rauschendes Fest. ElAya tanzte so lange und so wild, bis sie vor Erschöpfung mitten in dem Halbkreis zusammenbrach und in einen tiefen Schlaf fiel.

Sie träumte von leuchtenden Bergen, heiligen Achten, neuen Freunden und Sonnenstrahlen. Plötzlich aber verdunkelte sich der Himmel und fünf schwarze Gestalten erschienen am Firmament. ElAya bemerkte, dass sie sich nicht mehr in den Leuchtenden Bergen befanden. Die Landschaft um sie herum hatte sich verändert. In der Ferne sah sie ein altes, düsteres Gemäuer. Die schwarzen Wesen flogen darauf zu und dann sah sie es: Sie trugen Ullahom bei sich. Die große stolze Hippogreifendame hing wie ein geschlachtetes Huhn an einem dicken Ast. Ihre Flügel waren mit dicken, schwarzen Seilen eng um ihren Leib gebunden. Entsetzt sah ElAya die Augen von Ullahom, trübe und verzweifelt blickten sie sie an. Hilf mir, schienen sie zu schreien, dann verschwand das Bild und ElAya erwachte.

Entsetzt sprang sie auf, dann fiel ihr ein, dass sie ja zum Glück nur geträumt hatte. Erleichtert atmete sie auf, als sie die Bäume raunen hörte: „Es war nicht nur ein Traum, es war nicht nur ein Traum ..." ElAya sah Lup entgeistert an, das durfte einfach nicht wahr sein, sie mussten sofort zu Oliv und Kalaban, sie mussten etwas unternehmen. ElAya war so aufgelöst, dass die beiden zuerst gar nicht verstanden, was sie ihnen mitteilen wollte. Dann aber zeichnete sich auch auf ihren Gesichtern das blanke Entsetzen ab. „Wir müssen ihr helfen, oh Kalaban, diese Gestalten sahen so schrecklich aus", schluchzte ElAya immer wieder.

Kapitel 29

Reisevorbereitungen

Schließlich hatten sie sich einen Plan zurechtgelegt. Oliv, ElAya und Lup würden gehen und sehen, ob sie vor Ort etwas auskundschaften konnten. Zuerst hielt Kalaban nichts von diesem Plan. Sie wollte selbst gehen, das aber war gänzlich unmöglich. Sie wurde an diesem Ort gebraucht! Nur vom heiligen Berg aus konnte sie, die dunklen schleimigen Flächen im Land einigermaßen unter Kontrolle zu halten. Nicht auszudenken, was passieren würde, wenn Kalaban mit dieser Arbeit aufhörte. Oliv konnte diese Aufgabe nicht übernehmen, ihm fehlten dazu inzwischen zu viele wichtige Gaben und ElAya war noch nicht so weit.

Dass das Elfenkind darauf bestand mitzukommen, fanden weder Kalaban noch Oliv gut. Lup aber, der ElAya inzwischen gut genug kannte, versicherte den beiden, dass seine Freundin auf jeden Fall gehen würde, mit Oliv oder alleine. Die Botschaft der Bäume, hatte sie zu der felsenfesten Überzeugung gebracht, dass es ihre Pflicht war, etwas zu unternehmen. Außerdem spürte sie, dass sie ihre Ausbildung nicht wirklich ernsthaft weiterführen könnte, solange sich die stolze Hippogreifendame in Gefangenschaft bei diesen widerlichen Wesen befand. Also stimmten Kalaban und Oliv letzten Endes wenn auch schweren

Herzens zu. ElAya erhielt die Erlaubnis mitzukommen. Sie zweifelten keine Sekunde daran, dass die junge Elfe Mittel und Wege finden würde, sich bei Nacht und Nebel alleine mit Lup auf den Weg zu machen. Sie hatte einen außerordentlich starken Willen. Da war es trotz allem besser, sie reiste mit Oliv. Leider waren ElAyas Flügel noch immer nicht so stark, dass sie eine so lange Reise durchstehen würden. Auch Oliv war inzwischen zu alt, um ganz alleine, nur durch seine Flügelkraft, so weit zu reisen. Lup wäre wohl der Einzige gewesen, der den weiten Weg aus eigener Kraft geschafft hätte. Die Möglichkeit zu Fuß zu gehen fiel leider auch aus, es hätte viel zu lange gedauert.

Die Burg der sechs Ungeheuer lag ganz im Norden, die leuchtenden Berge hingegen im Süden. Sie würden das ganze Land durchqueren müssen und brauchten unbedingt eine Flugmöglichkeit. Kalaban und Oliv schlugen sich die Nacht um die Ohren, um eine Lösung zu finden. Bisher hatten weder die Wächterin noch der alte Elf lange körperliche Reisen unternommen und wenn, dann immer auf Ullahoms Rücken. Ullahoms Artgenossen waren den Elfen bedauerlicherweise nicht besonders wohlgesonnen, sie würden diese Aufgabe nicht so ohne weiteres übernehmen. Dazu würde viel Überzeugungsarbeit nötig sein und diese Zeit blieb ihnen nicht. Sie mussten einen anderen Weg finden.

Kalaban kämpfte seit Stunden mit sich. Sie kannte eine Möglichkeit. Aber würden sie diese nutzen und es ging etwas schief, Ullahom würde sie umbringen. Nicht umsonst hatte ihr die Freundin das heilige Versprechen abgenommen, niemandem etwas von der Existenz ihrer Tochter zu erzählen. Ullahom wollte ihre kleine Penelope unter allen Umständen vor ihren Feinden schützen. Gregorius, der alte Sturkopf, hatte sich in rasendem Zorn von Ullahom getrennt. Kalaban wusste nicht genau, was damals vorgefallen war, aber genug, um zu begreifen, dass Penelope in großer Gefahr schwebte, wenn Gregorius je von ihrer Existenz erfuhr. Deshalb hütete die Hippogreifin ihr Geheimnis stets streng und nur die alte Wächterin kannte es. Kalaban fragte sich wohl zum tausendsten Mal in dieser Nacht, ob sie das Risiko eingehen konnte und Ullahoms Tochter auf die Reise schicken sollte. Verdammt, wenn ihr doch nur etwas anderes einfallen würde.

Während sie noch verzweifelt darüber nachdachte, wie sie entscheiden sollte, stand plötzlich ElAya vor ihr: „Kalaban, wie sollen wir eigentlich dort hinkommen, jetzt, wo Ullahom nicht mehr da ist?" Kalaban schüttelte resigniert den Kopf und erwiderte: „Ach, Kind, darüber denke ich seit Stunden nach, aber weder Oliv noch mir ist bis jetzt etwas eingefallen." Noch während sie diese Worte sprach, hatte sie den Verdacht, dass das Elfenkind eine Lösung kannte. Und genauso verhielt es sich. ElAya war nämlich der Beutel mit den Federn eingefallen, den sie einst von der Einhorngroßmutter bekommen hatte. Sie wusste nur nicht so ganz genau, ob diese Flügel Oliv, Lup und sie tragen konnten. Einen Versuch war es aber immerhin wert. Kalaban hätte einen Freudentanz vollführen mögen, so leicht war ihr plötzlich ums Herz. Wenn das funktionieren könnte, und seltsamerweise hegte sie nicht den allergeringsten Zweifel daran, dann würde die kleine Penelope weiterhin in Sicherheit sein, so lange, bis sie alt und stark genug war, um sich gegen ihren Vater zu behaupten. Und Kalaban würde das heilige Versprechen halten können, das sie Ullahom einst gegeben hatte.

„Hol die Federn mein Kind!", rief sie aufgeregt, „das ist die Lösung! Oliv, hast du das gehört? Weck Lup – los! Wir müssen ausprobieren, ob sie euch alle tragen!" Ihr Gefühl trog sie nicht. Die Flügel trugen die Last der drei ohne Schwierigkeiten! Ihr fiel eine Zentnerlast von der Seele. Sie packte ihnen Proviant, Medizin, den leeren Federnbeutel, Messer, Seil, Feuerstein und noch ein paar andere Dinge in einen alten Lederbeutel. Dann blieb ihr nur noch, den dreien eine gute Reise und eine glückliche Wiederkehr zu wünschen. Kurz vor Sonnenaufgang machten sie sich auf den Weg nach Norden.

Kapitel 30

Die Reise

Bis zur Mitte des Landes verlief ihre Reise recht ereignislos. Sie ernährten sich von dem, was sie unterwegs fanden und Lup ging jagen. Er war inzwischen ein ausgezeichneter Jäger, seine anfänglichen Schwierigkeiten verschwunden. Bisher hatten sie auch nur hie und da eine der klebrigen, schleimigen Flächen gesehen. Da selbst Oliv sich nicht besonders gut auskannte, flogen sie immer bei Tag und sobald es dunkel wurde, hielten sie nach einem geschützten Platz zum Übernachten Ausschau.

Die Sonne stand heiß am Firmament und die drei unterhielten sich über ganz banale Dinge, als ElAya plötzlich begann, wild um sich zu schlagen, und ganz fürchterlich anfing zu schreien, klagende, unerträgliche Laute, die Oliv und Lup beinahe das Trommelfell platzen ließen. Auf Grund dieses unerwarteten Vorfalls dachte keiner mehr an die Flügel, die sie in der Luft hielten, keiner befolgte mehr die Regeln des Fliegens und als Oliv es bemerkte, rasten sie schon mit gefährlich hoher Geschwindigkeit auf den Boden zu. Er konnte es gerade noch verhindern, dass sie mit voller Wucht in die ekelhafte, grüne schleimige Masse unter ihnen krachten. Keiner hatte sie bemerkt. Lup und Oliv waren so erschrocken, als ElAya mit diesem Geschrei anfing, dass sie auf nichts mehr achten konnten.

Sie zogen ihre Freundin, die immer noch wild um sich schlug, ein Stück von der gefährlichen Stelle weg. Der alte Elf versuchte, in ElAyas Geist einzudringen, um sie zu beruhigen, aber es gelang ihm nicht, der Geist der kleinen Elfe war so fest verschlossen, als hätte sie eine Türe aus Panzerglas davor. So etwas hatte Oliv in seinem ganzen Leben, und er war wirklich schon sehr alt, ein einziges Mal erlebt. An diese Nacht dachte er noch immer voller Grauen zurück. Damals riefen ihn die Regenbogenelfen. Ein junger Elfenmann, seit Monaten verschwunden, kehrte plötzlich zurück. Zuerst war das Elfenvolk erleichtert und glücklich, dann aber mussten sie feststellen, dass sich der junge Elf sehr merkwürdig benahm. Er schlug kleine Kinder und alte Elfen und dann tötete er auf besonders grausame Weise eine der Bärenmütter. Daraufhin hatten sie Oliv geholt. Sie wussten nicht, was sie mit dem jungen Elf tun sollten, da er sich entgegen ihrer Sitte, der von aller beschlossenen Strafe widersetzte.

Das war beim Volk der Regenbogenelfen bis dahin noch niemals vorgekommen. Oliv erinnerte sich sehr genau. Er versuchte auch damals, in den Geist des Elfs einzudringen, um festzustellen, was ihm fehlte. Es war genau das gleiche gewesen:

alles fest verschlossen! Oliv hatte es am Ende geschafft, mit Hilfe eines seiner Kräuter, zu dem Jungen vorzudringen.

Er schauderte bei der Erinnerung. Der Elf, jetzt erinnerte er sich auch wieder an seinen Namen, er hieß Olg, befand sich auf dem Weg zu seinem Freund, als eins der schwarzen Ungeheuer ihn erwischte. Er hatte eine Weile dort in Gefangenschaft verbracht, dann durfte er die schwarze Burg wieder verlassen, wie andere vor ihm auch. Oliv unternahm alles, um herauszufinden, was Olg dort widerfahren war. Aber alle Zauberkräfte und Medizinkräuter, all seine Kräfte und Fähigkeiten waren nutzlos gewesen. Er konnte zwar am Ende, in den Geist des jungen Elfen eindringen und ihn beruhigen aber er erfuhr nie, was das Ungeheuer ihm angetan hatte. Olg veränderte sich immerhin so weit zurück, dass er wieder bei seinem Volk leben konnte, ohne den anderen Schaden zuzufügen. Seltsam war er aber immer geblieben.

Daran erinnerte sich Oliv jetzt, als er ElAya ansah. Er öffnete seinen Medizinbeutel und suchte nach dem Kraut, das damals bei Olg geholfen hatte. Er machte ein Feuer und bereitete daraus einen Tee. Währenddessen versuchte Lup mit Engelszungen, ElAya zu beruhigen. Da es ihm nicht gelang, zerrte er sie auf ein Stück Wiese, weg von der steinigen Stelle, auf der sie lag, aus Angst, sie könnte sich verletzten.

Noch bevor Oliv ElAya den Tee verabreichen konnte, ging plötzlich ein Ruck durch den Körper der kleinen Elfe und sie lag ganz still da. Verwundert öffnete sie die Augen: „Warum sind wir gelandet?" Offensichtlich erinnerte sie sich nicht. Sie richtete sich eben etwas wackelig auf, als ihr alter Lehrer bemerkte, dass sie wieder bei sich war. So schnell hatte Lup den Alten noch niemals laufen sehen. Er stand im Bruchteil einer Sekunde bei ElAya: „Geht es dir gut, mein Kind?", fragte er noch erstaunter als Lup. Aber in diesem Moment begriff er einmal mehr, wie viel Kraft und Stärke ElAya besaß. Aus welchen Gründen auch immer sie in diesen Zustand gefallen war, ihr Geist konnte sich eigenständig und ohne fremdes Zutun aus dieser Lage befreien. ElAya unterbrach seine Gedanken: „Oliv, warum um alles in der Welt sind wir an diesem fürchterlichen Ort gelandet, an dem die Ungeheuer Ullahom geschnappt haben?", wollte sie wissen. Das war also der Grund für ElAyas „Anfall". Noch bevor sie bewusst registrierte, wo sie sich befanden, reagierte ihr Unterbewusstsein schon auf den Ort.

Lup erzählte seiner Freundin, was gerade geschehen war. Sie schüttelte sich bei seinen Worten, konnte sich aber nicht wirklich erinnern. „Egal, nun sind wir schon einmal hier, lasst uns nachsehen, ob wir irgendwelche Spuren finden!", sagte sie entschlossen. Oliv und der junge Wolf teilten ihrer Meinung. Im Moment wollten sie lieber nicht länger darüber nachdenken, was eben passiert war. Sie suchten die Gegend ab und fanden wirklich einige von Ullahoms Federn sowie ein paar glänzende Schweifhaare und auch ein Bündel weißer Haare aus ihrem Fell. Es musste ein entsetzlicher Kampf gewesen sein, freiwillig hatte sich die starke und stolze Hippogreifin nicht gefangen nehmen lassen. Alle drei hatten den Gedanken gleichzeitig: Die Ungeheuer mussten unheimlich stark sein!

Sie sahen sich lange an. Sollten sie die schleimige Fläche untersuchen oder ihr besser nicht zu nahe kommen? Schließlich fasste Lup den Entschluss, sich das Ding etwas genauer anzusehen. Vorsichtig schlich er sich an. Er sah aus, als würde er sich an einen Hasen anpirschen. Je näher er dem Schleim kam, desto langsamer wurde er. „Es geht nicht weiter!", rief er verblüfft. Oliv und ElAya hörten das mit Erstaunen. Hatte Kalaban nicht behauptet, wer auf die Fläche trat, verschwand für immer? Offensichtlich war es aber nicht möglich, einfach hineinzulaufen, scheinbar bestand nur Gefahr, wenn man hineinfiel! Seltsam! Weder Oliv noch ElAya konnten sich einen Reim darauf machen. Sie riefen Lup zurück. Es blieb keine Zeit, hier noch länger herumzutrödeln, sie mussten nach Norden, so schnell wie möglich. Wer wusste schon, was sonst mit Ullahom geschah.

Nach diesem Erlebnis änderten sie ihre Reisegewohnheiten. Alle drei hatten das Gefühl, sich beeilen zu müssen. Täglich gab es jetzt nur noch eine kurze Rast und sie flogen auch die Nacht hindurch und wechselten sich mit den Flügeln ab, so dass jeder von ihnen ein Stück flog und den Rest der Nacht schlafen konnte. Auf diese Weise schafften sie es, wenige Tage später den Rand des Nordlandes zu erreichen.

Am Morgen tauchte die schwarze Burg in der Ferne auf. Je näher das alte Gemäuer kam, desto kälter wurde es. Schließlich landeten sie am Rand eines kleinen Wäldchens um zu besprechen, wie es jetzt weitergehen sollte und beschlossen, schließlich, abzuwarten bis es dunkel wurde. Bevor sie zur Burg gingen, mussten sie sich ausruhen. All ihre Kräfte und ein wacher Geist waren nötig, um Ullahom zu helfen. Andernfalls stand ihnen selbst noch die Gefangenschaft bevor. Oliv braute ein Getränk für ElAya und Lup, da er befürchtete, dass die beiden sonst kein Auge zutun würden.

Sie suchten sich innerhalb des Wäldchens einen geschützten Platz. Oliv gab ElAya und Lup den Trank. Er selbst würde Wache halten. Wer so lange als Eremit gelebt hatte und so alt war, für den besaß Schlaf nicht mehr die Bedeutung wie für seine jungen Freunde. Für ihn gab es andere Möglichkeiten, zur Ruhe zu kommen. Sobald es dunkel war, würde er die beiden wecken. Sie einigten sich darauf, die Burg bei Nacht auszukundschaften. Das hielten sie für sicherer.

Kapitel 31

Träume

Es dämmerte bereits, als Oliv die beiden weckte. Fast den ganzen Tag war er damit beschäftigt gewesen, seinen Geist in die Burg zu schicken, um sich ein Bild von den Gegebenheiten zu machen. Fehlanzeige – er gelangte immer nur bis zu einem bestimmten Punkt außerhalb der dunklen Mauern, dann wurde er zurückgeschmettert wie ein Tennisball. Es schien ihm vollkommen aussichtslos und er fühlte nur noch Verzweiflung in sich. Wie sollten sie je einen Plan mit Aussicht auf Erfolg ausarbeiten, wenn er nicht einmal in der Lage war, zumindest einen Teil der alten Burg auszukundschaften. Es würde auch mit diesem Wissen noch schwer genug werden, Ullahom da herauszuholen. Er seufzte.

Lup und ElAya rieben sich den Schlaf aus den Augen. Dann verkündete Lup: „Ich werde hineingehen und sie herausholen!" „Du?", riefen die beiden anderen verblüfft. „Ja, ich! Und ich kann euch auch sagen, warum!". Lup klang sehr überzeugt. Während er, betäubt durch Olivs Trank, tief geschlafen hatte, hatte Lup einen seltsamen Traum gehabt. Er war innerhalb der alten Burgmauern gewesen und dort gab es ein Rudel Wölfe. Sie hatten ihn gar nicht unfreundlich aufgenommen und waren auch nicht verwundert gewesen, dass ein Neuer zu ihnen stieß.

Lup bildete sich nun ein, dass der Traum der Wahrheit entsprach, und hatte deshalb beschlossen, dass er gehen würde. Oliv konnte das nicht glauben, aber weil er keine andere Möglichkeit sah, würde Lup es wohl versuchen müssen.

ElAya hatte ebenfalls einen merkwürdigen Traum gehabt. Es war ein ziemliches Durcheinander gewesen. Eine deutliche Warnung stand ihr aber immer noch vor Augen: Lup durfte keinesfalls mit den Wölfen essen oder trinken. Sie konnte sich nicht erinnern warum, aber das Gefühl von absoluter Wichtigkeit blieb. Sie glaubte noch immer, diese warnende Stimme zu hören, die ihr vertraut gewesen war, aber so sehr sie auch darüber nachgrübelte, es fiel ihr nicht ein, wo sie diese schon einmal gehört hatte.

Lup und Oliv unterbrachen ihre Gedanken. Lups größte Sorge blieb, wie er Ullahom herausbringen sollte. Sie war mindestens 20-mal so groß wie er und unheimlich schwer. Ganz davon abgesehen, dass man sie wohl kaum übersehen konnte, wussten sie alle nicht, in welchem Zustand ihre Freundin sein würde und ob sie überhaupt in der Lage wäre, selbstständig zu gehen. Nun war es an Lup, tief zu seufzen. Oliv, der seine Sorgen nachempfinden konnte, lächelte ihn aufmunternd an: „Mach dir darum erst einmal keine Gedanken, Lup, ich besitze eine Substanz, mit deren Hilfe du Ullahom verkleinern kannst. Wenn alles klappt, dürfte sie nach der Einnahme die Größe eines Huhns haben." - „Was? Aber das ist ja großartig." Lup führte einen Freudentanz auf, wobei er immer im Kreis herumrannte und versuchte, seinen Schwanz zu fangen. Dabei rief er: „Dann such ich sie, dann schnapp ich sie wie eine Wolfsmutter ihr Junges, dann trage ich sie einfach hinaus!" „Sei doch leise", ermahnten ihn Oliv und ElAya.

ElAya, die Olivs Gesichtsausdruck sah, fragte: „Wo ist der Haken?" Der sah ziemlich schuldbewusst drein. „Na ja, leider habe ich nicht unendlich viel von dem Zeug. Das Kraut, das man dazu benötigt, ist äußerst selten und kostbar. Ullahom ist sehr groß und schwer, ich kann nicht genau sagen, wie lange sie so klein bleiben wird." Lup sah ihn lange an: „Nun rück schon raus damit, Oliv, wie lange habe ich? Eine Stunde?", fügte er mit hoffnungsvollem Blick hinzu. - „Sieben Minuten und auch das nur, wenn ich mich mit Ullahoms Gewicht nicht völlig vertan habe." - „Was?", rief Lup entsetzt. „Sieben Minuten, sagtest du, sieben?"

Vor lauter Schreck blieb Lup mitten in seinem Tanz stehen und sah nun aus wie ein Bumerang. ElAya musste grinsen, obwohl ihr gar nicht danach war, ihr Freund führte sich einfach unbezahlbar komisch auf. „Aber Oliv, wie soll ich das denn schaffen, diese Burg ist riesig!", rief Lup. Sie sahen sich an. - „Lup, du musst es einfach schaffen, es ist unsere einzige Chance und ich kann dir nicht einmal ungefähr sagen, wie es da drin aussieht, mein Geist wird jedes Mal zurückgeschmettert, wenn ich versuche in das Gemäuer einzudringen." - „Na wunderbar", mehr fiel Lup dazu nicht mehr ein. So euphorisch er sich eben noch fühlte, so mulmig war ihm nun. Ein Rudel unbekannter Wölfe, ein Zaubertrank mit Kurzzeitwirkung ..., noch ehe er seine Liste vervollständigen konnte, erzählte ihm ElAya von ihrem Traum. Danach fügte er in Gedanken nur noch hinzu: „Und das ohne Essen und Trinken! Am besten gehe ich sofort, bevor mich das letzte Quäntchen Mut verlässt." Die anderen teilten diese Meinung, sie hatten wirklich keine Zeit zu verlieren.

Oliv und ElAya begleiteten ihn mit ihren Gedanken, soweit sie eben konnten. An der üblichen Stelle wurden beide mit solcher Wucht zurückgeschmettert, dass ElAya ins Gras fiel. Oliv, der das schon kannte, staunte nur darüber, dass Lup wirklich passieren konnte. Bis zu diesem Zeitpunkt hatte er noch immer befürchtet, dessen Traum würde sich als genau das herausstellen: ein Traum eben. Aber er war soeben hinter dem Schutzwall verschwunden. Nun konnten sie nur noch hoffen, dass alles gut gehen würde, ihr vierbeiniger Freund war jetzt ganz auf sich gestellt, sie würden ihm nicht mehr helfen können.

Kapitel 32

In der Burg

Lup hatte von dem Wall gar nichts bemerkt. Es war wirklich so, wie er es im Traum erlebt hatte. Offensichtlich gab es für Wölfe überhaupt kein Problem hineinzukommen. Er hoffte in diesem Moment inständig, es würde auch keines werden, wieder herauszukommen. Das dunkle Gemäuer war ihm unheimlich. Die alte Burg hatte ein riesiges schwarzes Eisentor. Es war fest verschlossen. Aber rechts davon entdeckte er eine kleine Pforte. Hier gab es nicht einmal eine Tür!

Lup hielt verblüfft inne: Hier konnte also jeder hineinmarschieren, wie es ihm gerade gefiel. Seltsam, dabei hatte Oliv von einem Schutzring gesprochen, der sogar den Geist eines Elfen abhielt. Das war wirklich mehr als nur ein bisschen merkwürdig. Misstrauisch näherte er sich der Pforte. Um Himmels willen, was stank hier so? Der Mief, der aus dem Inneren kam, roch dermaßen bestialisch, dass der junge Wolf fast in Ohnmacht fiel. „Um Himmels willen, was ist das denn?", dachte er noch einmal, bevor er zu Boden sank. Benommen registrierte er eine Mischung aus faulen Eiern, Verwesung und anderen eigenartigen Dingen, über die er lieber nicht genauer nachdenken wollte. Auf einmal wusste er auch, warum hier Wölfe lebten. Der Geruch, so stark und schier unerträglich er auch war, in ganz leichter Form kannte Lup ihn. Schließlich vergrub er oft Fleisch, um es später zu fressen. „Habe vergraben!", dachte er gerade, „habe vergraben!". Nie wieder würde er in der Lage sein, so etwas zu fressen. Früher waren das die reinsten Leckerbissen gewesen. Aber dieser bestialische Gestank hier, der abertausendmal stärker und penetranter war und außerdem vermischt mit dem widerwärtigen Gestank nach faulen Eiern, der würde ihm wohl für immer in Erinnerung bleiben.

Vorsichtig rappelte er sich wieder auf. Oliv und ElAya wären sicher in eine tiefe Ohnmacht gefallen. Ein perfekter Schutz, der Gestank nahm jedem Lebewesen den Atem. „Nur mir nicht, weil ich ein Wolf bin, ihr werdet euch noch wundern", dachte er und machte sich tapfer auf den Weg hinein in die Burg. Mit jedem Schritt wurde die Luft undurchsichtiger und übler, aber nun rechnete Lup damit und schützte sich, so gut es eben ging. Er brauchte nicht lange zu suchen, um das Rudel zu finden. Sie lagerten nicht weit von der Pforte entfernt. Sein Kommen nahmen sie mit Gelassenheit hin, sie baten ihn Platz zu nehmen. Ein seltsames Verhalten für ein Wolfsrudel. Niemals würde sich ein normales Rudel so verhalten, irgendetwas stimmte hier ganz und gar nicht. Lup nahm Platz und wartete ab, was geschehen würde. Etwas anderes konnte er im Moment nicht tun, aber er würde auf der Hut sein.

Es waren ungefähr 25 Tiere, meistens ältere und wie es aussah, fast nur männliche. Links neben ihm entdeckte er einen etwas jüngeren Wolf, der ihn grinsend ansah: „Na Kleiner, hast wohl nicht so recht daran geglaubt, dass es uns gibt? Was haste denn ausgefressen, weil sie dich rausgeschmissen haben?" - Noch bevor Lup sich eine Antwort überlegen konnte, knurrte ein großer Grauer, der sehr beeindruckend aussah: „Halt die Klappe Rinn, keiner wird hier nach seiner Vergangenheit gefragt!" Der alte Graue war also der Chef. Langsam dämmerte Lup auch noch etwas anderes. All die Wölfe hier waren aus ihren ehemaligen Rudeln ausgestoßen worden, weil sie irgendetwas verbrochen hatten. Hier hatten sie ein neues Rudel gefunden. Eines, das keine Fragen stellte. Interessant!

Der Anführer lud Lup zum Essen ein. Vor ihm lagen große Stücke einer eigenartigen Substanz. Zuerst hatte Lup gedacht, es wäre Fleisch, aber die Teile waren alle schwarz und sahen sehr unappetitlich aus. Gerade rechtzeitig erinnerte er sich an ElAyas Mahnung, ja nichts zu essen oder zu trinken. Gleichzeitig wurde ihm klar, dass eine Ablehnung alles andere als gut ankommen würde. Verzweifelt suchte er nach einer Lösung und lächelte dabei verkrampft in die Runde. Da hatte er die rettende Idee: „Vielen Dank für die Einladung, aber ich hatte heute schon eine kleine Elfe, ich hab mich wohl etwas überfressen!" Was nun geschah, hatte Lup nicht im Mindesten erwartet. Das ganze Rudel war völlig außer Rand und Band.

„Eine Elfe? Ganz jung, sagst du? Ohne Flügel?" „Ja, du bist ja auch ganz grün im Gesicht, hättest doch nicht so viel fressen sollen!" „Oh, was gäbe ich für so ein Festmahl", so riefen sie alle durcheinander, bis der alte Graue ein Machtwort sprach. „Wir haben lange nichts so Gutes mehr gegessen, entschuldige unser Benehmen, aber unser Essen hier ist auch nicht schlecht", setzte er dann doch, allerdings mit wenig Überzeugung in der Stimme hinzu. - „Gerne nehme ich die nächste Mahlzeit mit euch ein, lasst es euch schmecken!", antwortete Lup dem Grauen. Er war etwas durch den Wind. Warum gingen sie nicht nach draußen jagen, wenn ihnen der Fraß hier nicht schmeckte? Wahrscheinlich konnten sie nicht, gab er sich selbst die Antwort. ElAya hatte ihn sicher nicht ohne Grund gewarnt, hier auf keinen Fall Nahrung zu sich zu nehmen. Verdammt, jetzt hatte er noch ein Problem, bis zum nächsten „Fressen" musste er hier raus sein, noch einmal würden sie ihn nicht so davonkommen lassen.

Ganz unerwartet kam ihm da der junge Rinn zu Hilfe. Er raunte ihm zu: „Hier gibt es auch frisches Fleisch. Gerade erst vor ein paar Tagen haben sie einen großen fetten Hippogreif gebracht! Leider kommt man nicht an ihn heran, wir haben es alle schon versucht!" Lup konnte seine Erregung kaum im Zaun halten. Die Wölfe hatten Ullahom gesehen, sie war also wirklich hier. Ganz beiläufig fragte er, wo sie denn sei und warum die Wölfe sie sich nicht geschnappt hätten. Rinns Antwort war wenig ermutigend. Offensichtlich hielten die Ungeheuer seine Freundin im sogenannten Westflügel gefangen. An sich eigentlich wunderbar, ein Verlies im tiefen Burgkeller oder im Burgturm hoch oben wäre viel schwieriger gewesen. Leider war das nur ein Teil dessen, was Rinn ihm erzählt hatte. Der Westflügel war mit der gleichen Methode geschützt wie der Rest der Burg: mit Geruch oder besser mit Gestank sollte man wohl sagen! Der junge Wolf hatte berichtet, dass nicht einmal sie in der Lage wären, dort einzudringen. Sobald sie auch nur in die Nähe kämen, würde ihnen so übel, dass sie keine Luft mehr bekämen. Ein ganz Mutiger hatte es einmal trotzdem versucht. Er starb dabei. Seither hatte es keiner mehr gewagt, näher als zehn Meter an den Eingang heranzugehen.

Als die Wölfe sich zum Schlafen niederlegten, grübelte Lup noch immer darüber nach, was er tun sollte. Irgendwann in der Nacht beschloss er dann, es einfach zu versuchen. Er hatte nicht mehr viel Zeit, bis zum Frühstück musste er hier weg sein, noch einmal konnte er die Einladung nicht ablehnen, sonst würden sie misstrauisch werden. Und was dieses Rudel Ganoven dann mit ihm anstellen würde, darüber dachte er lieber nicht so genau nach.

Er machte sich auf die Suche nach dem Westflügel. Immer in Habachtstellung, immer in Erwartung dieses bestialischen Gestankes. Je näher er diesem Gebäudeteil aber kam, desto angenehmer wurde der Geruch. Lup schnupperte misstrauisch und ausgesprochen vorsichtig, er traute der Sache nicht. In dem Moment hörte er Ullahoms vertrautes Schnauben, sie musste hier ganz in der Nähe sein. Lup wurde ganz aufgeregt. Er beschloss, das Risiko einzugehen, dass hier irgendetwas in der Luft lag, was ihm den Atem nehmen würde. Er sah schon die ersten Strahlen des Morgenrots, er konnte nicht mehr länger warten und so folgte er dem vertrauten Schnauben.

Nach wenigen Minuten hatte er eine kleine Mauer erreicht. Lup traute seinen Augen nicht. Dahinter war der schönste Rosengarten, den er je gesehen hatte. Die Blumen schillerten in allen Farben, es gab sogar goldene und silberne Rosen, die sich an alten rostigen Rankhilfen emporzogen. Dazwischen wuchsen seltsame Bäume, die er noch nie gesehen hatte. An anderen Stellen gab es kleine Tümpel und auf der linken Seite sah er sogar einen Bach. Der Garten reichte weiter, als Lup sehen konnte und er hatte gute Augen. Der wundervolle Geruch war der Duft der Rosen, schoss es dem jungen Wolf durch den Kopf. Dann sah er unter einem der seltsamen Bäume Ullahom. Sie aß von den roten samtigen Früchten, die hier in Hülle und Fülle wuchsen. Lup war so erleichtert, dass er einfach stehenblieb, froh, dass Ullahom lebte. Offensichtlich ging es ihr prächtig! Insgeheim hatte er trotz allem befürchtet, sie könnte bereits tot sein. Ullahom drehte den Kopf und sah Lup direkt in die Augen. Er stank so fürchterlich, dass sie ihn sofort gerochen hatte, obwohl die Rosen wirklich stark dufteten. Ungläubig sah sie ihn an. Lup musste lächeln, er konnte die Worte deutlich verstehen, auch wenn er sie nicht hörte. Ullahom rief erstaunt „Wo kommst du denn her?", und setzte sich sofort in Bewegung, um ihn freudig zu begrüßen. Der junge Wolf erwachte langsam aus seiner Erstarrung. Es wurde ihm nur zu deutlich bewusst, dass sehr bald die Sonne aufgehen würde.

Schnell holte er das kleine Fläschchen aus seiner Backe hervor. „Trink das, Ullahom, alles andere erklär ich dir später!". Seine Freundin war so verdutzt, dass sie einfach tat, was Lup ihr sagte. Ullahom wurde augenblicklich kleiner, als der erste Schluck ihre Kehle hinunterrann. „Trink alles, beeil dich!", rief Lup aufgeregt. Es dauerte nur wenige Sekunden und sie hatte wirklich die Größe eines Huhns! Lup nahm sie vorsichtig zwischen die Zähne. Ullahom wehrte sich nicht, jetzt war sie es nämlich, die ziemlich verblüfft aussah. Lup ging in Gedanken noch einmal den Weg zum Ausgang durch, dann lief er los. Er hatte die Pforte fast erreicht, als er hinter sich Schritte und Rufen vernahm. Deshalb rannte er, so schnell er konnte Richtung Ausgang, aber Rinn war schneller, er schnitt ihm den Weg ab. „Erfolgreiche Jagd, Kleiner, was?" Lups Gedanken überschlugen sich. Er musste hier raus, bevor der ganze Haufen wach wurde und er konnte Ullahom nicht loslassen, nicht auszudenken, was passieren würde, wenn Rinn sie sich schnappte. In dem Moment ließ die Wirkung des Zaubertranks nach und Ullahom begann wieder zu wachsen. Rinn erschrak so fürchterlich, dass er zur Seite sprang. Lup nutzte die Chance und rannte durch die Pforte so schnell er konnte, im Maul immer noch die ständig wachsende Ullahom! Sie hatten es gerade noch geschafft, er hätte keine Sekunde länger durchgehalten. Ullahom war so schwer geworden, dass er sie erleichtert losließ. „Wir müssen hier weg, Lup, schnell, steig auf meinen Rücken." So groß Lups Angst vor dem Fliegen noch immer war, das ließ er sich nicht zweimal sagen. Er machte einen Satz und hielt sich mit den Pfoten am Hals seiner Freundin fest. Ullahom startete fast im gleichen Moment und wirklich keine Sekunde zu früh. Drinnen brach, kaum dass sie in der Luft waren, ein schreckliches Geheul los und die Wölfe standen zähnefletschend am Tor!

Kapitel 33

Flucht

Nun war es nur noch eine Frage der Zeit, bis die Herren der Burg bemerken würden, was vor sich ging. Lup gab seiner Freundin eine kurze Wegbeschreibung und sie landete auf der Wiese nahe des kleinen Wäldchens, aber nur um in Sekundenschnelle Oliv und ElAya auf ihren Rücken zu nehmen. Dann flog sie Richtung Süden, so schnell sie konnte. Leider war Ullahoms Tempo nicht mehr mit früher zu vergleichen. Sie konnte so lange nicht fliegen und die Gefangenschaft hatte sie geschwächt. ElAya sah zur Burg zurück und genau wie Lup befürchtet hatte, hatte das Geheul der Wölfe die Ungeheuer alarmiert. Sie würden es nicht schaffen zu entkommen. „Oh nein", war alles, was ElAya denken konnte, bevor eines der Ungeheuer versuchte, sich Lup zu schnappen. - „Lup", schrie ElAya aus Leibeskräften und mit durchdringender Panik in der Stimme.

In diesem Augenblick geschah es! Die Furcht hatte ihnen die Kraft und die Weisheit verliehen, ihre Seelen zu vereinen! Lup und ElAya wurden ein einziges riesiges Wesen. Golden schimmernd schwebten sie in der Luft. Ihr bloßer Anblick ließ das nahende Ungeheuer innehalten. Lup und ElAya waren nicht nur eine Seele, sie fühlten, dachten und agierten als eine

Einheit. Sie nutzten das kurze Zögern ihres Gegners und eröffneten den Kampf. Lups Maul biss immer wieder zu und ElAya würgte das riesige Ungetüm. Die Kräfte, die hier am Werk waren, hatten nichts mit der Kraft einer einzelnen Elfe oder eines einzelnen jungen Wolfes gemein. Die Verbindung, die Lup und ElAya in ihrer Verzweiflung eingegangen waren, half ihnen zu kämpfen, zu überleben und zu siegen.

Oliv und Ullahom, die dem Geschehen mit Entsetzten und Faszination zusahen, bangten um ihre Freunde. Sie wussten beide, wie gefährlich das war, was hier geschah. Wenn es das Ungeheuer schaffte, einen der beiden ernsthaft zu verletzten oder gar zu töten, so würde auch der andere sterben. Plötzlich aber fiel eine schwarze Masse zu Boden! Sie hatten es geschafft.

Dann geschah alles gleichzeitig. Die Seelen der Elfe und des Wolfes trennten sich, Ullahom versuchte, die beiden sanft auf dem Boden abzusetzen, und Oliv entdeckte ein Zauberkraut, während am Himmel, die anderen Monster näher kamen. ElAya kam gerade wieder ein bisschen zu sich und flüsterte: „Wir müssen hier weg! Sofort! Noch haben wir die Kraft dieses Dings in uns, aber wer weiß wie lange noch und wie intensiv sie ist. Auf jeden Fall sind diese Mistviecher verdammt stark! Ullahom, flieg so schnell du kannst!" Durch die Rede war die kleine Elfe erschöpft. Sie hatte sehr eilig und gehetzt gesprochen. Sie wusste, ihre Zeit wurde knapp! Wenn sie sich nicht beeilten, dann war alles umsonst gewesen.

Auch Lup fühlte sich noch immer elend, kletterte aber so schnell er konnte, wieder auf Ullahoms Rücken. Nur Oliv schien von der drohenden Gefahr alles andere als beeindruckt zu sein. Seelenruhig zückte er sein Messer und schnitt Kräuter. ElAya glaubte, ihren Augen nicht zu trauen. Am Himmel schwebten die Ungeheuer bereits über ihnen und der alte Eremit sammelte Kräuter. Das durfte doch nicht wahr sein! Glücklicherweise hatte es Ullahom auch bemerkt. Sie erhob sich nicht allzu hoch und flog direkt auf ihn zu, so dass ElAya ihn zu fassen bekam. Sie ahnten beide, dass Worte hier nicht viel helfen würden. Die kleine Elfe packte den Alten mit letzter Kraft und zog ihn auf Ullahoms Rücken. Oliv war zum Glück viel zu verblüfft, um sich zur Wehr zu setzten. Erst als sie hoch oben in der Luft waren, sprudelte es wütend aus ihm heraus: „Seid ihr wahnsinnig? Wisst ihr eigentlich, was ich da gerade schneiden wollte? Dieses Kraut wächst nur an ganz wenigen Orten im ganzen Land und seit Jahren ist es das erste Mal, dass ich es wieder sehe und ihr zerrt mich weg. Dabei hatte ich mein Messer schon angesetzt!" Tränen der Verzweiflung schimmerten in den Augen des alten Elfen.

Weder ElAya noch Ullahom hatten ihn jemals so aufgewühlt gesehen. „Oliv, es tut uns leid, aber wir konnten nicht warten, sieh!" Sie zeigten nach hinten. Der Anblick war wirklich abstoßend! Parallel nebeneinander standen vier riesige schwarze Ungeheuer in der Luft. Sie bewegten ihre Schwingen nur gerade so viel, dass sie nicht abstürzten. Sie waren sehr nahe! Oliv begriff. Die anderen hatten ihm das Leben gerettet. Trotzdem! Ob er die Stelle wiedererkennen würde? Und ob er dann einen Weg fände, hierher zurückzukommen? Er bezweifelte es. Er sagte den anderen nicht, was dieses Kraut bewirken konnte. Welchen Sinn hätte es gehabt? Sie konnten nun nicht mehr zurück. Wer wusste schon, wann die Gegner aus ihrer Starre erwachten. Im Moment wohnte die Kraft des toten Ungeheuers in ElAya und Lup und hielt die vier anderen davon ab, einen neuen Angriff zu starten.

ElAya und Ullahom hatten dennoch recht. Wer wusste, wieviel Zeit ihnen noch blieb, um zu fliehen. Sicher würde es ElAya und Lup nicht noch einmal gelingen, sich zu vereinen. Es passierte zufällig. Weder die junge Elfe noch Lup hatten die leiseste Ahnung, wie man so etwas bewusst herbeiführen konnte. Sie machten besser, dass sie hier wegkamen. Das Kraut des Lebens, das jemanden von der Schwelle des Todes zurückzuholen vermochte, war verloren. Sie hätten es gut gebrauchen können! „Wahrhaftig!", seufzte der Alte, drehte sich um und sagte: „Na los, machen wir, dass wir hier wegkommen, bevor sie erneut zum Angriff übergehen!" Erleichtert, dass Oliv zur Vernunft gekommen war, flog Ullahom, so schnell sie konnte, nach Süden!

Kapitel 34

Eine folgenschwere Entscheidung

Völlig außer Atem landete Ullahom schließlich in der Nähe eines Sees. Sie hatte keine Kraft mehr. Hoffentlich befanden sie sich weit genug von diesen schrecklichen Ungeheuern entfernt, so dass sie wenigstens wieder ein wenig zu Atem kommen konnten. ElAya und Lup waren vor lauter Erschöpfung auf ihrem Rücken eingeschlafen. Die beiden würden im Falle eines erneuten Angriffes im Moment keine große Hilfe sein. Oliv starrte ebenfalls nur vor sich hin; er schien in Gedanken sehr weit weg zu sein. Ein tiefer Seufzer stieg aus Ullahoms Innerem auf. Wenn ihnen nicht bald etwas Besseres einfiel als die Flucht auf ihrem Rücken oder die wahrscheinlich völlig aussichtslose Hoffnung, dass die vier Monster aufgegeben hatten, dann würden sie alle sterben und ihre lebensgefährliche Rettung aus der Burg wäre ganz umsonst gewesen.

Nochmals seufzte Ullahom tief. Wenigstens wurde sie wieder mehr und mehr sie selbst. Sie war innerhalb der alten Burg unfähig gewesen, einen klaren Gedanken zu fassen. Nur ihre niedrigsten Bedürfnisse hatte sie noch erfüllt, mehr tot als lebendig. Schaudernd schüttelte sie ihre glänzende Mähne. Dann dachte sie an die Ungeheuer. Sie konnte nicht sagen, dass sie sie wirklich wahrgenommen hatte oder gar etwas von ihnen wusste. Sie hatte außer bei dem Kampf und ihrer Entführung keinerlei Kontakt mit ihnen gehabt. Mit einem seltsamen Gefühl dachte sie an diesen Tag zurück.

Sie war ziemlich tief geflogen, um sich ein Bild von der Lage im Land zu machen. Kurz bevor sie sich dazu entschloss, eine der verseuchten Stellen näher in Augenschein zu nehmen, tauchten plötzlich wie aus dem Nichts fünf schwarze Schatten auf. Sie war chancenlos gewesen, obwohl sie sich mit aller Kraft zur Wehr gesetzt hatte. Die anderen befanden sich einfach in der Überzahl. Noch immer durchlief ihren ganzen Körper ein Schaudern, wenn sie an die Seile dachte, mit denen sie sie gefesselt hatten. Der Geruch, der von ihnen ausging, ließ ihr noch immer den Atem stocken. Noch heute fragte sie sich, aus welchem Material dieses stinkende, ekelhafte Zeug wohl bestand. Die Abdrücke davon waren leider noch immer auf ihrem einst so prächtigen weißen Gefieder zu sehen.

Sie wurde bewusstlos vom Kampf und dem widerwärtigen Gestank zu ihrer Burg geschleppt. Später erst war ihr bewusst geworden, dass nur zwei von den schwarzen Gestalten sie zurückbrachten. Die anderen mussten wohl vorausgeflogen sein, denn am Eingang zur Burg hatte sie das Bewusstsein wiedererlangt und daher mitbekommen, dass die beiden ihre Gefährten samt Beute schon erwarteten. Die fünf hatten eine Weile miteinander getuschelt, dann brachten sie Ullahom in den seltsamen alten Rosengarten. Daraufhin hatte sie die Ungeheuer nicht mehr zu Gesicht bekommen – na ja, zumindest nicht bis vor wenigen Stunden, als sie die Verfolgung aufgenommen hatten.

Ullahom war so sehr in ihre Gedanken versunken, dass ihr gar nicht auffiel, was mit Oliv vor sich ging. Wie in Trance ging der alte Eremit zum Ufer des riesigen Sees, den Ullahom bisher gar nicht beachtet hatte.

Oliv, der sich in Gedanken wirklich an einem ganz anderen Ort befand und noch immer über das Kraut des Lebens nachdachte, vernahm plötzlich ein Gemurmel. Ihm war, als würde jemand nach ihm rufen. Er war aufgestanden und der Stimme gefolgt, die ihn geradewegs zum Ufer eines Sees geführt hatte. Dieser lag im Licht des aufgehenden Morgens vor ihm. Seltsame Nebelschwaden, geformt wie schmale, niedrige Boote, schwebten darüber. Der Wind bewegte die Blätter der umstehenden Bäume ganz sacht und Oliv, der ganz nah am Ufer stand, konnte deutlich hören, was der See murmelte: „Was wünscht du dir? Sprich zu mir – ich helfe dir – führ dich in jedes Land an jeden Ort, auch ganz weit fort!" Wieder und wieder hörte der Alte die gemurmelten Worte. Er stand wie erstarrt. Ein Gedanke durchzuckte seinen Geist. Hier offenbarte sich die Möglichkeit zur Flucht. Aber sofort verschwand der Gedanke auch wieder und zurück blieb nur eine vage Erinnerung, etwas

Wichtiges vergessen zu haben. Doch er war sehr alt und weise und noch immer hatte er viele Gaben und Fähigkeiten. Deshalb siegte nach einer Weile der Starre die Erinnerung.

Der Wunsch! Die Worte mussten mit Bedacht gewählt werden, einmal ausgesprochen, konnten sie nicht mehr rückgängig gemacht werden. Oliv hatte im Laufe seines langen Lebens viele wundersame Dinge erlebt, gesehen und gehört. Auch vom „Goldenen-Wunder-Wunsch-See" wusste er, aber selbst ihm war dessen Existenz unwahrscheinlich erschienen. Verzweifelt versuchte er, sich all die Geschichten über den See ins Gedächtnis zu rufen, und langsam kehrten einige Bruchstücke zurück. Er würde die anderen wecken und ihnen berichten, wo sie sich befanden. Sie brauchten einen Plan. Leider konnte er sich nicht mehr so ganz genau erinnern. Durfte jeder einen Wunsch äußern? Mussten sie gemeinsam wünschen? Welche Bedingungen würde der See stellen? Verflixt, warum hatte er diese Geschichten nur immer belächelt, anstatt richtig zuzuhören, dann könnte er sich jetzt entsinnen. Schließlich ging es um ihr Leben und ihnen bot sich vielleicht nur diese eine Möglichkeit!

Mit neuer Kraft, die durch den Zorn auf sich selbst in ihm erwacht war, riss er sich von dem Sog los, den der See um ihn herum gewoben hatte und ging, so schnell er konnte zu den anderen zurück. Es stellte sich als schwierig heraus, Ullahom, die über ihren Grübeleien eingeschlafen war und die völlig erschöpfte ElAya sowie Lup wach zu bekommen. Er fühlte, wie seine Kräfte schwanden, eine bleierne Müdigkeit überkam ihn. Dann sank er neben Ullahoms massigem Körper nieder und fiel in einen tiefen Schlaf. Es war ihm nicht gelungen, die anderen zu wecken. Diesen Gedanken hatte er noch, aber er konnte nichts mehr tun.

Die vier Freunde wussten nicht, wie viel Zeit vergangen war, als sie wieder zu sich kamen. Alle hatten seltsame Träume gehabt. Von Nebelschwaden, die über einen goldenen See fuhren, von wispernden Wellen, silbernen Fischen und seltsamen Wünschen. Oliv erzählte ihnen daraufhin die Geschichten, die er von diesem See gehört hatte oder doch zumindest die, an die er sich noch erinnern konnte.

ElAya, die schon seit einer Weile völlig abwesend wirkte, erhob sich plötzlich mitten in der Erzählung und stürzte rückwärts laufend zum Ufer des Sees. Mit panischer Stimme schrie sie den anderen etwas zu und starrte dabei in den Himmel. Die verstanden zwar nicht, was ElAya rief, aber sie folgten ihrem Blick. Am Himmel waren vier dunkle riesige Schatten zu sehen. Entsetzt rannten sie ElAya nach. Ihr Ziel war der See. Nun mussten sie handeln, dies war ihre einzige Chance. Für einen neuen Kampf reichte ihre Kraft nicht mehr.

Sie vertrauten auf ElAyas Fähigkeit, sich in Notsituationen, in denen es um Leben und Tod ging, an die richtigen Worte zu erinnern, die in ihrem Inneren verborgen waren und hofften, auch dieses Mal würde das der Fall sein. Die kleine Elfe enttäuschte sie nicht. Sie konnten die Worte nicht hören, die ElAya sprach, aber als sie neben ihr am Ufer des Sees ankamen, sahen sie alle das Boot, das am Ufer angelegt hatte. Der Bug war geformt wie der Kopf eines Drachen, die Tragfläche war beinahe eben, die Reling kaum höher als einen halben Meter. Nicht nur ElAya fragte sich, wie sie Ullahom in dieses Gefährt bekommen sollten, als sich der Himmel verdunkelte und alles gleichzeitig geschah. Die vier Freunde vernahmen eine tiefe rauchige Stimme, die von dem Boot ausging: „Steigt ein, auch du Vogel der Lüfte. Es gibt Raum genug für alle, die es an einen anderen Ort zieht!" Gleichzeitig landeten nicht weit entfernt die vier schwarzen Ungeheuer. Mit Entsetzen bemerkten ElAya, Lup und Ullahom, dass Oliv keine Anstalten machte einzusteigen.

In seinem Kopf hatte ein ganz anderer Plan Gestalt angenommen. Er würde nicht fliehen. Für ihn war die Zeit gekommen, seine Fehler wieder gutzumachen. Er würde sich gefangennehmen lassen und herausfinden, was in dieser Burg vor sich ging. Es war der einzige Weg! Wenn sie nicht wussten, was dort geschah, konnten sie die Vorgänge im Land niemals aufhalten. Er hatte nicht mehr genügend Zeit, alles zu erklären. Er atmete noch einmal tief durch, dann nahm er den Beutel von seinem Hals, den er schon seit seinem 13. Lebensjahr dort trug. Ein eisiger Schauder überlief ihn, trotzdem reichte er ElAya den Beutel: „Hör zu, mein Kind, die Zeit ist zu knapp für Erklärungen. Bring den Beutel zu Kalaban, sie wird dir alles erklären; und ElAya, achte auf die Zeichen, die ich dir sende, denn ich werde mit dir in Verbindung bleiben." Bevor ElAya auch nur zu einer Antwort ansetzen konnte, drehte das Boot um und Oliv verschwand aus ihrem Blickfeld.

Der sah ihnen nach, dann verschwand der See und mit ihm seine Freunde und sein bisheriges Leben. Er dachte an den jungen Elf, den er damals behandelt hatte, nachdem er aus der Burg zurückgekehrt war. Eine leise Hoffnung keimte in ihm auf, vielleicht gab es ja eine Möglichkeit, wieder zurückzukehren. Er glaubte nicht wirklich daran, war er doch viel älter als der Junge damals und dazu Vater eines dieser Ungeheuer. Seine Reise würde eine Reise ohne Wiederkehr sein. Oliv drehte sich um und ging zu den vier Monstern. Seine Entscheidung stand fest. Er würde herausfinden, was in diesem Gemäuer vor sich ging, dachte er grimmig.

Kapitel 35

Olivs Stein

Ullahom, ElAya und Lup bemerkten nicht, dass mit dem Beginn ihrer Reise der See für Oliv unsichtbar wurde. Das Nebelboot trug seine Passagiere sanft schaukelnd über die Wellen. Durch das stetige, gleichförmige Wiegen sanken die drei in einen tiefen Schlaf. Als sie wieder erwachten, war das Boot verschwunden und sie lagen genau an der Stelle in den Leuchtenden Bergen, an der sich die Heilige Acht schnitt. Im Osten sahen sie den kleinen Berg, im Westen den großen.

Als ElAya bewusst wurde, wo sie sich befanden und was sie in ihren Händen hielt, trieb sie die anderen zur Eile an. Sie mussten zu Kalaban. Wenn jemand helfen konnte, dann sie. Sie durften keine Zeit verlieren, sonst würde für Oliv jede Hilfe zu spät kommen.

Dieser verdammte alte Narr, was hatte er sich nur dabei gedacht, einfach nicht einzusteigen? Wütend und verzweifelt kickte ElAya einen Stein nach dem anderen weg. In ihrem Zorn konnte sie keinen klaren Gedanken fassen und so auch den Zugang zum Heiligen Berg nicht finden. Ullahom, die ihre kleine Freundin genau beobachtet hatte und die sich nur zu gut vorstellen konnte, was in ElAya vorging, kam ihr zu Hilfe. „Setzt

dich und beruhige dich erst einmal! Ich werde den Weg öffnen!"
Sprachs und machte sich an die Arbeit.

ElAya dachte schon, Ullahom würde nie mehr mit den acht Runden fertig werden, so ungeduldig und angespannt war sie. Voller Ruhelosigkeit scharrte sie mit den Zehen im Staub. Damit machte sie Lup so nervös, dass auch er begann, immerzu hin und her zu rennen.

Endlich sahen sie den Weg. ElAya sprang auf und stürzte den Berg hinauf. Weder Lup noch Ullahom konnten mit ihr Schritt halten. Oben angekommen, bekam sie nicht einmal mehr genug Luft um Kalaban zu berichten, was geschehen war. Verzweifelt streckte sie ihr Olivs Beutel hin. Aus Kalabans Gesicht wich alle Farbe, ihr Herzschlag setzte für eine Sekunde aus. Mit den schlimmsten Befürchtungen nahm sie den Beutel entgegen. Als er ihre Hände berührte, wusste sie alles. Sie brauchte ihn gar nicht zu öffnen, sie kannte den Inhalt. Was hatte der alte Narr getan? „Wo ist er?", mehr brachte sie nicht hervor.

Als der keuchende Atem der kleinen Elfe sich beruhigte, stieß sie immer wieder und wieder die gleichen Worte hervor: „Er ist einfach nicht eingestiegen, oh Kalaban, er ist einfach nicht eingestiegen und ich konnte nichts tun." Dann brach sie wieder in Tränen aus. - „Was hat er dir gesagt? ElAya, beruhige dich! Du musst versuchen, dich genau zu erinnern. Es ist von äußerster Wichtigkeit, was genau hat Oliv gesagt?" Die kleine Elfe atmete tief ein und aus, genau wie Oliv es ihr beigebracht hatte. Dann erzählte sie, so genau sie konnte.

Kalaban sah den Beutel in ihren Händen an, dann gab sie ihn an ElAya zurück und forderte sie auf, den Beutel um den Hals zu hängen. „Komm mit ans Feuer, mein Kind, dann werde ich dir alles erklären!" Inzwischen waren auch Ullahom und Lup angekommen. Sie setzten sich gemeinsam um das Feuer, jeder mit einer Tasse dampfenden Tees in der Hand und dann begann Kalaban zu berichten.

Was die drei da zu hören bekamen, das ließ ihnen wahrlich den Atem stocken. Freilich konnte selbst Kalaban nicht sagen, aus welchem Grund Oliv so gehandelt hatte. Vielleicht lag der Grund im goldenen See der Wünsche. Sicher war sich Kalaban jedoch in dem, was Oliv wollte. Der alte Elf hatte sich gefangennehmen lassen, um herauszufinden, was in der Burg vor sich ging. An diesem Punkt sprang ElAya wütend auf und rief zornig: „Aber das ist doch völliger Wahnsinn! Er riskiert sein Leben und wofür? Wir werden es ja nie erfahren! Wie sollen wir ihn denn aus der Burg befreien? Jetzt, nachdem wir Ullahom herausbekommen haben, sind diese Mistviecher sicher noch viel wachsamer als zuvor!" Und schon wieder brach ElAya in Tränen aus, dieses Mal handelte es sich allerdings um Tränen des Zorns und der Ohnmacht.

Kalaban blickte sie nur an und wartete, dass der Ausbruch vorüberging. Irgendwann bemerkte ElAya schließlich, dass alle Augen auf sie gerichtet waren. Bei Kalabans dunklem, wissendem Blick wurde ihr ganz seltsam zumute. Sie begriff, der Beutel, natürlich, dass sie darauf nicht schon früher gekommen war! In dem Beutel befand sich das Mittel, mit dessen Hilfe sie Olivs Botschaften erfahren würden. Jetzt verstand sie auch seine letzten Worte: „Achte auf die Zeichen, die ich dir schicken werde, denn ich bleibe mit dir in Verbindung". In ihrer tiefen Sorge um Oliv war sie nicht mehr in der Lage gewesen, klar zu denken. Sie atmete tief aus und ließ den Atem wieder in ihre Lungen strömen. Nachdem sie sich gefasst hatte, fragte sie: „Kalaban, was ist in dem Beutel?" Kalaban blickte ElAya erneut tief in die Augen, dann erwiderte sie: „Es ist Olivs Stein".

ElAya und Lup erfuhren nun, dass alle, die dazu bestimmt waren, Wächterinnen oder Wächter des Tores zur Menschenwelt zu werden, ihren Stein nach der Initiation nicht zurück ins jeweilige Elfenheiligtum brachten, sondern dass diese Elfen ihren Stein behielten. Eine „normale" Elfe konnte ihren Stein nicht behalten. Sie war verpflichtet, zum Schutz der Allgemeinheit beizutragen. Was geschah, wenn eine Elfe nicht danach handelte, das hatte ElAya bei den Regenbogenelfen erlebt. Sie konnte sich noch sehr gut daran erinnern, obwohl sie im Moment das Gefühl hatte, all das wäre ihr in einem anderen Leben geschehen. Aus diesem Grund war Oliv in der Lage gewesen, ihr etwas mitzugeben, das die Verbindung zwischen ihnen möglich machte. Nach Kalabans Blick zu urteilen, war das noch nicht oft oder gar nicht vorgekommen, dass ein Elf seinen Stein freiwillig hergab, dachte ElAya und sie konnte gar nicht ermessen, wie recht sie damit hatte. Oliv hatte, wie alle Wächterinnen und Wächter, einen ganz besonderen Beutel für seinen Stein angefertigt, damals vor sehr langer Zeit. Der alte Elf hatte seinen Stein niemals abgenommen. Bis zu diesem Zeitpunkt. Und niemand hätte das je getan, denn der Stein enthielt einen Teil der eigenen Lebensenergie. Bei Olivs Vorhaben konnte das den Unterschied zwischen Leben und Tod bedeuten. Er war sehr alt und die Burg der Ungeheuer nicht eben der Ort, an welchem es ratsam schien, auf ein lebensrettendes Attribut zu verzichten.

ElAya verstand nun! Erstens: Olivs Stein würde es ihr ermöglichen, zu erfahren, was ihr alter Meister in der unheimlichen Burg in Erfahrung brachte. Zweitens: Deshalb war der Wunsch in ihr so stark gewesen, ihren Stein mitzunehmen. Sie wäre niemals ohne ihn aus der Siedlung der Mondelfen weggegangen! Vermutlich würde ihr Stein der Übersetzer sein. Und drittens wusste sie nun, warum das alte Einhorn sie erkannt hatte. Es hatte den Stein auf ihrer Brust entdeckt.

Was um Himmels willen würde nun mit Oliv geschehen, jetzt, wo er den Stein nicht mehr bei sich trug? ElAya und auch Lup, der die Gedanken seiner Freundin geteilt hatte, schauderten. Die kleine Elfe erhob sich von ihrem Platz am Feuer. Sie musste eine Weile alleine sein um nachzudenken und das alles zu verdauen. Schon wieder veränderte sich ihre Lebenssituation grundlegend. Nicht einmal Lup, der ihr sonst selten von der Seite wich, folgte ihr dieses Mal.

Kapitel 36

Rosana

ElAya ging, ohne groß darüber nachzudenken zu ihrem Lieblingsplatz, dem alten Hain mit den wundersamen Bäumen. Dort setzte sie sich nieder. Langsam fanden ihre Finger den Weg zu Olivs Beutel. Sie öffnete ihn behutsam und nahm den Stein heraus. Eine tiefe Ruhe überkam sie, aber gleichzeitig auch eine große Einsamkeit. Die Ausbildung bei ihrem alten Meister war wahrlich kein Honigschlecken gewesen, trotzdem hatte sie bei ihm das erste Zuhause ihres Lebens gefunden. Traurig legte sie sich auf den Rücken und sah in den Himmel. Langsam kristallisierte sich aus den Wolken ein Bild heraus. ElAya konnte undeutlich die Konturen eines Gesichts erkennen, das ihr entfernt bekannt vorkam. Sie hätte nicht sagen können, wer da zu ihr herabsah, aber es tröstete sie tief in ihrem Herzen. So besänftigt erhob sie sich und ging zu den anderen zurück. Was geschehen war, war geschehen, sie mussten nun sehen, dass sie das Beste daraus machten. Olivs Opfer durfte nicht umsonst gewesen sein.

Das Gesicht, das ElAya in den Wolken erblickte, war das Gesicht ihrer Großmutter Rosana gewesen. Deshalb fühlte sie sich so getröstet! Rosana hatte sie immer geliebt! ElAya war erst vier Jahre alt, als die alte Rosana gestorben war. Die kleine Elfe konnte sich nicht mehr wirklich an die Großmutter erinnern. Dazu war sie damals noch zu klein. Außerdem hatte ihre Mutter Elmera alles getan, die guten Erinnerungen ihrer Tochter an die verhasste Schwiegermutter auszulöschen. Rosana hatte Elmera schnell durchschaut und alles versucht, um die Heirat mit ihrem Sohn zu verhindern. Es war ihr nicht gelungen und obwohl sie nur zu gut wusste, dass ElAya nicht das Kind ihres Sohnes war und somit auch nicht ihr Enkelkind, hatte sie stets geschwiegen, um die Kleine zu schützen, denn an ihrer Liebe zu dem kleinen Mädchen konnte das nichts ändern. Solange die Großmutter lebte, tat sie alles in ihrer Macht stehende, um ElAya zu schützten.

Elmera war die alte Rosana ein Dorn im Auge gewesen, da sie nicht verstehen konnte, warum die Alte schwieg, obwohl sie die Wahrheit kannte. Immer war da die Befürchtung gewesen, Rosana würde sie eines Tages verraten. Dann, als ElAya vier Jahre alt war, hatte Elmera gehandelt. Rosana war oft in den nahen Bergen zum Kräutersammeln unterwegs, sie war gut zu Fuß und flink wie eine Gämse aber gegen Elmeras Niedertracht kam sie nicht an. Als man sie fand, lag sie bereits seit Tagen tot in einem Felsspalt. Viele fragten sich damals, weshalb Rosana ihre Flügel beim Absturz nicht benutzt hatte und einige munkelten, Elmera hätte ihre Hände im Spiel gehabt. Beweisen konnte man ihr wie immer nichts.

ElAya konnte sich nicht mehr an die Großmutter erinnern, doch tief in ihrem Inneren gab es, wie bei allen anderen Lebewesen auch, eine geheimnisvolle Kiste mit Erinnerungen, guten, schlechten und furchtbaren. Das Gesicht, das sie heute in den Wolken gesehen hatte, öffnete den Deckel der Kiste leicht. All das war ElAya nicht bewusst, sie spürte nur, dass etwas mit ihr geschah, was, hätte sie nicht zu sagen vermocht. Der Geist ihrer Großmutter aber wollte die Gunst der Stunde nutzen und sich wieder in Erinnerung bringen. Ihre Enkeltochter konnte im Moment wirklich jede Unterstützung brauchen und der Stein des alten Eremiten ermöglichte es ihr, Kontakt zu ElAya aufzunehmen.

Schließlich wartete sie schon seit ihrem Tod auf den Tag von ElAyas Initiation, da dieser Tag in der Regel eine Möglichkeit war, Kontakt aufzunehmen. Nun aber kam ihr Olivs törichte Handlung zugute. Der Stein war das ideale Medium und sie würde ihn zu ihrem und ElAyas Vorteil nutzen. Ihre Enkelin konnte jeden Beistand brauchen, den sie haben konnte. Kalaban bemerkte die Geist-Erscheinung ebenfalls und auch sie erfüllte das Gesehene mit Wärme und Zuversicht. Es sollte noch sehr lange dauern, bis ElAya wirklich verstand, dass ihre Großmutter immer wieder schützend ihre Hand über sie hielt!

Kapitel 37

Das Menschenkind

Die hoffnungsfrohe Stimmung hielt nicht lange an. Denn kaum war ElAya zu den anderen ans Feuer zurückgekehrt, brach sie zusammen. Kalaban konnte sie gerade noch auffangen, sonst hätte sie sich den Kopf an der Feuerstelle angeschlagen. Nicht auszudenken. Die Glieder der kleinen Elfe zuckten eine Weile wie wild. Kalaban hielt sie einfach fest und Lup legte sich neben seine Freundin, um ihr mit seiner Anwesenheit und Körperwärme Trost zu spenden. Ullahom und Kalaban sahen sich nur an. Sie wussten genau, was mit ihrer Schülerin geschah. Oliv sendete eine Botschaft!

Nach einer kleinen Ewigkeit wurden die Zuckungen langsamer, dann lag die kleine Elfe ganz still da. Der Strom der Informationen versiegte. ElAya konnte kaum die Augen öffnen, so geschwächt war sie. Aber die Bilder, die sie gerade gesehen hatte, duldeten keinen Aufschub. Sie spürte, Olivs Botschaft, die sie zwar nicht ganz verstanden hatte, war dringend. Sie richtete sich mühsam auf. Dankbar strich sie ihrem Freund Lup über das seidig glänzende Fell und begann mühsam die Bilder zu beschreiben, die sie gesehen hatte. Vier der Ungeheuer lebten im Ostflügel der Burg. Offensichtlich nährten sie sich vor allem von der Energie, die die bösen Menschen aus ihrer Welt mitbrachten. Außer Oliv schien es noch ein paar gefangene Elfen in der Burg zu geben. Von Zeit zu Zeit kamen die Ungeheuer und tranken einen Tropfen Blut von ihren Gefangenen. Sie stießen ihre spitzen Schnäbel kurz und heftig in die Oberarme der Elfen. Es musste sehr schmerzhaft sein, das konnte man an Olivs Gesicht ablesen. Das Schlimme daran war aber offensichtlich etwas anderes, das ElAya aber nicht genau verstand. Es schien, als würde der Blutstropfen durch einen Tropfen schwarzer Flüssigkeit ersetzt werden, der aus dem Schnabel des Ungeheuers kam. Was dadurch geschah, erschloss sich ihr nicht. Sie berichtete, so gut es eben ging! Ullahom ahnte Schreckliches. Oliv hatte ihr von dem jungen Regenbogenelf und seiner Behandlung erzählt. In den Adern der Bestien floss kein Blut, sondern eine eigenartige schwarze Flüssigkeit. Diese Substanz zerstörte das Wesen einer Elfe, machte sie schlecht, ungerecht und grausam. Oliv tat damals sein Bestes, aber den jungen Elf hatte er trotzdem nicht heilen können.

Dann veränderte sich die Szenerie plötzlich und ElAya sah sich selbst an einem großen See. Zuerst dachte sie, es wäre der Mondsee, an dem sie aufgewachsen war, aber die Umgebung wirkte fremd. Sie konnte die Bilder nicht einordnen, denn sie war sicher, noch niemals an diesem Ort gewesen zu sein. Dann wechselte die Szene erneut und sie sah hohe Berge und ein großes glitzerndes Wesen. Bevor sie aber erkennen konnte, um was es sich handelte, brach der Strom der Bilder abrupt ab.

Kalabans Gedanken überschlugen sich. Solange Oliv mit ElAya kommunizierte, konnte sie das Kind unmöglich alleine lassen. Sie kannte ja jetzt den Zustand der Kleinen, wenn Oliv Kontakt aufnahm. Aber nach dem, was sie nun wusste, mussten sie ElAyas Initiation vor ihrem 13. Geburtstag durchführen. Sie konnten einfach nicht mehr warten. Die Kleine hatte eine Aufgabe in der Menschenwelt zu erfüllen. Sie war die einzige, die gehen konnte und ohne Initiation war es unmöglich. Denn ElAya brauchte ihre Gabe, wenn sie in der Menschenwelt etwas erreichen wollte.

So etwas geschah zum ersten Mal, eine vorgezogene Initiation. Sie konnte das Risiko nicht abschätzen. Trotzdem, es war ihre einzige Chance, sie mussten das Wagnis eingehen. Sie würde nur Ullahom in ihren Plan einweihen! Es gab so viel zu bedenken und sie fühlte sich im Moment steinalt. Kalaban hing noch immer ihren düsteren Gedanken nach und schmiedete erste Pläne, als ElAya wieder zu sprechen begann: „Noch etwas war sehr merkwürdig, es kam mir vor, als wäre ich zweimal an diesem komischen See". Noch immer lief ihr bei diesem Bild ein eigenartiger Schauer über die Haut. - „Was sagst du da?" Kalaban, ganz in Gedanken versunken, begriff erst so langsam, was ElAya gerade gesagt hatte. Wenn sie das Bild richtig interpretierte, dann besaß ElAya ein Gegenüber in der Menschenwelt. Das kam äußerst selten vor und noch seltener war es, dass dieses Gegenüber die Elfe, mit der eine tiefe

Verbindung bestand, jemals fand. Denn es gab nur diesen Weg, miteinander in Kontakt zu treten. Das Menschenwesen musste die Elfe erkennen. Andersherum war es unmöglich. Wenn es ElAya gelänge, dieses Menschenkind auf sich aufmerksam zu machen, und dieses Kind würde die Verbindung aktivieren, dann entstünde ein mächtiger Kraftstrom von einer Welt in die andere, und zwar ein positiver! Die Lage würde sich auf jeden Fall zu ihren Gunsten verschieben. Vielleicht würde ElAya so gestärkt zurückkehren, dass auch die zweite Reise möglich werden würde. Denn Kalaban ahnte im Gegensatz zu ElAya, welches Wesen sich auf dem letzten Bild zeigen wollte. „ElAya, ruh dich erst einmal aus, wir sprechen später über alles". Die kleine Elfe war dankbar für diesen Vorschlag, auch wenn sie gerne gewusst hätte, wie es nun weitergehen sollte. Sie fühlte sich so unendlich müde und erschöpft, sank gegen ihren Freund Lup, grub ihre Hände in sein weiches Fell und schlief augenblicklich ein.

Kapitel 38

Geburtstagsvorbereitungen

Ullahoms erste Reaktion auf Kalabans Vorhaben war Ablehnung. „Bedenke doch das Risiko, wir wissen nicht, was der Kleinen zustoßen wird. Es ist Wahnsinn, es zu versuchen! Wir können das Wagnis nicht eingehen!", äußerte sie ihre Bedenken. Aber schließlich musste sie ihrer alten Freundin zustimmen. ElAya war die Einzige, die in die Menschenwelt gehen konnte, das wussten sie, denn so stand es im Buch der Elfen geschrieben, dass nur die Schülerin, die dereinst kommen würde, den positiven Kontakt zur Menschenwelt wiederherstellen konnte.

Niemand konnte ahnen, dass ElAya in der Menschenwelt einen Gegenpart besaß. Kalaban hegte nun auch einen Verdacht, welche Gabe ElAya bei ihrer Initiation erhalten würde. Sie mussten alles auf eine Karte setzen. Olivs Botschaft war deutlich genug gewesen, die Zeit drängte und beide Reisen, die ElAya bevorstanden, würden kein Zuckerschlecken werden. Ullahoms Herzschlag setzte für einen Moment aus, wenn sie daran dachte, was passieren würde, wenn es schiefging. Sie war erst vor wenigen Stunden von ihrem letzten Erkundungsflug zurückgekommen. Nur zu gut wusste sie deshalb, dass sie handeln mussten, die Lage im Land wurde immer schlimmer.

Die Geschichten von Mord und Totschlag, Überfällen, Macht- und Habgier häuften sich. Das Böse im Land, der Sog der schleimigen Flächen wurde an vielen Stellen stärker. Es war bereits gefährlich, wenn man zu tief darüber hinwegflog. Also beschlossen sie, ElAyas Initiation sollte beim nächsten Vollmond stattfinden. Es würden nur Ullahom, Kalaban und Lup anwesend sein.

Kalaban erstellte eine Liste all der Dinge, die sie für das Ritual benötigten. Hinter jedem Punkt vermerkte sie, wo Ullahom die Sachen finden konnte: ein ganz besonderes Leder für den Steinbeutel, Kräuter für das Rauchritual, die nicht mehr in ihren Vorräten waren, goldenen Faden und Mondblumenperlen für das neue Gewand. Die Zeit eilte, Ullahom würde sich daher sofort auf den Weg machen. Der nächste Vollmond stand bereits in fünf Tagen bevor. Kalaban wollte das neue Gewand für ElAya fertigstellen, bis Ullahom zurückkam. Dann blieb ihnen nicht mehr viel Zeit, irgendwie würde es ihr schon gelingen, es noch rechtzeitig mit den heiligen Runen zu verzieren. Ohne den Goldfaden und die Mondblumenperlen war das leider nicht möglich und die musste ihr Ullahom erst einmal besorgen. „Hoffentlich geht alles gut", dachte sie zum wiederholten Mal an diesem Morgen.

Sie beschlossen, Lup und ElAya erst einmal nicht in ihre Pläne einzuweihen, aber Kalaban begann damit, den beiden von der

Menschenwelt zu erzählen. Sie hörten ihr mit großen Augen und offenen Mündern zu, unvorstellbar schien ihnen diese fremde Welt.

Und dann war der große Tag da. ElAya und Lup wussten erst seit dem Abend Bescheid. Vor lauter Aufregung konnte die kleine Elfe kein Auge zutun. Kalabans Nacht war ebenfalls schlaflos gewesen, nun aber war das Gewand mit den heiligen Runen bestickt, jetzt gab es kein Zurück mehr. „Mögen die Götter uns beistehen", dachte Kalaban. Ein gutes Zeichen hatten sie allerdings schon am Abend erhalten. Als ElAya von ihrer bevorstehenden Initiation erfuhr, fiel ihr ein, dass am nächsten Tag, am Tag ihrer Initiation, ihr 11. Geburtstag war. Sie würden das Ritual also zumindest am richtigen Tag begehen, wenn auch zwei ganze Jahre zu früh.

Aus diesem Grund war ElAya so verzaubert. Den anderen schien ihr Geburtstag wichtig zu sein, sie waren alle ganz aufgeregt und mit ihrer Vorfreude und Geheimnistuerei ansteckend. In ihrem ganzen Leben war ihr Geburtstag noch niemandem wichtig gewesen! Ein leiser Gedanke schlich sich in ihren Kopf. Doch, sie erinnerte sich an eine Zeit und eine Elfe, der ihr Geburtstag wichtig gewesen war. Sie bekam den Gedanken nicht zu fassen, aber er hinterließ ein wohliges Gefühl der Geborgenheit in ihr, wie nicht oft in ihrem Leben. Ihre Großmutter lächelte zufrieden. Sie würde ihrer Enkelin beistehen. Olivs Stein hatte den Weg für sie geöffnet und wenn ElAya erst initiiert war, dann würde sie ihr sicher helfen können. Wenn die vier wüssten, dass auch sie diesen Tag seit sieben Jahren herbeisehnte, jede einzelne Sekunde ihres Daseins in dieser anderen Welt, in die sie viel zu früh und gewaltsam eingetreten war.

Der Geburtstagsmorgen war jedenfalls der schönste, den ElAya sich vorstellen konnte. Sie erwachte inmitten eines gigantischen Blütenmeeres. Lup sah sie grinsend an, er hatte sich wirklich alle Mühe gegeben. Als seine Freundin versuchte aufzustehen, begann er aus vollem Hals sein selbst gedichtetes Geburtstagslied zu singen. Sein Heulen fuhr Kalaban und Ullahom bis ins Mark, ElAya aber lächelte selig. Sie freute sich so sehr, sie bemerkte überhaupt nicht, dass Lup sehr laut und auch sehr falsch sang. Wenn sie es bemerkt hätte, wäre es ihr allerdings auch herzlich egal gewesen. Für sie zählte nur die gute Absicht. Alle drei drückten sie ganz fest und wünschten ihr alles Gute.

Das Frühstück erschien ElAya das allerbeste, das sie jemals gegessen hatte. Der Morgen war einfach traumhaft. Die Sonne schien, der Tau glitzerte auf der kleinen Bergwiese. ElAya verspürte eine tiefe Dankbarkeit in sich. Aber es sollte noch besser kommen. Ihre drei Freunde forderten sie auf, sich wieder in ihr „Blütenmeer" zu setzen und die Augen zu schließen. Was kam denn nun? Nacheinander traten die drei ganz dicht an sie heran, ElAya hörte es ganz deutlich. Dann riefen sie: „Augen öffnen!" Vor ihr lagen drei Päckchen! Ehrfürchtig berührte sie die Geschenke. ElAya besaß nur ein einziges Geschenk. Dunkel und sehr unscharf tauchte in ihrer Erinnerung das Bild einer alten Elfe auf. So schnell es gekommen war, verschwand das Bild ihrer Großmutter auch wieder. ElAya behielt, wie so oft, nur ein seltsames aber gutes Gefühl zurück. Gedankenverloren berührte sie das dünne Band um ihren Leib. Wassertropfenähnliche Blättchen aus schimmernden Mondperlen bildeten ein etwa fingerbreites Band, sie trug es, seit sie denken konnte. Das Lächeln, das über das Gesicht ihrer Großmutter glitt, konnte ElAya nicht sehen. Sie hatte es ihr an ihrem vierten Geburtstag geschenkt, kurz bevor sie gestorben war, besser gesagt, kurz bevor diese hinterhältige Elmera sie über den Rand des Berges gestoßen hatte.

ElAyas Aufmerksamkeit konzentrierte sich nun wieder vollständig auf die Geschenke, die vor ihr in den Blüten lagen. „Aufmachen, los aufmachen", riefen ihre drei Freunde. ElAya entschied sich, zuerst Kalabans Geschenk zu öffnen. Heraus kam ein wundervoll gearbeitetes Kästchen aus dem Holz einer sehr alten Eiche. Im Deckel war eine tanzende Elfe zu sehen. Innen war das Kästchen mit dunkelgrünem Samt ausgeschlagen. Aber das Beste war der Inhalt. Kräuter! Einzigartig und sehr selten, das sah ElAya sofort, auch wenn sie in Heilkunde noch keine besonders guten Fortschritte gemacht hatte. Schließlich hatte sie doch ab und an ihrem alten Meister über die Schulter geschaut. Sie bedankte sich überschwänglich, bevor sie sich Ullahoms Geschenk zuwandte. Verpackt in einer zylindrischen Lederrolle fand sie eine Landkarte. Ullahom lächelte ihr verschmitzt zu: „Ich denke, du wirst sie brauchen können. Dass unser Land groß ist, hast du ja schon gemerkt." Ehrfürchtig strich die kleine Elfe über das alte Pergament. Sie hatte trotz ihrer Reise keine Vorstellung davon gehabt, wie groß das Land war, in dem sie lebte.

Nun kam Lups Geschenk an die Reihe. Darauf freute sie sich am meisten und deshalb hatte sie es auch bis zuletzt aufgehoben. Lup war ihr in der kurzen Zeit der allerbeste Freund geworden. Vorsichtig entfernte sie die Verpackung aus wundervollen zusammengeklebten Blütenblättern. Mit seinen tapsigen Pfoten musste das eine unvorstellbare Arbeit gewesen sein. In den Blättern geborgen lag ein kleines grünes Herz aus Stein. „Oh Lup", mehr brachte ElAya nicht heraus. Nur ein einziges Mal in ihrem ganzen Leben hatte sie von solch einem Gegenstand gehört. Die Geschichte, damals nicht für ihre Ohren bestimmt, war ihr gut im Gedächtnis geblieben, weshalb sie den Gegenstand auch sofort erkannte. Mit diesem Herzen war es möglich, in allen Situationen und an allen Orten mit dem Geber in Verbindung zu bleiben. Dies stellte die größte Liebeserklärung dar, die Lup ihr machen konnte. Er bot ihr damit eine lebenslange Verbindung an. Sie wusste, wenn sie das Herz in ihren Nabel setzte, würde es sich nie wieder entfernen lassen. Sie sah Lup tief in die Augen, hob ihr Übergewand an und legte das kleine grüne Herz feierlich in ihren Nabel. Lups Augen füllten sich mit Tränen. Ab jetzt gehörten sie für immer zusammen. Solange es Lup gab, würde ElAya nie wieder einsam sein und Lup nie wieder, so lange es ElAya gab.

Nach einer Weile mahnte Kalaban: „Ihr müsst euch nun auf den Weg machen". Mit Lup zusammen ging sie wie verabredet zu ihrem Lieblingsplatz im Hain, um ihren Geist zu beruhigen und sich zu reinigen. Normalerweise wäre es ihr verboten gewesen, Lup mitzunehmen, aber bei ihr lief sowieso alles ein wenig anders ab, als es üblich war. Und nach den Geschehnissen des Morgens fanden es wohl alle mehr als angebracht, dass der junge Wolf sie begleitete. ElAya jedenfalls freute sich sehr über seine Gesellschaft.

Zur abgemachten Stunde erschienen ElAya und Lup vor der Höhle. Von Kalaban und Ullahom war nichts zu sehen. Die kleine Elfe setzte sich in den vorbereiteten Kreis und schloss die Augen, um ihre Konzentration ganz nach innen zu lenken. Niemand hatte ihr wirklich etwas erklärt, aber sie konnte sich auch so das Wichtigste zusammenreimen. Ihre Initiation in die Erwachsenenwelt stand kurz bevor und das an ihrem 11. statt an ihrem 13. Geburtstag! Niemals würde die mächtige und weise

Kalaban so ein Risiko eingehen, wenn sie sie nicht für eine ganz besondere und wichtige Aufgabe vorbereiten müsste. Außerdem waren die Gespräche, die Kalaban und Ullahom in der letzten Zeit mit ihr geführt hatten, alle in die gleiche Richtung gegangen, in die Menschenwelt. Sie konnte sich zwar keinen Reim darauf machen, was sie dort tun sollte, aber sie war sich ziemlich sicher, dass die Reise dorthin gehen würde. Dann aber roch sie den Rauch und konzentrierte sich wieder darauf, ihren Geist zu leeren und wie sie es von den mächtigen Bäumen gelernt hatte, schickte sie all ihre Gedanken zum Tanz.

Kapitel 39

Initiation

Kalabans Hände hatten wohl noch nie so stark gezittert wie in dem Moment, als sie den magischen Kreis um ElAya entzündete. Nun würde sich zeigen, ob die guten Mächte auf ihrer Seite waren, jetzt konnte das Ritual niemand mehr stoppen.

ElAya fiel in tiefe Trance, sobald der Rauch ihr Bewusstsein erreichte. Sie konnte die Buchstaben genau sehen. Langsam entstiegen sie nacheinander den Rauchschwaden. Ihre Gabe würde die Gabe der Unsichtbarkeit sein. Dann fiel ElAya in eine tiefe Ohnmacht. Sie stand auf einer Hochebene, vor sich sah sie im Nebel ein riesiges Tor aus Sternenstaub, es glitzerte und funkelte wie tausend Tautropfen im Gras. Links neben ihr stand Lup, ein sehr beruhigendes Gefühl. Rechts neben ihr stand eine große und sehr beeindruckende Bärin, die ElAya mit Sicherheit noch niemals gesehen hatte, die ihr aber trotzdem sehr vertraut war. Ihre Stimme klang rau wie der Wind in besonders kalten Winternächten. ElAya fühlte, wie sich ihr Körper mit einer Gänsehaut überzog. Die Bärin sprach zu ihr: „Willkommen!" Von diesem Moment an werde ich an deiner rechten Seite gehen, so wie dein Freund, der junge Wolf, an deiner linken. Denke stets daran, ich bin da, auch wenn du mich nicht sehen kannst. Dann sah ElAya hinter sich das Bild ihrer Großmutter. Ein warmes, tröstliches Gefühl überkam sie, wie immer, wenn Rosana ihr nahe war. „Wir werden dich begleiten und an deiner Seite sein, wenn du in Not gerätst. Aber sei achtsam, rufe nur dann nach uns, wenn du wirklich in Gefahr bist und du bereits alles versucht hast, um dir selbst zu helfen!" Dann verschwanden die große Bärin und das Bild ihrer Großmutter und ElAya erwachte.

Kalaban sah ihren Verdacht bestätigt, als sie die Gabe aus dem Rauch emporsteigen sah. Auch Lup, durch sein Geschenk mit ElAya verbunden, wusste Bescheid. Kalaban ging nun zu ihrer Schülerin, um ihr alles zu erzählen, was eine Elfe sonst im Elfenturm von ihren Eltern erfuhr. Nachdem dies geschehen war, legte sie ElAya ein neues Gewand an. Die Runen, die darauf gestickt waren, hatte Kalaban alle selbst für die Kleine ausgesucht. Das Gewand sollte sie von nun an schützen.

ElAya erfuhr jetzt auch von ihrer Aufgabe, in die Menschenwelt zu reisen, genau wie sie es vermutet hatte. Was sie dort allerdings tun sollte, das verblüffte sie doch sehr. Denn Kalaban erzählte ihr, was die Bilder bedeuteten, die ihr von Oliv geschickt wurden.

Es gab nur ein Tor in die Menschenwelt, aber mehrere Übergänge. ElAya konnte das nicht wirklich verstehen, aber sie nickte trotzdem. Da sie am Mondsee zur Welt gekommen war und es offensichtlich in der Menschenwelt ein Kind gab, das sich mit ihr verbinden konnte, war es erforderlich, dass sie am Mondsee in der Menschenwelt ankam. Daher musste sie vom Mondsee in ihrer Welt starten. Dort gab es einen Übergang. ElAya schwirrte der Kopf bei diesen Erklärungen. Dann fragte sie bestürzt: „Muss ich die ganze weite Reise in meine alte Heimat antreten, um meine Aufgabe zu erfüllen?" - „Das müsstest du", antwortete Kalaban, „aber ich habe gesehen, dass du eine Flasche Mondseewasser bei dir hast. Es hat die gleiche Wirkung, es wird dich an deinen Bestimmungsort in der Menschenwelt führen."

„Und nun kommen wir zu deiner Gabe. Auch eine Gabe bedarf der Übung. Da wir aber nicht mehr viel Zeit haben, muss es genügen, was du durch dieses Geschenk an Fertigkeiten besitzt. Hier in unserer Welt würde es dir kaum nützen, aber bei den Menschen wird es ausreichen. Hör gut zu ElAya: Wenn du dort ankommst, musst du dich sofort unsichtbar machen. Ich denke, der Rauch hat dir gezeigt, wie es geht. Übe es nachher noch einige Male. Dann erkunde die Umgebung und warte ab, was geschieht. Vielleicht erkennst du das Menschenkind und kannst es auf dich aufmerksam machen. Bleib nur solange in dieser Welt, wie es unbedingt nötig ist."

„Wenn der große Kampf gegen das Böse beginnt, brauchen wir ihre Unterstützung. Sie muss den Kanal für die gute Energie aus der Menschenwelt öffnen. Gib ihr dieses Gefäß und sag ihr, dass sie den Inhalt trinken soll, wenn es soweit ist. Wenn deine Aufgabe erfüllt ist, geh nach Südosten bis zu einem großen Gebirge. Dort findest du einen Berg, der aussieht wie unser Heiliger Berg. Umrunde in acht mal, dann wird sich ein Trichter öffnen. Es ist wichtig, dass du diesen Übergang benutzt, sonst kommst du in deine alte Heimat zurück. Und wie weit der Weg hierher ist, das weißt du ja selbst am besten."

Sie war dazu auserkoren, ein Menschenkind zu finden, welches das Lachen und den Mut zurück in ihre Welt bringen würde, und es genügte nicht, ein beliebiges Kind zu finden, es musste ihr „Gegenpart" sein. Und dieses Kind musste sie dann auch noch dazu bringen, die uralte Verbindung mit ihr einzugehen. Ihr schwirrte der Kopf. Wie sollte sie das nur schaffen? Das allerschlimmste aber war, sie würde ganz alleine gehen müssen, ohne Lup. Ein Gedanke, den sie nicht ertragen konnte! Sofort versuchte sie deshalb auch, Kalaban und Ullahom davon zu überzeugen, dass sie keinesfalls ohne ihren Freund gehen würde. Die beiden sahen sie allerdings nur traurig an. Es gab keine Möglichkeit für Lup. Das Tor würde nur ElAya hindurchlassen und nur dann funktionieren, wenn ElAya die Aufgabe alleine bewältigen konnte. Sie sah es in ihren

Gesichtern, die beiden hatten bereits alle Möglichkeiten, Lup mitzuschicken geprüft. Es gab keine!

Kapitel 40

Abschied

Und dann war der Augenblick gekommen, sich von Lup zu verabschieden. ElAyas Herz brach fast entzwei. Noch niemals in ihrem Leben war ihr etwas so furchtbar schwergefallen. Sie konnte die Tränen nicht zurückhalten, Lup ging es genauso. Kalaban zog ElAya mit sich, bevor sie zusammenbrechen konnte. „Lup wird trotz allem bei dir sein, ElAya, denk an das grüne Herz". So zumindest ein wenig getröstet ließ ElAya sich von ihrer Meisterin mitführen.

Sie mussten gar nicht weit gehen und ElAya fragte sich beim Anblick des Tores, warum sie es noch nie wahrgenommen hatte. Es glitzerte und funkelte wie tausend Diamanten, denn es war nur aus Licht und Sternenstaub. „Man kann es nur sehen, wenn man es ruft. Das habe ich heute für dich getan. Wenn du in der Menschenwelt den Übergang brauchst, dann musst du es selbst rufen. Tu einfach das, was du machst, wenn du den Weg des heiligen Berges öffnest." Kalaban war sicher, dass ElAya damit keine Schwierigkeiten haben würde.

„Aber wie kommen all die Bösen hier durch, direkt vor deiner Nase?", ElAya konnte es nicht fassen. - „Nun", antwortete Kalaban grimmig, „das würden sie sich niemals erdreisten. Sie benutzen den Übergang in der Nähe der Schwarzen Burg! Und auch das können sie nur tun, weil das Tor beschädigt ist. Sieh genau hin ElAya!" ElAya betrachtete erneut den funkelnden Sternenstaub und das gleißende Licht; und wirklich, vereinzelt konnte sie Löcher ausmachen, manche ganz winzig, andere ziemlich groß. Und gerade in dem Moment als sie sprechen wollte, sah sie, wie wieder ein Loch entstand. Entsetzt schwieg ElAya. „Ja, gerade ist wieder ein böser Mensch in unsere Welt eingedrungen!" - ElAya konnte nur nicken – sie würde alles tun, um ihre Aufgabe zu erfüllen, und dann so schnell wie möglich hierher und zu Lup zurückkehren.

Kapitel 41

Die Menschenwelt

ElAya begann zu fallen und zu fallen. Der Sturz raubte ihr den Atem. Sie hielt sich mit aller Kraft an dem Gedanken fest, sich unsichtbar zu machen, sobald sie ankam. Mit unglaublicher Geschwindigkeit raste ElAya durch Raum und Zeit. Dann veränderte sich mit einem Mal das Licht und sie landete sanft auf einer grünen Wiese. Vor lauter Staunen vergaß sie, sich unsichtbar zu machen. Dann entdeckte sie in unmittelbarer Nähe einige Menschen. Sofort fiel ihr wieder ein, was sie zu tun hatte und sie zögerte keine Sekunde mehr und machte sich unsichtbar.

Während ElAya in ihrer Welt auf die Reise vorbereitet wurde, hatte das Schicksal auch in der Menschenwelt einige Vorbereitungen getroffen. Die kleine Mathilda quengelte seit Tagen. Sie wollte einen Ausflug an den Mondsee machen. Das war ihr liebster Platz und wenn sie dieses Wochenende fahren würden, konnte man noch baden, sonst würde ihre Mutter wieder sagen, es sei viel zu kalt. Ihre Eltern waren aber auch bodenlose Langweiler, immer fanden sie den Weg zu weit. Zum Shoppen nahm ihre Mutter allerdings jede Wegstrecke in Kauf. Aber dieses Wochenende würde sie ihren Kopf durchsetzen, das hatte sich Mathilda geschworen. Sie hätte selbst nicht sagen können, warum ihr das so furchtbar wichtig war.

Die Menschen, die ElAya am See entdeckte, waren Mathilda, ihr kleiner Bruder Leo und ihre Eltern. Sie lagen auf merkwürdigen Decken in der Sonne und sie waren nur mit kleinen bunten Stoffen notdürftig bedeckt. So etwas hatte ElAya noch nie gesehen. Sie fragte sich, wie sie das Kind finden sollte, als ihr Blick wieder auf das kleine Mädchen fiel. Die großen Menschen und der kleine Junge sagten etwas - ElAya konnte die Worte nicht hören - dann standen sie auf und gingen weg. Falls dieses Mädchen ihr Gegenpart war, was sollte sie jetzt tun, fragte sich die kleine Elfe. Sie starrte weiterhin auf das blonde Mädchen und wartete auf eine Eingebung.

Mathilda ihrerseits fühlte sich schon seit einer geraumen Weile beobachtet, aber wenn sie sich umschaute, konnte sie niemanden entdecken. Die anderen Familien lagen alle ein ziemliches Stück entfernt. „Mist, gerade jetzt müssen Mama und Papa einen Kaffee trinken und mich hier alleine lassen", ihr war mulmig zumute. Sie blickte immer wieder zu der Stelle, an der ElAya saß und sie beobachtete, konnte aber außer einem Funkeln im Gras nichts entdecken. Nach einer kleinen Weile siegte ihre Neugier. Sie stand auf, um nachzusehen, was da auf der Wiese lag.

ElAya, die sah, dass das Mädchen sich erhob und direkt auf sie zukam, blieb einfach sitzen, weil sie nicht wusste, was sie sonst hätte tun sollen. In Gedanken redete sie mit Lup und bat ihn um Hilfe. Aber Lup teilte ihre Meinung und so wartete sie einfach ab.

Mathilda stand dicht vor ihr mit offenem Mund. „Bist du eine Elfe?", fragte sie nach einer kleinen Weile und musterte ElAya dabei. Das Mädchen konnte sie also sehen. Sie fragte sich, ob nur die Kleine das konnte oder ob ihre Unsichtbarkeit nachließ und sie für alle sichtbar war. „Ja, mein Name ist ElAya und ich bin eine Elfe", etwas anderes fiel ihr im Moment nicht ein und sie schämte sich schon selbst für diesen Satz. Aber das Mädchen schien es in Ordnung zu finden und stellte sich nun ihrerseits vor. „Ich hab noch nie eine Elfe gesehen, nur in einem alten Buch meiner Oma! Was machst du hier?", wollte Mathilda wissen.

ElAya besann sich auf ihre Aufgabe: „Hör zu, ich hab nicht viel Zeit und außerdem weiß ich nicht, ob die anderen Menschen mich auch sehen können. Deshalb komm mit hinter das Gebüsch dort zur Sicherheit, falls ich das mit der Unsichtbarkeit vermasselt habe", fügte sie hinzu. Mathilda zögerte, sie wusste genau, dass sie so etwas nicht tun sollte, ihre Eltern wären entsetzt, aber ElAya schien sich wirklich Sorgen zu machen. „Also gut, aber nur ganz kurz. Wenn meine Eltern zurückkommen und ich bin nicht da, bekomme ich mächtigen Ärger!" ElAya ging mit schnellen Schritten voran, Mathilda kam es vor, als ob die Elfe schweben würde. Diese hätte sich keine Sorgen machen müssen, für den Rest der Menschen war sie vollkommen unsichtbar. Hinter dem Gebüsch konnte aber auch niemand mehr das Kind sehen, und sie begann sich ein wenig zu entspannen und erzählte Mathilda von ihrem Land und den schrecklichen Dingen, die dort vor sich gingen. Aber noch bevor sie ihr von dem beschädigten Tor und der Hoffnung auf Hilfe erzählen konnte, kamen die Eltern zurück und riefen nach ihrer Tochter. „Ich muss los, tut mir leid", und weg war sie. ElAyas Widerspruch hörte sie schon nicht mehr. - „Verflixt, jetzt habe ich meinen Gegenpart so schnell gefunden und nun ist sie schon wieder weg. Was mach ich nur?" Von Ferne hörte sie, wie das Mädchen sich mit ihrem kleinen Bruder zankte; die schien sie schon wieder vergessen zu haben. Was für ein seltsames Kind.

Kapitel 42

Mathilda

Die kleine Elfe konnte nicht wissen, dass Mathilda in ihrer Welt, als seltsam galt. Das Menschenkind sah schon immer Dinge, die andere nicht sehen konnten und manchmal gab sie vor, Sachen zu vergessen, oder sie benahm sich merkwürdig. Für ElAya würde es die Geschichte sehr erleichtern und gleichzeitig erschweren, aber das sollte sie bald herausfinden.

Für ElAya war es gut, dass die Erwachsenen Mathilda nicht immer ganz ernst nahmen, denn sie hatte beschlossen, der Kleinen einfach zu folgen. Sie musste ihr die ganze Geschichte erzählen und sie dann um ihre Hilfe bitten. Also „schwebte" sie hinter ihr her. Es fühlte sich nicht so an, aber jeder, der sie hätte sehen können, hätte geschworen, dass es sich so verhielt. Die Familie packte gerade zusammen, als sie dort ankam. Mathilda tat, als würde sie sie gar nicht bemerken, was ElAya schmerzlich an ihre Kindheit im Elfenreich erinnerte. Der Rest nahm zum Glück keinerlei Notiz von ihr, denn für die war sie nach wie vor unsichtbar.

Alle gingen auf ein seltsames Ding zu und stiegen ein. Sie wusste nicht, was sie davon halten sollte. Da bemerkte sie, dass das Menschenkind sie am Ärmel mit sich zog. Sie kletterte in das

Gefährt. Die Fortbewegung fühlte sich ein wenig an wie fliegen mit dem Unterschied, dass sie absolut nichts sehen konnte, da Mathilda sie völlig einquetschte. Wenn sie versuchte, mit ihr zu sprechen, fing das Mädchen an zu singen, laut und falsch. Deshalb gab sie den Versuch schnell auf, ihr wurde ganz schwummerig von diesem grässlichen Gesang. Auch die Eltern ermahnten Mathilda, damit aufzuhören. Sie ignorierte es einfach.

So fuhren sie eine ganze Weile, bis zu einer merkwürdigen Siedlung. Alle stiegen aus und gingen auf ein großes Gebäude zu. ElAya folgte ihnen etwas widerwillig und ziemlich benommen von der Fahrt. Mathilda blickte zurück und versicherte sich, dass die Elfe ihr folgte. Was war das nur für ein merkwürdiges Kind?

Sie betraten ein großes Haus und das Mädchen zerrte ElAya eine Treppe hoch in einen lichten Raum mit rosa Wänden. „Fast hättest du uns verraten, Mama hat schon ganz komisch geschaut, als du im Auto angefangen hast auf mich einzureden. Auch wenn sie dich nicht sehen können, ich glaube, hören können sie dich ganz gut!" ElAya dämmerte, dass Mathilda nur deswegen mit diesem schrägen Gesang angefangen hatte, damit niemand hörte, was sie selbst sagte. „So ist es", kicherte diese fröhlich, als sie das verdutzte Gesicht ihrer neuen Freundin sah. Jetzt verstand sie! Dieses Kind war hoch intelligent und so clever, es vor den anderen geheim zu halten. Und prompt erklärte ihr die Kleine: „Weißt du, sie stecken dich in irgendeine komische Schule, in der alle schon fast doppelt so alt sind wie du selbst und keiner etwas mit dir zu tun haben will, egal wie intelligent du bist. Das hab ich einmal in einer Zeitschrift gelesen. Deshalb benehme ich mich ab und zu ein wenig merkwürdig und mache ein paar Fehler, obwohl ich es auch gut ohne könnte", fügte sie grinsend hinzu. - „Na, das ist ja ein ganz schönes Früchtchen, aber ganz Unrecht hat sie nicht und immerhin ist sie jetzt hier und nicht in so einer Schule!", dachte ElAya vergnügt. Die beiden unterhielten sich noch eine Weile und tauschten sich über ihr jeweiliges Leben aus. Es kam ihnen so vor, als würden sie sich schon ewig kennen und ein bisschen war es auch so.

Dann aber musste die kleine Elfe ihre Geschichte loswerden. Sie erzählte von Kalaban und Ullahom, von ihrem alten Lehrmeister Oliv und zuletzt von ihrem besten Freund, dem jungen Wolf Lup. Sie hatte dabei Tränen in den Augen, so sehr vermisste sie ihn. Mathilda wollte alles über ihn wissen und dann erzählte sie und zum ersten Mal sah ihr Gesicht traurig aus; dass sie sich so sehr einen Hund wünschte, aber ihre Eltern erlaubten es nicht. „Ein Tier macht zu viel Dreck, das ist ihre Meinung und ich bin noch zu jung, um alleine zu wohnen und ein Tier zu halten." - „Hast du Menschenkinderfreunde?", wollte ElAya wissen. - „Nun ja, schon, aber es ist nicht dasselbe und eigentlich verstehen mich diese Freunde auch nicht wirklich; denen spiele ich ja auch irgendwie Theater vor, weißt du". ElAya verstand. - „Warum wart ihr am See, gerade heute, du und deine Familie?" - „Ich wollte unbedingt einmal wieder hin. Damit gehe ich allen ziemlich auf die Nerven, aber weißt du, mir passieren an diesem See dauernd solche Sachen wie heute. Ich bin zwar noch nie einer Elfe begegnet, aber die Tiere reden mit mir, wenn ich umhergehe oder auf meinem Handtuch liege: Käfer, Mäuse, Vögel und einmal sogar ein Reh. Dann fühle ich mich nicht so einsam. Deshalb bin ich so gerne an diesem Ort." - Das konnte ElAya sehr gut verstehen.

Mathilda war bereit, ElAya zu helfen. Feierlich nahm sie die wunderschöne kleine Amphore entgegen und versprach, auf den Ruf der Elfe zu achten. „Kommst du wieder, um mich zu besuchen?" - „Ich weiß es nicht – aber vielleicht kannst du mich besuchen kommen, ich werde mit Kalaban reden. Sie weiß vielleicht eine Möglichkeit." Die beiden umarmten sich fest. ElAya hätte sich am liebsten sofort auf den Rückweg gemacht, aber das war nicht so einfach, denn sie waren eine lange Strecke mit dem Auto gefahren und Mathilda musste sich erst etwas überlegen, wie sie ihre Seelenverwandte an den Mondsee zurückbringen konnte, bzw. besser gleich in die Berge.

Völlig außer Atem kam Mathilda am nächsten Nachmittag aus der Schule zurück. Sie sauste die Treppe hoch und stürmte ins

Zimmer. ElAya machte sich augenblicklich unsichtbar, da sie in der kurzen Zeit, die sie hier war, noch nicht abschätzen konnte, wer kam. Es war das Kind und sie hatte wirklich gute Neuigkeiten. Ihre Klasse wollte einen Ausflug machen und sie hatte dafür gesorgt, dass es an den Mondsee ging. Der Nachteil dabei war nur, es würde noch fast zwei Wochen dauern. ElAya protestierte, sie konnte nicht so lange warten, aber Mathilda hielt es für zu gefährlich, wenn sie den ganzen Weg alleine zurückzulegen versuchte. „Du kennst dich in unserer Welt doch gar nicht aus und von hier gibt es keinen Bus. Wir könnten höchstens den Zug nehmen, aber ich muss in die Schule und meine Eltern flippen aus, wenn ich einfach mit der Bahn zum Mondsee fahre. Es sind um die 100 km bis dorthin". Erschöpft von ihrer langen Rede hielt sie inne. - „Und außerdem möchtest du ganz gerne, dass ich noch ein wenig hier bei dir bleibe, stimmt's?", hakte ElAya nach. Mathilda lief rot an bis unter die Haarwurzeln. „Ich denke darüber nach, aber vergiss nicht, für unsere Welten steht eine Menge auf dem Spiel." Das Menschenkind nickte. Ja das wusste sie. - „Ich besorge uns erst einmal etwas zu essen", und damit verließ sie den Raum.

ElAya versuchte, mit Lup Kontakt aufzunehmen. Die Verbindung war sehr brüchig, aber sie konnte ihrem Freund trotzdem von ihrem Dilemma berichten. Lup fand es gar keine so schlechte Idee, das Mädchen ein wenig besser kennenzulernen, schließlich sollte sie beim großen Kampf an ihrer Seite sein. Also beschloss sie, schweren Herzens zu bleiben und die Zeit zu nutzen, nicht nur um Mathilda besser kennen zu lernen, sondern auch, um so viel wie möglich über die Menschenwelt zu erfahren.

Kapitel 43

Menschen

ElAya erfuhr eine Menge über die Menschen. Im Grunde verhielten sie sich nicht so sehr viel anders als die Elfen. Es gab solche und solche. Mathildas kleiner Bruder Leo gehörte mit Sicherheit zu den anderen. Er war hinterhältig und feige und seine Schwester hatte alle Hände voll zu tun, dass er ihr Geheimnis nicht entdeckte. Ihre Eltern waren ebenfalls keine besonders guten Menschen. Sie ließen sich von ihrem Sohn auf der Nase herumtanzen, ohne es wirklich zu bemerken. Ihre Tochter spielte ihnen ein Theater vor, dass einem Hören und Sehen verging. Aber auch das bemerkten sie nicht, sie kreisten viel zu sehr um sich selbst. Im Grunde ähnelten sie ihren Eltern. ElAya schüttelte sich. Mathilda aber war eine Offenbarung. Sie war gescheit und witzig, sie wusste immer einen Ausweg und redete ohne Punkt und Komma.

Nachdem ElAya zwei Tage in Matildas Zimmer verbracht hatte, beschloss diese, sie mit in die Schule zu nehmen. „Wenn du ganz still bist, wird niemand etwas merken, denn sehen können dich die anderen ja nicht!" ElAya, die neugierig auf die Menschenwelt war, kam nur zu gerne mit. Leider hatten die beiden nicht damit gerechnet, dass es in der Klasse jemanden geben könnte, der ihresgleichen sehr wohl sehen konnte. Walter war ein vorlauter, frecher und gemeiner Kerl. Er versuchte immer, Zwietracht zu säen. Mathilda ging ihm normalerweise aus dem Weg, weil sie ihn für ausgesprochen dumm hielt, und das aus gutem Grund. Er hasste sie, weil sie so schlau war, aus vollem Herzen. Leider kamen zu seiner Dummheit auch noch eine große Portion Böswilligkeit und Gemeinheit hinzu. Als er ElAya erblickte, konnte er sein Glück kaum fassen. Er hasste die schlaue Mitschülerin aus vollstem Herzen. Walter konnte auch Dinge sehen, die anderen verborgen blieben, aber niemals würde ein Tier mit ihm sprechen. Tiere waren sehr sensibel und merkten sofort, ob jemand Böses im Schilde führte.

Als die Lehrerin Mathilda nach draußen schickte, um etwas für sie zu erledigen, sah er seine Chance gekommen. Er beugte sich nach vorne und hielt die Elfe am Handgelenk fest. Mathilda, die ja nicht wollte, dass irgendjemand ihre Freundin bemerkte, konnte nichts tun, denn die Lehrerin wurde schon ungeduldig. Beunruhigt ging sie, um das Buch so schnell wie möglich zu holen. ElAya aber reagierte blitzschnell. Sie biss Walter so fest in die Hand, dass er sie augenblicklich losließ. Dann stürmte sie aus dem Klassenzimmer und hinter Mathilda her. „Ich muss hier weg und zwar sofort, dieser Junge kann mich sehen, es ist zu gefährlich. In der anderen Welt wartet noch eine Aufgabe auf mich". Dann sah sie ihr tief und lange in die Augen. „Bitte komm mit mir zu diesem See! Allein finde ich ihn vielleicht nicht schnell genug!" Jetzt war es an ElAya zu reden ohne Punkt und

Komma. Sie sprach auf das Kind ein und zog sie gleichzeitig mit sich fort. - „Also gut! Ich komme mit. Lass uns schnell zu mir nach Hause gehen und ein paar Sachen zusammenpacken. Wir brauchen Geld und etwas zu essen! Im Moment ist niemand zu Hause, also los!" Zum Glück wohnte sie nicht weit von der Schule entfernt. Sie rannten, so schnell sie konnten, denn es war nicht mehr lange bis zum Ende des Schulvormittages und wer wusste schon, was diesem widerlichen Walter einfallen würde.

Als sie am Haus ankamen, stand das Auto der Mutter vor der Tür. „So ein Mist", murmelte Mathilda ärgerlich. „Wieso ist Mama denn heute schon zu Hause? Verflixt, was machen wir denn jetzt?" - „Ich gehe!", sagte ElAya, „mich kann sie nicht sehen. Wo sind die Sachen, die wir brauchen?" Das Menschenkind erklärte es ihr, so gut sie konnte, dann versteckte sie sich hinter den Mülltonnen. ElAya schlich wie von Mathilda beschrieben durch den Hintereingang ins Haus. Die Mutter war in der Küche. Verwundert schüttelte sie den Kopf, als die Türe sich leise öffnete und murmelte vor sich hin: „Können die Kinder niemals die Türe richtig schließen". Dann drehte sie sich um und ging die Treppe hinauf. Richtung Leos Zimmer.

ElAya ging sofort an den Küchenschrank und nahm alles heraus, was Mathilda ihr gesagt hatte, zumindest hoffte sie das, denn so ganz sicher war sie sich nicht. Glücklicherweise lag ein Brotbeutel auf der Anrichte. Sie packte alles hinein, dann trug sie ihn zur Tür und deponierte ihn draußen, bevor sie leise die Treppe hochschlich in Mathildas Zimmer. Sie befand sich gerade auf der vorletzten Stufe, als die Mutter aus Leos Zimmer kam. „Verflixt und zugenäht", dachte ElAya, die Treppe ist zu eng, sie wird mich bemerken, wenn sie an mir vorübergeht. Als diese fast vor ihr stand, hechtete ElAya in letzter Sekunde über das Geländer. Sie hing jetzt völlig in der Luft und konnte sich nur mit einer Hand festhalten, da sie die andere vor lauter Schreck losgelassen hatte und dabei durfte sie noch nicht einmal laut atmen. Die Frau sah sich sowieso schon um, als hätte sie etwas gehört.

Unter ElAya befand sich das Treppenhaus in den Keller und es ging ganz schön tief hinunter. Sie hielt sich fest, so gut sie konnte und als die Luft rein war, hangelte sie sich am Geländer nach oben. Sie war völlig durchgeschwitzt, als sie es endlich schaffte. Schnell schlich sie in das Kinderzimmer, um den Rucksack zu packen. Dann ging sie so leise, wie sie gekommen war. Mathilda hatte sich schon Sorgen gemacht, wo sie so lange blieb. Da sahen sie Walter um die Ecke kommen. Sie stupste ElAya an: „Da – sieh mal, wer da kommt!" Leise verharrten sie hinter den Mülltonnen und warteten eine halbe Ewigkeit, bis der blöde Kerl endlich wieder verschwand. „Wir müssen zum Bahnhof und zwar so schnell wie möglich", sagte sie, „wenn meine Mutter nicht zu Hause gewesen wäre, hätte ich noch schnell nachgesehen, wann der nächste Zug geht, aber das können wir jetzt nicht ändern. Wir nehmen mein Rad, komm schon, es steht gleich hier im Schuppen".

Die Fahrt auf dem Fahrrad genoss ElAya wie noch nichts in der Menschenwelt. So ein Gefährt hätte sie auch gerne gehabt. Sie sausten dahin und die Bäume und Autos flogen nur so an ihnen vorüber. Sie begann zu juchzen vor lauter Glück, sie konnte nichts dagegen tun und Mathilda stimmte aus vollem Herzen ein.

Nach 20 Minuten waren sie am Bahnhof. Die Kleine stelle das wundervolle Rad ab und kramte im Rucksack nach ihrem Portemonnaie. Dann wollte sie wissen, wohin sie die Geldbörse getan hatte. Ein rotes rundes Ding. „Oh wei, ich glaub, die hab ich in der Hektik vergessen!" In diesem Moment passierte alles gleichzeitig. Walter erschien am Bahnhof und ein Zug fuhr ein. Ehe ElAya nachzudenken konnte, wurde sie am Arm gepackt und in den Zug gezogen, bevor Walter sie sehen konnte. Der entdeckte das Fahrrad und sah sich suchend um. - „Was machen wir, wenn er uns sieht? Verdammt, er kommt geradewegs auf uns zu!" Lup, der gerade versuchte, Kontakt mit seiner Freundin aufzunehmen, sah sofort, in welcher Situation sie sich befand. - „Umarme deine Freundin so fest du kannst", rief er ihr durch Raum und Zeit zu so innig er konnte und ElAya, die es hörte, befolgte Lups Rat, ohne zu überlegen. Das Mädchen und sie selbst wurden auf eine Weise unsichtbar, wie sie es noch niemals zuvor erlebt hatte. Walter konnte sie nicht mehr sehen, sie selbst konnten sich nicht mehr sehen und auch nicht einander. So blieben sie stehen, bis der Zug losfuhr. Mathilda konnte nicht wirklich begreifen was geschah und beschloss, ElAya einfach zu vertrauen. Als sie allerdings zu flüstern anfing, löste sich der Zustand wieder auf. - „Wenn der Schaffner kommt, musst du das unbedingt noch einmal tun, wir haben nämlich keinen Fahrschein!"

Als der Schaffner dann kam, war ElAya allerdings so nervös, dass sie es kaum schaffte, sich selbst unsichtbar zu halten. Mathilda, sonst selten um eine Ausrede verlegen, war noch so betreten von dem Erlebnis unsichtbar zu sein, dass ihr einfach nichts einfallen wollte. ElAya war geistesgegenwärtiger. Sie öffnete die Waggontüre und schob einen Koffer nach draußen. Der Schaffner hatte plötzlich anderen Dingen zu tun und vergaß sie zum Glück augenblicklich.

Die beiden Mädchen verzogen sich in ein Abteil, in dem der Schaffner bereits gewesen war und hofften, dass sie damit durchkommen würden. Nach einer halben Ewigkeit hielt der Zug endlich und sie befanden sich unter den ersten, die den Bahnhof verließen, „Nichts wie weg hier, bevor dem Schaffner wieder einfällt, dass ich keine Fahrkarte habe". Der Weg zum See war nicht weit. Von dort konnte man die Berge schon sehen. - „Ich glaube, den Rest des Weges muss ich alleine gehen.

Danke, dass du mitgekommen bist. Und denk an die Amphore, wenn ich nach dir rufe." ElAya hatte Tränen in den Augen. Sie umarmte ihre Freundin, die ebenfalls weinte, dann ging sie davon. Bald darauf hatte sie der Nebel verschluckt, der schon den ganzen Tag in den Bergen hing. Sie erreichte ihren Bestimmungsort am nächsten Morgen und begann das Ritual. Kurze Zeit später fiel sie in die endlose Spirale, die sie zurückbrachte in ihre Welt.

Kapitel 44

Die Rückkehr

Kalaban spürte, dass ihre Schülerin zurückkam. Sie machte sich große Sorgen. Es musste etwas Furchtbares geschehen sein, sie kam viel zu schnell zurück! Die Mission schien gescheitert, hoffentlich war dem Kind nichts passiert. Niemals hätte sie gedacht, dass sie ein anderes Wesen je so lieb gewinnen könnte wie dieses Mädchen. Ihr Blick war trübe und ohne jede Hoffnung. Sie hatten es versucht und alles auf eine Karte gesetzt. Das Risiko war sehr hoch gewesen. Vielleicht hätten sie noch warten sollen. Jetzt kam jede Reue zu spät. Sie würden keine Hilfe aus der Menschenwelt bekommen und mussten eine andere Lösung finden. Kalaban war verzweifelt.

Doch nun musste sie nach ElAya sehen. Hoffentlich war ihr nichts Schlimmes widerfahren. Von innerer Unruhe getrieben hetzte sie den heiligen Berg hinab. ElAya erwachte genau in dem Augenblick, als ihre Meisterin neben sie trat. Kalaban konnte nicht sprechen vor lauter Furcht und Sorge. Äußerlich schien die Kleine unversehrt, was war nur geschehen? Dann bemerkte sie das selige Lächeln, dass sich über deren Gesicht ausbreitete und hörte Worte, die erst langsam zu ihr durchdrangen: „Ich hab's geschafft, Kalaban, ich hab es wirklich geschafft. Sie wird uns helfen und sie ist die uralte Verbindung eingegangen, ohne groß darüber zu reden. Sie hat mich einfach umarmt, dann hat sie die Amphore genommen und gesagt, dass ich sie nur zu rufen brauche!"

Kalaban wurde erst langsam klar, was sie da hörte! Aber das war doch völlig unmöglich, sie war nur drei Tage weg gewesen. Ein Wunder, dieses Kind war ein Wunder. Sie würden es schaffen, wenn es ihr gelungen war, in so kurzer Zeit eine so schwierige Aufgabe zu meistern. Es musste einfach ein Zeichen sein. Das Gute würde siegen. Sie drückte das Kind so fest an sich, dass ElAya fast keine Luft mehr bekam.

„ElAya, während du weg warst, haben die Ungeheuer versucht, den Heiligen Berg zu erklimmen. Keine Angst, es ist ihnen nicht gelungen. Aber bevor du den zweiten Teil deiner Aufgabe angehst, müssen wir etwas unternehmen", Kalaban hielt kurz inne. „Ich habe lange darüber nachgedacht, wir sollten ihnen einen kleinen Schlag versetzen, dann wird es sicher eine Weile dauern, bis sie wieder zum Angriff übergehen und du hättest Zeit genug, die Reise zu unternehmen, die noch vor dir liegt. Denkst du, du könntest mit dem Mädchen Verbindung aufnehmen?" - „Ja, ich glaube schon", antwortete ElAya, „aber was hast du vor?" - „Nun", erwiderte Kalaban, „ich denke, wenn das Kind nur einen Teil, sagen wir ein Drittel des Inhalts der Amphore trinkt, dann würde sie für kurze Zeit den Kanal öffnen und wir könnten versuchten, die positive Energie gegen die

Burg zu richten, dann hätten wir hoffentlich", fügte Kalaban in Gedanken hinzu, „genügend von dem Elixier übrig, um es bei dem bevorstehenden großen Kampf einzusetzen!" Sie hielt inne und wartete ab, was ElAya sagen würde. - „Schaden wir Oliv damit?", war das Einzige, was die wissen wollte. - „Nein, im Gegenteil, ich hoffe, die positive Energie wird ihn stärken und die Ungeheuer schwächen."

„Wann soll ich mit Mathilda Kontakt aufnehmen?" - „Am besten sofort. Stimme sie auf unser Vorhaben ein und sag ihr, sie soll sich bereithalten. Bei Neumond übermorgen werden wir losschlagen."

Und so geschah es! Alle, die Kalaban erreichen konnte, wurden eingeweiht. Ullahom kümmerte sich um die ihren, auch wenn nur noch wenige unter den Hippogreifen ihre Freunde waren, seit sie sich mit Gregorys, dem alten Tyrannen überworfen hatte. Doch einige wollten alles versuchen, um so viele wie möglich zu überzeugen, sich für die entscheidende Nacht bereitzuhalten. Mehr konnten sie nicht tun!

Kalaban hatte ElAya ihre Aufgabe genau erklärt. Mathilda musste zum richtigen Zeitpunkt gerufen werden. „Hoffen wir, dass es klappt", dachte sie. Als die Dämmerung heraufzog, zündete sie das heilige Feuer an, das Zeichen für die Eingeweihten, sich bereit zu halten. Dieses Feuer würden nur diejenigen sehen, die von dem großen Plan wussten! „ElAya, halte dich bereit, wenn ich dir das Zeichen gebe, dann rufe das Menschenkind!"

Und dann geschah es, zuerst nur ganz leicht und durchsichtig, dann aber begann sich der Nebel aus Energie, Lachen und Übermut, Gekicher, Licht und Sternenstaub zu verdichten. Langsam aber stetig überzog er das ganze Land. Zielstrebig kroch er auf die Burg der Ungeheuer zu, gelenkt von all den Gedanken der Eingeweihten. Wie glitzernde Sterne blieben einzelne Nebelfitzelchen an der alten Mauer hängen und sorgten dafür, dass sie nicht mehr ganz so unheimlich und dunkel aussah.

Leider bemerkten dadurch auch die Ungeheuer, dass draußen etwas vor sich ging. Rezz, ihr Anführer, begriff schnell, welche Gefahr von diesem Glücksnebel ausging. Die Luft um ihn herum wurde dünner und das Atmen fiel ihm schwerer. In einer einzigen Sekunde beschloss er, seine vier Geschwister zu opfern. Auch alle, wenn es sich nicht vermeiden ließe. Schließlich waren sie manchmal recht nützlich.

Bevor die vier merkten, was Rezz vorhatte, fielen sie schon in eine tiefe Ohnmacht. Zur Sicherheit hatte er gleichzeitig von allen vieren den Geist übernommen. Sie hätten keine Chance gegen ihn gehabt. Auch gemeinsam nicht. Ihnen war nicht einmal mehr der Versuch gelungen. Rezz würde so wenig Energie wie möglich von ihnen verbrauchen und immer schön gleichmäßig, vielleicht blieben sie ja am Leben!

Der Sternennebel verdichtete sich mehr und mehr und Rezz war gezwungen, einen nach dem anderen auszusaugen. Der Gedanke gefiel ihm nicht, aber sie würden sicher zu ersetzen sein! Die Hauptsache war sein Überleben, dann wollte er fürchterliche Rache nehmen, all seine Getreuen um sich sammeln und endlich kämpfen und gewinnen! Dann wäre er der absolute Herrscher über das Land. In diesem Moment verfluchte er sich, leider hatte er geglaubt, in Sicherheit zu sein, und die anderen unterschätzt, dafür bezahlte er nun. Aber er gedachte diesen Angriff zu überstehen und sie dann seine Rache spüren zu lassen.

Plötzlich geschah alles gleichzeitig. Kalaban glaubte den Sieg schon errungen, Rezz merkte, dass die böse Energie knapp wurde, und drang in Oliv ein. Hier gab es für ihn noch etwas zu holen, da er viel Kontakt mit dem Alten „pflegte". Schließlich folterte er ihn höchstpersönlich. Oliv reagierte schnell, obwohl er geschwächt war. Der Gedanke an ElAya gab ihm Kraft und der Kontakt entstand schneller als gewöhnlich. Er sandte nur ein einziges Bild. Es gab eine Möglichkeit, Rezz zu besiegen, er hatte es in seinem Geist gesehen. ElAya empfing die Botschaft, aber sie war tief mit Mathildas Geist verbunden. Um diese zu schützen, brach sie den Kontakt ab. Das Menschenkind durfte nicht durch ihre Aktion in Gefahr gebracht werden, nur das konnte sie denken. Sie fiel in eine tiefe Ohnmacht, zwei Wesen gleichzeitig zu schützen war zu viel für sie gewesen. Der Nebel aus guter Energie zerriss. Es kam so unerwartet für alle, die in diesem Moment Mitglieder des Kreises waren, dass sie wie an einem Gummiband zurückgeschleudert wurden. Selbst Rezz ließ los und fiel in Ohnmacht, wenn auch nur für einen kurzen Moment.

Kalaban sammelte sich als erste wieder und lief noch leicht schwankend auf ihre Schülerin zu. Deren Geist stand weit offen, das konnte in diesem Moment sehr gefährlich werden, deshalb sammelte sie mit letzter Kraft all ihre Macht, um ElAya zu schützen. Dabei erhaschte sie einen Hauch des Bildes, das Oliv gesandt hatte, dann wurde es auch Nacht um die große Hüterin!

Kapitel 45

Lup erweist sich als Retter

Rezz würde seine Armee sammeln oder was noch von ihr übrig war. Leider hatten sie es nicht geschafft, die Ungeheuer zu vernichten, ihr Erfolg war dennoch beträchtlich. Das würde diese Bestien wenigstens für eine Weile in Schach halten. Sie würden Zeit brauchen, um zu ihrer alten Stärke zurückzufinden und genügend Böses um sich herum zu schaffen. Diese Zeit mussten Kalaban und die ihren nutzen! Hoffentlich war ElAya bald wieder ganz bei sich. Oliv hatte noch einmal ein Bild gesandt, das gleiche wie das letzte Mal, nur deutlicher. Diese Mühe hätte er sich sparen können, Kalaban wusste schon seit dem letzten Mal, wohin ElAyas Reise gehen würde. Das Bild heute war für sie nur eine Bestätigung.

Lup hingegen war es im Moment ziemlich egal, was erreicht war und was weiter geschehen würde. Er machte sich große Sorgen um seine Freundin. ElAya war schon oft in Ohnmacht gefallen, aber niemals so tief wie dieses Mal. Er hatte ihren Geist geteilt, als es passiert war und eine Vorstellung von der ungeheuren Kraft, die in ihr tobte. Irgendetwas konnte ihn aber hinauskatapultieren, er wusste noch immer nicht was. Unruhig lief er bestimmt schon zum tausendsten Mal an diesem Tag unter den großen Buchen auf und ab, ElAya dabei umkreisend.

Sie wurde hierher gebracht in der Hoffnung, die mächtigen alten Bäume würden in der Lage sein, ihr zu helfen. Aber bisher richteten auch sie nichts aus. Lup fühlte nur noch Verzweiflung. Mathilda musste ihm helfen. Kalaban würde nichts von dieser Idee halten, im Moment konnten sie nicht für die Sicherheit des Kindes garantieren. Er wollte es trotzdem versuchen, und zwar jetzt gleich, bevor einer der anderen etwas bemerkte und dagegen unternahm. Er legte sich ganz dicht neben ElAya, seine Pfoten auf ihr Herz und versuchte, sich die kleine Mathilda vorzustellen. ElAya hatte sie ihm genau beschrieben.

Was er zuerst sah, war allerdings eher sein Ebenbild, nur größer, schwerer und massiger. Vor lauter Schreck hätte er seine Reise beinahe abgebrochen. Aber dann entdeckte er das kleine Mädchen. Sie lag auf dem Boden neben einem riesigen, massigen Wolf und schien vollkommen glücklich. Sie bemerkte sofort, dass jemand mit ihr Kontakt aufnehmen wollte. Lup schien ihr keine Angst zu machen. Wie auch, das Tier neben ihr stellte alles in den Schatten, was Lup in seinem Leben an Wölfen gesehen hatte und das waren nicht eben wenige gewesen. Mathilda begriff, dass es ElAya sehr schlecht ging und wollte über Lup versuchen, Energie an sie zu senden! Sie war, vor lauter Glück über ihren neuen Freund, erfüllt mit so viel Kraft, dass es kein Problem darstellte, sie zu teilen. Langsam kroch Mathildas Lebensenergie in Lups Körper. Er verstand plötzlich, warum er bei dem Kampf von ElAya getrennt worden war. Dann kroch die Energie weiter. Nach ein paar Sekunden blinzelte ElAya verblüfft. Wo befand sie sich und was war geschehen? Sie fühlte ein wahres Kaleidoskop von Farben in ihrem Inneren, dann erkannte sie Mathilda und Lup. In dem Moment riss die Verbindung und sie kam zu sich! Lup bekam keine Gelegenheit mehr, dem Mädchen zu danken, das musste leider warten. Sie hatten etwas Wichtiges zu erledigen und er war zu erschöpft, um erneut Kontakt mit dem Kind aufzunehmen. Das kleine Mädchen schien das allerdings anders zu sehen und mit Wucht traf sie bei Lup ein. Schließlich musste sie doch unbedingt wissen, wie es ihrer Freundin ging.

Nach dieser Begegnung sank Lup erschöpf neben ElAya nieder, unfähig, sich um die gerade noch wichtigen Pläne zu kümmern.

Kalaban bemerkte, dass ihre Schülerin wach war, und beschloss, keine Zeit mehr zu verlieren. „Kannst du dich an das Bild erinnern, das Oliv dir heute gesandt hat?" ElAya nickte. Sie wusste nicht, um was es sich handelte, aber sie wusste, ihr alter Lehrer hatte schon einmal versucht, ihr dasselbe mitzuteilen. „ElAya, Oliv konnte in den Geist eines der Ungeheuer sehen und er weiß, wer uns helfen kann."

„Du wirst eine lange Reise unternehmen, aber dieses Mal kommt Lup mit dir. Ihr müsst ans Ende der Zeit. Dort lebt noch ein einziger Drache. Wenn es dir gelingt, ihn für unseren Kampf zu gewinnen, dann könnten wir siegen. Eine Reise dorthin ist nicht ungefährlich und weit. Gebt mehr als euer Bestes, die Zeit drängt!"

Die Gefahr, die von Rezz und seinen Brüdern ausging, war zu groß, sie konnten keinen neuen Angriff wagen, bevor sie sich nicht wenigstens bemüht hatten, den Drachen auf ihre Seite zu bekommen. Mehr als einen Versuch würden sie kaum haben, beim nächsten Kampf stünde alles auf dem Spiel, um Sieg oder Untergang.

Kalaban würde am heiligen Berg bleiben und tun, was sie bisher schon getan hatte, um das Böse wenigstens einzudämmen und die Schäden im Land so gut es eben ging zu neutralisieren. Ullahom musste ebenfalls bleiben, sie würde noch einmal versuchen, die Hippogreife auf ihre Seite zu bringen. Oliv war nicht mehr bei ihnen, also blieben nur noch die kleine Elfe und ihr Freund Lup. Alle wussten, dass sie Verstärkung gebrauchen konnten und fliegen mussten sie ohnehin, sie konnten nicht zu Fuß oder mit ihren eigenen Flügeln reisen, zumal Lup keine besaß.

Ullahoms Entschluss stand fest: Ihre Tochter würde die beiden begleiten. Penelope konnte nicht ewig in ihrem Versteck sitzen und in letzter Zeit war sie sehr unruhig geworden, auch sie spürte die Veränderung. Besser, sie wäre beschäftigt und weit entfernt – erst einmal – zumindest so lange, bis Ullahom das Heer zusammenhatte. Bei diesem Gedanken wurde ihr übel, denn sie wusste nicht, wie sie das schaffen sollte. Die Reise von den dreien war allerdings auch nicht einfacher und zeigte vielleicht noch weniger Aussicht auf Erfolg.

Sie brachte ElAya und Lup zu Penelope, nachdem sie sich von Kalaban verabschiedet hatten. Die Kleine war wunderschön, so etwas hatten Lup und ElAya noch niemals zuvor gesehen. Seidig schimmerte ihr wunderschönes Fell, der Hals sanft geschwungen und die Flügel mit zarten Federn bestückt. Ihre Stimme hingegen klang stark und kraftvoll. Der Klang von Glöckchen hätte besser zu ihr gepasst! Die Stimme aber war laut und herrisch.

Im Morgengrauen verließen die drei neuen Gefährten mit sehr gemischten Gefühlen das sichere Versteck. Ullahom sah ihnen noch lange nach. Hoffentlich würden sie wieder zurückkehren! Sie liebte ihre Tochter über alles und die Entscheidung, sie mit auf diese Mission zu schicken, war ihr nicht leicht gefallen. Aber in diesem Kampf ging es um ihrer aller Zukunft.

Kapitel 46

Penelope

Sehr bald mussten ElAya und Lup feststellen, dass Penelope eine schreckliche Reisebegleiterin war. Das einzig Gute an ihr war die Fluggeschwindigkeit, auf die sie sich zum Glück so viel einbildete, sonst wäre auch das noch zum Problem geworden. Es war entweder zu heiß oder zu kalt, die Früchte zu sauer, zu süß, zu reif, zu unreif, der Platz zum Schlafen zu eng oder zu weit. Die Liste ließ sich endlos fortsetzen. ElAya überlegte zum wiederholten Male, ob sie die Reise nicht lieber ohne dieses mürrische Geschöpf fortsetzen sollten, den Beutel mit den Federn hatte sie wohlweislich im letzten Moment noch eingepackt. Ihre Aufgabe war der einzige Grund, durchzuhalten. Seufzend wandte sie ihren Blick wieder der atemberaubenden Kulisse zu, die sich um sie herum ausdehnte.

Lup teilte ElAyas Ansicht, was Penelope betraf, sie benahm sich unerträglich. Ihre Launen konnte er kaum mehr aushalten, aber auch er fühlte sich ihrem Auftrag, ihrem Land verpflichtet. Und die junge Hippogreifentochter war schneller als alle anderen ihnen zur Verfügung stehenden Reisemittel. Leise grummelte er vor sich hin. Worauf hatten sie sich da nur eingelassen! Die Aufgabe würde ohnehin nicht leicht werden, Streitigkeiten untereinander konnten sie nicht gebrauchen. Sie mussten versuchen, mit ihr zu sprechen.

ElAya kannte diesen Teil des Landes nicht, aber er gefiel ihr: hell und licht, abgesehen von kleinen dunkelgrünen Flächen, die dazwischen immer wieder zu sehen waren. Es kam ihr so vor, als hätte die frühere Größe der Kreise sich in die Erde zusammengezogen wie ein Spiralbohrer. Die Löcher sahen wie böse Augen zu ihnen herauf. Dieser Anblick hinterließ in ElAya ein beklemmendes Gefühl. Es war ihr, als würde ein Raubtier auf der Lauer liegen, das jederzeit zuschlagen konnte viel kräftiger noch und machtvoller als früher. Sie schüttelte sich. Die Berge um sie herum hatten etwas von ihrem Glanz verloren.

Schlagartig veränderte sich die Landschaft, die Berge verschwanden, als hätte ein Riese ein großes Messer genommen und einfach einen Schnitt durch ein Bild gemacht. Dahinter begann die Wüste. Sand soweit das Auge reichte.

Lup schluckte, der Wüstensand bereitete ihm Unbehagen. Und das zu Recht. Sein dunkles Fell heizte sich in der Sonne auf und er begann nach Wasser zu lechzen. Ihr Vorrat war fast aufgebraucht und Lup brauchte unbedingt Schatten und Wasser; sein Zustand wurde langsam bedenklich. Plötzlich begann sich auch Penelope seltsam zu verhalten. Sie zog immer weitere Kreise, so als würde sie nach etwas suchen. Auf ElAyas

Fragen antwortete sie nicht. Dann setzte sie abrupt zur Landung an. „Grab und beeil dich – er braucht Wasser – sonst stirbt er uns noch!" ElAya sah sie ungläubig an, dann begann sie den heißen Sand mit den Händen zur Seite zu schaufeln. Sie hatte schon münzengroße Blasen an den Händen, aber für Lup würde sie weitermachen, selbst wenn sie ihre Hände danach nie wieder gebrauchen konnte. Als sie vor Schmerzen schon leise vor sich hinwimmerte, stieß sie endlich auf das heißersehnte Nass. Sie konnte es nicht fassen, Penelope hatte tatsächlich nach Wasser für Lup gesucht und es auch gefunden. Das würde sie ihr nie vergessen, niemals, egal wie arrogant sie sich sonst oft verhielt!

Nachdem ihre erste Erleichterung verflogen war, machte sich wieder Sorge in ElAya breit. Wie sollten sie Lup durch die Wüste bringen, so etwas wie heute dürften sie auf keinen Fall mehr riskieren! Außerdem wusste sie nicht, wie lange es dauern würde, die Dala zu durchqueren. - „Er wird es nicht schaffen, der Weg ist zu weit und Quellen wie hier sind selten! Soviel Wasser wie wir drei brauchen, kann ich nicht tragen!". Penelopes Stimme hatte sich ebenfalls verändert. Ungläubig sah ElAya sie an: „Soll das etwa heißen, du kennst dich hier aus?" - „Ein wenig", war die spärliche Antwort. - „So sprich doch, wie lange wird es dauern bis wir hier heraus sind?" „Sieben Tage, vorausgesetzt wir geraten in keinen Sandsturm!" - „Was?", rief ElAya entsetzt, sie musste nachdenken, deshalb schlug sie vor, ihr Lager gleich hier und jetzt aufzuschlagen. „Ich muss mir etwas überlegen, ich lasse Lup nicht zurück!".

ElAya zog sich ins Zelt zurück, es musste eine Lösung geben. Ihr Freund lag vor dem Zelt und starrte düster vor sich hin. „Sie können mich nicht mitnehmen, es ist unmöglich, ich brauche zu viel Wasser. Am besten, Penelope bringt mich zurück ins Gebirge, dort werde ich warten." Er war in dunkler Stimmung.

Penelope schüttelte in gespielter Verzweiflung den Kopf, offensichtlich hatte keiner die Absicht, sich ums Abendessen zu kümmern. Vor sich hin schimpfend erhob sie sich in die Lüfte völlig unbemerkt von den beiden. Die Dämmerung setzte bereits ein, als sie mit einem schweren Beutel zurückkehrte.

ElAya hörte den Aufprall, als Penelope ihn fallen ließ und rannte aus dem Zelt. In diesem Moment fiel ihr die Lösung ein: Die Federn in ihrem Beutel, natürlich, damit würden sie das Wasser transportieren. Die Euphorie verflog, wie sie gekommen war. Blieb nur noch die Frage worin. Wütend stieß sie gegen eine der Früchte, die aus dem Beutel herausrollte. „Hey, sei ein wenig achtsamer mit unserem Abendessen. Es war nicht gerade einfach, das Zeug hierherzubringen!" Die Stimme der Hippogreifin klang ärgerlich. ElAya, die Penelope noch immer dankbar war, dass sie Wasser für Lup gesucht hatte, entschuldigte sich, wenn auch etwas widerwillig. Dann versuchte sie, ihren Unmut zu erklären. Eben noch glaubte sie eine großartige Idee gehabt zu haben, aber sie konnten überhaupt kein zusätzliches Wasser transportieren, denn sie besaßen nur ihre drei Wasserschläuche. Penelope dachte kurz nach: „Ich glaube, das ist kein Problem. Ich habe Flaschenkürbisse mitgebracht und davon gibt es noch mehr ein Stück südlich von hier. Wenn wir sie aushöhlen und trocknen, dann müsste es gehen." Ungläubig sahen Lup und ElAya sie an, dann brachen alle drei vor lauter Erleichterung in unbändiges Gelächter aus.

Kapitel 47

Miles

Die drei bildeten einen wahrhaft wunderlichen Anblick, als sich Penelope in die Lüfte erhob, behangen mit zwanzig Kürbissen und umgeben von den Einhornfedern, auf ihrem weißen schimmernden Federrücken eine kleine bronzefarbene Elfe und ein schwarzer Wolf.

Die Hippogreifin sollte leider nicht recht behalten. Unter normalen Umständen hätten sie es sicher in sieben Tagen geschafft, dummerweise dachten sie nicht an Miles. Das heißt weder ElAya noch Lup hätten an ihn denken können, denn bis zum Abend des fünften Tages wussten die beiden nichts von seiner Existenz. Anders die junge Hippogreifin, sie hatte durchaus von ihm gehört, ihn aber zu erwähnen vergessen. Miles war ein Wüstenwurm, ungefähr 20 Meter lang, mit einem Durchmesser von mindestens zwei Metern. Er war nicht wirklich gefährlich, nur ziemlich neugierig und ungestüm. Sein Anblick jedoch war furchterregend. Er pflügte nämlich durch den heißen Sand und fraß Skorpione und Flöhe. Trotz seiner Größe benötigte er nur wenig Futter und das Wasser, das er durch die kleinen Wüstenbewohner aufnahm, reichte ihm. Er hatte sich im Laufe der Jahre perfekt an seine Umgebung angepasst.

Es passierte nicht oft, dass jemand durch die Dala Wüste kam und Miles besaß hervorragende Augen. Er sah Penelope mit ihrer seltsamen Fracht sofort. Man konnte ihm keinen bösen Willen unterstellen, aber sein abruptes Hervorbrechen und der heiße Sand, den er dabei aufwirbelte, bedeckten die drei mit einer solchen Schicht, dass keiner mehr etwas sah und es an ein Wunder grenzte, dass sie überhaupt noch lebend den Boden erreichten.

ElAya fasste sich zuerst. Keuchend und nach Luft ringend kroch sie unter dem heißen Sand hervor und buddelte wie wild, um ihre Freunde freizuschaufeln. Lup arbeitete sich ihr entgegen und gemeinsam schafften sie es, Penelopes Kopf freizubekommen. Alleine hätte sie es nicht geschafft. Die Schnüre der Kürbisflaschen hatten sich so unglücklich an ihrem Kopf und Hals verfangen, dass ElAya ein Messer benutzen musste, um sie zu befreien.

In all der Aufregung hatten die drei Miles noch gar nicht bemerkt. Als Lup den Kopf wandte, um sich einen Wasserkürbis zu angeln, entfuhr ihm ein entsetzter Schrei. ElAya und Penelope wandten die Köpfe. Was war denn jetzt schon wieder passiert? Mit offenen Mündern starrten sie den Wüstenwurm an. Sein Kopf war riesengroß und rund wie der Mond, seine Augen, groß wie zwei Suppenteller leuchteten purpurfarben. Sein Hals war über und über mit handteller großen Schuppen bedeckt. Es sah aus, als trüge er eine Halskrause. Er hatte eine Stimme wie Schmirgelpapier, vermutlich wegen des vielen Sandes, den er tagtäglich durchpflügte. „Darf ich mich vorstellen, mein Name ist Miles, angenehm euch kennenzulernen!" Damit verbeugte er sich. Der Wüstenbewohner schien wohl keine bösen Absichten zu haben, denn er lächelte freundlich: „Tut mir echt leid, Leute, dass ihr meinetwegen eine Bruchlandung gemacht habt. Ich hoffe, der Flügel ist nicht gebrochen." Entsetzt drehten sich alle zu Penelope um. Verdammt, das sah nicht gut aus. ElAya holte ihr Medizinkästchen hervor und begann den Flügel zu untersuchen. „Gebrochen ist er wohl nicht, aber sie wird ihn die nächste Zeit nicht benutzen können!", war das niederschmetternde Ergebnis. Penelope hatte sich eine schlimme Verstauchung zugezogen und war nicht in der Lage, den Flügel richtig anzuheben. Lup sah seine Freundin entsetzt an, er wusste genau, dass sie nur noch Wasser für drei Tage hatten. Zu Fuß würden sie den Rest der Wüste niemals in drei Tagen schaffen. Verdursten war die schlimmste Art zu sterben, die er sich vorstellen konnte. Penelope und ElAya hatten genau dasselbe gedacht. Auch sie wussten, was das bedeutete.

Allerdings hatten sie Miles vergessen. Der sah, wie entsetzt die drei waren, und bekam ein furchtbar schlechtes Gewissen. Sie waren seinetwegen zu Schaden gekommen. Er selbst brauchte sehr wenig Wasser, wusste aber, dass dies für andere Wesen nicht galt. „Macht euch keine Sorgen, ich bring euch bis ans Ende der Wüste!" - „Du?", fragten die drei gleichzeitig! Sie konnten sich nicht vorstellen, wie er das anstellen wollte. Er war ein Wurm! Gut ElAya würde sich festhalten können und Lup vielleicht mit ihrer Hilfe oben bleiben. Aber Penelope, unmöglich! Miles grinste, „Ja, ich, denn ich habe noch mehr von den wundervollen Schuppen, die ihr an meinem Hals seht, weiter unten," fügte er auf die fragenden Blicke hinzu, „Penelope wird sitzen wie auf einem Thron, macht euch keine Sorgen!"

Also befreiten sie diese zuerst einmal von all dem Sand, der noch immer auf ihr lastete. Sie bot einen erbarmungswürdigen Anblick, als sie sich erhob. Ihr linker Flügel hing schlaff herab, sie hielt den Kopf tief gesenkt. Dann aber erlebten die drei ein unglaubliches Schauspiel. Miles bat sie in Deckung zu gehen. Sie versteckten sich hinter einer großen Düne und lugten vorsichtig dahinter hervor. Miles schob sich Stück für Stück aus dem Sand hervor bis er ganz vor ihnen lag. In der Mitte seines mächtigen Körpers hatte er hunderte von tellergroßen blauen Schuppen. Er konnte sie einzeln bewegen, drehen oder still stehen lassen. Es war unglaublich! Der Wüstenwurm errichtete so drei Sitze auf seinem mächtigen Leib. Selbst die verletzte Penelope würde bequem Platz haben. Das Erstaunlichste aber war, wie er sich durch die Wüste bewegte. Selbst Lup wurde zum ersten Mal in seinem Leben nicht übel, im Gegenteil, er genoss die „Fahrt", er konnte es gar nicht glauben. Trotz aller Vorsicht ging es unglaublich schnell. Noch bevor der Morgen graute, erreichten sie ohne Zwischenfälle den Rand der Wüste.

Als sie ihr Ziel erreicht hatten, wollte Miles gerne wissen, wohin sie unterwegs waren. ElAya erzählte ihm von den schleimigen Flächen und dem Bösen, welches sich im Land ausbreitete, von den Ungeheuern, die ihren geliebten Meister Oliv gefangen hielten, von Kalaban und Ullahom, Penelopes Mutter, von deren Vater Gregorius, von der Menschenwelt und ihrer Verbündeten Mathilda und von ihrem Auftrag. Und dass sie hoffte, dass sie unterwegs noch mehr Wesen finden würde, die ihnen in dem großen Kampf gegen die Ungeheuer helfen konnten.

ElAya hatte nicht vor, ihn um Hilfe zu bitten, er war ein Wüstenbewohner, wie sollte er ihnen schon helfen können? Aber hier täuschte sie sich gewaltig! „Ich bin auf eurer Seite – unser schönes Land, da muss man etwas tun!" Er war ganz überwältigt. - „Das ist wirklich lieb von dir", erwiderte ElAya „und gute Gedanken können wir auf unserer Reise wirklich gebrauchen". Miles sah sie traurig an, immer wurde er von allen unterschätzt, bloß weil er aussah wie ein Clown. „Man sollte die anderen nicht immer nur nach ihrem Aussehen beurteilen", äußerte er beleidigt. - „Entschuldige, ich weiß, dass du es gut meinst und du hast uns sehr geholfen, ohne dich wären wir in der Wüste elendig verdurstet!" - „Ja, und ich kann noch mehr, wenn ihr es mich rechtzeitig wissen lasst, dann bin ich bei dem großen Kampf dabei. Ihr werdet euch wundern!" ElAya glaubte nicht daran, weil er sie aber gerettet hatte, versprach sie, ihm auf jeden Fall Bescheid zu geben. Dann mussten sie weiter, der Weg zum Ende der Zeit war noch weit und je schneller sie den Drachen fanden und überzeugten, desto besser war es für sie alle. Je mehr Zeit diese Ungeheuer hatten, desto kräftiger und mächtiger würden sie werden. ElAya seufzte leise, ob ihr das wohl gelingen würde?

Der Abschied fiel allen schwer, auch wenn sie sich eben erst kennengelernt hatten. Alle vier meinten, sie würden sich schon seit ewigen Zeiten kennen. Miles konnte seine Tränenflut nur stoppen, weil die anderen drei sonst ertrunken wären. Er hatte noch nie in seinem Leben geweint, deshalb wusste er auch nicht, welche Kräfte in seinen Tränen wohnten. Der plötzliche Strom ergoss sich über seine neuen Freunde und mit den Tränen heilte Penelopes Flügel in Sekundenschnelle. Miles selbst war wohl noch erstaunter als die anderen, nun war er schon so alt und hatte nichts von diesem Wunder geahnt. Die drei wussten gar nicht, wie sie ihm danken sollten. Aber sie mussten weiter, ihr Auftrag war zu wichtig, das verstand Miles. Er würde warten, bis er Nachricht von ihnen erhielt, um an dem Tag des großen Kampfes an ihrer Seite zu sein. Sein Leben bekam in diesem Moment Sinn und er war glücklich und dankbar. Das

Wüstenleben war einsam und er war froh, nun Freunde zu haben, auch wenn sie jetzt weiterzogen.

Dann aber verzögerte sich der Abschied doch noch, denn als alle schon startklar waren, hatte die kleine Elfe plötzlich eine Eingebung. Die Tränen von Miles waren unbeschreiblich kostbar. Sie wussten ja nicht, was ihnen unterwegs noch alles zustoßen würde. ElAya stieg wieder ab und angelte sich eine der vier Kürbisflaschen, die nach der Bruchlandung noch übrig geblieben waren. Hastig öffnete sie das Gefäß und leerte den Inhalt in den Sand. Das Schluchzen des Wüstenwurms wurde vor Erstaunen immer weniger. Sie nahm den Flaschenkürbis und fing seine letzten Tränen auf, bevor sie versiegten. Wer wusste schon, ob er noch einmal weinen würde. Auf Kommando konnte er es sicher nicht. Aber der Kürbis war nun voll – gefüllt mit einer wundervollen Gabe. Würde ihnen unterwegs etwas zustoßen, so wären sie nicht ungeschützt. Sie besaßen jetzt zumindest Miles Wundermedizin! Seine Tränen versiegten endgültig und ein strahlendes Lächeln glitt über sein Gesicht. Er hatte seinen Freunden ein Abschiedsgeschenk bereitet, das sie schützen würde.

Kapitel 48

Die Lichtwesen

ElAya und Lup waren erleichtert, auch wenn ihr das Herz schmerzte, sie würde ihn vermissen. Lup ging es ebenso. Auch Penelope hätte eigentlich glücklich und zufrieden sein müssen, ihr Flügel war wieder heil und sie waren unbeschadet durch die Dala Wüste gekommen. Aber sie war nicht glücklich, zumindest ihre Laune sagte etwas anderes. Sie wurde von Stunde zu Stunde mürrischer. Egal, was man sie fragte, sie schnauzte nur ärgerlich zurück. Am zweiten Tag ihrer Reise nach dem Durchqueren der Wüste – sie hatten eine neue Zeitrechnung angefangen, weil es ihnen wie ein neues Leben vorkam – weigerte sie sich sogar zu fliegen. Mit hängendem Kopf und schlurfenden Schritten ging sie einfach zu Fuß weiter. Weder ElAya noch Lup waren in der Lage, sie zum Fliegen zu bewegen. Es schien, als würde sie gar nicht hinhören. Mit einem tiefen Seufzer sagte ElAya: „Komm Lup, lass uns die Zeit zu Fuß nutzen und uns nach etwas Essbarem umschauen, unsere Vorräte gehen zur Neige." - „Gute Idee, wir können es gerade sowieso nicht ändern und vielleicht besinnt sie sich ja wieder!" Sie waren wie so oft einer Meinung.

Soweit sollte es allerdings nicht mehr kommen. Plötzlich hielt ElAya Lup die Schnauze zu und zerrte ihn in das nächste

Gebüsch. Hätte er gekonnt, er hätte laut aufgeheult – es war ein Dornengestrüpp! Glücklicherweise konnte er nicht, denn in dem Moment erreichten ihn ElAyas Gedanken und gleichzeitig sah er, was sie spürte. Vor, seitlich und hinter Penelope materialisierten sich winzige Lichtfiguren. Sie schwirrten und surrten wie ein Bienenschwarm. Penelope blieb einfach stehen, sie schien sich nicht zu fürchten. Die kleine Elfe und ihr Freund Lup allerdings fanden den Anblick wenig vertrauenerweckend. Das Gesumme dauerte noch eine Weile, dann setzten sich Penelope und die Lichtwesen in Bewegung und verschwanden um die nächste Biegung. Entsetzt sahen sich Lup und ElAya an: „Los, wir müssen hinterher und sehen, wohin sie sie bringen!" Sie hatten in der Aufregung vergessen, wo sie sich befanden, aber die Wunden, die die Dornen rissen, mussten warten!

Die kleinen Lichtleute verschwanden in einen Talkessel. ElAya und Lup folgten ihnen in sicherem Abstand. Sie wollten erst einmal abwarten, was geschehen würde und ob sich vielleicht eine Möglichkeit ergeben würde, mit ihrer Freundin zu sprechen und einen Fluchtplan auszutüfteln.

Deshalb setzten sie sich an den Eingang des Tales, in dem die Lichtwesen verschwunden waren. ElAya dachte darüber nach, was sie tun konnten, um Penelope zu retten, als Lup, der ihre Gedanken teilte, vorsichtig sagte: "Ich glaube, sie ist freiwillig mitgegangen." Er sagte es ganz leise und bedächtig, weil er

ElAyas Gedanken entnahm, dass diese Möglichkeit für sie unvorstellbar war und er hatte recht mit seiner Annahme. Es dauerte eine Weile, bis seine Worte zu ElAya durchdrangen. Als sie allerdings erfasste, was er da gerade gesagt hatte, setzte sie zu einer scharfen und lauten Erwiderung an. Er hielt ihr entschlossen mit der Pfote den Mund zu. Sie war so verblüfft, dass sie tatsächlich schwieg, was bei ihr nicht oft vorkam.

Ihr Freund nutze die Gelegenheit: „Denk nach ElAya, Penelope war doch schon eine ganze Weile so merkwürdig. Mir kommt es vor, als hätte sie auf diese Lichtdinger gewartet, denn als die aufgetaucht sind, war Penelope doch gleich viel fröhlicher. Außerdem ist sie wirklich riesig und auch wenn es tausende waren, es sah nicht nach einem Kampf aus!" ElAya sah nachdenklich in die Richtung, in die Penelope und die Lichtwesen verschwunden waren. Nach einer Weile sagte sie: "Du hast recht, Lup! Wir werden herausfinden, was da vor sich geht, wir müssen es! Was sollen wir Ullahom erzählen, wenn wir ohne ihre geliebte Tochter zurückkommen?" Lup nickte. Auch er blickte unbehaglich zum Eingang des Tales. „Die Frage ist nur, wie wir es anstellen sollen, mit ihr zu sprechen, dieses verflixte Tal hat nur einen Eingang und damit auch nur einen Ausgang. Um ehrlich zu sein, wäre es mir lieber, nicht in die Nähe dieser Wesen zu kommen, sie sind mir nicht geheuer.", Lup schüttelte sich noch einmal, dann schwieg er nachdenklich. - „Wir warten, bis es dunkel ist, dann versuchen wir Penelope zu finden, eine andere Möglichkeit haben wir nicht. Hoffen wir, dass diese Wesen nicht auch im Dunkeln leuchten." ElAya war mindestens genauso mulmig zumute wie Lup!

Bei Einbruch der Dunkelheit hatten sie die Warterei und die Ungewissheit satt, sie beschlossen, es einfach zu versuchen, sie wollten es hinter sich bringen. Vorsichtig schlichen die beiden zum Eingang. Das Tal lag vollkommen dunkel vor ihnen, kein Laut war zu hören. „Wenn die Lichtwesen uns entdecken, dann ist es aus und vorbei", dachte ElAya bei sich, denn nirgends war ein Baum oder Strauch oder auch nur ein Felsen oder größerer Stein zu entdecken, hinter dem sie sich hätten verbergen können.

Aber die beiden hatten Glück, die Nacht kam schneller als erwartet. Als sie das Tal erreichten, lag nur noch ein matter Schimmer über allem. Es erstreckte sich kilometerweit nach hinten bzw. nach unten in die Erde hinein und war umgeben von hohen Bergen, die sich so nach innen beugten, dass es beinahe aussah, als ob das Tal ein Dach hätte. Mehr konnte ElAya trotz ihrer guten Elfenaugen nicht erkennen. Glücklicherweise war auch hier alles still. Leider war aber von Penelope weit und breit nichts zu sehen! „Hast du so etwas schon einmal gesehen Lup? Es sieht aus, als würde das Tal in der Erde verschwinden." ElAya war sich nicht sicher, ob sie sich das nur einbildete oder ob sie es wirklich sah. Lups Augen waren genauso gut und er hatte es auch gesehen. „Du hast Recht, das Tal erstreckt sich nicht einfach nur nach hinten, es geht in die Erde hinein, aber irgendwie auch wieder nicht und das, was da vor uns liegt, ist wohl der eigentliche Eingang". Bestürzt stellte sie fest, dass Lup recht hatte. Es war wie bei einem Vulkan, nur ging es nicht senkrecht nach unten sondern irgendwie nach hinten und unten. Sie bekam eine Gänsehaut. Wie sollten sie je wieder herauskommen, wenn sie erst einmal drin waren in diesem seltsamen Gebilde, das sich wie ein Füllhorn des Schreckens vor ihnen ausbreitete.

Mit dem Gedanken an ein Füllhorn hatte ElAya den Nagel auf den Kopf getroffen und ebenfalls mit dem Eingang. Kaum hatten Lup und sie einen weiteren Schritt getan, nämlich über den Rand des Füllhorns, brach das reinste Inferno los. Sie waren in Sekundenbruchteilen von einer Aura aus Lichtwesen umgeben, die so dicht war, dass es ihnen fast den Atem nahm. Die kleinen Wesen führten sie ins Innere. Sie waren erstaunt, wie groß das Tal war. Soweit das Auge reichte, sah sie ein eigenartiges Schimmern, das von den Wänden der Berge abzustrahlen schien. Sie versuchte Blickkontakt mit Lup aufzunehmen, war aber nicht einmal in der Lage, ihren Kopf ein paar Millimeter zu drehen, so eng hatten die Lichtwesen ihr Netz um sie gewoben. Ihre Gedanken jedoch fanden Zugang zu Lups Geist. Erleichtert atmete sie auf, wenigstens waren diese miesen Kreaturen nicht in der Lage, ihre Verbindung zu kappen. Obwohl sie eindeutig in der Überzahl waren und ihre Energie stark und mächtig vibrierte. Sie konnten nicht in ihren oder Lups Geist eindringen und das machte ihr Hoffnung. Vielleicht würden sie doch lebend hier herauskommen.

Was sie sahen, ließ ihnen den Atmen stocken. In der Mitte einer großen kreisrunden Fläche stand ein mächtiger Thron und darauf saß – Penelope! Vor lauter Verblüffung wäre ihr Kontakt beinahe abgerissen. „Ich glaub es nicht", stieß ElAya erstickt hervor und auch Lup wollte nicht glauben, was er da sah. Die Lichtwesen hatten einen Thron für ihre Freundin errichtet und diese saß selig lächelnd darauf und ließ sich huldigen. Na, das konnte ja heiter werden, offensichtlich hatten die kleinen Wesen Penelope zu ihrer Königin gemacht und diese schien es zu allem Überfluss auch noch zu genießen.

Die Lichtwesen führten ElAya und Lup genau vor den Thron. Dort zwangen sie sie, niederzuknien. Die beiden wehrten sich mit aller Kraft, hatten aber keine Chance. Nach einer kleinen Ewigkeit nahm Penelope Notiz von ihnen. „Was macht ihr hier?", wollte sie verblüfft wissen. - „Wir sind hier, um dich herauszuholen!", stieß Lup knurrend hervor, noch bevor ElAya überhaupt zu einer Antwort ansetzen konnte. Penelopes Antwort kam prompt: „Aber warum, ich will hier nicht weg, sie verehren und lieben mich, aus welchem Grund sollte ich gehen, ich war noch nie so glücklich wie hier!" - „Wir haben einen wichtigen Auftrag zu erledigen, du kannst nicht hier bleiben!" - „Das ist mir völlig gleichgültig, es ist nicht meine Aufgabe und ich bleibe hier, mehr habe ich dazu nicht zu sagen! Macht, dass ihr verschwindet, ich fühle mich hier so wunderbar wie noch nie zuvor in meinem Leben!", wiederholte sie noch einmal mit Bestimmtheit. ElAya und Lup würden sie nicht überzeugen können und ohne ihre Mithilfe konnten sie sie nicht hier herausholen, dazu war sie viel zu groß!

„Sag deinen kleinen Freunden, dass sie uns loslassen sollen!", verlangte ElAya. Penelope zögerte nicht, für sie ging von den beiden keine Gefahr aus, ihr Volk würde sie beschützen. ElAya kam das Ganze ziemlich merkwürdig vor, aus welchem Grund sollten diese Wesen plötzlich eine Königin brauchen, hier war doch etwas faul, und sie würde herausfinden was!

Sie bat um ein Abschiedsfest: „Jetzt, wo du Königin bist und hier bleiben möchtest, müssen wir dich doch wenigstens noch feiern, bevor wir unsere Reise fortsetzen!", sagte sie. Penelope kam das gar nicht seltsam vor. Seit die Lichtwesen sie zu ihrer Königin gemacht hatten, war sie so im Glück, dass sie sich nicht einmal über ElAyas plötzlichen Sinneswandel wunderte. Lup allerdings war zum Glück für einen Moment schlicht sprachlos, denn dann erreichten ihn ElAyas Gedanken und er verstand. Hier war etwas faul und sie würden herausfinden was!

Sie konnten sich frei bewegen und solange die Lichtwesen damit beschäftigt waren, das Fest vorzubereiten, würden ElAya und Lup sich hier umsehen und vor allem umhören!

Nachdem Penelope ihnen ihr Vertrauen ausgesprochen hatte, war dies ein Leichtes. Die kleinen Wesen führten sie stolz überall herum und was sie sahen und erfuhren, erstaunte sie über alle Maßen! Sie befanden sich tatsächlich in einem Füllhorn. Allerdings hatte dieses Horn kein Riese erschaffen, sondern die Lichtwesen selbst. „Aber wie habt ihr das gemacht?", wollte ElAya erstaunt wissen, „das Tal, Entschuldigung, das Füllhorn ist doch riesig!" Stolz schilderten die Wesen diesen Vorgang. Sie fanden sich an einem bestimmten Ort zusammen und mittels ihrer Energie bewegten sie Erde und Steine und alles, was vor ihnen lag zur Seite und türmten es dort zu riesigen Bergen auf. Dann bildeten sie ein Füllhorn aus, das mit ihrem Volk mitwuchs. ElAya und Lup waren beeindruckt. „Kann das Füllhorn denn ewig so weiterwachsen?", wollte Lup wissen, der sich das einfach nicht vorstellen konnte. Irgendwann musste die Energie der Erde und Steine doch einfach größer werden als die Energie der Lichtwesen. Die schwiegen daraufhin betroffen. Lup hatte mit einem Satz ihr Problem erkannt. Sie waren nämlich inzwischen zu viele und das Füllhorn drohte wirklich einzubrechen und sie alle zu begraben. „Warum geht denn ein Teil von euch nicht einfach woanders hin und baut ein neues Füllhorn, so wie die

Bienen es machen, wenn es zu viele werden?", wollte ElAya wissen. - „Nun, genau das werden wir tun!", versicherten die Lichtwesen ihr und grinsten dabei breit, „denn nun ist bald alles vorbereitet." ElAya wurde den Verdacht nicht los, dass diese Teilung etwas mit Penelope zu tun hatte. Ihr Gefühl trog sie auch dieses Mal nicht.

Kapitel 49

Ein Fest

Das Fest, das die Lichtwesen für ihre Königin vorbereitet hatten, war wirklich an Üppigkeit und Glanz nicht zu überbieten. Die kleinen Wesen hatten ein Büffet mit allen Köstlichkeiten aufgebaut, die man sich nur vorstellen konnte. ElAya und Lup fragten sich, woher das ganze Zeug kam. Als ElAya das Essen eine Weile betrachtet hatte, stieg in ihr die Erinnerung an die Befreiung Ullahoms auf. Sie durften nichts von diesem Essen und Trinken zu sich nehmen, es war wie eine Warnung. Lup fiel es außerordentlich schwer, der Versuchung zu widerstehen, aber nachdem ElAya ihm von ihrem eigenartigen Gefühl berichtet hatte, stimmte er ihr zu, die Lichtwesen waren ihm nicht geheuer und sie mussten ihre Sinne behalten, wenn sie herausfinden wollten, was die Wesen mit Penelope vorhatten.

Also lachten und tanzten sie mit den Lichtwesen und gingen immer wieder an die großen, reich gedeckten Tische und taten, als würden sie essen und trinken. Unter anderem standen auf den Tischen hohe gläserne Krüge mit einer eigenartigen, schimmernden Flüssigkeit. Die Lichtwesen sprachen dem Getränk fleißig zu und je mehr sie tranken, desto ausgelassener und fröhlicher und vor allem mitteilsamer wurden sie und so erzählte eine besonders schimmernde Gestalt, denn je mehr sie tranken, desto lichter wurden sie, was mit Penelope geschehen würde. Die Lichtwesen brauchten ein Wesen aus Fleisch und Blut, um die große Reise antreten zu können, die die Teilung ihres Volkes für sie bedeutete. Denn sie mussten weit weg von hier ein neues Füllhorn erschaffen, sonst würde die Energie der Umgebung nicht ausreichen, sie am Leben zu erhalten. Sie brauchten zwar eine Energie, die für andere Lebewesen nicht von Bedeutung war, aber zu nah an ihrem Volk würde der Teilungsprozess nicht möglich sein. Außerdem brauchten sie Penelopes zusätzliche Energie, um den Anfang des Füllhorns zu schaffen, dazu reichte ihre Energie alleine nicht aus.

So ähnlich hatte ElAya sich das gedacht, aber auch als sie Penelope davon erzählten, war diese wenig beeindruckt. Sie glaubte ihnen ganz einfach kein Wort und war nicht dazu zu bewegen, mit ihnen zu kommen und die Lichtwesen zu verlassen. ElAya und Lup mussten sich etwas anderes einfallen lassen. Sie konnten ihre Freundin niemals aus diesem verdammten Füllhorn herausbringen ohne ihre Mithilfe.

ElAya grübelte die ganze Nacht, aber letztlich war es Lup, der eine Idee hatte. „Hör mal ElAya", begann er im Morgengrauen, „ich habe einmal gehört, dass es eine Möglichkeit gibt, den Geist so zu schützen, dass die Energie eines Lebewesens nicht mehr auf Wanderschaft gehen kann, also irgendwie nicht mehr aus dem Körper herauskommt, glaubst du, das würde funktionieren, damit diese verflixten Lichterdinger Penelope nichts antun können?". ElAya dachte nach. Ja, Oliv hatte einmal von so etwas erzählt. Er nannte es Schwarze Magie und hatte ihr eingeschärft, die Finger davon zu lassen. Es war gefährlich. Allzu schnell geriet man in den Sog dieser Magie und dann gab es kein Entrinnen mehr. ElAya schluckte. Konnten sie das wirklich riskieren? Sie konnten Penelope nicht einfach ihrem Schicksal überlassen, was sollte sie Ullahom erzählen: dass sie zu feige gewesen war, etwas zu unternehmen?

„Könntest du es tun?", fragte Lup leise in ihre Gedanken hinein. - „Ich glaube schon", erwiderte ElAya „aber Lup, mir ist dabei ganz furchtbar zu Mute, woher weiß ich so etwas?" - „Oliv hat es dir erzählt, wer sonst, schließlich muss er doch von solchen Dingen wissen, wie soll man sich schützen, wenn man nichts weiß", fügte Lup mehr zu sich selbst als zu ElAya gewandt hinzu. ElAya schüttelte verzweifelt den Kopf: „das ist es ja gerade Lup, er hat mir eben nichts erzählt und trotzdem weiß ich genau, was ich tun muss um Penelopes Geist zu knebeln!" ElAya war den Tränen nahe. Lup dachte wie immer eher pragmatisch: „ElAya, wir werden jetzt kaum herausfinden können, warum das so ist, aber im Moment bin ich ziemlich froh, dass es so ist, also lass uns diese Gabe nutzen und Penelope schützen, damit wir endlich von diesem verdammten Ort weg kommen".

ElAya war, solange sie Lup kannte, noch niemals wirklich wütend auf ihn gewesen, aber jetzt bebte sie vor Zorn! Wie konnte er es wagen so etwas zu sagen, er hatte keine Ahnung und als sie gerade im Begriff war, Lup anzubrüllen, was er sich eigentlich dabei dachte, ihr weise Ratschläge zu erteilen, war es ihr, als käme sie wieder zu sich – ein kleiner Vorgeschmack, was passieren konnte, wenn sie sich auf Schwarze Magie einließ.

ElAya brach in Tränen aus. Lup hatte sie noch niemals so weinen sehen und er hatte wirklich alle Pfoten voll zu tun, um seine Freundin zu beruhigen. „ElAya, wir tun das Richtige, wir können Penelope nicht diesen Lichtwesen überlassen, so dunkel kann die Magie, die du dabei ausübst, gar nicht sein, schließlich ist es doch etwas Gutes, das wir hier tun und nichts Schlechtes. Penelope ist viel zu groß, um sie auf andere Art und Weise hier herauszuholen und einsichtig ist sie nun einmal nicht, wer weiß, was diese verfluchten Kreaturen mit ihr angestellt haben", fügte Lup knurrend hinzu. Irgendwann versiegten ElAyas Tränen, Lups Worte trösteten sie, sie hatte diese Gabe, woher, das würde sie später herausfinden, wenn sie erst wieder bei Kalaban war. Jetzt musste sie handeln. Ullahom hatte ihnen ihre einzige Tochter mitgegeben und sie würde tun, was sie konnte, um sie zu schützen!

ElAya ging in Gedanken noch einmal genau ihren Plan durch. Sie würde Penelope in ein Gespräch über ihren Vater verwickeln. Sie war so wütend auf ihn, dass es für ElAya ein Leichtes sein würde, in ihren Geist einzudringen. Wut war der perfekte Weg, wenn alles glatt lief, würde Penelope es nicht einmal bemerken. ElAya würde ihren Geist fesseln und ein Paket hinterlassen, das hatte sie sich zurechtgelegt, um ihr Gewissen zu beruhigen. Denn in diesem Paket würde sie die Gründe für ihr Tun hinterlegen, dann könnte jeder Meister Penelope wieder von ihren Fesseln befreien. Lup würde derweil die Wachen von ihr ablenken. Wenn das vollbracht war, mussten sie so schnell wie möglich von hier verschwinden. ElAya würde es so einrichten, dass Penelope ihnen vorher die Erlaubnis erteilte, und zwar so, dass die Lichtwesen es auch bestimmt mitbekamen.

Sie war entsetzt, als sie feststellte, wie leicht sich ihr Plan durchführen ließ. Penelope schien gar nichts davon zu bemerken. Für ElAya und Lup blieb nur noch eines zu tun übrig. Sie mussten ihr Gepäck wiederhaben. Penelope hatte daran zum Glück nicht das geringste Interesse. ElAya sah alles genau durch. Zuerst legte sie die Federn aus. Das Medizinkästchen und die Dinge von Kalaban fanden in dem leeren Federbeutel Platz. Den Reiseproviant und die Wasserflaschen befestigte ElAya ebenfalls an dem Beutel. Den Kürbis mit Miles Tränen hing sie sich um die Schulter. Dann stellten sie sich in die Mitte der Federn und ElAya gab das Zeichen zum Start. Sofort formatierten sich die Federn und nahmen sie samt Reisegepäck in ihre Mitte. So verließen sie das Tal fast unbemerkt, denn nachdem Penelope ihnen erlaubte hatte zu gehen, hatten die Lichtwesen jedes Interesse an ihnen verloren.

Kapitel 50

Aufbruch

Bevor sie jedoch das Ende des Tales erreichten, bahnte sich Penelopes Stimme einen Weg zu ihnen: „Lasst uns wissen, wann ihr zum großen Kampf aufbrecht! Ich habe noch eine alte Rechnung zu begleichen und mein Volk wird dabei an meiner Seite sein – also vergesst uns nicht, ihr könnt jeden gebrauchen, der euch hilft, auch wenn es uns nicht um eure Sache geht, sondern um unsere!" ElAya und Lup schüttelten ungläubig die Köpfe. Sie fragten sich, wie es sein konnte, dass Penelope mit ihnen Kontakt aufnahm. Ihr Geist war gefesselt und ElAya war sich sicher, dass es funktionierte. Sie hätte gerne gewusst, was Penelope mit den Ungeheuern zu schaffen hatte? Davon hatte sie nie gesprochen und auch nie etwas von sich erzählt. Sie wussten nicht, was sie früher getan und wie sie gelebt hatte, als sie ganz alleine war. Trotzdem kam ihnen das unwirklich und seltsam vor. Jetzt konnten sie allerdings nichts mehr unternehmen und da ElAya auf keinen Fall wollte, dass Penelope merkte, was sie getan hatte, sicherte sie ihr zu, ihr mitzuteilen, wenn es soweit war, dann verabschiedeten sie sich, so schnell sie konnten und verließen das Tal. Der Kontakt brach ab, wie vorausgesehen. Vermutlich war das Paket schuld, dass Penelopes Geist noch einmal mit ihr in Verbindung treten wollte. „Egal", dachte ElAya, „ich musste es tun, sonst hätte ich nie wieder ein Auge zubekommen!" Es war das Richtige gewesen, auch wenn sie starke Zweifel plagten. Hätte sie dieses Vermächtnis nicht zurückgelassen, so wäre sie der dunklen Seite so nahe gekommen, dass selbst Kalaban Schwierigkeiten gehabt hätte, sie wieder ganz zurückzuholen. Ob sie Penelope und die seltsamen Lichtwesen wirklich am großen Kampf würden teilnehmen lassen?

ElAya und Lup ließen sich von den Federn zu neuen Ufern und ein Stück weiter hin zur Erfüllung ihrer Aufgabe tragen und mit jeder Sekunde einem unbekannten Abschnitt des Landes entgegen.

Nach einer Weile wurde die Landschaft üppig und grün. Unter sich sahen sie einen Bach. „Lass uns landen und unsere Wasserflaschen auffüllen", schlug Lup vor. - „Gute Idee!" Sie landeten in der Nähe des kleinen Baches. Das Wasser war klar und sauber. Sie bemerkten wie durstig und schmutzig sie waren und tranken, so viel sie konnten. ElAya legte ihre Kleider ab und lachend und kichernd liefen sie ins Wasser. Sie spritzten sich gegenseitig nass und hatten so viel Spaß, dass sie nicht bemerkten, dass sich ihnen jemand mit großen Schritten näherte. Ein Riesenmädchen nahm am Ufer Platz und stellte die Füße in den kleinen Bach. Über ElAya und Lup fiel ein Schatten und sie begannen zu frösteln. Verwundert sahen sie sich um.

Dann erkannten sie, woher der plötzliche Schatten kam und erschraken fürchterlich!

Sie hatten von den Riesen gehört, sie sich so groß aber nicht vorgestellt. Das hier musste ein Kind sein. Ihre Ausmaße waren unbeschreiblich. Entsetzt stellten die zwei fest, dass das Kind die Hand nach ihnen ausstreckte und ehe sie es sich versahen, schwebten sie auch schon in schwindelerregender Höhe. Das Mädchen sprach trotz der Größe mit einer erstaunlich angenehmen und vor allem leisen Stimme: „Wer seid ihr denn und was macht ihr hier? Zwei wie euch hab ich hier noch nie gesehen!" ElAya und Lup erklärten ihr, woher sie kamen und wohin sie unterwegs waren. Das Riesenmädchen hieß Floh. ElAya und Lup fanden den Namen schlicht unpassend, aber offensichtlich gab es bei den Riesen andere Vorstellungen von Größe als bei Elfen und Wölfen. ElAya wunderte sich über sich selbst, dass sie sofort Vertrauen zu Floh fasste und ihr von ihrer Aufgabe erzählte. Hoffentlich war das kein Fehler. Floh ihrerseits schien es ähnlich zu gehen, denn sie bekam ganz traurige Augen: „Ich weiß, wovon ihr sprecht, auch hier hat es schon begonnen! Die Flächen sind stetig mehr geworden, dann plötzlich kam es zum Stillstand. Wir hatten schon die Hoffnung, dass sie verschwinden, aber jetzt sieht es so aus, als nähmen sie an Größe zu!"

In Flohs Augen traten Tränen: „Meine Mutter hat in so einer Fläche den Tod gefunden, wisst ihr, für mich ist das ganz besonders schrecklich" sie stockte, als würde sie überlegen, ob sie weitersprechen sollte. „Mein Vater ist ein schlimmer Riese und er hasst mich. Seit meine Mutter nicht mehr lebt, bin ich auf der Flucht vor ihm. Er gibt mir die Schuld an ihrem Tod! Ich war bei ihr als es passiert ist, es war schrecklich! Ich hab versucht sie herauszuziehen. Wäre ich größer und stärker, hätte ich es vielleicht geschafft!" Floh seufzte.

„Größer und stärker?", fragten Lup und ElAya wie aus einem Mund. „Tja, für euch mag ich riesig sein, aber für ein Riesenmädchen bin ich schon immer viel zu klein und zu schwächlich. Und dann meine Stimme! Seit ich sprechen kann, sehe ich es an ihren Blicken: Hoffentlich wird das noch. So denken sie, ich weiß es!" Ihr Blick bekam etwas Sehnsüchtiges, als sie ganz leise hinzufügte: „Nur meiner Mutter war das vollkommen egal, sie hat mich geliebt, einfach so wie ich bin!" Dann fing sie an zu weinen. Sturzbäche von Tränen kamen aus ihren großen grünen Augen und ElAya und Lup bekamen eine warme, salzige Dusche. Es war ihnen unmöglich, das Riesenkind zu trösten, denn Floh sah und hörte nichts in ihrem Kummer. Irgendwann versiegten die Tränen von selbst: „Tut mir leid, aber wisst ihr, es war schon schlimm genug, als meine Mutter noch gelebt hat, aber jetzt ist es einfach unerträglich. Mein Vater denkt, wenn ich ein normales Riesenkind wäre,

dann hätte ich sie retten können!" ElAya und Lup sahen sich
betroffen an! Lup wusste nicht, woher er kam und wo seine
Familie war. Er hatte sich eines Tages in dieser Höhle
wiedergefunden. Was davor geschehen und wie er dorthin
gekommen war, daran konnte er sich nicht mehr erinnern.
ElAya verstand Floh ebenfalls sehr gut, denn deren Geschichte
ähnelte der ihren. Sie waren alle drei ganz in der Vergangenheit
versunken, als Floh plötzlich die Ohren spitzte. Schritte!

Lup und ElAya hörten keine Schritte, sondern ein mächtiges
Donnern. Floh flüsterte: „Die Riesen, wir müssen hier weg!"
Entsetzt sprang sie auf, ElAya und Lup wären beinahe aus ihrer
Hand gefallen! „Unser Gepäck, es ist lebenswichtig für uns, wir
müssen es mitnehmen!" Floh sah sich gehetzt um, überlegte
aber keine Sekunde, sondern bückte sich und sammelte all die
Dinge vorsichtig und unglaublich schnell ein. Dann rannte sie
los! Lup war sich sicher, dass er sich gleich würde übergeben
müssen, so schaukelte es. Als er aber in der Ferne die Riesen
erblickte, war ihm alles egal! Er verstand, warum Floh ihren
Namen trug. Für ein Riesenmädchen war sie sehr klein. Ihre
Verwandten wollte er nicht näher kennenlernen, riesig war
nicht das richtige Wort für sie. Es waren Berge aus Fleisch und
Lup hatte kurz den Gedanken, dass diese Riesen den
Ungeheuern nicht ganz unähnlich waren, heller waren sie, aber
die Gesichter, die er verschwommen wahrnahm, sahen aus, wie
aus Teig geformt, mit winzigen bösartigen Äuglein und roten

verkniffenen Mündern. Mehr konnte er auf die Schnelle und aus dieser Entfernung nicht sehen, aber was er sah, genügte ihm völlig. ElAya teilte diese Meinung. Sie feuerten Floh an, so schnell zu rennen, wie sie konnte. Und das tat das Riesenkind!

Für ein Riesenmädchen war sie zwar klein und ihre Stimme war zu leise, denn sie grollte nicht wie Donner, wie bei den anderen. Aber laufen konnte sie so schnell wie der Wind und viel leiser als ihre Artgenossen! Außerdem machten die anderen Riesen so einen Krach beim Laufen, dass sie nichts anderes um sich herum hörten! Das war ihr Glück. Noch bevor die anderen Riesen sie entdecken konnten, erreichten sie ein schroffes Gebirge und Floh kletterte den ersten Berg hoch, flink wie ein kleiner Affe! Gerade als sie um die erste Biegung verschwand, erreichten die anderen Riesen das Gebirge! Vorsichtig sahen sie aus ihrem Versteck hervor. ElAya blieb fast das Herz stehen! Es waren nur zwei, aber jetzt verstand sie, warum Floh sich klein und schwach fühlte. Ihr Herz raste wie verrückt, warum aber nur lief die nicht weiter? Das Riesenmädchen spürte, dass ElAya in heller Aufregung war und lächelte sie beruhigend an. Sie flüsterte: „Mach dir keine Sorgen, das ist die Grenze für sie! Sie sind viel zu schwerfällig, um diese steilen, zerklüfteten Felsen zu überwinden! Wir sind in Sicherheit!" Traurig fügte sie hinzu: „Das war das Letzte, was meine Mutter mir gesagt hat, bevor die schleimige Fläche sie verschluckt hat."

„Floh, das war ein ganz furchtbares Erlebnis für dich. Aber nun sind wir in Sicherheit und denk immer daran, dass du sie zumindest hattest und sie auch jetzt und hier immer noch bei dir ist! Meine Mutter hat mich nur benutzt und mein Vater wollte mich umbringen. Lup weiß nicht einmal, was mit seiner Familie geschehen ist, vielleicht kann dir das ja ein kleiner Trost sein!" In diesem Moment fühlte ElAya wieder einmal die schützende Hand ihrer Großmutter. Dies waren seltene und kostbare Momente für sie! ElAya fühlte sich getröstet.

Als sie das sagte, war ihr bewusst geworden, dass auch sie jemanden gehabt hatte, der sie liebte. Sie erhaschte wieder einen Hauch von Rosanas Bild. Ihre Großmutter lächelte in diesem Augenblick, die Kontaktaufnahme zu ihrer Enkeltochter gestaltete sich sehr schwierig. Sie beschützte ElAya schon seit ihrer Geburt, aber die Erinnerung in ElAya wieder wachzurütteln, gelang ihr trotz der Initiation und Olivs Stein nicht. „Vielleicht ist es nicht wichtig", dachte Rosana wieder einmal, die Hauptsache war schließlich, dass sie da war, auch wenn die Kleine das nur ganz selten einmal bemerkte und dann auch nicht wusste, was geschah und wer sie war!

Das Gebirge zu durchqueren war kein Problem! Es dauerte fünf Tage und fünf Nächte, bis sie das Ende erreichten! Floh lief den ganzen Tag, es schien ihr nicht das Geringste auszumachen! Je weiter der Abstand zu ihrem Vater und den anderen Riesen wurde, desto fröhlicher und gelöster wurde sie und begann sogar, vor sich hin zu singen und zu erzählen, von der glücklichen Zeit, als ihre Mutter noch lebte! Es war genau wie damals bei ElAya, als sie sich von der Siedlung ihres Vaters entfernte. Mit jedem Schritt weg von dort war ihr Lebensmut, ihre heilige Lebenskraft, zurückgekehrt.

Ganz außerordentlich war jedoch, dass mit jedem Lied, das das Riesenmädchen sang, ElAyas Erinnerungen an Rosana ein wenig stärker wurden und am fünften Abend sah sie ein Gesicht vor sich auftauchen, das ihr wage bekannt vorkam. Die Großmutter indes lächelte glücklich, endlich begann ihre Enkeltochter sie wahrzunehmen. Sie hatte die Hoffnung bereits aufgegeben und beschlossen, einfach für ElAya da zu sein und helfend einzugreifen, wenn dies nötig und vor allem möglich wäre. Nun aber war sie voller Glück. Wie oft verhielt es sich doch so, dachte sie, sobald man etwas wirklich losließ, kam es zu einem zurück. Das Gesicht vor ElAyas Augen verblasste wieder, zurück aber blieb das Gefühl, dass sie niemals ganz alleine gewesen war! Dankbar lächelnd drückte sie Lup an sich. Sie wollte ihre Freude gerne mit ihm teilen.

Lup, der bisher selten einen Gedanken an seine Herkunft verschwendet hatte, wurde ganz melancholisch! Offensichtlich besaß hier jeder einen guten Geist, nur er nicht: „Na ja, macht nichts", dachte er dann, „ich hab ElAya, was brauch ich mehr!".

Er schmiegte sich eng an sie! „Verstärkung konnten sie ganz gewiss gebrauchen und eine, die die anderen nicht sehen konnten, war vermutlich sogar besonders gut", überlegte Lup. Dann schlief er ein und ElAya mit ihm. Die Gedanken mit jemandem teilen zu können, das wussten beide zu schätzen, es war wahrlich nicht immer so gewesen.

Kapitel 51

Gefahr

ElAya erwachte durch ein seltsames Gefühl. Bevor sie jedoch die
Augen aufschlagen konnte, hörte sie eine warnende Stimme in
ihrem Kopf. „Lass die Augen zu und stell dich schlafend!" ElAya
war sich in diesem Moment bewusst, dass die Stimme zu dem
Gesicht gehörte, dass sie vor kurzem gesehen hatte. Sie spürte,
wie sie und Lup auf dem Boden abgelegt wurden und tat
weiterhin so, als würde sie schlafen, und gab diese Aufforderung
auch an Lup weiter! Der junge Wolf war mindestens so erstaunt
wie seine Freundin, aber auch er tat wie ihm geheißen.

ElAya vernahm wieder die Stimme in ihrem Kopf: „Mein Kind,
du und dein Freund, ihr müsst hier weg! Wartet ab bis das
Riesenkind eingeschlafen ist, dann macht euch so leise wie
möglich auf den Weg!" ElAya konnte es nicht fassen. Was sollte
das denn? Floh hatte sie gerettet und durch dieses Gebirge
getragen. „Bitte glaub mir, sie ist gerade eingeschlafen, geht, so
schnell und so leise wie möglich, ich erklär es dir später!" Die
Stimme in ihrem Kopf war so eindringlich, dass ElAya nicht
wusste, was sie tun sollte. Lup nahm ihr die Entscheidung ab.
„Los ElAya, lass uns verschwinden! Wenn uns die Erklärung
nachher nicht gefällt, finden wir Floh bestimmt wieder!" ElAya
musste ihm recht geben. Leise erhob sie sich, vorsichtig sah sie

auf die schlafende Floh. Diese trug noch immer ihr Gepäck in der Hand. Zum Glück aber hatte sich ihre Hand im Schlaf geöffnet. ElAya ging auf leisen Sohlen das kleine Stückchen zu der Handfläche, sachte nahm sie Stück für Stück heraus und brachte es zu Lup. Sie konnten nicht auf die Sachen verzichten! Ab und zu zuckte Floh, wenn ElAya ein Stück hochnahm, dann hielt die kleine Elfe erschrocken inne. Als sie alles beisammen hatten, legte sie die Federn aus. Sanft und leise erhoben sie sich in die Lüfte. In der Nähe begann ein dichter Wald, sie flogen darauf zu. Wie sollten sie Floh nur erklären, warum sie samt Gepäck verschwunden waren, wenn sich dieser ganze Irrtum aufklären würde. ElAya hatte ein schlechtes Gewissen, das Riesenmädchen war gut zu ihnen gewesen und sie hatte es nicht leicht gehabt in ihrem Leben, es war nicht recht, was sie taten.

Sie waren gerade gelandet, als sie Flohs Stimme vernahmen: „Ich hätte ihr gleich die Flügel ausreißen sollen und nicht erst abwarten, bis sie ausgeschlafen hat, nun sind sie mir entwischt! Ohne Flügel hätte sie für immer bei mir bleiben müssen! Jetzt bin ich wieder alleine!", heulte sie mit kläglicher Stimme vor sich hin. Für ElAya und Lup war die Stimme laut genug, sie verstanden jedes Wort!

Entsetzen und Traurigkeit machten sich in ElAya breit. Dann aber siegte die Dankbarkeit. Sie waren entkommen. Die Stimme hatte sie beide gerettet. „Lup war wieder einmal schlauer als ich, es ist meistens gut, auf ihn zu hören", dachte ElAya dankbar! Sie drückte ihn fest! Lup fühlte sich mindestens so erleichtert wie seine Freundin. Floh tat ihm trotzdem leid, sie wollte nicht wirklich etwas Böses tun. Sie war so verzweifelt und allein, so dass sie mit aller Macht versucht hatte, ElAya und Lup bei sich zu behalten. Noch immer konnten sie sie klagen hören: „So eine blödsinnige Idee, zum Ende der Zeit, noch niemand ist von da lebend zurückgekommen!" Sie hatte also auch noch vorgehabt, sie an ihrer Reise zu hindern. ElAya schüttelte sich, sie waren gerade noch einmal davon gekommen. Wieder einmal.

Sie mussten weiter. Erfolgreich verdrängten sie, was Floh über die Reise zum Ende der Zeit gesagt hatte. Fürs Erste würden sie nicht fliegen können, es war zu gefährlich. Floh war zu groß, was für eine Ironie, für das zu kleine Riesenkind. Es wäre ein Leichtes für diese, sie zu entdecken und einzuholen. Wenn ElAya an die Geschwindigkeit dachte, mit der das Riesenmädchen vor ihren Verfolgern geflohen war! Es war trotz allem bedauerlich, wie sich die Dinge entwickelt hatten. Floh wäre eine gute Reisebegleiterin gewesen. Irgendwie würden sie diese Reise überstehen und wenn sie ihr Ziel erst erreicht hätten weitersehen! Zuerst mussten sie dorthinkommen. „Jetzt erst einmal zu Fuß, bis auf Weiteres", dachte sie seufzend. Lup konnte sich ein kleines Grinsen nicht verkneifen, wieder einmal sah er die Vorteile der Situation und er konnte wirklich nicht behaupten, dass die Reise in Flohs Hand ein Vergnügen war!

Das behielt Lup allerdings lieber für sich, schließlich wollte er nicht undankbar erscheinen.

Um ganz sicher zu gehen, dass das Riesenkind sie nicht wiederfand, reisten sie stets bei Nacht; immerhin hatte Floh nachts stets tief und fest geschlafen und ElAya hoffte, dass sie diese Gewohnheit beibehalten würde. Sie fand es nicht schwierig, in ihrer Zeit bei den Mondelfen, es schien ihr tausend Jahre entfernt, hatte sie gelernt, nachts zu leben und für einen Wolf war das sowieso kein Problem. Daher kamen sie gut voran.

Nach ein paar Nächten wollten sie gerade einmal wieder ihr Schlaflager zusammenpacken, als sie in der Nähe Stimmen und einen eigenartigen Gesang vernahmen. Sie beschlossen, vorsichtig nachzusehen, von wem die Stimmen kamen. Aus den gemachten Erfahrungen hatten sie schließlich auch etwas gelernt und waren misstrauischer geworden. Leise schlichen sie vorwärts, es wurde gerade hell. Als sie um eine Biegung kamen, sahen sie vor sich eine große Lichtung. Überall waren kleine Waldwichtel damit beschäftigt, ihre Felder zu bestellen. Sie sahen lustig aus. Alle trugen Mützen in verschiedenen Rottönen, geformt wie Erdbeeren, auf ihren runden Mondgesichtern. Sie sangen fröhlich vor sich hin und schienen friedlich zu sein. „Was meinst du, Lup, sollen wir hingehen? Vielleicht können wir unsere Vorräte auffüllen?" - „Keine schlechte Idee, sie sehen nicht gefährlich aus!" Da sie auch von der Stimme, die ElAya von Zeit zu Zeit vernahm, nichts Gegenteiliges hörten, beschlossen sie, sich den Wichteln zu zeigen. Die Lichtung war groß, es wäre ohnehin schwierig gewesen, ihnen auszuweichen, und vielleicht konnten ihnen diese Waldbewohner ja den Weg zum Ende der Zeit weisen.

ElAya und Lup traten respektvoll näher und grüßten die singenden und lachenden Wesen. Das allerdings sollten sie augenblicklich bereuen. Sie hatten kaum ihren Gruß über die Lippen gebracht, als sie schon umzingelt waren. Plötzlich sahen die Wichtelgesichter gar nicht mehr freundlich aus. Das fröhliche Lachen verwandelte sich in hämisches Grinsen: „Na, wen haben wir denn da? Feldarbeiter! Welcher gute Geist schickt euch zu uns?", „Fesseln!", rief einer der Wichtel. - „Oh je", dachte ElAya „ist mir denn der Aufenthalt bei der Zwergenfamilie keine Lehre gewesen?" Nun kam jede Reue zu spät, denn schon zückten sie ihre Ackergeräte und trieben sie vorwärts. ElAya konnte in der Ferne ihr Dorf erkennen und schon kam einer mit dicken Seilen gesprungen.

Der Anführer hatte offensichtlich bereits Kunde erhalten, denn er erwartete sie schon: „Wundervoll, wo habt ihr denn die Helferlein gefunden hi, hi, hi", vernahmen sie seine hohe Fistelstimme und ehe es sich die beiden versahen, wurden sie jeder vor einen Pflug gespannt. Sie wehrten sich zwar heftig, was ihnen aber leider nichts half, im Gegenteil, je heftiger sie sich wehrten, desto heftiger sauste der Stock der Wichtel, die dafür verantwortlich waren, sie anzutreiben, auf sie herab. ElAya und Lup blieb nichts anderes übrig, als sich zu fügen! Sie schufteten bis zum späten Abend. Der Schweiß lief ElAya in Bächen den Rücken hinab, ihr Mund war völlig ausgetrocknet und ihre Zunge fühlte sich an wie Löschpapier. Sie konnte keinen klaren Gedanken mehr fassen, sie lief einfach immer weiter, hinter sich den schweren Pflug. Lup ging es kein Haar besser, auch er versuchte nur noch, irgendwie durchzuhalten. Die Sonne brannte gnadenlos auf sein schwarzes Fell herunter.

Irgendwie überlebten sie diesen Tag. Die Wichtel schubsten sie nach getaner Arbeit in einen dunklen Schuppen und verschlossen die Tür. Die kleine Hütte war nicht sonderlich gut gesichert, die Wichtel wussten, wie es um die beiden „Helfer" stand und gaben sich keine große Mühe, mehr zu tun, als abzuschließen. ElAya und Lup fanden gerade so viel Wasser, dass sie nicht verdursteten. ElAya ließ Lup zuerst trinken, sie wusste genau, wie ihm die Hitze zugesetzt hatte. Sein Fell war manchmal ein Fluch für ihn. Lup musste sich zusammennehmen, um ElAya noch etwas Wasser übrig zu lassen. Zerschunden und zerschlagen kauerten sie sich aneinander. Sie schliefen sofort ein. Grinsend wandte sich der Wachposten um: „Meine Arbeit ist getan, die beiden stellen heute nichts mehr an!", reimte er fröhlich und ging nach Hause zum Abendessen.

Hier allerdings hatte er die Rechnung ohne Rosana gemacht. Während ihre Enkelin und der junge Wolf auf den Feldern schufteten, fasste sie einen Entschluss. Die Wichtel saßen alle am Feuer und aßen und tranken. Rosana war sicher, der Beerenwein würde bald seine Wirkung tun. Als sie sah, dass auch der letzte Wichtel tief und fest schlief, weckte sie ihre Enkeltochter. Sie musste fünfmal rufen, bis ElAya sie hörte, so erschöpft war die Kleine. Stöhnend setze die sich auf, ihr tat jeder Knochen weh!

Lup allerdings, der noch immer neben ihr schlief, sah noch viel schlimmer aus, die Gurte des Pflugs hatten tiefe Wunden in sein seidiges Fell geschnitten. Wenn sie doch nur den Kürbis mit Miles Tränen hier gehabt hätte. Aber diese verdammten Wichtel hatten ihr Reisegepäck einfach achtlos auf einen Haufen geworfen. Dort würde es nun verrotten und sie mit ihm, wenn sie nicht eine Möglichkeit fanden, hier herauszukommen. Da hörte sie die Stimme ihrer Großmutter wieder: „Hör zu ElAya, wir haben nicht viel Zeit! Es gibt für mich eine Möglichkeit, euch die Türe zu öffnen. Die Wichtel schlafen, auch eure Wache. Wenn ihr ganz leise seid, könnt ihr es schaffen, euer Gepäck liegt direkt neben der Hütte!" Erstaunt hielt ElAya inne. Wem gehörte diese Stimme? „Das kann ich dir nicht sagen, mein Kind, aber du musst mir vertrauen", erwiderte ihre Großmutter. „Wenn ich euch hier herausgeholt habe, kann ich in Zukunft nichts mehr für euch tun, du wirst mich weder sehen noch

hören", setzte sie hinzu. - „Aber wie kannst du die Türe öffnen?"
- „Ich kann mich für ganz kurze Zeit materialisieren", hier
stockte sie kurz. „Nun macht schon, der Preis ist hoch", fügte sie
traurig hinzu. „Aber ihr müsst hier heraus. Mein Kind, ich liebe
dich von ganzem Herzen, du musst leben und ihr werdet keine
zwei Tage mehr durchstehen! Los jetzt, weck Lup und haltet
euch bereit, wer weiß, wie lange diese Kreaturen schlafen!"

Dann verschwand Rosana nach draußen. Für ElAya ging das
alles zu schnell, ihr Geist und ihr Körper fühlten sich so
zerschlagen, dass sie nicht richtig denken konnte. Also tat sie
einfach, was die Stimme ihr gesagt hatte: „Wach auf Lup, da ist
jemand, der holt uns hier raus, ich erklär dir alles später." Lup
war ebenfalls ganz benommen, er hatte nur gehört „raus hier".
Also erhob er sich und ging schwankend zur Tür. Auf diesen
Moment hatte Rosana gewartet, sie wollte sich ihrer Enkelin
unbedingt kurz zeigen bevor sie für lange Zeit, vielleicht auch
für immer, verschwinden musste.

ElAya war überwältigt, mit dem Anblick ihrer Großmutter
kehrten auf einen Schlag all ihre Erinnerungen an die ersten
vier Jahre ihres Lebens zurück. Es dauerte nur ein paar
Sekunden, dann verschwand Rosana. ElAya konnte jetzt nicht
weiter darüber nachdenken, sie mussten hier weg. Sie schlichen
um die Hütte zu ihren Sachen und breiteten die Flügel aus. Als
sie in der Mitte standen, öffnete sie aber zuerst den Kürbis mit

Miles Tränen. Den Anblick, den Lup bot, konnte sie nicht länger ertragen. Dadurch wäre beinahe ihre Flucht missglückt. Sie konnten gerade noch starten, als der erste Wichtel erwachte, sah, was los war und mit einem Höllengebrüll die anderen weckte. Bis diese jedoch reagieren konnten, waren die beiden, dem Himmel sei Dank, hoch genug und in Sicherheit. Sie hörten die Wichtelbande noch eine ganze Weile schimpfen und fluchen! Dann schliefen die zwei, vor lauter Erschöpfung, unter den Flügeln ein. Etwas, was man besser nicht tat. Sie erwachten, als sie dumpf auf der Erde aufkamen, zum Glück waren sie nicht allzu hoch geflogen und ein weites Stück von den Wichteln entfernt. Nur Miles Tränen überlebten den Sturz nicht. ElAya konnte nur verzweifelt zusehen, wie die kostbare Flüssigkeit in der trockenen Erde versickerte. Dort aber, wo Miles Tränen verschwanden, entstand im Handumdrehen ein kleiner See mit blauem glitzerndem Wasser. ElAya und Lup sahen dem Schauspiel staunend zu. Sie fühlten unendliche Dankbarkeit für ihren Freund und für dieses letzte Wunder. Lup hauchte neben ihr: „Wasser, ElAya, Wasser!", mehr konnte er nicht sagen, dann lief er los und stürzte sich jauchzend in das kühle Nass. Sein Lachen war bestimmt weit entfernt noch zu hören, trotzdem, ElAya konnte ihn gut verstehen. Sie lief zu ihm, um die Freude mit ihm zu teilen. Nach kurzer Zeit gemahnte sie jedoch zum Aufbruch, sie traute den Wichteln nicht und konnte nicht abschätzen, wie weit sie von dem Dorf entfernt waren.

ElAya hatte gut daran getan, zum Aufbruch zu drängen, die Wichtel verfolgten sie tatsächlich. Arbeitskräfte waren rar und deshalb konnten sie ihre Beute nicht einfach ziehen lassen. Kurz nachdem ElAya und Lup sich in die Lüfte erhoben hatten, kamen die Waldbewohner beim „Milessee" an. Das Wasser hatte sich jedoch bereits in schimmerndes Kristall verwandelt und als der erste Wichtel die Hand hineintunkte, in der Erwartung, dass es sich um Wasser handle, verletzte er sich. Die Kristalle waren messerscharf. Er erschrak fürchterlich und hätten ElAya und Lup erlebt, was nun geschah, sie wären Miles noch viel dankbarer gewesen. Sobald die anderen nämlich sahen, was mit ihrem Freund geschah, rannten sie kopflos und völlig hysterisch davon. Ihnen wurde beim Anblick von Waldwichtelblut übel. Außerdem waren sie furchtbar abergläubisch und ein See aus Kristall war in ihrer Mythologie ein See der Tränen. Sie wussten gar nicht, wie recht sie damit hatten.

ElAya und Lup hatten die allgemeine Hysterie genutzt und sich so weit entfernt, wie sie nur konnten. Nun bestand keine Gefahr mehr für sie. Vor ihnen erstreckte sich ein riesiger blauer Ozean. Wasser soweit das Auge reichte. Der Rückweg war ihnen versperrt, links, rechts und vor ihnen nur Wasser. In diesem Moment bemerkten sie, dass sie in der Hektik des Aufbruchs ihren Proviantbeutel vergessen hatten. „Egal Lup, nun gibt es kein Zurück mehr, hoffen wir, dass dieser Ozean kleiner ist, als er aussieht!" ElAyas Stimme hörte sich selbstbewusster an, als sie sich fühlte. Außerdem hatte sie Lup nicht alles erzählt. Ihr Wasservorrat ging auch zur Neige. Unter ihnen war zwar Wasser in Hülle und Fülle, aber selbst wenn es sich um Trinkwasser handeln sollte, was ElAya stark bezweifelte, sie konnten nicht landen, um ihren Vorrat aufzufüllen, denn dann wären die Federn nass und viel zu schwer. Sie könnten nicht mehr starten, sondern müssten schwimmen. ElAya war eine gute Schwimmerin genau wie Lup. Aber sie konnten unmöglich den Ozean schwimmend durchqueren! Das jedenfalls war für ElAya unvorstellbar! Sie hatte beschlossen, Lup nichts von den Vorräten und dem Wasser zu erzählen, schließlich war es schlimm genug, dass sie wusste, wie es um sie stand. Sie konnten sowieso nichts tun.

Irgendwann begriff Lup auch ohne Erklärung, wie es um sie stand. Sie flogen seit Tagen ohne Pause und unter ihnen immer noch nichts als Wasser. ElAya hatte so wenig getrunken, dass sie manchmal schon Sterne sah vor lauter Durst. Lup hatte etwas mehr Wasser bekommen, aber auch ihm ging es schlecht. Sie schafften es gerade noch, die Flügel in der Luft zu halten, aber ab und zu kamen sie dem Wasser unter ihnen bedenklich nahe. Irgendwann waren beide so entkräftet, dass es ihnen schließlich egal war was geschah, sie konnten die Flügel nicht mehr steuern. Eine Weile blieben diese noch von selbst in der Luft, dann aber landeten sie im Wasser. Sofort sogen sich die

Federn voll. ElAya und Lup legten sich auf den Rücken, zum Schwimmen fehlte ihnen die Kraft.

So trieben die beiden stundenlang dahin, sie hatten jede Orientierung verloren. Irgendwann merkte Lup, dass Wasser in sein Maul lief, Trinkwasser. Zuerst schaffte er es kaum zu schlucken, so trocken war sein Hals, nach einer Weile nahm er kleine Schlucke und irgendwann kam er so weit zu sich, dass er wieder denken konnte. Sie waren an Land. Wo war ElAya? Mühsam hob er den Kopf. Sie lag gar nicht weit von ihm entfernt, aber zu weit weg, als dass sie das Wasser hätte erreichen können. Lup versuchte sich aufzurichten. Es kam ihm vor, als dauerte es Stunden, bis er endlich stand, wackelig zwar, aber er stand und kam sehr langsam voran. Die paar Meter, die ElAya von ihm entfernt lag, kamen ihm wie tausende von Kilometern vor. Zwischendurch fiel er immer wieder hin aber schließlich schaffte er es irgendwie. Vorsichtig leckte er über ihre Lippen. Sie waren so aufgerissen, dass er den Anblick kaum ertrug. So sehr Lup aber auch schleckte und winselte, ElAya kam nicht zu sich. Verzweifelt erhob er sich wieder, er musste Wasser holen. Nach einer halben Ewigkeit war er zurück. trank so viel er konnte, dann füllte er sein Maul. Er durfte jetzt einfach nicht wieder stürzen, sonst würde er das kühle Nass niemals bis zu ElAya bringen. „Ich muss es einfach schaffen, sonst stirbt sie!" Lup war so verzweifelt, dass seine Knie weich wie Butter waren. Er fiel vor lauter Schwäche, verbissen hielt er die

Schnauze zu, damit das kostbare Nass nicht verlorenging. Er brauchte viele Anläufe, bis er es endlich schaffte, hatte er aufgehört, sie zu zählen. Dann aber war er schließlich bei ElAya angelangt.

Vorsichtig hielt er seine Schnauze an ihren Mund und ließ das Wasser ganz langsam herausfließen. Eine kleine Ewigkeit passierte gar nichts, dann begann ElAya zu husten. Vor lauter Erleichterung schluckte Lup den Rest, den er noch im Maul hatte. Glücklich schmiegte er sich an seine Freundin. Immer wieder stieß er ihr die Schnauze in die Seite, um sie zum Aufstehen zu bewegen, denn Lup konnte nicht mehr sprechen. Seine Stimme hatte ihm die vielen Tage ohne zu trinken übel genommen. „Ein Wunder, dass wir das überhaupt überlebt haben", dachte er bei sich. Dann hatte ElAya begriffen: Wasser, Trinkwasser, so viel sie wollte. Auf allen vieren bewegte sie sich wie eine Schildkröte unendlich langsam auf das kühle Nass zu, Lup immer neben sich.

Sie tranken, bis sie nicht mehr konnten, dann ließen sie sich erschöpft in den weichen Sand fallen. Der Schock saß tief! Sie schliefen nur wenige Stunden, es kam ihnen aber wie Tage vor. Als sie erwachten, begann es dunkel zu werden. „Ich hab solchen Hunger!", stieß ElAya verzweifelt hervor. Ihr war es schon oft im Leben schlecht gegangen, aber einen solchen mörderischen Hunger hatte sie noch niemals verspürt. Lup nickte nur, seine Stimme war noch immer tot. ElAya war so sehr mit dem Gedanken an Essen beschäftigt, dass sie das zuerst gar nicht realisierte. Das einzige, was sie in der Dunkelheit entdecken konnte, war ein Stück Holz. Sie robbte darauf zu, zum Gehen war sie zu schwach. Dann schabte sie mit den Fingernägeln die Rinde ab und schob sie sich in den Mund. Das Zeug war widerlich und bitter, aber das war ihr in diesem Moment völlig egal. Lup tat es ihr gleich. Sein Magen knurrte nicht einmal mehr. Nachdem sie die Rinde vollständig abgeschabt und gegessen hatten, sagte ElAya: „Lass uns noch eine Weile schlafen Lup, wenn es wieder hell wird, versuchen wir etwas wirklich Essbares zu finden."

Lup antwortete nicht. ElAya sah ihn an: „Was ist los mit dir?" Lup schüttelte nur den Kopf, um in ihren Geist zu gehen, zum Antworten war er zu schwach. ElAya begriff auch so. Irgendetwas stimmte mit seiner Stimme nicht. „Ich werde mich morgen darum kümmern Lup, ich habe noch das Kästchen mit den Kräutern, das Kalaban mir zu meiner Initiation geschenkt hat. Ich bin nicht sehr gut in Kräuterheilkunde, aber vielleicht finde ich ja etwas!" Lup verdrehte die Augen, er kannte ElAyas Kräuterkünste und er war nicht besonders erpicht darauf, ein Opfer ihrer Kunst zu werden. Er war erleichtert, das Ganze auf den nächsten Morgen verschieben zu können.

Kapitel 52

Mauri die alte Schildkröte

Zu Lups großem Glück kam es aber am Morgen nicht so weit, denn als die beiden erwachten, wurden sie schon erwartet. Eine gigantische Schildkröte saß ein paar Meter von ihnen entfernt und sah lächelnd zu ihnen herüber. „Na ihr beiden, ihr hattet wohl eine weite Reise?" - „Ja, wir kommen von sehr weit her …", dieses Mal traute sich ElAya nicht mehr, vom Ziel ihrer Reise zu erzählen, zu viele schlechte Erfahrungen hatte sie inzwischen gesammelt!

Aber die Schildkröte war eine gute Gedankenleserin: „So so, zum Ende der Zeit müsst ihr, da habt ihr euch ja etwas vorgenommen" und ohne Pause sprach sie weiter „ich nehme an, so durstig wie ihr hier angekommen seid, habt ihr keine Ahnung, wie ihr da hinkommen sollt, hab ich Recht?" Sie konnten nur noch nicken, so erstaunt waren sie über dieses seltsame Wesen! ElAya erinnerte die Alte stark an Oliv. Sie wurde ganz traurig bei dem Gedanken an ihren Meister.

„Kommt mit, ihr seid doch sicher hungrig?" Oh ja, das waren sie! ElAyas Magen knurrte wie verrückt. Beim Gedanken an etwas Essbares lief ihr das Wasser im Mund zusammen. „Übrigens, mein Name ist Mauri", sagte die alte Schildkröte schon im Gehen. Sie lief erstaunlich schnell vor ihnen her. ElAya hatte immer gedacht, Schildkröten wären langsam wie Schnecken. Diese Mauri jedenfalls nicht. Sie hatten zu tun, hinter ihr herzukommen. Der Sand war heiß und sie rutschte ständig aus, so hungrig und erschöpft war sie. Lup ging es nicht besser. Der Hunger aber trieb sie voran. Schon die Aussicht auf etwas Essbares gab ihnen Kraft.

Endlich erreichten sie einen kreisrunden Platz. Gesäumt von vielen Palmen standen in der Mitte eigenartige, ineinander verschlungene Pflanzen, die ElAya noch nie gesehen hatte. An den Pflanzen hingen faustgroße, braune Kugeln. Mauri forderte sie auf: „Na los, jetzt esst schon, die Dinger sind wirklich gut!" Vorsichtig pflückte ElAya zwei davon, sie sahen aus wie Marzipan und so schmeckten sie auch, nach Mandeln und Zucker. Sie aßen, bis sie fast platzten!

Als die beiden satt waren, sagte Mauri: „Jetzt ruht euch erst einmal ein wenig aus. Bis ihr wieder bei Kräften seid, habe ich eine Medizin für dich besorgt, junger Wolf!" Mauri drehte sich um und ging davon. ElAya und Lup hatten sich schlicht überfressen und ließen sich glücklich unter den Palmen in den Sand fallen. Dort schliefen sie augenblicklich ein.

Als Lup erwachte, hatte Mauri sich über ihn gebeugt. Sie hielt ein paar Kräuter im Maul und wedelte damit vor seinem Hals herum. Plötzlich glitt ein Lächeln über ihr faltiges Gesicht und Lup stellte im gleichen Augenblick fest, dass seine Stimme zurück war. ElAya übrigens auch, denn vor lauter Freude fing Lup an zu singen, so laut er konnte.

Mauri wusste von ElAyas Auftrag und war der Meinung, dass nun genug Zeit vergangen war: „ElAya, pack ein paar von den Kugeln in einen Beutel und füll die Wasserflaschen hier an der Quelle auf, dann kann es losgehen!" - „Wohin?", wollten die beiden wissen. „Na, zum Ende der Zeit! Ich bring euch hin!" Erstaunt sahen die beiden die alte Schildkröte an: „Du kennst den Weg?" - „Natürlich", war alles, was Mauri dazu sagte. Sie ging zum Wasser zurück, dann forderte sie die beiden auf, auf ihrem Rücken Platz zu nehmen. „Und vergesst euer Gepäck nicht!"

Als ElAya und Lup sicher saßen, setzte sich Mauri in Bewegung. Sie lief aber nicht wie erwartet in irgendeine Richtung, sondern in immer enger werdenden Kreisen, in einer Spirale nach innen. Verwundert sahen die beiden Freunde sich an, dann verstand ElAya: Es war wohl wie am Heiligen Berg. Und wirklich, genauso geschah es. Nachdem die alte Schildkröte das Innere der Spirale erreicht hatte, tat sich vor ihnen ein großes Tor auf. „Ich muss mich hier von euch verabschieden, den Weg der Sieben Tore müsst ihr alleine gehen. Denkt daran, jedes Tor fordert ein Geschenk von euch. Wenn ihr den Weg richtig geht, dann werdet ihr nach dem letzten finden, was ihr sucht!" Ohne ein weiteres Wort verschwand Mauri. Da waren noch so viele Fragen, aber keine Möglichkeit mehr sie zu stellen, denn schon war die alte, riesige Schildkröte ihren Blicken entschwunden.

ElAya hatte ein mulmiges Gefühl, als sie auf das Tor sah. Es gab wieder einmal kein Zurück mehr. Sie hatten schon so viel erlebt, was stand ihnen dieses Mal bevor? Mit einem Seufzer wandte sie sich zu Lup. „Na, dann lass uns gehen!" Entschlossen machte sie sich auf den Weg, Lup folgte ihr zögernd. Der Weg war länger, als sie gedacht hatten. Vor dem Tor angekommen, sah ElAya in ihrem Gepäck nach. Mauri hatte von einem Geschenk an jedem Tor gesprochen. Was sollten sie hier lassen? Fragend sah sie Lup an! „Das Medizinkästchen!", erklärte er praktisch wie immer, „Deine Kräuterkünste sind so schlecht, das Kästchen ist das, was wir am ehesten entbehren können, auch wenn es ein Geschenk von Kalaban ist!" „In Ordnung!" ElAya legte das Kästchen wehmütig nieder, Kalaban hatte es ihr zu ihrer Initiation geschenkt, sie trennte sich nicht gerne davon, aber Lup hatte recht! Sie wussten nicht, wie weit der Weg war, deshalb konnten sie vorerst nicht auf ihren Proviant verzichten!

Und wirklich, in dem Moment, in dem ElAya das Kästchen niederlegte, öffnete sich das Tor. Sie hatten beide ein beunruhigendes Gefühl, aber sie traten hindurch. Was wäre ihnen auch anderes übriggeblieben. Ihnen war klar, jetzt gab es wieder einmal kein Zurück mehr. Sie verdrängte Flohs Worte „Vom Ende der Zeit ist noch niemals jemand lebend zurückgekehrt!" Nun denn, dann würden sie eben die ersten sein.

Kapitel 53

Das erste Tor

Hinter dem Tor erstreckte sich eine weite grüne Ebene mit hunderten von Obstbäumen. „Mist, hätten wir das gewusst, wäre es möglich gewesen, unseren Proviant als Geschenk dazulassen", ärgerte sich ElAya im Stillen. Aber dafür war es jetzt zu spät, denn als sie sich umdrehte, im Kopf den Gedanken, das Geschenk umzutauschen, war das Tor verschwunden. Zuerst konnte sie es nicht glauben aber es war wirklich so, sie standen inmitten dieser paradiesischen Landschaft umgeben von Obstbäumen, von einem Tor keine Spur. „Na prima!", dachte ElAya. Wie sollten sie denn jemals den Rückweg finden? „Falls wir je ankommen!", fügte sie in Gedanken hinzu, dann drehte sie sich entschlossen um, sie mussten weiter.

Unterwegs aßen sie so viele Äpfel, Birnen und Kirschen, wie sie nur konnten. Irgendwann taten ihnen die Bäuche weh, sie beschlossen, sich unter einem Apfelbaum etwas auszuruhen. Sie mussten eingeschlafen sein, denn ElAya wurde von einem leisen Schluchzen geweckt. „Lup, hast du das auch gehört?" Gähnend öffnete Lup die Augen und horchte. Ja, ganz in der Nähe war ein leises Schluchzen zu hören. Sie erhoben sich, um nachzusehen. Hinter einem alten knorpeligen Birnbaum fanden sie ein kleines Bärenkind. „Was hast du denn, Kleiner?", wollte

ElAya wissen. „Meine Mama, sie ist gestürzt und ich wollte Hilfe holen, aber jetzt hab ich mich verirrt und kann die Höhle nicht mehr finden!" Sofort schluchzte der Kleine weiter. „Wir helfen dir suchen!", ElAya war nicht wohl bei dem Gedanken, ihre Erfahrung mit Bärenmüttern war nicht gerade erfreulich und eigentlich mussten sie weiter. Aber sie konnten den Kleinen ja nicht seinem Schicksal überlassen.

Da sie nicht wussten, in welche Richtung sie gehen sollten, schlug Lup vor, im Osten mit der Suche zu beginnen! „In Ordnung", nickte ElAya, es war sowieso gleichgültig. Sie machten sich zusammen mit dem Kleinen auf den Weg. „Wie heißt du eigentlich, und wo ist deine Mutter gestürzt? Hat sie sich schwer verletzt?" Entsetzt sah der kleine Bär die Elfe an, so viele Fragen auf einmal, ihm schwirrte der Kopf! „Also", begann er stotternd, „mein Name ist Emanuel und meine Mama hat sich ganz furchtbar wehgetan, sie kann nämlich gar nicht mehr laufen und reden, sonst hätte sie mich doch niemals allein weggelassen!" - „Und wo hat sie sich furchtbar wehgetan?", ElAyas Stimme klang bereits leicht genervt. „Ich weiß nicht so genau, aber sie blutet und ihr eines Bein steht komisch ab". - „Aha, und an welchem Ort war das, kannst du uns das vielleicht beschreiben?" - „Na ja, im Steinbruch eben!" - „In welchem Steinbruch?", ElAya wurde langsam wütend! „Na in unserem Steinbruch, da hinten!" Emanuel deutete nach Westen. „Was, du weißt wo sie liegt und lässt uns in die falsche Richtung gehen?", riefen ElAya und Lup wie aus einem Mund. „Ja, ich weiß nur nicht mehr wo die Höhle ist!" - „Das ist im Moment nicht wichtig! Bring uns erst einmal zu deiner Mama!", fuhr in ElAya an. „Aber wir müssen doch Hilfe holen!", antwortete Emanuel. „Wir sind die Hilfe und jetzt zeig uns endlich den Weg!"

ElAya schwante nichts Gutes, was den Zustand der Bärenmutter betraf. Nach dem, was der Kleine erzählt hatte, durften sie keine Zeit verlieren. Emanuel drehte sich um und lief los, ElAya und Lup hinterher. Als sie bei dem alten Steinbruch ankamen, erschrak ElAya. Die Bärenmutter lag unter einem toten alten Baum und rührte sich nicht mehr. Das Schlimmste aber war, sie lag in einer großen Lache Blut. Entsetzt eilte die kleine Elfe zu ihr. Sie konnte noch einen leisen unregelmäßigen Herzschlag fühlen. ElAya öffnete ihren Beutel, aber das Medizinkästchen hatten sie ja als Geschenk zurückgelassen. Sie kramte weiter, ganz unten fand sie eine winzig kleine Flasche, vorsichtig nahm sie sie heraus, Wasser vom Mondsee der Menschenwelt. Sie hatte es damals mitgenommen, hatte aber keine Ahnung, ob es Heilwasser war. Da sie nichts anderes besaß, beschloss sie, es zu versuchen. Sie tropfte die Flüssigkeit in das Maul der Bärenmutter. Nichts geschah! „Verdammt, was machen wir denn jetzt?" Emanuel begann schon wieder zu weinen.

Die Bärenmutter gab ein leises Wimmern von sich. Immerhin lebte sie noch. ElAya versuchte, das Bein gerade zu drehen, es war das Einzige, was ihr einfiel, sie brauchte dazu all ihre Kraft, aber es war besser, als herumzusitzen und gar nichts zu tun. Nach einer halben Ewigkeit gelang es ihr, den Knochen wieder an Ort und Stelle zu schieben. Mit einem fürchterlichen Krachen rastete er ein. Die Bärenmutter stöhnte auf. Emanuel rannte zu ihr und drückte sie fest, das nahm seine Mutter allerdings schon nicht mehr wahr, sie war in eine tiefe Ohnmacht gefallen. ElAya verband die Wunde mit Blättern und einem Stück Stoff, das sie von ihrem Obergewand abriss.

„Emanuel, sag, habt ihr hier einen Heiler?", wollte ElAya wissen. Emanuel dachte eine Weile nach: „Ich glaube schon. Es gibt einen alten Kobold, Mama hat mir von ihm erzählt, aber ich weiß nicht, wo man ihn finden kann", dicke Tränen liefen über seine kleinen Pausbacken, „wird meine Mama jetzt sterben?" - „Unsinn!", erwiderte ElAya mit fester Stimme, „wir werden diesen Kobold schon finden!" Dann dachte sie eine Weile nach: „Lup, du und Emanuel, ihr bleibt hier, gib ihr ab und zu etwas Wasser aus unserer Flasche. Ich werde versuchen diesen Heiler zu finden!" Lup versuchte erst gar nicht, sie davon abzubringen, es war sowieso egal, wer ging und wer blieb. Sie mussten dieser Bärenmutter helfen, dann erst konnten sie ihre Reise fortsetzen. Also stimmte er dem Plan zu: „Pass auf dich auf, wenn du in zwei Tagen nicht zurückbist, werde ich dich suchen. Versuch, den Weg zu markieren, den du gehst!" ElAya nickte. Ein guter Plan! Dann drehte sie sich um und ging in die Richtung zurück, aus der sie gekommen waren.

„Was weiß ich über Kobolde?" ElAya dachte nach – „hm, die leben in Höhlen oder alten Bäumen", sie sah sich um, das half ihr nicht weiter, hier gab es Bäume zuhauf und Berge ebenfalls. „Na los", dachte sie „jetzt streng dich ein bisschen an! Was weiß ich noch über Kobolde?" ElAya zermarterte sich das Hirn, dann hatte sie eine Idee. Oliv hatte ihr einmal erzählt, dass Kobolde die verfressensten Kreaturen waren, die er kannte und sie liebten Süßes über alles. Ein kleines listiges Lächeln glitt über ihr Gesicht. Dann setzte sie sich auf den nächstbesten Baumstumpf und packte ihre Kugeln aus. Den größten Teil des Proviants hatte sie bei Lup zurückgelassen, aber zwei von Mauris Kugeln hatte sie in ihrem Beutel.

Das Marzipan duftete köstlich. Übertrieben laut schmatzend begann sie zu essen, es dauerte nicht lange, bis eine haarige kleine Hand versuchte, sich die Kugel zu schnappen. ElAya griff blitzschnell zu. „Au verflixt – lass mich sofort los, du Biest", keifte der Kobold. „Ich denke ja gar nicht daran, du hast soeben versucht mein Frühstück zu klauen, also bist du das Biest und ich die, die etwas bei dir gut hat, dass das mal klar ist!", fügte ElAya hinzu und musste sich ein Schmunzeln verkneifen, als sie den kleinen Kerl betrachtete. Er sah wirklich lustig aus mit seiner Himmelfahrtsnase und den winzigen Ohren; seine Augen aber blickten listig und klug, es konnte durchaus sein, dass es sich um den Heiler handelte.

„Bist du der Heiler, von dem man sich erzählt?", wollte ElAya wissen. „Und wenn es so wäre?", fragte der Kobold zurück. „Dann würde jemand deine Hilfe brauchen!", antwortete ElAya. „So und wer sollte das sein? Du?" - „Nein, aber du kannst mein Frühstück haben, wenn du einem Freund von mir hilfst!" Der Kobold sah sich die Kugeln an und sprach: „Worum geht es?" Wieder sah er auf die duftende Kugel in ElAyas Hand und sie erklärte es ihm. Das Gesicht des Kobolds veränderte sich, als sie die Bärenmutter erwähnte, die Kugel war vergessen: „Hat sie einen Sohn?", wollte er wissen. „Ja, er heißt Emanuel und", weiter kam sie nicht. „Wo ist sie?" - „Im Steinbruch", ehe ElAya noch etwas hinzufügen konnte, setzte sich der Kobold in Bewegung, er lief nicht, sondern er schien leicht über der Erde zu schweben und was das Erstaunlichste war, er bewegte sich mit einer Geschwindigkeit vorwärts, wie ElAya es noch niemals gesehen hatte. Sie rannte, so schnell sie konnte hinterher, konnte ihn aber nicht einholen, er hatte den Steinbruch lange vor ihr erreicht.

Wenn dieser Kobold es wirklich schaffen sollte, die Bärenmutter, der es so schlecht ging, zu heilen; ElAya hatte sehr wohl bemerkt, wie es dem Tier ging, die Lache aus Blut war noch größer geworden und das trotz des Verbandes, dann war er wirklich ein großer Heiler, einen wie sie noch keinen gesehen hatte.

Die Stimme des Kobolds war einmal sehr laut, dann wieder ganz leise. Er sang eine alte Weise, die ElAya an den rituellen Gesang ihrer Initiation erinnerte. Sie fragte sich, was geschehen würde, wenn die Bärin geheilt war, würde der Kobold zusammenbrechen oder war seine Macht, seine Kunst so groß, dass dies nicht geschah? Ihre Gedanken kehrten in die Vergangenheit zurück, zu dem Tag, als Oliv ihren besten Freund Lup durch ihren Geist geheilt hatte. Dieses Wunder hatte sie damals über alle Maßen fasziniert, aber Oliv hatte sie eindringlich vor dieser Kunst gewarnt, es war ihm danach sehr schlecht gegangen und ohne Ullahom, wer wusste schon, was dann geschehen wäre?

Als ElAyas Gedanken wieder in die Gegenwart zurückfanden, nahm sie um die Bärin herum ein goldenes Leuchten wahr, das immer stärker wurde. Der Heiler saß einige Schritte von seiner Patientin entfernt im Gras und hatte die Augen geschlossen. Sie konnte eine feine Verbindung zwischen dem Bären und dem Kobold sehen. Dann stand der Heiler auf und ging weg. Bis ElAya das registrierte, war er bereits verschwunden, weil sein Werk vollbracht war.

Sie rannte los wie vom Blitz getroffen, sie musste ihn erwischen! Als sie den Steinbruch verließ, konnte sie in der Ferne seine Silhouette erkennen. „Verdammt, wie kann es sein, dass er sich so schnell fortbewegt und das, obwohl er gerade eine Heilung vollbracht hat", dachte ElAya. Dann rief sie, so laut sie konnte: „Halt, bleib stehen, ich muss mit dir sprechen!" Der Kobold ignorierte sie und ging weiter, und war schon nach wenigen Sekunden ihren Blicken entschwunden.

Wütend ließ ElAya sich auf den Boden fallen. Sie war völlig fertig von der Rennerei. Sie öffnete ihren Beutel, um etwas zu trinken. Da fiel ihr Blick auf die letzte Mandelkugel. Die nahm sie heraus und fragte sich, ob der Kobold es wohl riechen würde, aber wahrscheinlich war er schon zu weit weg. Aber da täuschte sie sich. Sie hatte gerade die Hand zum Mund geführt, als er danach griff. „Ah, die schuldest du mir noch", rief er und schnappte sich die Kugel. ElAya griff nach ihm und hielt ihn fest. Er würde hier nicht verschwinden, bevor sie ihre Fragen losgeworden war. „Lass mich los", zischte er wütend. „Was fällt dir ein, mich immer festzuhalten?" - „Nun, freiwillig bleibst du ja nicht hier und ich hab ein paar Fragen an dich!"

Es verblüffte den Kobold dann doch, dass ElAya daran interessiert war, seine Kunst zu erlernen. „Weißt du", begann sie wieder „mit Kräutern kenne ich mich nicht besonders gut aus, ich kann sie einfach nicht auseinanderhalten, so viel Mühe ich mir auch gebe und ich hatte wirklich einen guten Lehrmeister, der ist fast verzweifelt", fügte sie verschämt hinzu. Der Heiler begann schallend zu lachen. „Das ist überhaupt nicht komisch", rief ElAya wütend. Nachdem er sich ein wenig beruhigt hatte und wieder sprechen konnte, sagte er: „Oh doch, das ist es wohl, weil es mir genauso ergangen ist!" - „Was? Du hast es auch zuerst mit der Kräuterheilkunde versucht?", ElAya konnte es nicht glauben. „Aber natürlich, jeder muss das tun, es hat nur nichts genützt und nachdem ich fast meine Meisterin vergiftet hatte, hat sie es aufgegeben und mir verboten, jemals wieder mit Kräutern zu experimentieren!

Zum Glück bin ich in der Aurenheilung so gut, dass es nicht so schlimm ist, denn ich wollte immer Heiler werden und ich bin der beste geworden, das kannst du mir glauben!" Und das tat sie. Was sie gesehen hatte, war einfach unglaublich. Der Kerl war eingebildet, keine Frage. Aber das war ihr vollkommen gleichgültig. „Ich muss es lernen!" Der Kobold schwieg eine Weile, dann sagte er: „Gut, ich werde es dich lehren!" ElAya konnte ihr Glück kaum fassen, dann aber fiel ihr der Auftrag wieder ein. „Ich habe nicht viel Zeit ..." Der Kobold lächelte weise, sein Gesicht sah dabei sehr alt aus, aber auf eine beruhigende Art, wie ElAya fand. „Nun, Zeit ist relativ, nicht wahr?", fragte er ElAya. „Wie meinst du das?", wollte sie wissen. „Du bist doch wohl durch ein Tor in unsere Welt gekommen, oder?" - „Ja!" - „Und du hast noch sechs weitere vor dir, denn es würde ja keinen Sinn ergeben, hätte dich die Wächterin hierher gebracht, wenn du nicht zum Ende der Zeit wolltest!": Es war eher eine Feststellung als eine Frage. „Ja, schon, aber woher weißt du das?", wollte sie wissen. „Nun, ich habe dir doch von meiner Lehrmeisterin erzählt, sie konnte durch Zeit und Raum reisen, genau wie du es tust, deshalb werde ich dich unterrichten!" Der Heiler verriet ihr nicht, dass er hoffte, so diesem letzten großen Geheimnis auf die Spur zu kommen, denn seine Meisterin war gestorben, bevor sie ihn hatte einweihen können. ElAya dachte eine Weile nach: „Ich muss Lup holen, er macht sich sicher schon Sorgen, er ist mein bester Freund", fügte ElAya hinzu. „So werdet ihr zu zweit sein", war alles, was der Kobold dazu zu sagen hatte. ElAya rannte so, schnell sie konnte zum Steinbruch zurück, um Lup alles zu erzählen, sie hoffte nur, der Heiler würde auf sie warten.

Im Steinbruch war die Bärenmutter wieder zu sich gekommen. Emanuel lag glücklich lächelnd in ihren Armen, von Lup war weit und breit nichts zu sehen. ElAya rief schon am Eingang: „Emanuel, wo ist mein Freund, der junge Wolf?". Das hätte sie besser nicht tun sollen. Die Bärenmutter drehte sich um und rannte zähnefletschend auf sie zu. Emanuel schrie etwas, aber seine Mutter schien ihn nicht zu hören und auch ElAya konnte dank des Gebrülls des großen Tieres kein Wort verstehen. In diesem Moment griff eine Pfote nach ihr und zog sie in eine enge kleine Höhle. Es war Lup. So verängstigt wie er sich an die

Höhlenwand zurückzog, hatte die Bärenmutter schon versucht, auch ihn umzubringen. „Verdammt Lup, warum bringt dieser verflixte Emanuel sie nicht zur Vernunft? Schließlich haben wir ihr das Leben gerettet!" ElAya war wütend. Sie musste zurück zu diesem Kobold, sie hatte jetzt keine Zeit für solche Spielchen.

Derweilen hatte die Bärenmutter die Höhle erreicht, und versuchte mit ihrer riesigen Pranke die beiden zu erwischen. Sie fauchte und schrie dabei wie von Sinnen. ElAya hatte genug! „Hör endlich auf, dich so aufzuführen, du Ungetüm, schließlich haben wir dir das Leben gerettet, sonst wärst du nämlich in der Zwischenzeit verblutet und dein Sohn Emanuel wäre eine Waise!" ElAya war so zornig, dass sie kurzzeitig vergessen hatte, dass sie eigentlich Angst vor Bären hatte.

Bei der Erwähnung ihres geliebten Sohnes, hielt die Bärin inne. Und ganz langsam schien sie zu verstehen. Sie sah hinter sich und tatsächlich stand nur wenige Schritte entfernt Emanuel und nickte eifrig. „Sie haben recht, Mama, sie haben dir das Leben gerettet!" - „Kommt heraus!", knurrte die Bärenmutter. „Damit du uns zum Mittagessen verspeisen kannst?", wollte Lup wissen, noch bevor ElAya etwas sagen konnte. „Ich tue euch nichts – ich verspreche es!" Lup ging nur vorsichtig ein Stückchen von der Wand weg, er hatte immer noch Angst und allmählich fragte sich ElAya, ob man diesem Ungeheuer vertrauen konnte. Sie wägte ihre Möglichkeiten ab, als sie eine bekannte Stimme vernahm: „Nun geh schon aus dem Weg du alter Knurrbär, es stimmt, was sie sagen, ohne sie hätte ich dich zu spät gefunden!" Der Bär drehte sich um, sah den Heiler kurz an, rief Emanuel zu sich und verschwand ohne ein weiteres Wort, was ElAya und Lup merkwürdig und vor allem undankbar vorkam. Der Kobold hatte offensichtlich nicht vor, das Ereignis zu kommentieren. Er verließ den Steinbruch und ging wie selbstverständlich davon aus, dass ElAya und Lup ihm folgen würden. Da ElAya inzwischen wusste, wie schnell er sich fortbewegen konnte, packte sie Lup und zog ihn aus der Höhle.

Kapitel 54

Die Ausbildung zur Heilerin

Und so begann ElAyas Ausbildung zur Heilerin. Der Kobold, seinen Namen hatte er ihnen noch immer nicht verraten, „Nennt mich einfach den Heiler!", hatte er gesagt, führte sie kreuz und quer durch das Land. ElAya und Lup sahen Bäume und Pflanzen, die es in ihrer Welt nicht gab, Tiere im Wasser, die aussahen wie Vierecke und in allen Farben schimmerten, Gras, das so lila war wie die Berge in ihrem Land und Wasser, das silbrig schimmernd und warm wie Milch durch die Bäche des Landes floss.

ElAya war fasziniert aber zugleich voller Ungeduld, wann würde er endlich mit der Ausbildung beginnen, fragte sie sich. Nach vielen Tagen erreichten sie ein weites Tal. Das Gras war hier von einem zarten Rosa und die Ebene umgeben von hohen blauen Felsen. Darin gab es Höhlen, große und kleine, manche ganz unten, manche oben und für sie unerreichbar. Eine dieser Höhlen steuerte der Kobold an. Er pfiff kurz, dann wurde eine Strickleiter heruntergelassen. „Du, ElAya, kletterst hoch, sag meinem Diener, er soll einen Korb für deinen Freund herunterschicken!" ElAya sah Lup an, er nickte unmerklich, dann kletterte sie die Leiter nach oben. In der Höhle war es warm und gemütlich, die Wände mit Fell und goldenen Decken verkleidet, auf dem Boden lagen Pelze und Teppiche. In einer Ecke machte sich eine merkwürdige Gestalt an einem Feuer zu schaffen. „Bist du der Diener des Heilers?" Er drehte sich zu ElAya um und sie erschrak fürchterlich. Das Gesicht des winzigen Kobolds war völlig entstellt, seine Augen dick zugeschwollen und die ganze Haut mit eitrigen Pusteln übersät. Sein Lächeln aber strahlte, als würde die Sonne aufgehen. Augenblicklich vergaß ElAya, dass sie gerade noch erschrocken und entsetzt gewesen war.

„Ja, ich bin der Diener des Heilers. Was benötigst du?" - „Einen Korb für meinen Freund, er kann die Leiter nicht erklimmen!" Der winzige Kerl verschwand um eine Ecke und kehrte mit einem stabilen runden Korb zurück. Dann machte er sich an der Leiter zu schaffen. Er zog sie nach oben, wickelte sie dabei ordentlich auf und ersetze sie mit einem Seil, an dessen Ende er den Korb band. Alles ging so schnell, der Diener musste das schon tausendmal getan haben. Es dauerte nicht lange, bis ein Ruck durch das Seil ging; der Diener begann zu ziehen. ElAya eilte zu ihm, um ihm zu helfen. „Nein, das muss ich alleine tun!" ElAya hielt verblüfft inne und fragte sich, was hier vor sich ging. Dieses entstellte Gesicht. Hätte es für einen so großen Heiler nicht ein Leichtes sein müssen, diesem Winzling zu helfen? Sie beschloss, herauszufinden, warum er es nicht tat, und schwor sich, allen zu helfen, die ihre Hilfe benötigten, sobald sie diese Kunst beherrschte.

Lup und der Kobold saßen gemeinsam in dem Korb, er musste höllisch schwer gewesen sein. Dem Diener liefen dicke Schweißperlen über das vernarbte pustelige Gesicht. ElAya lief ein kalter Schauer über den Rücken, worauf hatte sie sich nun wieder eingelassen?

Am Abend erklärte ihr der Kobold ein paar Dinge zu ihrer Ausbildung. „Du hast gute Chancen, einmal eine große Heilerin zu werden." - „Aber wie funktioniert das mit der Heilerei und ist es wirklich so gefährlich, wie mein alter Lehrmeister mir erzählt hat?" - „Eins nach dem anderen!", er blickte ElAya streng an. „Es ist ein Gesang, den du kennen musst, um genau zu sein, sind es einige, je nach Verletzung muss ein anderes Lied eingesetzt werden. Die Melodien ähneln sich alle, das macht es so schwer. Heilen kannst du nur, wenn es die richtige Melodie ist. Nun zuerst zu deiner zweiten Frage. Ja, es ist ausgesprochen gefährlich und zwar ganz einfach deshalb, weil ein Gesang seine heilende Wirkung erst entfalten kann, wenn er hundertprozentig richtig gesungen, gesagt, gerufen oder gedacht wird. Wird er falsch angewandt, so wird er zu einer Gefahr für den Sänger." ElAya sah den Kobold entsetzt an: „Aber dann ist es ja vollkommen unmöglich, die Lieder jemals zu lernen, wenn man sie nicht einmal falsch denken darf!" - „Du bist ein kluger Kopf", antwortete der Kobold „deshalb ist die einzige Chance es zu lernen, einen Meister zu finden, der es dich lehren kann, ohne dass du es bemerkst!" - „Und du kannst das?", wollte ElAya wissen. Ihr Blick war bei dieser Frage voller Zweifel, denn sie konnte sich nicht vorstellen, wie das funktionieren sollte. „Nun, wenn du mir immerwährenden Zugang zu deinem Geist gestattest, dann werde ich dich das Heilen lehren!"

Entsetzt hielt ElAya die Luft an. Immerwährenden Zugang zu ihrem Geist, das verursachte ihr Gänsehaut. Oliv hatte am Beginn ihrer Ausbildung stets Zugang zu ihrem Geist gehabt, damals besaß sie keine Möglichkeit, etwas dagegen zu tun, aber es jemandem freiwillig zu gestatten, zumal sie diesen Jemand im Grunde gar nicht kannte, das war eine ganz andere Sache. Der Heiler bemerkte ihr Unbehagen. „Lass dir Zeit, wenn du einwilligst, gibt es kein Zurück! Ich investiere meine Zeit nicht in Unnützes!" Mit diesen Worten drehte er sich um, ging zur Feuerstelle, setzte sich nieder und der Diener reichte ihm sein Essen. Dann kam der Diener auch zu ihnen und brachte zwei dampfende Schüsseln, er selbst aß nichts. Wieder durchfuhr ElAya ein unangenehmes Gefühl, hier ging etwas vor sich, was ihr nicht geheuer war. Sie würde auf der Hut sein. Bevor sie diesem Heiler die Erlaubnis gab, ihren Geist zu besetzten würde sie herausfinden müssen, was hier vor sich ging.

Als es zu dämmern begann, richtete der Diener das Bett für seinen Meister. Und da es den Kobold nicht zu interessieren schien, was aus ElAya und Lup wurde, kümmerte er sich auch um die beiden.

ElAya versuchte, mit dem winzigen Wesen ins Gespräch zu kommen, aber er sah sie immer nur verschreckt an und wich ihren Fragen aus. Sie seufzte, wieso hatte sie sich nur in die Idee verrannt, diese Heilkunst zu erlernen. Lup hatte während der ganzen Zeit geschwiegen, aber sie war so in ihre eigenen Gedanken vertieft gewesen, dass ihr das gar nicht aufgefallen war. Von all der Rennerei fühlte sie sich entsetzlich müde und als sie sich auf ihr Lager legte, schlief sie sofort ein.

Im Gegensatz zu ihr war Lup hellwach. Ihm war dasselbe aufgefallen wie seiner Freundin und beim Anblick des hässlichen, entstellten und verschreckten Dieners war ihm klar geworden, dass dieser Heiler eine hinterhältige Person war. Er plante bereits ihre Flucht, auf keinen Fall würde er hierbleiben und zulassen, dass ElAya diesem Widerling ihren Geist öffnete. „Ha, so weit kommt es noch und am besten wird es sein, wir nehmen diesen armen Winzling auch gleich mit!" Lup lauschte auf den Atem des Heilers. Als er sicher sein konnte, dass dieser tief und fest schlief, erhob er sich von seinem Schlafplatz und legte sich neben den Diener, der seinen Platz am Eingang hatte. Hier war es empfindlich kalt. Lup rückte ganz nah an den winzigen Kerl heran und wärmte ihn. Er sagte kein Wort. Bevor der Morgen dämmerte, erhob sich Lup und legte sich auf sein eigenes Lager. Niemand hatte bemerkt, wo er die Nacht verbracht hatte.

Der Diener stand als erster auf. Er bereitete das Frühstück und räumte die Schlafdecken beiseite, dann erledigte er den Abwasch. Dazu packte er alle Schüsseln und den großen Kessel in den Korb, mit dem Lup in die Höhle gekommen war, dann befestigte er den Korb wieder an dem Seil und ließ in hinab. Danach kletterte er an dem Seil nach unten, band den Korb los und stieg wieder hinauf, wendig wie ein kleiner Affe. Er befestigte die Strickleiter, damit die anderen absteigen konnten, wenn sie wollten. Dann kümmerte er sich um das Geschirr. ElAya ging im hinterher, aber aus dem Kerl war nichts herauszubringen. Lup sah ihr kopfschüttelnd nach, ihn schien sie ganz und gar vergessen zu haben! Der Kobold saß am Feuer und ignorierte ihn ebenfalls. Dieser arrogante Kerl würde sich noch wundern! Lup hatte einen Plan und er würde ihn in die Tat umsetzen. Er ahnte, dass ElAyas Verhalten ihm gegenüber etwas mit diesem Kobold zu tun hatte. So hatte er sie noch nie erlebt und dass hier etwas nicht mit rechten Dingen zuging, davon war er überzeugt.

Es dauerte lange, ehe der Diener dicht gefolgt von ElAya zurückkam. In seinem Korb trug er nicht nur das saubere Geschirr, das er in eine Lederhaut eingeschlagen hatte, sondern auch Feuerholz, Beeren und Früchte. Sofort begann er mit der

Zubereitung des Mittagessens. Der Heiler saß noch immer am Feuer und las in einem alten Buch. Nach dem Essen, das ausgesprochen schmackhaft war, ließ er sich von dem Winzling im Korb nach unten bringen; dort legte er sich unter einen alten Baum und hielt ein Nickerchen. ElAya versuchte zum wiederholten Male, mit dem Diener ins Gespräch zu kommen, aber der schwieg hartnäckig. Lup hielt sich zurück, seine Zeit war noch nicht gekommen, aber wann immer er konnte, half er dem kleinen Kerl. Ungefragt, leise und so dass es niemand mitbekam, vor allem der Heiler nicht.

Die Tage fingen an, einander zu ähneln. Der Diener war am Morgen stets der Erste und am Abend der Letzte. Lup schlich jede Nacht zu ihm und legte sich neben ihn, um ihn zu wärmen. ElAya schien ihn vergessen zu haben. Jeden Tag versuchte sie erneut, mit dem kleinen fleißigen Kerl ins Gespräch zu kommen. Es gelang ihr nicht. Das Gute war, sie war so abwesend, sie traf auch keine Entscheidung. Der Heiler wartete einfach ab.

Nach ein paar Tagen geschah, worauf Lup gehofft hatte. Der Kobold wurde zu einem Kranken gerufen. ElAya saß apathisch in einer Ecke der Höhle, als dieser sich wie immer von dem armen Diener nach unten bringen ließ. „Dieser miese Kerl!", Lup war so wütend. Der Heiler schenkte ihm glücklicherweise keine Beachtung. Dieser arrogante Bursche hatte kein einziges

Wort mit ihm gewechselt, ihm keinen Blick geschenkt, ja stets so getan, als gäbe es ihn gar nicht. „Das wird sich nun rächen", dachte Lup. Er wartete bis der Kobold verschwunden war, dann verband er sich mit ElAyas Geist oder er versuchte es zumindest, denn es gelang ihm nicht, um ihn war eine Art Spinnennetz gewoben. „Deshalb nimmt sie mich nicht mehr wahr und ist so abwesend, dieser elende Heiler, aber auch dafür werde ich eine Lösung finden. Dann fange ich eben mit Teil zwei meines Planes an."

Seufzend aber entschlossen wendete er sich von ElAya ab und ging zu dem kleinen Helfer. „Bist du glücklich hier?" Erstaunt sah der Winzling ihn an. Lup hatte noch nie mit ihm gesprochen, aber durch die Nähe und Wärme, die er ihm jede Nacht gegeben hatte, war eine Bindung entstanden und dies war der Grund, warum er eine Antwort erhielt. „Nein", er zögerte kurz. „Sieh mich an, junger Wolf! Es ist unmöglich für mich ein normales Leben zu führen mit diesem Gesicht! Er hat mir versprochen, mich zu heilen, wenn ich ihm lange genug gedient habe." Verlegen wandte der kleine Kerl den Blick ab. „Hab ich es mir doch gedacht", Lup konnte seine Wut kaum mehr im Zaum halten, aber er musste einen kühlen Kopf bewahren, wenn er sie alle hier herausholen wollte, daher fragte er: „Wie lange bist du schon hier?" Die Antwort kam prompt: „7 Jahre, 5 Monate, 2 Wochen, 3 Tage, 4 Stunden und 11 Minuten!" - „Und wie lange ist lange genug für eine Heilung?", fragte Lup

entsetzt. Der kleine Kerl sah ihn traurig an: „Ich weiß es nicht",
flüsterte er. „Glaubst du noch daran, dass er dir helfen wird?"
Der Diener dachte eine Weile nach, dann schüttelte er den Kopf.
„Das läuft ja besser, als ich dachte!", nun wurde Lup ein wenig
leichter ums Herz.

Laut sagte er: „Lass uns von hier verschwinden. ElAya und ich
kennen eine Menge Heilkundige, wir werden jemanden finden,
der dir helfen kann!" Das war eine Lüge! Außer Oliv und
Kalaban kannten sie niemanden, der der Heilkunst mächtig war
und Oliv saß im Verlies der Ungeheuer. „Aber", dachte Lup bei
sich „eine Heilkundige ist ja schließlich genug, Hauptsache, er
bekommt Hilfe!". Der Diener überlegte nicht lange, blitzschnell
packte er einige Dinge zusammen und legte sie in den Korb,
gemeinsam schafften sie ElAya hinein, um ihren Geist würde er
sich später kümmern müssen, dafür war jetzt keine Zeit. Der
Diener ließ ElAya und Lup hinab, ganz behutsam wie immer,
trotz der Eile, dann kam er selbst herunter. „Hilf mir, junger
Wolf!" Gemeinsam zerrten sie die Strickleiter herunter. Dann
trieb der Diener sie zur Eile an. Sie waren vielleicht einen halben
Kilometer entfernt, als Lup einen ohrenbetäubenden Knall
hörte. Er drehte sich um, dicker Rauch kam aus der Höhle.
Fragend sah er den Diener an. „Nun, hat er mir vielleicht
geholfen?" Dann nahm er ElAya wieder am Arm und rannte
weiter. Lup fragte sich, wo der kleine Kerl hinwollte. Er lief zu
zielstrebig, als würde er einfach davonrennen.

Lup sollte recht behalten! Nach kurzer Zeit schon tauchte ein Tor vor ihnen auf. „Denkt an das Geschenk und beeilt euch, der Heiler ist uns dicht auf den Fersen!" ElAya war noch immer nicht ansprechbar und als Lup den Kobold am Horizont auftauchen sah, nahm er das erstbeste aus dem Beutel und schleppte ElAya durch das Tor. Er konnte später nachsehen, was er zurückgelassen hatte, auf jeden Fall würde es ihnen das Leben retten, zumindest, wenn der Heiler nicht sofort hinterherkam. Lup war sich allerdings ziemlich sicher, dass das nicht der Fall sein würde. Der Diener schien so einiges zu wissen und sicher hatte er gute Gründe gehabt, diesen Weg zu wählen. Für Lup und ElAya war es letzten Endes gleichgültig, sie mussten ohnehin die sieben Tore passieren. Dieses verschwand und vor ihnen tauchte eine Steppenlandschaft auf. Vereinzelt waren niedrige, verkrüppelte Büsche zu sehen, die in ihrem Erscheinungsbild entfernt an das Gesicht des Dieners erinnerten.

Lup war ziemlich außer Atem, denn den zweiten Teil des Weges hatte er seine Freundin ElAya hinter sich hergezogen. Er ließ sich auf der sandigen, staubigen Erde nieder, um ein wenig zu verschnaufen. Der Diener setzte sich neben ihn. „Übrigens, mein Name ist Hamilan". Daraufhin schwieg er wieder. Sein Blick ging starr geradeaus, er schien über etwas nachzudenken. „Dies war meine Heimat, bevor ich den Heiler aufgesucht habe,

nun kehre ich so entstellt zurück, wie ich gegangen bin." Die
Worte des winzigen Kerls waren schwer vor Traurigkeit.

Lup überließ ihn eine Weile sich selbst. Er musste überlegen,
was er mit ElAyas Geist unternehmen sollte. Er war noch zu
keinem Ergebnis gekommen, als Hamilan das Gespräch
fortsetzte, gerade so, als hätte er es gar nicht unterbrochen.
„Weißt du, junger Wolf, mein Volk lebt hier in dieser Welt und
ist überirdisch schön. Wir sind klein und zartgliedrig, dabei aber
trotzdem kräftig und stark, alle haben langes schwarzes Haar,
glatt, nicht so kraus wie das meine, die Gesichter weiß wie
Schnee, die Haut schimmert..." er geriet ins Stocken mit Tränen
in den Augen. „Ich bin weggegangen, weil meine Eltern so
traurig waren." Lup sah ihn fragend an, sagte aber nichts. „Ich
bin der Sohn des Anführers.

In der Vergangenheit waren diese Kinder immer besonders
schön, ich aber bin als kleiner Junge in einen Strauch mit
giftigen Dornen gefallen; sie sagen immer, ich müsse froh sein,
dass ich noch lebe, aber vielleicht wäre es besser gewesen, wenn
ich damals gestorben wäre." Er schwieg wieder. Lup begann zu
verstehen. Deshalb hatte er als Diener alles gegeben, er wollte,
dass seine Eltern stolz auf ihn sein konnten. Hamilan hatte
gehofft, wenn er sich ganz besonders viel Mühe gäbe, dann
würde der Heiler ihm helfen. „Dieser nichtsnutzige Quacksalber
hat den armen Kerl nur ausgenutzt und ich bin mir ziemlich

sicher, dass er nie vorhatte ihm zu helfen!" In Lups Gedanken hinein begann Hamilan erneut zu sprechen: „Ich habe das Buch des Heilers mitgenommen." Bei diesen Worten glitt ein Lächeln über das entstellte Gesicht und Lup bekam eine Ahnung von der überirdischen Schönheit seines Volkes.

„Was für ein Buch?", wollte er deshalb wissen. „Nun, er hatte ein Buch. Vermutlich hat er es seiner Meisterin gestohlen. Er hat sie umgebracht! Damit hat er geprahlt, als er einmal ziemlich betrunken war. Sicher bin ich mir nicht, aber nun haben wir das Buch!" - „Was steht in dem Buch?" - „Ich hoffe, dass unter anderem darin steht, wie wir deiner Freundin helfen können - und mir", das letzte hatte er ganz leise hinzugefügt. „Was meinst du damit, dass du es hoffst?" Lups Hoffnung schwand so schnell, wie sie gekommen war. „Nun ja, ich kann nicht lesen, mein Volk ist ein Volk der Geschichtenerzähler und so geben wir alles mündlich an die jeweils nächste Generation weiter!" Lup schüttelte traurig den Kopf: „Schade, auch ich kann nicht lesen. ElAya beherrscht diese Kunst, aber sie wird uns kaum weiterhelfen können in diesem Zustand!"

Nach einer halben Ewigkeit des Schweigens sagte Hamilan wie zu sich selbst: „Wir müssen uns Hilfe suchen! Hier gibt es niemanden, der lesen kann, davon wüsste ich, in die Welt des Heilers können wir nicht zurück, viel zu gefährlich, er würde uns unsere Flucht auf die grausamste Weise büßen lassen, die ihm einfällt. Bleibt nur noch die Welt auf der anderen Seite! Jawohl, so machen wir es!"

Bei Hamilans Worten fiel Lup ein, dass er noch nicht einmal wusste, was er in der Eile am letzten Tor zurückgelassen hatte. Zaghaft begann er, ihr Reisegepäck durchzusehen. Er hatte offensichtlich den Beutel mit den Federn geopfert. So ein Mist. Hätte er Zeit gehabt, die Flügel hätte er nie und nimmer geopfert! ElAya würde nicht begeistert sein. Verdammt, dieser Heiler hatte allen nichts als Unglück gebracht. Lup war so wütend und verzweifelt, dass er sich ganz eng neben ElAya legte. „Ach ElAya, was soll ich nur tun, um dich aus deinem Gefängnis zu befreien, ich brauche dich, bitte komm zurück!" Dann schlief er vor Erschöpfung ein. Er wusste noch nicht, dass seine Liebe begann, ElAyas Geist zu befreien.

Als Lup wieder erwachte, erklärte Hamilan: „Lass uns gehen, wir haben nichts zu verlieren, du brauchst ElAya und ich brauche Heilung, hier werden wir niemanden finden, der uns weiterhilft. Pack deine Sachen zusammen und lass uns aufbrechen!" Lup seufzte schicksalsergeben. Der Winzling hatte recht. Deshalb nahm er ElAya bei der Hand und zog sie hoch. Gehorsam trottete sie hinter ihm her. Tage später erreichten sie das nächste Tor. Glücklicherweise kannte Hamilan die Gegend gut. Hunger und Durst waren dieses Mal nicht ihre Begleiter! Auch ihren Proviant hatten sie aufstocken können. Lup legte alle Sachen aus ihrem Reisegepäck nebeneinander auf die Erde, dieses Mal würde er weise wählen, Zeit hatte er ja.

Sie besaßen noch die uralte Dose, die ElAya von ihrer Großmutter hatte, die konnte er nicht zurücklassen, das musste ElAya selbst tun, wenn es so weit war. Dann fand er noch die Landkarte, das Geschenk von Ullahom, ein Messer, den Beutel mit ihrem Essen, den Kürbis mit Wasser und ein Geschenk, das Kalaban ElAya im letzten Moment überreicht hatte. „Öffne es erst, wenn du dein Ziel erreicht hast", das war alles gewesen, was sie dazu gesagt hatte. Lup seufzte „Ich werde die Landkarte zurücklassen, sie ist ElAya sicher wichtig, aber alles andere brauchen wir nötiger. Ich hoffe, sie wird meine Wahl verstehen, nachdem bereits das Geschenk von Kalaban weg ist und nun auch noch die Federn als Geschenk herhalten mussten!" Lup seufzte, dann legte er die Landkarte seiner Welt beiseite und packte die anderen Sachen mit Hamilans Hilfe wieder in den Reisebeutel.

Kapitel 55

Das nächste Tor

Das Tor ließ die drei passieren. Hamilan war sich nicht sicher gewesen, ob es gelingen würde. Denn er hatte, wie er Lup berichtete, herausgefunden, dass es nur den Wesen möglich war, durch die sieben Welten zu reisen, die einen guten Grund und auch die Absicht besaßen, etwas für andere zu tun und nicht in erster Linie für sich selbst.

Diese Welt leuchtete in allen Bonbonfarben und war ganz flach, nirgends konnten sie auch nur eine winzige Erhebung sehen. Das gleiche Bild, soweit das Auge reichte, keine Spur von irgendeinem Lebewesen. Die drei bemerkten nicht, dass ihre Ankunft nicht unbeobachtet blieb. Deshalb war auch niemand zu sehen, die Bewohner waren sehr misstrauisch. Dafür hatten sie gute Gründe. Ihre Welt hatte schon öfter Besucher gehabt und nicht alle kamen in friedlicher Absicht.

Es waren engelhafte, schlanke Gestalten mit gläsernen Flügeln und genau diese Flügel stellten ihre wertvollste Gabe und gleichzeitig ihre größte Schwachstelle dar. Denn sie ermöglichen es ihnen, durch alle Welten zu reisen und alles zu erlernen und zu erfahren, was auch immer sie sich wünschten. Die Flügel waren für die Engelwesen nicht nur ein Mittel sich fortzubewegen, sondern sie fungierten auch als eine Art zweites Gehirn. Diese Wesen waren, außer den Drachen, die schlausten Geschöpfe, die existierten. Und deshalb warteten sie ab, um zu sehen, warum diese drei Besucher gekommen waren.

„Sie haben einen jungen Wolf bei sich, er sieht immer nach oben, er kann uns spüren!" Eine der Späherinnen hatte Lup entdeckt und wirklich hatte der das Gefühl, beobachtet zu werden. Aber so sehr er sich auch bemühte, er konnte niemanden sehen. „Egal, hier ist jemand, ich spüre es deutlich", knurrte er vor sich hin.

Die drei Spione lächelten. Der junge Wolf war ihnen willkommen. Selbst das entstellte Wesen aus der Nachbarwelt schien ihnen harmlos. Die andere Gestalt aber, die sie bei sich hatten, verhielt sich merkwürdig. Der Wolf dirigierte sie in die richtige Richtung. Sie wirkte abwesend aber trotzdem mächtig, eine dunkle Aura umgab sie und die hielt die Späher davon ab, Kontakt aufzunehmen.

„Komm, lass uns eine Pause machen, mir tun die Füße weh!", jammerte Hamilan. Lup nickte und schob ElAya sacht in die Richtung eines alten Baumes. Dort ließen sie sich im Schatten nieder. Die Sonne brannte heiß vom Himmel. Sie aßen und tranken, dann beschlossen sie, sich auszuruhen. „Ich halte zuerst Wache!" Hamilan war Lup sehr dankbar für diese

Reihenfolge, er war so müde, dass er sich kaum mehr auf den Beinen halten konnte, und schlief sofort ein. „Wache halten ist ohne ElAya so viel anstrengender", dachte Lup und sah seine Freundin traurig an. Es zerschnitt ihm das Herz, dass er sie nicht mehr erreichen konnte; es war das erste Mal, seit sie sich kannten, dass Lup jeden Kontakt zu ihr verloren hatte. Selbst als sie sich in der Menschenwelt aufhielt, hatte er sie immer gespürt und gewusst, dass es ihr gut ging. Er seufzte tief und Tränen traten in seine Augen, etwas, das bei Wölfen eigentlich nie vorkam. Lups Herz war schwer wie Blei.

Als die Engel die Tränen sahen, erschraken sie. Sie besaßen große Kenntnisse und wussten, dass Wölfe niemals weinten, außer sie besaßen ein Herz aus Gold. Der Wolf musste die Elfe über alles lieben. „Sie kann nicht schlecht sein, wenn er so sehr um sie trauert, dass sein junges Herz blutet!" Die anderen zwei Engel teilten diese Meinung. Sie würden den Rat der großen Elf konsultieren, sie wollten den dreien helfen!

Selbst die großen Elf, die Ältesten und Weisesten ihres Volkes, waren bestürzt. Einen Wolf mit Tränen und blutendem Herzen hatte es, seit sie lebten, niemals gegeben, und sie lebten wahrlich schon sehr lange. Es wäre ihnen zu Ohren gekommen, gäbe es so etwas! Sie hatten ihre Gesandten in allen Welten. „Trotzdem, wir müssen vorsichtig sein! Also gebt euch zu erkennen, aber bleibt weit genug entfernt, so dass sie euch nicht erreichen können, sollten sie doch nicht mit guten Absichten zu uns gekommen sein!"

Und so geschah es, dass Lup und Hamilan Engel sahen, als sie erwachten und deshalb glaubten, sie würden noch schlafen und träumen. ElAya bemerkte von dem Ganzen wenig, ein kurzer Sonnenstrahl durchfuhr ihren gebundenen Geist, aber sie bekam ihn nicht zu fassen und außer einem kurzen Zwinkern war ihr keine Regung anzusehen.

„Wir hoffen, ihr kommt in friedlicher Mission?", fragten die drei Engel aus sicherer Entfernung. Hamilan kam als Erster zu sich. Er schlief nicht mehr und er träumte auch nicht, diese Engel waren Wirklichkeit. „Oh ja, wir kommen, um euch um eure Hilfe zu bitten. Seht mich an, ich bin der Sohn eines Häuptlings, aber ich kann seine Nachfolge nicht antreten, denn mein Volk ist unsagbar schön und noch niemals gab es unter ihnen einen so schrecklich entstellten Kerl wie mich." Hamilan fühlte sich so nervös angesichts der leuchtenden Wesen, dass er sprach wie ein Wasserfall. „Und ich wäre dazu bestimmt, ihr neuer Anführer zu werden. Dann seht die bedauernswerte Elfe an, ein übler Heiler hat ihren Geist gebunden und wir haben ein Buch, das ihr vielleicht helfen könnte, aber wir können nicht lesen und deshalb sind wir ganz verzweifelt und jetzt sind wir in eure Welt gekommen, weil wir hoffen, dass ihr lesen könnt oder jemanden kennt, der es kann und dass dann alles wieder gut wird und die beiden hier ans Ende der Zeit können, um ihr Land zu retten und ich wieder zu meinem Volk kann, um ihr neuer Anführer zu werden!" Hamilan ging die Luft aus! Über Lups Gesicht ging ein Grinsen und den Engeln ging es genauso. Sie hatten den kleinen Kerl bereits ins Herz geschlossen.

„Lesen ist etwas, was wir Engel nicht können". Enttäuschung glitt über die Gesichter von Lup und Hamilan. „Aber wir wollen versuchen jemanden zu finden, von dem wir es lernen können." - „Kennt ihr denn so einen?", wollte Lup wissen. „Nun ja, die Menschen können es, aber sie sind sehr schwierig. In der Regel vermeiden wir es, in der Menschenwelt wirklich in Erscheinung zu treten. Wir halten uns im Hintergrund." Der Engel schien nachzudenken. Dann fügte er hinzu: „Wie werden unsere Besten schicken!" - „Wie sind die Menschen?" Hamilan hatte schon von ihnen gehört, war aber noch nie einem begegnet. Der Engel schien zu überlegen, ob er darauf antworten sollte: "Nun, viele haben den Glauben an uns verloren und wenn sie uns spüren, bekommen sie Angst und wenn sie Angst haben, werden sie aggressiv. Alles, was sie nicht kennen, lehnen sie ab. Für uns eigentlich kein Problem aber es ist nicht das, was wir in ihrer Welt fördern möchten!" Er schwieg, nach einer Weile fragte er: „Wer hat den Geist der jungen Elfe so geknebelt?" Hamilan erzählte vom Kobold, dem Heiler.

Der Engel, der schon die ganze Zeit mit ihnen gesprochen hatte, beriet sich mit seinen Freunden. „Ihr wartet hier, wir nehmen die Elfe mit!" Lup glaubte, sich verhört zu haben. „Kommt nicht in Frage, ElAya geht ohne mich nirgendwohin!" Knurrend stellte er sich vor seine Freundin. „Du brauchst dich nicht zu fürchten, junger Wolf, wir werden ihr nichts tun, aber ihr Geist ist mit starker dunkler Magie gefesselt und je mehr Zeit vergeht, desto schwieriger wird es werden, etwas dagegen zu tun ohne dass sie Schaden nimmt. Selbst für uns Engel ist das nicht einfach aber unsere Anführerin kann ihr helfen. Wir bringen deine Freundin zu ihr!" - „Dann komme ich mit!" Lup würde ElAya nicht ziehen lassen, nicht in diesem Zustand, auch nicht mit Engeln. „Das geht nicht! Nur deine Freundin kann mit uns kommen. Du hast die Wahl, entweder du vertraust uns oder wir lassen sie hier!" Lup sah hilfesuchend zu Hamilan, er wusste nicht, was er tun sollte. „Wenn der Engel recht hat, dann muss ich sie gehen lassen, aber ich frage mich, warum ich nicht mitkommen kann? Wenn ElAya wenigstens bei sich wäre, aber so." Nach einigen Sekunden fügte er seinen Gedanken ein bitteres: „Wenn sie bei sich wäre, würde sich die Frage nicht stellen", hinzu. Lup sah ElAya lange an. Wie würde sie entscheiden? Sie würde das Risiko eingehen! Sie würde einen Weg finden, ihn zu begleiten, wenn die Dinge andersherum stünden, da war sich Lup sicher.

„Warum wollt ihr, dass Hamilan und ich hier bleiben?" Der größte der Engel antwortete ihm: „Unser Reich können nur wir betreten und gefolterte Seelen." Dann schwieg er wieder und wartete auf Lups Antwort. „Hol deine Anführerin hierher, meine Freundin geht nirgendwohin! Diese ganze Geschichte ist nur passiert, weil wir uns getrennt haben!" Die drei Engel sahen den jungen Wolf lange an, dann flogen sie davon. Lup hoffte, sie würden wieder zurückkommen.

Es schienen Stunden zu vergehen, zumindest kam es Lup so vor. Hamilan schwieg. Wenn die Engel nicht wiederkamen, gab es für Hamilan auch in dieser Welt keine Hoffnung auf Rettung.

Dann hörten sie ein leises Surren in der Luft. Kurz darauf tauchte eine wahre Flotte an Engeln auf. In ihrer Mitte schwebte ein feingliedriges, fast durchsichtiges Wesen. Von ihr ging ein Glanz aus, wie Lup und Hamilan es noch niemals gesehen hatten. Die Schar der Engel landete sanft neben ihnen. Die Anführerin, das Wesen, das in der Mitte geflogen oder besser dahingeglitten war, bewegte sich vorsichtig auf ElAya zu. Lup war wie gebannt. Dann nahm der Engel ElAya in sich auf, eine bessere Beschreibung dessen, was vor sich ging, fiel Lup nicht ein, sie schien mitten im Leib des Engels zu verschwinden. Plötzlich gingen dunkle Schlieren durch dessen Körper. Die dunklen Linien wurden immer mehr, bis von ElAya und dem Engel nur mehr ein schwacher Schein zu sehen war. Die anderen Engel bildeten einen Kreis um das seltsame Geschehen. Sie dehnten ihr Bewusstsein, um ihre Anführerin zu unterstützen. Lup war so angespannt, dass er jeden seiner Muskeln einzeln spüren konnte. Nach einer gefühlten Ewigkeit begannen die Engel den Kreis ganz langsam zu öffnen, sie stiegen sanft in den Himmel empor. Alles ging so langsam und irgendwie doch so schnell, dass weder Lup noch Hamilan recht begriffen, was geschah. Als die Engel ihren Blicken entschwunden waren, sah Lup, dass ElAya auf der Erde lag und schlief. Vorsichtig näherte er sich. Dann legte er sich ganz dicht neben sie auf die Erde, genau wie er es schon so oft getan hatte. Schlafen konnte er nicht, aber er würde über sie wachen! Ihre Nähe fühlte sich an wie früher. Lup war glücklich. Hamilan hatte er ganz und gar vergessen.

Dieser saß unter einem alten Baum. Er würde mit seinen Neuigkeiten warten, bis ElAya aufwachte. Lup hatte nicht bemerkt, dass die Engel auch Hamilan geheilt hatten. Er war nicht wiederzuerkennen: mindestens 20 cm größer und mit samtig schimmernder Haut. Sein Gesicht ebenmäßig und die Augen dort, wo sie vor dem schrecklichen Unfall gewesen waren. Er würde ein guter Anführer werden, jetzt stand dem nichts mehr im Weg. Nur eines blieb noch zu tun übrig.

ElAya und Lup erwachten gleichzeitig, beide wie aus einem tiefen Schlaf. Lup erzählte ElAya so knapp und so schnell es ging, was geschehen war und wo sie sich befanden, dabei fiel ihm Hamilan wieder ein. Er schaute sich suchend um und erschrak, denn zuerst erkannte er die überirdisch schöne Gestalt nicht. Dann aber begann er aus vollem Herzen zu lachen. „Die Engel, sie haben auch dich geheilt", rief er voller Freude. Hamilan nickte und kam zu ihnen herüber. „Ja, das haben sie und nun kann ich zu meinem Volk zurückkehren! Das Buch werde ich mit mir nehmen, die Engel haben mir diesen Auftrag erteilt. Es ist voll dunkler Macht, sie hoffen, dass ich es als Geschenk nutzen kann, um in meine Welt zurückzukehren. Wenn das Tor es annimmt, dann wird dieses Teufelswerk für immer aus den Welten und Zeiten, die wir kennen, verschwinden. Es wird keinen Schaden mehr anrichten!" Lup war damit einverstanden, das Buch war ihm gleichgültig! Für ihn war nur wichtig, dass ElAya wieder ganz gesund war.

„Hamilan, so ist dein Name, nicht wahr?", wollte ElAya wissen. Sie war wieder vollkommen gesund. „Lass mich das Buch einmal ansehen!" Hamilan dachte gar nicht daran, dieses Werk aus der Hand zu geben. „Aber ich kann lesen, wer weiß, ob wirklich alles Schwarze Magie ist, vielleicht steht auch etwas darin, was uns auf unserem weiteren Weg ans Ende der Zeit nützlich sein könnte. Du musst wissen, ich bin eine verdammt schlechte Kräuterheilerin, außerdem haben wir alles, was wir an Medizin bei uns hatten, verloren oder zurückgelassen. Was wenn noch einmal etwas Schreckliches geschieht? Wir haben im

Gegensatz zu dir noch fünf Welten vor uns: Du kannst zu deinem Volk zurückkehren, aber bedenke, was vor uns liegt. Was kann es schaden, einen Blick hineinzuwerfen?" - „Die Engel haben es verboten!" Hamilan war nicht gewillt, das Buch herauszugeben, aber ElAyas Worte rührten ihn trotzdem sehr. Die Welten waren sicher voller Gefahren und die beiden hatten nicht einmal mehr ihre Flügel, sie würden ihre Reise zu Fuß fortsetzten müssen. Noch während Hamilan diese Gedanken wälzte, griff Lup in das Geschehen ein. Er verstand nur zu gut, worum es ElAya ging. Um ein Haar wäre er nicht mehr am Leben und ohne die Engel wäre ElAyas Geist für immer gebunden. Engel würden sie aber vermutlich in den anderen Welten nicht mehr treffen, Lup glaubte es zumindest nicht, denn bisher hatten sie nie welche gesehen, sie schienen hier zu leben.

„Was ist mit der Gefahr die von dem Buch ausgehen soll, wie die Engel gesagt haben?" ElAya sah ihn an: „Es ist sicher nicht ohne Risiko, das Buch näher anzusehen, aber unser Weg ist noch weit, sollen wir wirklich gehen, ohne es wenigstens versucht zu haben?" Hamilan und Lup sahen einander an. „Weißt du, woran du erkennen kannst, ob es gute oder schlechte Rezepte sind?", wollte Hamilan wissen. ElAya dachte nach: „Ich nehme an, man kann es fühlen. Ich hatte noch nie wirklich mit dunkler Macht zu tun, aber mein Lehrmeister hat mir davon erzählt. Ich würde vorsichtig sein und wenn ich merke, dass ich es nicht kann, höre ich sofort damit auf, ich verspreche es!" Selbst Lup war bei diesen Worten merkwürdig zu Mute.

Hamilan nahm ihnen die Entscheidung ab. „Also gut, versuch es, aber ich bleibe ganz dicht bei dir stehen und wenn ich etwas bemerke, dann werde ich dich sofort zurückziehen und dieses Buch schließen - für immer!", fügte er grimmig an.

Hamilan holte das Buch aus seinem Beutel und legte es unter den alten Baum. Vorsichtig ging ElAya näher heran. Oliv hatte sie gewarnt, Schwarze Magie war klebrig und man musste aufpassen, dass sie sich nicht für immer in einem festsetzte. Aber seinen Worten hatte sie entnommen, dass es nur wirklich gefährlich war, wenn man versuchte, sich ihrer zu bedienen, und das hatte ElAya nicht vor. Beherzt ging sie zu dem Buch und schlug es auf. Hamilan stand dicht neben ihr. Den beiden entfuhr ein entsetztes Schnauben. Von dem Buch ging ein unbeschreibliches Gefühl aus. Hamilan machte einen Schritt zur Seite und schlug das Buch zu. Dunkle wabernde Schwaden umgaben es wie Staub, der aufwirbelte, wenn man ein altes Buch zu fest zuschlug.

ElAya hatte es die Sprache verschlagen. Oliv hatte sich getäuscht. Die Schwarze Magie war auch klebrig, wenn man nicht vorhatte sie zu nutzen. „Nimm das Buch mit, die Engel haben Recht, es ist besser, wenn es für immer verschwindet."

Hamilan sah es entsetz an, wie sollte er es anfassen, ohne dass ihm diese schwarzen Wolken zu nahe kamen. „Warte ein wenig, vielleicht legen sie sich wieder auf das Buch." ElAya begann in ihrem Rucksack zu kramen. „Hier, nimm das, darin kannst du es einwickeln!" Sie reichte Hamilan den Samt, in welchen Kalaban ein Geschenk für sie verpackt hatte. Sie sollte es erst öffnen, wenn sie am Ziel ankamen. Deshalb hatte sie nicht hingesehen, als sie den Samt nahm. Ohne die Gabe recht zu berühren, lies sie den Gegenstand ganz unten in ihren Beutel fallen.

Und wirklich, nach einer Weile legten sich die schwarzen Schwaden und Hamilan konnte sie samt des Buches in den dunkelroten Samt packen. Schnell steckte er das Päckchen ein. Er hatte es plötzlich sehr eilig, hier wegzukommen. So schnell er konnte, verabschiedete er sich von ElAya. Den jungen Wolf drückte er noch einmal fest an sich. Er war zuverlässig und er hatte ihm geholfen, das würde Hamilan niemals vergessen, deswegen flüsterte er ihm zum Abschied zu: „Sei vorsichtig, deine Freundin meint es gut, aber sie besitzt zu viel Wagemut, es kann leicht geschehen, dass sie euch wieder in Gefahr bringt. Pass gut auf euch auf, mein Freund, wir werden uns wohl nicht wiedersehen!" Mit diesen Worten drehte er sich um und ging davon. Lup wusste, dass Hamilan recht hatte.

Kapitel 56

Wasser

ElAya und Lup fanden das Tor in die nächste Welt ohne weitere Zwischenfälle. Von den Engeln hatten sie nichts mehr gesehen. Dieses Mal beschlossen sie, das Messer zurückzulassen. ElAya war mulmig zumute, ein Messer war immer nützlich, hatte Kalaban gesagt, aber sie brachte es nicht übers Herz, die Dose ihrer Großmutter zu opfern und außer dem Geschenk von Kalaban, dem sie nun schon die Verpackung genommen hatte und ihrem Wasserkürbis samt Proviant hatten sie nichts mehr.

Als sie das Tor durchschritten, landeten sie im Wasser. Das Tor verschwand augenblicklich, wie die letzten Male auch. ElAya und Lup umgab nichts mehr außer Wasser. Entsetzt sahen sich die beiden an. Wie sollten sie jemals durch diese Welt kommen? „Leg dich auf den Rücken ElAya! Wir müssen uns zuerst einen Plan überlegen, wie wir hier wieder wegkommen. Ich würde sagen, schwimmen scheidet aus, Wasser soweit das Auge reicht!" ElAya konnte ihrem Freund nur recht geben. Schwimmend würden sie diesen Ozean nicht bewältigen!

ElAya hatte das Gefühl, schon tagelang im Wasser zu treiben, sie hatte genau wie Lup jedes Zeitgefühl verloren. Dann hörte sie etwas. „Lup, hast du das auch gehört?", fragte sie mit matter

Stimme, die klang wie Schmirgelpapier, ihr Hals war völlig ausgetrocknet. Sie schwammen zwar in Trinkwasser, aber ElAya fühlte sich inzwischen zu schwach um sich umzudrehen und zu trinken, sie ließ sich einfach treiben. Lup erging es ähnlich. „Nein, ich habe nichts gehört, aber wenn uns nicht bald etwas einfällt, werden wir hier sterben." Lups Stimme klang völlig emotionslos, er dümpelte mehr bewusstlos als lebendig vor sich hin. Aber dann hörte sie das Geräusch wieder. Dieses Mal war sie sich sicher. Ihr Lebensmut kehrte zurück. Sie konzentrierte sich auf den Laut. Es klang wie das Fiepen eines Welpen.

Nach einer Weile gelang es ihr, sich mit diesem Fiepen zu verbinden. Sie konnte zuerst einzelne Silben erkennen und dann ganze Worte, aber es ergab keinen Sinn. Sie versuchte ihrerseits Signale auszusenden. Dazu dehnte sie ihren Geist so weit aus wie sie es vermochte, gleichzeitig verband sie sich mit Lup, um notfalls Halt zu bekommen. Der erfasste nur unterbewusst, was um ihn herum vor sich ging. Nach einer Weile tauchten neben ihnen im Wasser einige Gestalten auf. „Delfine, Lup, hier leben Delfine!" ElAyas Stimme dröhnte völlig außer sich, was dazu führte, dass auch Lup wieder zu sich kam und tatsächlich, um sie herum tanzten und sangen Delfine, eine ganze Familie, große und kleine, dicke und dünnere. Sie erfüllten die Wasserwelt mit ihrem Gesang und zauberten ein seliges Lächeln auf die Gesichter von ElAya und Lup. Sie waren gerettet – wieder einmal.

„Haltet euch an uns fest, wir bringen euch hier weg. Sicher kommt ihr von weit her und habt Hunger und Durst", der Singsang der Tiere ließ die Seelen der beiden Freunde leuchten. Als ElAya sich umdrehte, um sich an einem der Delfine festzuhalten, bemerkte sie, dass die Tiere in allen Regenbogenfarben schimmerten. Wenn das Wasser auf ihre Haut fiel und das Licht sich in den Tropfen brach, sah es aus, als bestünde die Haut der Tiere aus Smaragden, Rubinen und Saphiren. Ihr stockte der Atem, inmitten all dieser Schönheit schwamm ein goldener Delfin. Sie hielt die Luft an und ihr Mund stand vor Staunen weit offen. Der magische Moment war vorüber, denn ElAya verschluckte sich und begann wild mit den Armen zu rudern, zu husten und zu prusten. Das goldene Tier kam zu ihr. Mit einer Anmut, einer Eleganz und einer Schnelligkeit, wie Lup und ElAya es noch niemals zuvor gesehen hatten. „Haltet euch fest!" War die Stimme der anderen Meeresbewohner schon eine Sensation, so war die des goldenen Delfins die Krönung von allem, was ElAya und Lup jemals an Tönen gehört hatten. Der Delfin zog sie in seinen Bann und sie folgten ihm, ohne eine Sekunde zu zögern!

Die Delfine glitten im Wasser dahin wie Pfeile. Wieder hatten sie den großen goldenen Delfin in ihre Mitte genommen. „Oh

Lup, sieh dir nur dieses Glitzern und Funkeln an, wie mein Stein, sie sehen aus wie mein Stein!" ElAya war völlig außer sich vor Glück. Lup sah sie lange an: „Ich hoffe, sie sind harmlos und uns wohlgesonnen, nicht wie die Regenbogenelfen!" -.„Aber Lup, sie helfen uns doch und sie wollen uns etwas zu essen geben, nein, ich bin mir ganz sicher, sie sind einfach bezaubernd!" Lup schüttelte innerlich den Kopf. Seit dieser verflixte Kobold ElAyas Geist gebunden hatte, war sie auf eine merkwürdige Art und Weise verändert. Außerdem hörte er Hamilans Stimme in seinem Kopf „Pass gut auf euch auf, deine Freundin ist zu impulsiv, sie denkt nicht nach. Wenn sie etwas tut, handelt sie aus Instinkt, sie bringt euch beide sicher noch in gefährliche Situationen." Er stimmte ihm zu. ElAya war schon immer sehr impulsiv gewesen; aber niemals leichtsinnig. Seit sie aber dem Heiler begegnet waren, kam es ihm vor, als wären all ihre Charaktereigenschaften stärker geworden, die guten und die schlechten! Vermutlich hatte ElAya die Delfine deshalb gehört. Sie besaß schon immer ein gutes Gespür für andere Wesen, genau wie Lup. Aber der war sich ziemlich sicher, dass auch sie früher den Gesang der Delfine nicht hätte hören können!

ElAya hatte ihren Stein nicht mehr erwähnt, seit sie über das große Wasser gekommen und die Schildkröte Mauri getroffen hatten. Lup wusste, dass der Stein seine Freundin stets gewärmt und getröstet hatte, denn er war tief mit ihr verbunden. Nun aber schien er wieder Signale auszusenden, die ElAya zwar nur unbewusst wahrnahm, aber immerhin. Er hatte gesehen, wie sie den Stein berührte, als sie über die Delfine sprach.

Lup entschloss sich, ElAya vorerst gewähren zu lassen und auf der Hut zu sein. Sie hatte zwar offensichtlich auch ihre guten Eigenschaften verstärkt, aber Vorsicht war leider nie dabei gewesen.

Nach geraumer Zeit wurden die Delfine langsamer. „Wir sind da, ich kann es spüren!" Lup hatte die ganze Zeit darüber nachgedacht, ob er es riskieren sollte, sich mit ElAyas Geist zu verbinden, um zu sehen, was in ihr vorging. Ihr Geschrei schreckte ihn aus seinen Gedanken. „Nein, ich kann es nicht tun, wenn immer noch ein Rest Schwarzer Magie an ihrem Geist klebt und ich einen Teil davon abbekomme, wer soll dann auf uns aufpassen? Wenn wir jemandem begegnen, der mir vertrauenswürdig erscheint, werde ich nochmals überlegen, was ich tun kann! Jetzt muss ich erst einmal sehen, was hier passiert und mir einen Plan zurecht legen, wie wir von hier wegkommen." Lup seufzte tief, dann drehte er sich mit einem Lächeln zu ElAya um. Es hatte keinen Sinn, sie zu beunruhigen. Wenn es sich so verhielt, wie er vermutete, konnte er nur abwarten.

Kapitel 57

Eine Welt im Meer

Vor ihnen tauchte eine Art Strudel auf. „Wir müssen da hinunter!", hörte Lup den Delfin zu ElAya sagen. Mit ihm sprach er nicht, er schien nur mit ihr zu kommunizieren. Lup hatte den Eindruck, der Delfin sprach mit seiner Freundin, weil auch sie die Anführerin war. Plötzlich schwamm ganz nah neben ihm einer der Regenbogendelfine. „Komm zu mir, halt dich an meiner Rückenflosse fest. Almond ist nicht in der Lage euch beide nach unten zu bringen." Der kleinere Delfin flößte Lup mehr Mut ein. „Du kannst mir vertrauen, ich bringe dich heil nach unten!", er hatte das Gefühl, der Delfin würde ihm zugrinsen. Konnten Delfine grinsen? Das gab den Ausschlag. Er ließ ElAya mit dem großen goldenen Tier ziehen und wechselte zu seinem neuen Begleiter.

„Wohin bringt ihr uns?" - „Nach unten, hier gibt es für euch nichts zu essen!" Lup gefiel dieses „nach unten" nicht. „Du brauchst keine Angst zu haben, es geht ganz schnell, schließ am besten die Augen und halt dir die Nase zu!"

Seine Freundin hatte nicht so viel Glück. Der goldene Delfin gab keine Anweisungen. Sie schluckte ein weiteres Mal Wasser und fing an zu husten und zu würgen. Zum Glück ging es sehr schnell. Schon nach wenigen Sekunden tauchte ein unfassbar großes goldenes Tor vor ihnen auf. Links und rechts des Eingangs standen zwei furchterregende Kraken. Jeder von ihnen hatte jeweils eine lange goldene Lanze in jeder seiner Tentakel. Es sah achtunggebietend aus. ElAya bekam davon nichts mit, sie war damit beschäftigt, wieder zu Atem zu kommen. Aber sobald sie den Meeresboden erreicht hatten, konnten Lup und ElAya wieder atmen. „Erstaunlich, wirklich erstaunlich!", dachte Lup.

Die Kraken öffneten das Tor und ließen den goldenen Delfin, ElAya und Lup und seinen neuen Freund passieren. Die anderen blieben draußen. „Erstaunlich!", dachte Lup wieder.

Hinter dem Tor öffnete sich eine riesige Halle. Überall führten Treppen nach oben und nach unten, manche ganz gerade und breit, andere schmal und geschwungen wie die Windungen eines Schneckenhauses. Von überall her tauchten Meeresbewohner auf. Fische, die Lup noch niemals gesehen hatte; Schnecken und Muscheln, Korallen und seltsame rautenartige Tiere, die auf drei Beinen hüpften. Alle Bewohner hatten die Farbe des Regenbogens. Sie huldigten dem goldenen Delfin, indem sie sich hunderte Male tief verbeugten, dann brachten einige andere eine Sänfte. Der goldene Delfin ließ sich darin nieder. ElAya und Lup gingen hinter der Prozession her.

„So ähnlich hab ich mir das vorgestellt!" Lup war wütend. Sein Regenbogendelfin schwamm noch immer neben ihm her: „Versuch, deine Gedanken zu kontrollieren und zu beruhigen, bevor wir die Heilige Halle betreten, sein Vater wird deinen Unmut sofort bemerken!" Lup, der seinen neuen Freund vor lauter Ärger gar nicht mehr wahrgenommen hatte, sah diesen erstaunt an. Bevor er weiter nachfragen konnte, schüttelte der Delfin nur leicht den Kopf und bedeutete ihm zu schweigen. Lup klärte seinen Geist und füllte ihn mit Neugierde. Zu Wohlwollen und freundschaftlichen Gefühlen konnte er sich im Moment nicht durchringen.

Nach hunderten von Treppen keuchten Lup und ElAya nur noch atemlos. Vor ihnen tauchte erneut ein großes Portal auf, über und über besetzt mit Edelsteinen, die in allen Farben schimmerten. Davor standen auf jeder Seite 21 Kraken, 21 Schwertfische und 21 merkwürdige Gestalten mit langen faden Gesichtern und riesigen Flossen, die um ihre Körper wirbelten wie Kaftane. Jedes der Geschöpfe trug unzählige goldene Lanzen. Lup stockte der Atem – so nicht! Seine Freundin war überwältigt, er hingegen fragte sich, wie sie jemals wieder von hier wegkommen sollten. Binnen Sekunden hatte er keine Zeit mehr, darüber nachzudenken. Vor ihnen tauchte ein unermesslich großer Saal auf. In der Mitte thronten zwei riesige Wale, offensichtlich die Oberhäupter dieser Welt. Alle um sie herum begannen, sich zu verbeugen. Bevor Lup oder

ElAya reagieren konnten, stieß ihnen der Wächter neben ihnen eine goldene Lanze in die Seite. Lup heulte empört auf. „Knie nieder, du Kretin!", fuhr ihn der Zerberus an. „Was tut ihr hier, Landbewohner?", die Stimme des Wals tönte unangenehm in Lups Ohren. ElAya sah immer noch erstaunt aus und schien nicht wahrzunehmen, was um sie herum vor sich ging. Ihm war, als sei die Schwärze in ihren Geist zurückgekehrt.

Lup wollte erklären, wie sie hierher gekommen waren, aber seiner Kehle entstieg nur ein wölfisches Geheul. Er konnte nicht sprechen! Entsetzt hielt er inne und sah ElAya an. In seiner Not versuchte er, sich mit ihrem Geist zu verbinden. Die Schwärze dort erschreckte ihn und warf ihn so stark zurück, dass er entsetzt aufheulte. „Nun, offensichtlich seid ihr keiner verständlichen Sprache mächtig!", hörte Lup wieder die unangenehme Stimme des Wals. „Bringt den Wolf weg, aber lasst die Elfe hier, vielleicht wird mir ihr Geist mehr verraten als ihre Stimme!" Seinen Worten ließ er ein höhnisches Gelächter folgen. Lup wehrte sich nach Leibeskräften, er biss und trat nach den Wachen, aber es waren einfach zu viele. Sie schleppten ihn unendlich viele Treppen hinab; er hatte das Gefühl, im Innern der Erde zu sein. Endlich ließen sie von ihm ab. Er fand sich in einer Art Gewölbekeller wieder. Selbst hier bestanden die Wände aus Gold, es schien an diesem Ort kein anderes Material zu geben. Ansonsten war der Raum leer. Lup setzte sich auf den Boden, er würde erst einmal abwarten, bis sie ElAya zu ihm brachten, und dann überlegen, wie sie von hier wegkommen konnten.

Es dauerte nicht lange. Er hörte Getrappel und laute hektische Stimmen, dann wurde die Türe aufgerissen. Aber anstatt ElAya zu ihm zu bringen, wie er es erwartet hatte, zogen sie ihn unsanft vom Boden hoch und schleppten in nach draußen. ElAya stand inmitten einer Bande Meeresbewohner, die mit Lanzen nach ihr zielten, scheinbar, um sie in Schach zu halten. „Wie töricht!", er war wütend! ElAya stand so sehr neben sich, sie stellte wahrlich keine Bedrohung dar.

Sie riefen immer wieder etwas in einer merkwürdigen Sprache. Lup verstand kein Wort. Mit den Lanzen hielten sie die beiden auf Abstand und bugsierten sie in Richtung einer Treppe, die ihm bisher noch nicht aufgefallen war. Sie wand sich wie eine Schnecke in die Tiefe. Die seltsamen Wesen, die aussahen wie eine Mischung aus Muschel und Fisch gaben jetzt gurrende Laute von sich und ihre Stöße in Lups und ElAyas Rücken wurden immer stärker, sie hatten offensichtlich vor, sie diese Treppe hinabzuschubsen, hielten aber Abstand und waren aufs Äußerste darauf bedacht, die beiden ja nicht zu berühren. Lup stürzte dicht gefolgt von ElAya die steile Treppe hinab. Im Fallen begriff er, dass die Treppe eine Illusion war, es handelte sich um eine Art Trichter. Sie wurden immer schneller, dann schlug er auf etwas Hartem auf und verlor das Bewusstsein.

Er kam nur langsam wieder zu sich, vor seinen Augen tanzten Sternchen, alles drehte sich um ihn, aber inmitten der Sterne tauchte langsam ElAyas Gesicht auf. Sie schien ihm etwas sagen zu wollen, aber er konnte nichts hören. Sein Kopf dröhnte. Nach einer Weile bemerkte Lup, dass ElAya mit Tränen in den Augen immer wieder über seinen Kopf strich.

Er blutete und seinen Hinterkopf zierte eine birnengroße Beule; sein rechter Vorderlauf schmerzte. All das erschien ihm im Moment allerdings bedeutungslos, denn seine Freundin hatte seit dem unseligen Aufeinandertreffen mit dem Koboldheiler keine Tränen mehr in den Augen gehabt. Endlich drang auch ihre Stimme zu ihm durch: „Oh Lup, endlich bist du wieder zu dir gekommen, ich habe mir solche Sorgen um dich gemacht!" ElAya schien überhaupt nicht erfasst zu haben, was mit ihr losgewesen war. Sie war wieder ganz die alte, wie aus langem Schlaf erwacht. Lup hatte im Moment nicht die Kraft sie darüber aufzuklären, was alles geschehen war, seit sie die Welt des Kobolds verlassen hatten. Er dachte nach und sah sich um, was sofort stechende Schmerzen in seinem Schädel hervorrief. Die Welt des Heilers, Hamilans Welt, die Welt der Engel, die schauderhafte Wasserwelt und nun schienen sie wieder in einer neuen Welt angekommen zu sein. Das war nun also die fünfte.

Die vierte Welt hatten sie wohl noch schlimmer zurückgelassen, als sie sie vorgefunden hatten. Denn offensichtlich hatten die goldenen Wale versucht, in ElAyas Geist einzudringen und dabei alle Schwarze Magie aus ihr herausgezogen. Das war sicher der Grund, warum die Meeresbewohner sie so schnell wie möglich loswerden wollten. „Egal, Hauptsache ElAya geht es wieder gut, ohne sie ist diese Reise eine einzige Katastrohe gewesen!", dachte Lup und er pfiff in diesem Moment von Herzen auf seine egoistische Denkweise.

Es dauerte noch eine ganze Weile, bis der Propeller in Lups Kopf aufhörte, sich zu drehen. ElAya saß die ganze Zeit neben ihm, hielt seinen Kopf im Schoß und schwieg. Viel mehr konnte sie im Moment nicht tun. Sie wusste, wenn es ihrem Freund besser ging, dann würde er von selbst anfangen zu sprechen. Geduld war bisher nicht unbedingt ihre starke Seite gewesen, aber ein bisschen etwas hatte sie auf der langen Reise doch dazugelernt. Und tatsächlich, als es Lup besser ging, fielen ihm auch wieder so manche Dinge ein, die sie noch klären mussten: „Sag einmal, ElAya, besitzen wir noch irgendetwas von unserem Gepäck oder haben diese Meeressäuger alles behalten?" ElAya sah sich um, daran hatte sie noch gar nicht gedacht. Ganz in der Nähe entdeckte sie glücklicherweise ihren Beutel, den Proviant und das Wasser. „Scheint alles da zu sein!" Vorsichtig erhoben sich die beiden, um ihre Sachen zu durchsuchen. Seit ElAyas Geist wieder rein war, konnte Lup wie früher in ihre Gedanken sehen. Sie war genauso beunruhigt wie er, was hatte sich das letzte Tor genommen? Sie hatten nicht bewusst etwas zurückgelassen.

Sie begann hektisch, in dem Beutel zu kramen. „Lup, das Geschenk von Kalaban, es ist weg, dieses verflixte Tor hat mein Geschenk genommen!", dann brach sie in Tränen aus. Lup hatte alle Mühe, sie wieder zu beruhigen. Aber schließlich versiegten die Tränen und sie wurde ruhig.

Ihr gingen viele Gedanken im Kopf herum. Würde sie jemals erfahren, was in dem Päckchen gewesen war? Nun, allenfalls wenn sie je wieder zu Kalaban zurückkommen würde, also war es wohl das Beste, diese trübsinnigen Gedanken zu beenden! Entschlossen sagte sie zu ihrem Freund: „Wir müssen weiter." Lup entging nicht, dass ElAya vorerst nicht mehr über Kalabans Geschenk sprechen wollte. Er respektierte das. Sie berührte wieder ihren Stein. Irgendetwas schien sich verändert zu haben. Es war ihr wohl noch nicht möglich, mit dem Stein zu kommunizieren, aber er gab ihr wieder Trost und Sicherheit.

Kapitel 58

Der Palast

ElAya blickte sich um. Die Landschaft erinnerte sie an das Zuhause der Moorelfen. Der Gedanke gefiel ihr überhaupt nicht. Lup bemerkte ihr Unbehagen und wollte wissen, was los war. „Lass uns noch eine Weile hier sitzen, dann erzähle ich dir von meiner Zeit bei den Moorelfen. Die Landschaft um uns herum erinnert mich sehr an eine Zeit, als ich bei jedem Schritt aufpassen musste, dass ich nicht im Morast versank. Der Geruch nach Fäulnis, kannst du es riechen?" Lup nickte nur, ja, auch ihm war aufgefallen, dass es hier nach faulen Eiern roch. Allerdings erinnerte ihn dieser Geruch mehr an die Burg der Ungeheuer. Kurz überlief ihn ein unangenehmes Frösteln. Dort roch es genauso. „Meinen Vater habe ich an diesem Ort gefunden, aber begeistert war er nicht von meinem Erscheinen und dann hat er sogar versucht, mich umzubringen". Bisher hatte sie noch nie mit Lup über diese Zeit gesprochen. Es schmerzte sie zu sehr.

„Komm, lass uns ein Stück gehen und sehen, was es hier zu entdecken gibt!", sagte sie deshalb zu Lup. Sie musste sich jetzt auf etwas anderes konzentrieren, das hatte ihr noch immer geholfen. Er nahm ihr das nicht übel, auch ihm war es nicht immer gut gegangen und er verdrängte diese Zeit ebenfalls am liebsten und zum anderen hatte er in ElAyas Geist ohnehin das ein oder andere gesehen. Sie mussten jetzt nicht darüber reden. ElAya hatte recht, sie mussten weiter, schließlich hatten sie eine Mission.

Je weiter sie gingen, desto stärker wurde der Gestank. Zu ihrer Linken sahen sie in der Ferne eine Hütte auftauchen. „Was meinst du, Lup, sollen wir dort eine Rast einlegen und unsere Reise morgen früh weiterführen?" - „Gute Idee, wir müssen uns ein bisschen ausruhen und neue Kraft schöpfen, wer weiß, was uns noch bevorsteht, wollen wir hoffen, dass die Hütte unbewohnt ist und wir unsere Ruhe haben!" - „Sie sieht nicht bewohnt aus, aber lass uns vorsichtig sein!" ElAya nickte.

Es dauerte Stunden, bis sie ihr Ziel endlich erreicht hatten. Es hatte ganz nah ausgesehen, aber immer wieder mussten sie einen Umweg gehen, weil der Boden so sumpfig war, dass sie nicht passieren konnten. Lup, der sonst nicht viel vom Fliegen hielt, wünschte sich nun, sie hätten die Federn noch.

Was sie nicht wissen konnten: Mit den Federn wären sie augenblicklich im Morast versunken. Sie hatten Glück, jeder von ihnen alleine war leicht genug, um über das Moor zu gehen, zusammen wären sie darin verschwunden. Die Federn waren irgendwo in den Welten in Sicherheit, auch wenn ElAya und Lup sie nun nicht mehr benutzen konnten.

Der Weg war wirklich eine einzige Zumutung! Sie waren völlig erschöpft, als sie endlich die Hütte erreichten und dankbar, dass die Behausung leer stand. Die Tür hing schief in den Angeln, die beiden Fenster waren zerbrochen, es roch abscheulich und überall lag zentimeterdick der Staub. Offensichtlich war hier lange niemand mehr gewesen. Seufzend betraten sie das Domizil. „Es ist besser als gar nichts, lass uns den Staub ein wenig zur Seite schieben und eine Runde schlafen, ich bin so müde, ich schlafe gleich im Stehen ein!" Da es Lup nicht besser ging, nickte er nur.

Als sie erwachten, wurde es bereits Tag. Sie hatten viele Stunden geschlafen und fühlten sich fit und ausgeruht wie lange nicht mehr. Deshalb beschlossen sie, gleich nach dem Frühstück aufzubrechen. Im Grunde war es wohl gleichgültig, in welche Richtung sie gingen. Erstens wussten sie nicht, wo sich das nächste Tor befand, zweitens tauchten diese Durchgänge sowieso immer irgendwann von ganz alleine auf.

Viele Tage liefen sie durch die immer gleiche Moorlandschaft. Sie trafen auf kein einziges Lebewesen. Ihre Stimmung hatte den Nullpunkt erreicht, als sie vor sich in der Ferne einen glitzernden Nebel bemerkten. „Was ist das? Lup, kannst du es auch sehen?" - „Ja, ganz deutlich und es erinnert mich an diese verdammten Lichtwesen, lass uns von hier verschwinden!" - „Wohin sollen wir denn gehen?" ElAya war müde und frustriert, um Lups Laune stand es nicht besser: „Gut, lass uns hingehen. Wir besitzen keine Medizin mehr; wir haben fast kein Wasser mehr und auch keinen Proviant. Das einzige, was wir noch haben, ist das Kästchen deiner Großmutter." Sie stapfen los.

Je näher sie dem Nebel kamen, desto deutlicher kristallisierte sich ein Bild heraus. Es war ein riesiges Schloss, das hier mitten in der sumpfigen Moorlandschaft stand. Das Gold, aus dem die Wände bestanden, schien durch seinen Glanz die Landschaft ringsherum zu erwärmen, was wohl den Nebel verursachte. „Wer um alles in der Welt kommt denn auf die Idee, so einen Palast ausgerechnet hier zu errichten?", wollte Lup wissen. „Vermutlich der beste Schutz, hier erwartet keiner so etwas! Ich bin gespannt, wer da wohnt!"

Das Schloss konnte man wegen seiner Größe schon von weitem sehen. Beim Näherkommen zeigte sich, dass eine ganze Stadt angesiedelt war, von einer beeindruckenden Mauer umgeben. Im Süden konnte ElAya ein großes Tor ausmachen, vor dem standen Wachposten. „Wovor die sich wohl fürchten?", ging es ElAya durch den Kopf. „Ob es klug ist in die Stadt zu gehen?", wollte Lup wissen. „Keine Ahnung, aber hast du eine Idee, was wir sonst tun sollen? Wir laufen nun schon seit Tagen umher und von einem Tor keine Spur. Bis jetzt sind sie immer nur dann aufgetaucht, wenn wir zuvor jemanden getroffen hatten!" - „In Ordnung, lass uns das Tor da vorne nehmen, es ist am nähesten und ich habe keine Lust mehr zu laufen!" - „Wieso, hast du noch einen anderen Eingang gesehen?", wollte ElAya wissen. „Ja, es gibt vier Tore, eins in jeder Himmelsrichtung!" - „Lup, woher weißt du das?" - „Ich kann sie sehen, ich meine, ich kann die ganze runde Stadtmauer sehen, du etwa nicht?" - „Nein, alles, was ich sehe, ist das Tor direkt vor unserer Nase! Lup hast du deinen Geist auf Reisen geschickt?" - „Nein, hab ich nicht, ich sehe den Ring den die Stadtmauer bildet, schon die ganze Zeit, das ist wirklich seltsam!" - „Kann man wohl sagen! Halt mich auf dem Laufenden, hörst du!" - „Mach ich!"

Als sie näher kamen, erschrak ElAya: „Es sind eindeutig Elfen! Aber so etwas Eigenartiges habe ich noch nie gesehen. Lup, sie sind fast durchsichtig!" - „Ja, ich hab es auch bemerkt", er schüttelte sich. „Komm, lass uns weitergehen und sehen, was wir in Erfahrung bringen!" Er war beim Anblick der durchsichtigen Elfen neugierig geworden.

Der vermeintliche Wachposten grüßte freundlich, ein trauriges Lächeln glitt über sein Gesicht: „Seid gegrüßt, Fremde, kann ich euch helfen?" ElAya und Lup sahen sich an, was hatten sie schon zu verlieren, sie mussten das nächste Tor finden. ElAya schluckte ihr Unbehagen hinunter und erzählte ihm, wohin sie unterwegs waren. Er nickte bedächtig, er schien sehr alt zu sein. „Nun, ich kann euch leider nicht helfen, ich habe noch niemals vom Ende der Zeit gehört, aber ich kann euch etwas anderes sagen", er hielt kurz inne und blickte sich um. „Ihr solltet nicht hier sein und an eurer Stelle würde ich so schnell wie möglich verschwinden!" - „Warum rätst du uns das?", wollte ElAya wissen. Wieder sah der Elf sich furchtsam um, dann seufzte er tief: „Na gut, ich werde euch unsere Geschichte erzählen und wenn es nur dazu dient, dass die Welt davon erfährt, aber nicht hier! Kommt wieder, kurz bevor es dunkel wird!" Mit diesen Worten drehte er sich um und ging in die Stadt hinein. Von hinten hatte er noch mehr Ähnlichkeit mit einem Geist. ElAya schauderte. „Lass uns erst einmal von hier verschwinden, vor heute Abend werden wir sowieso nichts erfahren!"

Die beiden sahen sich um, dann beschlossen sie, ein Stück in südlicher Richtung weiterzugehen, Lup hatte ganz in der Nähe eine alte halbverfallene Hütte entdeckt, vielleicht würden sie sich dort ein wenig ausruhen können bis es Zeit war, den Elf zu treffen.

Rechtzeitig bevor es dunkel wurde, machten die beiden Freunde sich auf den Weg. Wie verabredet wartete der alte Elf am Tor auf sie. „Kommt mit!" Er führte sie durchs Stadttor. „Haltet euch in der Nähe der Häuser, es ist nicht nötig, dass ihr ungewollt Aufmerksamkeit auf euch lenkt!" ElAya war wirklich auf seine Geschichte gespannt!

Der Alte führte sie eine schmale Gasse entlang. Immer wieder nahm er eine Abzweigung. ElAya fragte sich schon, ob sie jemals wieder herausfinden würden, falls der Elf einfach verschwand. Dann schienen sie ihr Ziel erreicht zu haben. Er machte vor einem alten Gasthaus halt und hielt ihnen die Türe auf: „Willkommen im Blauen Topf!", lächelnd trat er ein. Das Haus sah wirklich aus wie ein Topf. Die Wände waren rund und wölbten sich nach außen. Das Dach sah aus wie ein großer Deckel. Im Inneren des Gasthauses war es dämmrig und stickig, ElAya konnte die Umrisse schemenhafter Gestalten erkennen.

Der Elf führte sie an einen Tisch in der Ecke. „Habt ihr Hunger, die Beerensuppe ist wirklich zu empfehlen!" ElAya bemerkte erst bei dieser Frage, wie ihr Magen knurrte: „Und wie, ich nehme die Suppe, aber ich glaube mein Freund hier würde lieber etwas anderes haben!" Grinsend wandte sich der Alte an den Wirt: „He, Okar, zweimal die Beerensuppe bitte und etwas Deftiges für unseren Vierbeiner hier!" Okar nickte grinsend. Er war groß und breitschultrig. Sein Lächeln schien von einem Ohr bis zum anderen zu reichen. Wenn er nicht so seltsam durchsichtig gewesen wäre, hätte ElAya es bei seinem Anblick mit der Angst zu tun bekommen.

Der Wirt stellte zwei Gläser mit einer dunklen Flüssigkeit vor sie hin, für Lup brachte er eine Schale. ElAya roch daran, ein eigenartiger süßlicher Duft stieg von dem Getränk auf. „Na, dann zum Wohl, mein Name ist Goran und wie heißt ihr?" ElAya stellte sich und Lup vor. „Lasst uns zuerst essen, dann erzähle ich euch meine Geschichte".

Sowohl das Getränk, Honigbier wie Goran ihnen erzählte, als auch die Beerensuppe waren köstlich. ElAya hatte schon lange nichts so Gutes mehr zu sich genommen. Satt und zufrieden lehnte sie sich auf ihrem Stuhl zurück. Goran holte tief Luft, dann begann er zu erzählen: „Das Ganze ist nun schon viele Jahre her. Es begann, ohne dass wir etwas bemerkt haben. Als wir wirklich begriffen, was geschah, da war es längst zu spät. Wir konnten nichts mehr gegen ihn unternehmen. Deshalb erzähle ich euch nun unsere Geschichte. Morgen früh werde ich euch aus der Stadt herausbringen. Erzählt weiter, was ihr gehört habt, nur darum bitte ich euch." Fragend sah Goran sie an. ElAya nickte, dann holte er abermals tief Luft und fuhr fort: „Sicher habt ihr euch schon über unser durchscheinendes Aussehen gewundert. Es ist das Ergebnis von dem, was in unserer Stadt geschah und immer noch geschieht.

Der Palast ist unser ehemaliges Heiligtum. Heute lebt nur noch Horat dort, der Herrscher der Goldenen Stadt, so nennt er sich selbst. Einst war der ein ganz gewöhnlicher Elf. Immer schon neigte er allerdings zu Neid und Habgier. Eines Tages hat er eine Möglichkeit gefunden, von unserer Lebensenergie etwas abzuziehen. Wie er das macht, das weiß leider keiner von uns, denn niemandem ist es je gelungen, in den Palast einzudringen. Dafür sind wir viel zu schwach. Er lässt uns gerade so viel Energie, dass wir noch für ihn schuften können!", Goran schnaubte wütend. „Früher sahen wir alle irgendwie golden aus. Na ja, so habe ich es zumindest in Erinnerung, es ist alles so lange her. Er nutzt unsere Energie für sich selbst und für den Palast. Als das Gebäude noch unser Heiligtum war, war es ein ganz gewöhnliches Haus. Seit Horat uns die Energie abzieht, leuchtet es, wie wir das früher getan haben." Hier beendete Goran seinen Bericht.

ElAyas Entsetzen war mit jedem seiner Worte größer geworden. „Aber habt ihr nie versucht herauszufinden, was er tut, um eure Energie abzuziehen?" Der alte Elf lachte zornig auf: „Oh doch, kleine Elfe, viele von uns haben es versucht, wir sind alle gescheitert, sobald wir in die Nähe des Palastes kommen, werden wir zurückgeschleudert. Keine sehr angenehme Erfahrung!" - „Und was ist mit euren Flügeln, habt ihr es schon aus der Luft probiert?" Mitleidig sah Goran sie an: „Wir haben alles versucht, leider können wir nicht mehr höher als vielleicht 10 Meter steigen, wenn wir höher kommen, fallen wir wie Steine herab." Er blickte an seinem linken Arm hinab und ElAya bemerkte, dass der lahm war. „Ihr habt es auch versucht, nicht wahr?" Er nickte: „Ich war einer der Ersten!" „Gibt es Wachen vor oder im Palast?", wollte ElAya wissen. „Ja, alle Elfen, die wir früher für wenig vertrauenswürdig hielten, sind nun Horats

Wachen", erwiderte Goran mit einem bitteren Lachen. Er hält sie bei Laune, indem er ihnen erlaubt, uns zu quälen, wann immer sie wollen. Außerdem sind sie nicht durchscheinend so wie wir, sie haben nur ihren goldenen Glanz verloren. Diese Pracht beansprucht Horat ganz für sich alleine. Sie folgen ihm trotzdem. Einmal hat eine der Wachen versucht, sich gegen ihn aufzulehnen." - „Was ist passiert?" - „Er ist tot". Nach einer kleinen Pause fügte er hinzu, „keiner weiß, wie er gestorben ist, aber seine entsetzlichen Schreie höre ich noch immer, wenn ich die Augen schließe."

„Wir werden euch helfen!", ElAyas Stimme klang entschlossen und viel mutiger, als sie sich fühlte. Lup kannte das, sie würde trotz ihrer Angst keine Ruhe geben, bevor sie nicht alles versucht hätte, um den Elfen hier zu helfen. Er begann sich zu fragen, ob sie das Ende der Zeit jemals erreichen würden. Goran hingegen sah ElAya ungläubig an: „Ihr wollt uns helfen, seid mir nicht böse, kleine Elfe, aber du bist noch ein Kind! Was könntet ihr schon ausrichten? Wenn ihr unsere Geschichte weitererzählt, wer weiß, vielleicht wird irgendwann jemand davon erfahren, der uns helfen kann". - „Ja", erwiderte ElAya, „falls ihr dann noch lebt!"

In ihr war schon während des Erzählens ein Plan herangereift. Die Situation hatte so viel Ähnlichkeit mit ihrem Erlebnis bei den Regenbogenelfen. Es musste etwas mit den Steinen zu tun haben und da sie keine von den Einheimischen war, konnte sie immerhin versuchen, ob sie nicht würde höher fliegen können als diese. Oh nein, sie hatten ja die Federn nicht mehr. Aber ihr Entschluss stand fest: Sie konnte die Elfen hier nicht ihrem Schicksal überlassen, nach allem, was sie selbst schon erlebt hatte. Sie musste sich mit Lup beraten! Vielleicht, wenn sie das Tor fänden, könnte sie das Kästchen ihrer Großmutter gegen die Federn eintauschen? ElAya hatte keine Ahnung, ob so etwas möglich war, aber sie würde es versuchen.

Als Lup in ElAyas Geist blickte, verschlug es ihm alle Gedanken und auch die Sprache. Nun war sie vollkommen verrückt geworden.

Goran schüttelte traurig den Kopf, er glaubte nicht daran, dass ElAya ihr Versprechen wahrmachen konnte und selbst wenn, was sollte sie ausrichten können? Er brachte die beiden kurz vor Mitternacht zum Tor. Um Mitternacht schloss das Portal, dann würden sie für den Rest der Nacht hier festsitzen, ein Gedanke, der dem alten Elf offensichtlich nicht besonders gefiel. Auf ElAyas bohrende Fragen antwortete er nur ausweichend: „Dann gehen die Wachen um und es ist besser, wenn sie euch nicht sehen."

Sie gingen im Schutz der Dunkelheit zu der alten Hütte zurück, in der sie schon den Nachmittag verbracht hatten. „ElAya, was du da vorhast, ist der blanke Wahnsinn. Wie willst du an die Federn kommen, kannst du mir das verraten?" Sie schüttelte kläglich den Kopf und Lup begriff, dass sie selbst nicht wirklich wusste, was sie nun tun sollten.

Kapitel 59

Ein kühner Plan

Nach einer Weile ging ElAya zu ihrem Beutel, holte das Kästchen ihrer Großmutter hervor und ging damit vor die Türe. „Dies ist mein wertvollster Besitzt, das Kästchen bedeutet mir viel, wo auch immer du dich befindest Tor, bitte tausche das Kästchen gegen die Federn. Tu es für die gequälten Seelen hier – bitte!"

ElAya stand schon im Begriff wieder in die Hütte zu gehen, als sie eine leise Stimme vernahm und vor ihr ein silbernes Tor auftauchte. „So, dein wertvollster Besitz – ich lasse mich von niemandem zum Narren halten!" ElAya sah fragend auf, aber bevor sie etwas sagen konnte, fuhr die Stimme fort: „Dein wertvollster Besitzt hängt in einem Lederbeutel um deinen Hals, gib mir deinen Stein und ich gebe dir die Federn!" Die Stimme und das Tor verschwanden so schnell, wie sie aufgetaucht waren.

„Grundgütiger!" ElAya fasste nach ihrem Stein. Sie konnte unmöglich den Stein zurücklassen. In ihm wohnte ein Teil von ihr. „Unmöglich!" Gebückt und um Jahre gealtert kehrte ElAya in die Hütte zurück. Was sollte sie jetzt tun?

Lup, der nichts vom Erscheinen des Tores und dem angebotenen Handel, mitbekommen hatte, wollte wissen: „Was um alles in der Welt hast du jetzt wieder angestellt?" ElAya erzählte es ihm, dann brach sie in Zornestränen aus. „Lup, das ist so ungerecht, ich muss diesen Elfen helfen, ich muss es wenigstens versuchen und dieses Tor kann uns die Federn herausgeben, das hat es gesagt, warum nimmt es nicht mein Kästchen?" ElAya war jetzt vollkommen außer sich. Lup stand die nackte Panik im Blick. Er kannte seine Freundin nur zu gut. Wenn sie einen solchen Ausbruch hinter sich hatte, dann war sie zu allem fähig. Sie würde diesem Tor ihren Stein zu Füßen legen. Er spürte es lange, bevor sie die Entscheidung traf und er wusste auch, dass er nichts dagegen unternehmen konnte. In einer solchen Stimmung war sie keinen vernünftigen Argumenten zugänglich. So war das immer schon gewesen.

Und wirklich, kaum hatte Lup sich beruhigt, als ElAya zornbebend das Unvermeidliche verkündete, sich den Stein vom Hals nahm, ihn liebevoll streichelte und vor die Tür rannte. Sekunden später kam sie mit versteinertem Gesicht und den Federn wieder.

Lup hatte unterdessen beschlossen, es wenigstens noch einmal zu versuchen. Das war er Kalaban schuldig. Deshalb fragte er: „Was ist, wenn auch du nicht höher steigen kannst? Immerhin bist auch du eine Elfe!" ElAya sah Lup nachdenklich an, damit hatte er natürlich nicht ganz Unrecht. „Du hast recht Lup", sagte sie „du wirst gehen!" Lup versuchte seine Freundin zu unterbrechen, aber sie ließ ihn gar nicht zu Wort kommen. „Dein Fell ist schwarz wie die Nacht und wenn wir es schaffen, die Federn auch so hinzubekommen, dann kann dich niemand sehen. So kannst du auskundschaften, was man durch die Kuppel des alten Heiligtums sehen kann und ob es eine Möglichkeit gibt, hineinzukommen. Am besten ist, wir fangen sofort mit der Arbeit an und du machst dich noch heute Nacht auf den Weg. Wenn du wieder zurück bist, können wir überlegen, wie wir vorgehen!"

„Schön, dass ich gefragt werde, ob ich mit diesem irrsinnigen Plan einverstanden bin", gab Lup zurück. „Mir wird übel beim Fliegen, also halte ich in der Regel die Augen geschlossen. Wie bitte soll ich da etwas auskundschaften?" - „Lup, was für eine faule Ausrede. Wenn du selber fliegst, wird dir sicher nicht übel und außerdem musst auch du deinen Teil zum Gelingen des Planes beitragen! Also stell dich bitte nicht so an und lass uns jetzt sehen, womit wir die Federn einfärben können".

Sie griff nach dem Federbeutel und dachte an eine Lösung für ihr Problem. Als sie aber den Beutel öffnete, waren die ursprünglich weiß schimmernden Federn schwarz. Staunend sah sie noch einmal hinein. Wirklich, die Federn waren allesamt schwarz. Das alte Einhorn war wirklich eine außerordentliche

Zauberin. „Sieh nur Lup, die Federn sind schwarz!" Er fand das gar nicht gut. Nun hatte er keine Ausrede mehr und würde fliegen müssen, alleine! Schon bei dem Gedanken wurde ihm schlecht.

Seine Freundin begann bereits, die Federn im Kreis auszulegen. Sie waren nicht mehr zu sehen, sobald sie den Beutel verließen. „Nun komm schon Lup, es kann dir nichts passieren, gib den Federn einfach zu verstehen, wohin du willst und was du sehen musst, sie werden dich sicher hin und wieder zurückbringen". Noch immer zögernd trat der junge Wolf an die Stelle, die seine Freundin zeigte. Kaum dass er richtig stand, wurde er auch schon in die Lüfte erhoben. Einen Meter über der Erde war er nicht mehr zu sehen. „Unglaublich", dachte ElAya.

Lup drückte die Augen zu, so fest es ging und dachte an sein Ziel. Er hatte vor sie geschlossen zu halten, bis er am Palast angekommen war. Dann würde er sich so schnell wie möglich einen Überblick verschaffen und umgehend den Rückflug antreten. „Keinesfalls bleibe ich länger in der Luft als unbedingt nötig!"

Schon kurze Zeit später nahm er wahr, dass er in der Luft stand. Vorsichtig öffnete er sein linkes Auge – und wäre beinahe abgestürzt. Als ihm klar wurde, wie hoch er flog, verlor er für einen Augenblick die Kontrolle über die Flügel. Sie begannen sofort zu trudeln. Mit aller Macht dachte er an die Kuppel. Langsam stieg er erneut nach oben. Sein Herz klopfte wie verrückt. Als er knapp über seinem Ziel war, spähte er vorsichtig nach unten. ElAya hatte recht gehabt mit ihrer Vermutung. Die Kuppel bestand, zumindest ein kleiner Teil von ihr, aus Glas. Wie bei dem Heiligtum der Mondelfen, das sie ihm beschrieben hatte, gab es eine kleine Dachluke für Frischluft. Sie stand weit offen. Dieser Horat musste sich seiner Sache sehr sicher sein. Lup flog so nah er konnte an das Fenster heran. Was er drinnen sah, verschlug ihm beinahe den Atem. In einem Kreis von vielleicht sieben Metern lagen goldene Steine, dicht an dicht beieinander. Sie strahlten heller als der ganze Palast. Das Merkwürdigste aber war, es sah aus, als würden sich ihre Strahlen ausschließlich auf die Mitte des Kreises konzentrieren. Dort lag ein einzelner Stein. Von diesem ging ein Raunen und Surren aus, außerdem sandte er konzentrische Wellen in die Luft. Lup hatte genug gesehen. Er gab den Impuls zum Rückzug. Ohne dass es jemand bemerkte, kam er sicher wieder bei seiner Freundin an.

„Das glaubst du mir nie!", stieß er atemlos hervor und dann beschrieb er ElAya alles, was er gesehen hatte. „Hm, seltsam, hört sich gerade so an, als würde er den Steinen die Energie abziehen, sie an einem bestimmten Punkt bündeln und von dort als Glanz nach außen schicken. Denkst du auch was ich denke?" Lup nickte: „ Der Stein in der Mitte ist Horats Stein!" - „Genau!

Und wenn wir diesen Stein dort wegnehmen, wird die Lebensenergie der Elfen wieder ihnen selbst gehören. Fragt sich nur, wie lange dieser Prozess dauern wird." - „Wir müssen Goran auf jeden Fall alles erzählen, damit er die anderen vorbereiten kann." - „Ja, aber was passiert, wenn es eine Zeitverzögerung gibt, Lup? Horat wird vermutlich sofort bemerken, dass etwas nicht stimmt." - „Dann müssen wir eben verhindern, dass er es bemerkt!" - „Und wie sollen wir das machen?" ElAya, die bisher so überzeugt gewesen war, dass sie Goran und seinem Volk würden helfen können, hatte plötzlich Zweifel. Zu tief saß noch immer die Erinnerung, was die Mondelfen mit ihr gemacht hatten, als sie das erste Mal versucht hatte, ihren Stein zu entwenden. Schnell dachte sie an etwas anderes, der Verlust ihres Steins schmerzte sie so sehr, dass sie den Gedanken daran nicht zulassen konnte.

„ElAya, heute Nacht können wir nichts mehr tun. Lass uns bis morgen warten und mit Goran und seinen Freunden sprechen, vielleicht können wir etwas in Erfahrung bringen, was uns weiterhilft." - „In Ordnung Lup, dann lass uns jetzt schlafen, was auch immer morgen Nacht geschieht, vermutlich werden wir unsere ganze Kraft brauchen."

Kapitel 60

Vorbereitungen

Die beiden schliefen fast den ganzen Tag. Nun forderte die lange Reise durch die sumpfige Gegend ihren Tribut. Nach dem Erwachen plünderten sie ihre Vorräte, dann machten sie sich auf den Weg zu Goran. Als sie das Tor erreichten, war es schon dunkel. Der alte Elf stand dennoch am selben Platz wie am Abend zuvor und wartete auf sie. „Goran, um Himmels willen, was ist denn mit dir passiert?" Der Alte sah wirklich furchtbar aus. Sein Gesicht erschien noch durchsichtiger als sonst und war überzogen mit roten Striemen. „Oh, nichts Besonderes, gestern haben die Wachen zur Abwechslung mal wieder mich erwischt, was schon lange nicht mehr passiert ist." Nur in Gedanken fügte er hinzu: „Es war einfach zu weit nach Mitternacht, als ich endlich mein Haus erreicht habe. Ich hätte die beiden früher zum Tor bringen sollen. Aber ihre unerwartete Anteilnahme hat mich rührselig gemacht. Tja, das Ergebnis wird man noch ein paar Tage oder Wochen sehen können".

„Goran, kannst du uns irgendwohin bringen, wo uns niemand belauscht, wir müssen dir etwas Wichtiges erzählen". „Na dann gehen wir am besten zu mir nach Hause, auch wenn dort das Essen nicht so gut ist wie im Blauen Topf". Wieder führte der Elf sie durch viele enge und verwinkelte Gassen. Dann hielt er an einem unscheinbaren alten Haus und öffnete die Tür, die nur quietschend nachgab. Es dauerte eine Weile, bis Goran eine Lampe entzündet hatte. Das Haus glich eher einer Hütte. ElAya konnte nur einen einzigen Raum ausmachen, aber alles war sauber und über der Feuerstelle hing ein alter Topf. Zu diesem ging Goran nun. Es dauerte Ewigkeiten, bis er endlich Feuer gemacht hatte. Dann aber entströmte dem Topf ein verführerischer Geruch und ElAya und Lup merkten, wie hungrig sie waren. Ihre letzten Vorräte waren nicht mehr sehr üppig gewesen.

„Hör zu Goran, Lup war gestern auf Erkundungsflug ..." ElAya erzählte dem Alten alles, was ihr Freund in Erfahrung gebracht hatte und was sie für Schlussfolgerungen gezogen hatten. „Goran, wie lange hat es damals gedauert, bis ihr angefangen habt durchsichtig zu werden?" Der alte Elf überlegte, denn das lag schon so weit zurück. „Nun ja, ich glaube sofort, dann ist es immer schlimmer geworden, aber begonnen hat es gleichzeitig mit den Wachen, die plötzlich da waren und mit dem Zugriff." - „Was meinst du damit?", wollte ElAya wissen. „Seit Horan herrscht, müssen wir Nahrungsmittel, Kleidung und andere Dinge zum Palast bringen, wer es nicht freiwillig tut, den zwingt er. Er übt keine körperliche Gewalt aus, trotzdem müssen wir es tun, wir können nicht anders." - „Und dieses seltsame Verhalten wurde genau zur gleichen Zeit wie eure körperliche Veränderung ausgelöst?", ElAyas Stimme klang ganz aufgeregt.

„Lup, wenn Goran recht hat, dann sollten wir es riskieren. Sobald wir den Stein aus der Mitte nehmen, werden die Elfen ihre Eigenmacht wieder zurückhaben und in der Lage sein, sich gemeinsam gegen Horat und die Wachen zu wehren. Goran, habt ihr noch Waffen?" - „Oh ja, sie haben es nicht für nötig gehalten, uns die Waffen wegzunehmen, sie haben einfach dafür gesorgt, dass wir sie nicht mehr benutzen können, auf ähnliche Weise wie alles andere. Sie beherrschen unseren Geist!", endete Goran bitter.

„Goran, sag den anderen, denen du trauen kannst, was wir vorhaben. Wir werden unseren Plan noch heute Nacht in die Tat umsetzen!" ElAya konnte es nicht mehr erwarten, endlich zu handeln. „Halt, halt kleine Elfe", sagte der alte Elf lächelnd, „heute Nacht wird das noch nicht gehen, ich bin nicht mehr der Jüngste und alle zu informieren, das wird eine Weile dauern und ich kann es nur bei Tag tun. Nach Mitternacht wird es gefährlich in der Stadt und mein Gesicht schmerzt noch von gestern, ich bin nicht erpicht auf eine weitere Begegnung mit den Wachen, bevor ich meine Lebenskraft wieder habe, also esst und dann bringe ich euch zum Tor und morgen, um die neunte Stunde werden wir bewaffnet und bereit zum Kampf sein. Aber nun lasst uns gehen."

Trotz ihrer Ungeduld musste ElAya einsehen, dass Goran recht hatte. Sie würden bis morgen Abend warten müssen. Seufzend folgte sie Lup und dem Alten nach draußen.

Lange vor der neunten Stunde waren ElAya und Lup mit ihren Vorbereitungen fertig. Sie hatten nach langem Beraten doch beschlossen, ihr Reisegepäck mitzunehmen. Das Risiko, dass etwas schiefging, war Lup zu groß und er hatte darauf beharrt. Schließlich hatte ElAya eingewilligt, würden sie fliehen müssen, hätten sie vielleicht keine Möglichkeit mehr, hierher zurückzukommen. Ohne die Sachen, die sie noch besaßen, würden die Geschenke für die nächsten Tore ein echtes Problem sein. „Dann werde ich das Kästchen meiner Großmutter auch noch verlieren", dachte ElAya bitter. Sie wandte sich wieder den aktuellen Problemen zu. So musste sie wenigstens nicht über die alten nachdenken.

ElAyas machte sich Sorgen. Sie würden sehr hoch steigen müssen und das zu zweit, konnten die Federn das leisten? Die junge Elfe hatte Lup nichts von ihren Zweifeln gesagt, aber insgeheim war sie keineswegs sicher, ob die Kraft, die der Palast abstrahlte, nicht doch ihren Flug beeinträchtigen könnte. „Es wird geschehen, was geschehen soll", dachte sie, bevor sie sich in den Kreis der Federn zu Lup stellte, „entweder wir schaffen es gemeinsam oder gar nicht! Auf keinen Fall werde ich Lup zurücklassen!" Ihr zärtlicher Blick traf den jungen Wolf, und der erwiderte ihn, ohne zu wissen, worüber seine Freundin gerade nachgedacht hatte.

Sie würden sich erst verbinden, wenn sie hoch genug waren, denn so sehr ElAya Lup liebte, so sehr brauchte sie doch ihren gedanklichen Freiraum, wann immer es möglich war, und Lup ging es ebenso, auch wenn er es niemals zugegeben hätte.

Wieder einmal wunderte sich die junge Elfe, denn Oliv hatte ihr einmal erzählt, dass so eine Verbindung sehr selten sei. Wenn zwei Wesen das Glück widerfuhr, ein solches Geschenk zu erhalten, hielten sie den Kontakt ihrer Seelen und ihres Geistes oft für immer aufrecht. ElAya schüttelte sich wieder einmal bei dem Gedanken. Lup und sie hatten jedenfalls die Abmachung, es nur dann zu tun, wenn sie es für nötig hielten. Sie konnte nicht wissen, was für eine kluge Entscheidung das war. Denn selbst Oliv oder Kalaban wussten nicht um dieses uralte Geheimnis. Wenn zwei Seelenverbündete diesen Zustand für immer aufrecht hielten, war es ihnen unmöglich, die wahre Kraft, die darin lag, je zu erreichen. Sie merkten es allerdings nicht, denn sie wussten nicht darum. Ein Seelenpaar wie Lup und ElAya hatte es in der Geschichte des Landes erst ein einziges Mal gegeben. In dem alten Buch der Elfen war wenig darüber zu lesen. Deswegen war auch keinem klar, was für ein Potential der junge Wolf und ElAya aufbauten. Denn mit jedem

Mal, wenn sie die Verbindung freiwillig wieder lösten, wurde sie mächtiger. Die beiden sollten das in naher Zukunft erfahren.

Kapitel 61

Die Schlacht

Als es wirklich dunkel war, machten sie sich auf den Weg, um durch die Dachluke in den Palast zu klettern. ElAyas Herz schlug wie wild. Hoffentlich würde ihr Plan gelingen, sonst ..., darüber dachte sie jetzt besser nicht nach. ElAya verletzte sich an der scharfen Kante der Luke und konnte den Fluch nicht unterdrücken. Wenigstens warnte ihr Ausbruch Lup. Er glitt weit eleganter durch die Luke als sie selbst. Mit einem leisen „Plopp" kamen sie nacheinander auf dem Boden auf.

ElAya sah ehrfürchtig auf die goldglitzernden Elfensteine. Gebannt von dem Anblick blieb sie minutenlang regungslos stehen. Dann wurde ihr ihre Umgebung wieder bewusst. Sie mussten sich beeilen, in einer Minute würde die neunte Stunde beginnen. Die Elfen waren inzwischen sicher bewaffnet und standen bereit. Zögernd ging ElAya auf den Kreis zu. Die Energie, die ihr entgegenschlug, machte sie atemlos. Sie nahm all ihren Mut zusammen, verbündete sich mit Lup und sprang mit einem eleganten Satz in die Mitte. Nur die starke Verbindung mit ihrem Freund ermöglichte ihr diesen Sprung. Jeden anderen hätte die Kraft der Steine sofort zerrissen. ElAya dachte nun nicht mehr nach, sie handelte instinktiv, griff nach Horats Stein, steckte ihn in ihren Beutel und hechtete aus dem

Steinkreis. Gerade rechtzeitig. Denn was nun geschah, sollten weder Lup noch ElAya jemals vergessen.

Der Ring aus Energie zerbarst. Wie Glassplitter flogen ihnen die Energiestücke um die Ohren. Von draußen hörten sie einen ohrenbetäubenden Lärm. Die ganze Stadt schien zu beben. ElAya nahm wahr, wie sich die Mauern um sie herum in grauen Stein verwandelten. „Lup, wir müssen hier raus", rief sie mit schriller Stimme. Mit zitternden Händen legte sie so schnell sie konnte die Federn aus.

Sie steckten mitten in der Luke, als der Turm um sie herum in Stücke sprang. ElAya wurde an der Schläfe getroffen und fiel in Ohnmacht. Nur die Verbindung mit Lup, die sie zum Glück noch nicht getrennt hatten, bewahrte sie vor dem Sturz in die Tiefe und damit vor dem sicheren Tod. Der junge Wolf musste all seine Kraft aufwenden, um seine Freundin zu halten.

Einen bewusstlosen, mit sich verbundenen Partner in der Luft zu halten war Schwerstarbeit. Mit letzter Kraft landete er in der Nähe des „Blauen Topfes". Dieses Ziel war das einzige gewesen, das er ausmachen konnte. Weiter hätte er es nicht mehr geschafft. Glücklicherweise schien er weit genug vom Palast entfernt zu sein. Dieser zerbrach nun Stück für Stück und die Mauerreste flogen überall herum. Einige der Wächter lagen bereits unter den Trümmern begraben. Eine schimmernde

Gestalt stürmte aus dem noch stehenden Teil des Palastes. Horat! Das Gesicht wutverzerrt. Lup lächelte in sich hinein. Dann fiel ihm ElAya wieder ein. Sie brauchte Hilfe! Er konnte sie nicht heilen.

Um ihn herum tobte ein wahrer Sturm. Die Elfen schienen tatsächlich ihre Lebensenergie wiederbekommen zu haben. Von den Anhängern Horats würde wohl keiner mit dem Leben davonkommen. Wie sollte er in diesem Chaos den alten Goran finden.

Der hatte indessen den jungen Wolf längst bemerkt, da er während der ganzen Zeit den Palast und den Turm nicht aus den Augen gelassen hatte. Es war nur sehr schwierig, durch den ganzen Tumult zum Blauen Topf zu gelangen. Er selbst wäre nicht dort gelandet, aber vermutlich konnte der junge Wolf sonst nichts erkennen.

Als er bei Lup ankam, erfasste er die Situation sofort. ElAyas Wunde am Kopf war nicht zu übersehen und Blut rann in Strömen über ihre Wangen und ihren Hals auf die Erde hinab. Der alte Elf legte seine Hand darauf und sandte seinen Geist aus. Es dauerte nur wenige Sekunden, bis sich die Wunde schloss. Die junge Elfe würde es noch eine ganze Zeit spüren, aber es floss kein Blut mehr. Mehr konnte Goran im Moment nicht für sie tun. Er hoffte nur, dass es ausreichte. Leider war er nie ein großer Heiler gewesen, er verstand sich nur auf den Hausgebrauch. Soloban, den großen Heiler seines Volkes, würde er in diesem Durcheinander wohl kaum finden. „Nun gut, lass sie uns in den Blauen Topf bringen und hoffen, dass sie bald zu sich kommt!"

Draußen tobte die Schlacht, während Goran und Lup darauf warteten, dass ElAya erwachte. Kurze Zeit später vernahmen sie lautes Jubelgeschrei. Die Elfen hatten gesiegt! Ihren Worten entnahmen sie, dass alle ehemaligen Wächter tot waren. Offensichtlich war ihnen nicht einmal Horat entkommen. Er war der einzige Gefangene, den sie gemacht hatten. Lup wollte nicht wissen, was die wütenden und aufgebrachten Elfen mit ihrem ehemaligen König anstellen würden. Er selbst machte sich große Sorgen um seine Freundin, die noch immer völlig regungslos dalag. Auch Goran schien besorgt, denn er murmelte vor sich hin: „Das dauert viel zu lange, ich werde mich auf die Suche nach Soloban machen". Schwerfällig erhob er sich und ging ohne ein Wort der Erklärung davon. Lup starrte ihm nach. Wer immer Soloban war, wenn er ElAya würde helfen können, sollte der Alte sich lieber beeilen.

Stunden schienen vergangen zu sein, als der endlich zurückkehrte, mit einem anderen Elf im Schlepptau. „Wo bist du denn so lange gewesen?" - „Ist sie immer noch bewusstlos?", fragte Goran statt einer Antwort. Lup nickte nur. Der Elf, der mit Goran gekommen war, sah sehr merkwürdig aus. Seine Ohren waren viel spitzer als die Ohren der Elfen, die Lup kannte. Er war groß und hager und trug einen Bart, der selbst Olivs Bart Konkurrenz gemacht hätte. Dicht und so lang, dass der Alte ihn mehrere Male um den Leib geschlungen trug. Das Auffallendste aber waren seine Augen: klein und mandelförmig standen sie unterschiedlich hoch in seinem Gesicht, blickten aber ausgesprochen wach auf seine Umgebung. Trotz seiner seltsamen Erscheinung bewegte er sich geschmeidig wie eine Katze auf ElAya zu. Er untersuchte sie vorsichtig, dann legte er seine Hände auf ihren Kopf und murmelte seltsame Worte. Als er sie wieder wegnahm, schlug ElAya die Augen auf. Sie wirkte noch etwas benommen, aber Lup war erleichtert, dass sie aus ihrer tiefen Ohnmacht erwacht war.

Noch bevor er sich bei dem seltsamen Elf bedanken konnte, war dieser auch schon wieder verschwunden. Soloban war der einzige Heiler, den es noch gab in der Stadt. Durch Horats Abzug ihrer Lebensenergie war es dem Alten unmöglich gewesen, andere in der Heilkunst zu unterrichten. Deshalb hatte er nun alle Hände voll zu tun und Goran musste ihm erst erzählen, wer ihre Retterin war, bevor er ihn zu ElAya begleitete. Schließlich war die Stadt voll von Verwundeten, denn kampflos hatten Horat und seine Wächter nicht aufgegeben.

„Haben wir es geschafft?", wollte ElAya wissen. Lup und Goran nickten grinsend. Bei dieser Antwort glitt auch ein Lächeln über ElAyas Gesicht. Dann schlug sie die Augen wieder zu und schlief ein.

Kapitel 62

Abschied

Stunden später erwachte ElAya, weil ihr Magen knurrte, ihr Mund staubtrocken. Vor ihr auf dem Tisch stand eine wundervolle Mahlzeit. Von Lup und Goran keine Spur. Sie zuckte mit den Schultern und machte sich über das Essen her. Als sie satt war, lehnte sie sich zufrieden zurück. Es war ein gutes Gefühl, dass sie es geschafft hatten, den Elfen zu helfen.

In ihre Gedanken hinein kehrten Lup und Goran zurück. „ElAya, wie geht es dir?" - „Gut!", antwortete sie lächelnd. „Stell dir vor, Goran hat einen Elf gefunden, der uns zum sechsten Tor führen kann!" Lup war ganz begeistert von seinem Wissen. „Ihr wisst von den Toren?", fragte ElAya ungläubig. „Aber ja!", erwiderte Goran. „Wir sind einer der ältesten Elfenstämme überhaupt. Natürlich wissen wir von den Toren." - „Aber weshalb hast du uns denn nichts davon gesagt, als wir hier ankamen? wir haben dir doch erzählt, wohin wir wollen und warum unser Auftrag so wichtig ist!" - „Beruhige dich", sagte Goran. „solange wir über so große Teile unserer Lebensenergie nicht verfügen konnten, wäre es uns unmöglich gewesen, euch den Weg zu weisen. Jetzt aber ist das dank euch beiden anders. Deshalb habe ich mit deinem Freund hier, während du geschlafen hast, bereits Vorkehrungen für eure Weiterreise getroffen." Beschämt blickte ElAya zu Boden: „Es tut mir leid, dass ich wütend geworden bin." - „Schon gut, lass uns keine Zeit verlieren, auch uns ist daran gelegen, dass du deinen Auftrag erfüllst, daher haben wir beschlossen, das Fest dir zu Ehren zu verschieben, bis du deine Aufgabe erledigt hast. Aber du musst uns versprechen, dass du dann zurückkommst, um dich zusammen mit Lup feiern zu lassen, denn ohne eure Hilfe würden wir immer noch nichts weiter sein als Horats Sklaven." ElAya versprach es mit Tränen in den Augen, so gerührt war sie. Dann brachte ein Trupp ausgesuchter Elfen die beiden zum sechsten Tor.

Der Abschied von Goran fiel ihnen nicht leicht. Immer wieder mussten sie gute Freunde auf ihrem Weg zurücklassen. Sie waren sehr froh, dass sie einander hatten.

Am sechsten Tor angekommen, wünschten die Elfen ihnen viel Glück. Sie waren begierig darauf, in ihre Stadt zurückzukommen. Wehmütig sahen Lup und ElAya ihnen nach. Was würde wohl als Nächstes auf sie zukommen?

Sie besaßen genügend Proviant und ausreichend Wasser, die Federn und das Kästchen, das einst ElAyas Großmutter gehört hatte. Wehmütig legte ElAya das Kästchen nieder, sie hatten keine andere Gabe mehr. Auf Wasser und Proviant konnten sie nicht verzichten, da sie wieder einmal nicht wussten, was sie in der nächsten Welt erwarten würde.

Wie die anderen Male auch öffnete sich das Tor von selbst, sobald sie ihr Geschenk niedergelegt hatten. Hinter den Flügeln des Tores bot sich ihnen ein atemberaubender Anblick. Direkt vor ihnen erstreckte sich ein riesiger See. Das Wasser schimmerte purpurfarben und dunkel. Im Hintergrund waren schneebedeckte Berge zu sehen, wie mit Puderzucker überzogen. Die Sonne tauchte alles in ein merkwürdig unwirkliches Licht. ElAya überkam ein tiefes Gefühl von Frieden. Sie stand einfach nur still da und genoss den Anblick.

So eingelullt bemerkten die beiden nicht, dass aus dem purpurfarbenen Wasser lange fadenartige Wesen auf sie zukamen. Sie kamen zu tausenden, jedes von ihnen ungefähr einen Meter lang und hauchdünn. Erst als ein Zischen in ihrer unmittelbaren Nähe erklang, sah ElAya auf den Boden vor sich. Die ersten dieser seltsamen Wesen waren nur noch wenige Meter von ihnen entfernt und mit Entsetzen erkannte sie, dass tausende und abertausende weitere aus dem See kamen. Sie sahen weder friedlich noch vertrauenerweckend aus. In panischer Hast legte ElAya die Federn aus. Lup half ihr, so gut er konnte. Trotzdem erwischten Lup zwei von den Dingern bevor sie in der Luft waren. Glücklicherweise hatte der Start die zwei erschreckt, weshalb sie losließen und herunterfielen. Auf

Lups Fell blieben zwei weiße Striemen zurück, die sofort anfingen sich zu entzünden. ElAya stellte sich lieber nicht vor, was ihnen passiert wäre, wenn sie die Federn zurückgelassen hätten. Leider konnte sie nicht viel mehr tun, als die Wunden mit Wasser auswaschen und ihm gut zuzureden. Ihre ganze Medizin hatten sie unterwegs eingebüßt.

Kapitel 63

Eine gefährliche Verbindung

Sie waren bereits viele Stunden unterwegs, als es Lup immer schlechter ging. ElAya machte sich furchtbare Sorgen. Weit und breit war nichts anderes zu sehen als purpurfarbenes Wasser. Die Berge schienen Ewigkeiten entfernt. Was sollte sie tun? Sie war keine Heilerin, soweit war sie in ihrer Ausbildung bei Oliv und Kalaban nicht gekommen, als die Dinge begonnen hatten, sich zu überstürzen. Sie war eine blutige Anfängerin und sowohl Oliv als auch Kalaban hatten sie oft genug gewarnt, nichts zu versuchen, was sie nicht wirklich beherrschte. Die Heilerei war eine gefährliche Sache, zu schnell konnte es passieren, dass man sich damit umbrachte. Aber wenn sie nichts tat, würde Lup sterben. Das konnte sie nicht zulassen. Sie nahm all ihren Mut zusammen, sie musste es wenigstens versuchen. Entweder erreichten sie ihr Ziel gemeinsam oder eben gar nicht.

Entschlossen legte sie ihre Hände auf Lups Wunden, genauso, wie sie es bei Oliv viele Male beobachtet hatte, dann konzentrierte sie ihre ganze Kraft, ihre Energie strömte in Lups Körper und die Verletzungen begannen zu heilen. ElAya konnte es kaum fassen, es funktionierte. Plötzlich aber musste sie mit Entsetzen feststellen, dass sie nicht damit aufhören konnte, sie wurde immer schwächer. „Davor also hatten Oliv und Kalaban sie gewarnt", war das Letzte, was sie denken konnte, bevor sie das Bewusstsein verlor. Gleichzeitig kam Lup zu sich. Da ElAya so viel Energie hatte in ihn fließen lassen, konnte er sie beide mühelos in der Luft halten. Glücklich über diesen Umstand wollte er sich gerade zu ElAya beugen, als er begriff, dass ihre Energie immer noch floss. „Verdammt, stopp, aufhören!", rief er verzweifelt. Er musste irgendetwas unternehmen, sonst würden sie beide sterben. Er, weil er die Energie fast nicht mehr halten konnte und ElAya, weil sie leer wurde. Mit aller Kraft versuchte er, den Strom zurückzudrücken. Es gelang ihm nicht! ElAyas Atem kam nur noch stoßweise. Was sollte er nur tun? Da hatte er die rettende Idee. Er konzentrierte sich auf seine Freundin und fing an, die überflüssige Energie wieder an sie zurückzuleiten. Sie kam durch seine Hinterläufe herein, also musste er sie durch seine Vorderläufe zurückfließen lassen. Nach ein paar weiteren bangen Sekunden fing ElAyas Atem an, kräftiger zu werden. Es funktionierte! Lup war ganz schwindelig vor lauter Erleichterung. Hoffentlich kannte ElAya eine Möglichkeit, das Ganze zu unterbrechen, wenn sie wieder bei sich war.

Die kleine Elfe kam erstaunlich schnell wieder zu sich. Als sie begriff, was Lup tat, sah sie ihn beeindruckt und entsetzt zugleich an: „Lup, wie sollen wir das wieder stoppen?" Wenn sie wenigstens sicheren Boden unter den Füßen gehabt hätten. Aber sie waren mindestens fünf Meter über dem Wasser und unter ihnen dieser See mit seinen mörderischen Fäden. „Ich habe keine Ahnung, ich hatte gehofft, du wüsstest es", erklärte Lup. „Erst einmal müssen wir versuchen, möglichst das Gleichgewicht der normalen Kraft in uns zu halten. Vielleicht fällt mir ja noch etwas ein!"

Zwei volle Tage und Nächte hielten ElAya und Lup dieses gefährliche Spiel durch, sie tranken nicht und sie aßen nicht, zu groß war ihre Angst. Beide waren völlig erschöpft, als endlich das Ufer des Sees und die Berge vor ihnen auftauchten. Sie flogen auf das nächstgelegene Felsplateau zu. Bevor sie zur Landung ansetzten, überzeugten sie sich erst, ob diese Dinger noch in der Nähe lauerten. Das Plateau war schmal und darunter gähnte ein tiefer Abgrund. Die Landung erforderte so viel Aufmerksamkeit, dass ihre Konzentration riss. Eine Welle des Entsetzens schlug über ElAya zusammen. Dann hatten sie sicheren Boden unter den Füssen und bemerkten, dass der Strom nicht mehr floss. „Wie ist es bei dir, Lup? Hat es aufgehört?" - „Ja!", erleichtert nickte ihr Freund „und wie es scheint, hab ich so ziemlich die gleiche Menge an Lebensenergie wie früher auch." - „Geht mir zum Glück genauso. Wie es scheint, ist das gerade noch einmal gut gegangen. Wenn wir uns abgesprochen hätten, wann wir loslassen, hätten wir es wahrscheinlich niemals geschafft", meinte ElAya. „Ja, und dann wären wir jetzt vermutlich beide tot!" Lups Worte jagten ihr einen Schauer über den Rücken. Sie versuchte ihn abzuschütteln. Es gelang ihr nicht, ein Rest Unbehagen blieb!

Kapitel 64

Markttag

Dann sahen sie sich um, die Berge waren auch aus der Nähe wunderschön. „ElAya, sieh nur, da!" Lup zeigte nach Süden. Vor ihnen im strahlenden Sonnenschein lag eine Stadt.

Die Ansiedlung schien nicht besonders groß zu sein, aber offensichtlich fand ein Mark statt. Die Straße, die durch den Ort führte, säumten links und rechts Stände. Es roch köstlich nach Süßigkeiten, sauren Gurken und Gewürzen. Da lagen Stoffe in allen erdenklichen Farben und Mustern, Schmuck, Schuhe, Kochgeschirr und andere Haushaltswaren. ElAya und Lup blieben überwältigt stehen. Ihre Mägen knurrten vor Hunger. „Hast du etwas zum Tauschen?", wollte Lup wissen. ElAya schüttelte den Kopf: „Was machen wir jetzt?"

In diesem Moment ging ein Raunen durch die Menge und die Menschenkinder – ElAya bemerkte erst jetzt, dass es lauter Kinder waren! Sie bildeten eine Gasse und ließen ElAya und Lup hindurch. Wenn sie näher kamen, wichen die Kleinen zurück. Ein offensichtlich etwas mutigeres Mädchen trat nur einen winzigen Schritt nach hinten. ElAya beschloss, ihr Glück zu versuchen: „Wir kommen von weit her und haben Hunger, aber leider nichts, was wir euch geben könnten!" Offensichtlich verstand das Mädchen nicht, was sie sagte. ElAya machte die Geste für Hunger und Lup nickte dazu. Ein breites Grinsen glitt über das kleine Gesicht. Sie zog die beiden mit sich und sagte etwas in einer Sprache, die ElAya nicht kannte. Seltsam, seit sie aufgebrochen waren, kam es das erste Mal vor, dass sie die Sprache eines Volkes nicht verstand. Sie musste unbedingt daran denken, Kalaban zu fragen, ob sie den Grund dafür wusste.

Das Mädchen brachte sie zu einem Marktstand. Die Menge wich weiterhin ehrfürchtig vor ihnen zurück. Dort gab es gefüllte Teigtaschen, sie rochen einfach wunderbar. Das Kind sagte etwas zu dem Jungen an dem Marktstand und bekam daraufhin ein paar von den duftenden Köstlichkeiten. Die Kleine klopfte sich an die Brust und sagte: Mex! ElAya stelle sich und Lup vor. Das Gebäck war mit einer eigenartigen Substanz gefüllt, aber es schmeckte unglaublich gut. Immer wieder fragte das Mädchen, ob sie noch mehr wollten. Als selbst Lup satt war, versuchte ElAya dem Mädchen zu erklären, dass sie nach einem Tor suchten. Erschrocken zog Mex die Luft ein, schüttelte den Kopf und machte nur allzu deutlich, dass sie es nicht für besonders klug hielt, dorthin zu gehen. „Immerhin kennt sie den Weg, auch wenn mir nicht gefällt, was sie sonst noch dazu zu sagen hat!", meinte ElAya zu Lup. Obwohl sie sich nicht wirklich unterhalten konnten, begriff Mex nach einer Weile, dass es für

ElAya sehr wichtig war, dorthin zu gelangen. Das Mädchen nahm ElAya an der Hand und zog sie mit sich.

Die Menge um sie herum wurde darauf dichter, gerade so, als wäre ElAya plötzlich unsichtbar. Lup hatte Mühe, sie in dem dichten Gedränge nicht zu verlieren. Keiner schenkte ihm noch die geringste Beachtung. ElAya erging es ähnlich, sie wurde geschubst und geschoben und hatte Mühe, sich auf den Beinen zu halten. Zum Glück dauerte es nicht lange, bis Mex vor einem kleinen Häuschen anhielt. Sie ging hinein und winkte ElAya ihr zu folgen. Das Häuschen schien aus mehreren Zimmern zu bestehen, denn von dem Raum, in dem sie sich befanden, gingen drei Türen ab. ElAya sah sich neugierig um, was wollte das Mädchen hier?

Diese war inzwischen in eines der Zimmer gegangen und sprach mit jemandem. Als sie wieder herauskam, folgte ihr eine uralte Frau. Die war noch kleiner als Mex und ging gebeugt. Sie kam auf ElAya zu, drückte ihr etwas in die Hand, ohne ein Wort zu sagen und schob sie mit einer erstaunlichen Kraft zur Tür hinaus. Vor der Tür wies sie in eine Richtung und sagte etwas. Dann verschwand sie wieder im Haus. Mex ließ sich nicht mehr blicken. Vermutlich hatte die Alte ihr verboten, nochmals nach draußen zu gehen. ElAya wollte nachsehen, was sich in dem Beutel befand, als sie ein infernalisches Kreischen vernahm. Entsetzt und vor lauter Schreck rannte sie los. „Ich bin heute nur damit beschäftigt, ihr hinterherzurennen", dachte Lup und folgte ihr.

Irgendwann hielt ElAya völlig außer Atem an. Sie brachte keinen Ton hervor, so keuchte sie. Als es ihr besser ging, wollte Lup wissen: „Was ist das, was du da in der Hand hast und was ist in dem Haus passiert?" ElAya erzählte ihm, was geschehen war und zeigte ihm den Beutel. „Was ist darin?" - „ Ich weiß nicht, als ich nachsehen wollte, brach dieser Höllenlärm los und dann bin ich weggerannt!" - „Dann sieh jetzt nach!" Als ElAya versuchte das Säckchen zu öffnen, setzte erneut das Kreischen ein. ElAya warf das Säckchen weg. „Lup, das kam gar nicht von dem Haus, das kommt von da drin!", zitternd deutete sie auf den Beutel. „Denkst du, wir sollen es einfach hier lassen?", wollte Lup wissen. „Nein", ElAya schüttelte den Kopf, „ich glaube, ich sollte es mitnehmen, die Alte schien es irgendwie gut mit uns zu meinen". Lup zog zweifelnd die Augenbrauen in die Höhe. „Gut, dann nimm es mit, aber lass uns weitergehen. Irgendwie ist dieser Ort seltsam, er gefällt mir nicht!" Je länger sie liefen, desto stärker wurde Lups Gefühl, dass hier irgendetwas nicht stimmte. ElAya ging es ähnlich. Ständig sah sie sich um, konnte aber so wenig wie Lup etwas Ungewöhnliches entdecken.

Als die Nacht heraufzog, beschlossen sie zu rasten. „Ich denke, es wäre eine gute Idee, Wache zu halten. Ich übernehme die erste Schicht!" Lup nickte, er kannte ElAya gut genug, um zu wissen, dass sie sowieso kein Auge zutun konnte, sollte das Gefühl der Bedrohung nicht nachlassen. Erst wenn sie die Augen überhaupt nicht mehr offenhalten konnte, würde sie ihn zur Wachablösung wecken. So beschloss er zu schlafen, was immer auch geschehen mochte, sicher würden sie wieder einmal ihre ganze Kraft brauchen.

Kapitel 65

Seltsame Geräusche

Lup war gerade ins Land der Träume geglitten, als ElAya ihn weckte. „Lup, Lup, wach auf, da ist jemand." Noch bevor sie ihm etwas erklären konnte, hörte er es auch. Seine Nackenhaare standen zu Berge. Es klang, als würde etwas über gefrorenes Eis kratzen. Und da schlich es auch schon um die Ecke. Entsetzt sahen Lup und ElAya, was da auf sie zukam. Es war mindestens doppelt so groß wie Lup, ging aber aufrecht, allerdings auf nur einem Bein. Das andere schleifte es hinter sich her. So verursachte es das schaurige Geräusch, denn an jedem Fuß waren drei Krallen, lang und gebogen. Das Wesen hatte feuerrote, tellergroße Augen, die das ganze Gesicht beherrschten. Links am Kopf saß ein einzelnes Ohr, so groß wie das eines Elefanten, am schlimmsten aber war sein Maul. Die Lefzen hingen bis auf die behaarte Brust und riesige krumme Reißzähne standen aus seinem Maul heraus.

Lup und ElAya machten vorsichtig einen Schritt nach dem anderen nach hinten, aber es hatte sie bereits bemerkt. Seine Augen funkelten die beiden angriffslustig an, dann machte er einen Satz, den sie ihm niemals zugetraut hätten und stand nur noch wenige Zentimeter von ihnen entfernt. Sein Atem roch nach Tod und Verwesung. Entsetzt sah die junge Elfe das grausige Wesen an, unfähig sich zu rühren, da hörte sie Lup: „Das Säckchen, mach das Säckchen auf!" Mit zittrigen Fingern griff sie danach. Gerade als der Arm des entsetzlichen Kerls nach ihr greifen wollte, schaffte sie es. Das Kreischen brach los und das gierige Glitzern in den Augen des Angreifers verschwand. Er warf sich auf den Boden und hielt sich verzweifelt sein riesiges Ohr zu. Ein klägliches Wimmern kam aus seinem Maul. Die beiden rannten, so schnell sie konnten an ihm vorbei. In der Ferne konnte ElAya das Tor sehen. „Lass das Säckchen offen und lauf, bevor er es sich anders überlegt!", schrie Lup. Kurz vor dem Tor sandte ElAya ihm einen einzigen Gedanken: Geschenk – sprechen konnte sie nicht mehr. „Lass das Säckchen da, aber erst, wenn wir schon fast durch sind, der Kerl ist nicht alleine, es sind mindestens zwanzig und anscheinend nicht alle so geräuschempfindlich!" ElAya wurde noch schneller, so entsetzten sie Lups Worte. In letzter Sekunde und völlig außer Atem rannten sie durch das Tor. ElAya hatte bereits eine der Klauen auf ihrer Schulter gespürt!

Kapitel 66

Das siebte Tor

Hinter dem siebten Tor erwartete sie wieder eine vollkommen andere Landschaft. Saftige grüne Wiesen mit schillernden silbrigen Bächen und Flüssen erstreckten sich, soweit das Auge reichte. ElAya atmete erleichtert aus. Wenigstens kein endloser See, den sie überqueren mussten. Von solchen hatte sie für den Rest ihres Lebens genug!

Sie liefen stundenlang durch satte grüne Wiesen vorbei an kleinen Bächen. Immer wieder nahmen sie ein Bad oder spritzen sich gegenseitig nass. Glücklich über die Anwesenheit des anderen, gingen sie ansonsten in stiller Eintracht. Tagelang gingen sie, ohne dass etwas geschah. Auch die Landschaft veränderte sich nicht.

Am siebten Tag sahen sie in der Ferne etwas, das aussah wie ein Spiegel. Die Welt dahinter war aus Glas! Entsetzt blickten die beiden Freunde sich an. Das war ein Stoff, mit dem weder ElAya noch Lup vertraut waren. Er schauderte ebenfalls, das Material sah glatt und rutschig aus. Wie sollte er darauf laufen können? „Lass es uns versuchen, wir müssen einen Weg finden! Geh ganz langsam, ich werde dir helfen, so gut ich kann!"

Da sie beide immer wieder ausrutschten, kamen sie nur langsam voran. Es war sehr anstrengend und ihre Vorräte waren aufgebraucht, sich konnten sich mit nichts stärken. ElAya rutschte aus, inzwischen war sie so schwach, dass sie keinen Schritt mehr gehen konnte, Lup ging es nicht besser. Panik stieg in ihr hoch. Nun war alles umsonst gewesen, sie würden in dieser elenden Wüste aus Glas verhungern! Das leise Summen, das sie hörte, ordnete sie als Trugbild ihrer Phantasie ein, dann aber wurde das Geräusch lauter und eine Stimme kam hinzu. ElAya blinzelte und sah eine kleine Fee vor ihrer Nase herumschwirren. Noch immer dachte sie, sie würde sich das kleine Wesen nur einbilden, aber die Fee war echt: „Was macht ihr beiden denn hier draußen, tz tz tz, kein guter Ort!" Verdattert sahen sie die Kleine an. „Na los, kommt schon, ich bring euch von hier weg."

Neue Hoffnung keimte in ihnen auf. Mit letzter Kraft rappelten sie sich auf und folgten der Fee. Sie stolperten, so schnell sie konnten, hinter ihr her. Schon nach wenigen Minuten tauchte vor ihnen eine Stadt auf. Auch hier schien alles aus Glas zu sein. Dorthin führte das kleine Flatterding sie. Kaum hatten sie das Stadttor erreicht, wurden noch andere Feen auf sie aufmerksam. Es bildete sie ein Trupp, sie hievten ElAya und Lup hoch und brachten sie in ein großes Haus. Das Innere bestand nicht wie erwartet aus Glas, sondern alles war mit weichen Stoffen, Kissen, Decken und Teppichen ausgelegt. Die Feen legten ihre Gäste ab.

Eine klatschte in die Hände, offensichtlich die Anführerin und rief: „Na los, holt zu essen und zu trinken, die beiden sind ja halb verhungert!" Sofort setzte das Summen und schwirren der Feenflügel wieder ein. Minuten später hatten sie bereits ein Festmahl angerichtet. Die beiden machten sich gierig darüber her.

Lange hätten sie nicht mehr durchgehalten, die kleine Fee hatte ihnen das Leben gerettet. „Und nun ruht euch aus, ihr könnt später erzählen, woher ihr kommt und was euch in unsere Gegend geführt hat", sagte die Anführerin lächelnd. Dankbar kuschelten sich die beiden Freunde aneinander und fielen sofort in tiefen Schlaf.

Kapitel 67

Feen

Als ElAya erwachte, umgab sie samtene Dunkelheit. Ihre Augen gewöhnten sich nur langsam an die Umgebung. Sie ahnte mehr, als sie sah, dass sie nicht alleine waren, und schon vernahm sie eine lächelnde Stimme: „Na, ausgeschlafen? Ich sage Bescheid, dass ihr wach seid!", und schon schwirrte sie summend davon. Die Feen schienen ein freundliches Volk zu sein. „Nun ja, ein bisschen Glück könnten wir schon wieder einmal gebrauchen", dachte ElAya bei sich. Wenig später kehrte die Fee mit einer Eskorte zurück: „Komm mit, unsere Königin möchte gerne mit dir sprechen!" - „Mitten in der Nacht?", wunderte sich ElAya, aber sie stand auf und folgte ihnen.

Sie brachten sie in einen großen gläsernen Raum. Hier stand ein mächtiger Thron, vor dem ein langer roter Teppich lag. „Knie nieder, wenn du bei ihr angekommen bist", raunte ihr eine der Grazien zu. Langsam schritt ElAya auf die Herrscherin zu. Unterwegs versuchte sie sich ein Bild von ihr zu machen, leider konnte sie nicht viel erkennen. In diesem Moment bedauerte sie sehr, dass sie Lup nicht geweckt hatte. Wie befohlen, kniete sie nieder, als sie den Thron erreicht hatte. Sie hatte nur einen kurzen Blick auf die Königin erhaschen können. Der aber hatte genügt, sie das Fürchten zu lehren. Diese war mindestens fünf

Mal so groß wie ihre Untertanen, langes pechschwarzes Haar floss in Kaskaden über ihre Schultern und ihren Rücken, es sah aus, als trüge sie einen sehr dunklen Mantel. ElAya schauderte unwillkürlich. Das Gesicht der Königin war weiß wie Schnee und ihre Lippen blutrot. Wäre ihr Haar nicht so schwarz gewesen, sie hätte ausgesehen wie eine Mondelfe.

Als sie dunkle Fee zu sprechen begann, zuckte ElAya erneut zusammen. Es klang wie Schmirgelpapier. Entsetzt blickte sie nach oben. Sofort wurde ihr Kopf von den Feen wieder niedergedrückt. „Was erlaubst du dir Fremde, nur deine Unwissenheit schützt dich vor Strafe!", hörte sie die Herrscherin fauchen. In welchem Albtraum waren sie nun wieder gelandet?

In herrischem Ton fuhr diese fort: „Woher kommst du? Wohin willst du? Wer sind deine Auftraggeber? Wo sind die anderen? Wieso reist du mit einem Wolf? ..." Wie Gewehrsalven prasselten Fragen über Fragen auf ElAya herab, so dass sie zwischen ihren Antworten kaum Luft holen konnte, geschweige denn, sich zu überlegen, was sie antworten sollte. Aber ElAya hatte das Gefühl, es sei ohnehin gleichgültig, was sie sagte und wirklich, mitten in ihre Antwort hinein, blaffte die Königin: „Bringt sie in den Turm!" Sofort zogen und schoben die Feen ElAya aus dem Raum. Sie war so durcheinander von diesem Verhör, dass sie nicht nachdenken konnte, nur ihre Sorge um

Lup ließ sie ihre Gedanken auf ein Ziel konzentrieren. Sie musste zu ihm! Deshalb hielt sie Ausschau nach der Fee, die sie gerettet hatte. „Verflixt, ich kenne nicht einmal ihren Namen!"

ElAyas Panik nahm zu. Sie versuchte, eine Seelenverbindung herzustellen. Gott sei Dank, trotz ihrer Verwirrung gelang es ihr. „Lup – wo bist du? Sie wollen mich in irgendeinen Turm sperren!" - „Na dann, schätze, ich bin schon hier, verhielten sich nicht eben freundlich, die kleinen Flatterdinger. Glücklicherweise hat ein leises Knurren genügt, um sie in ihre Schranken zu weisen." Lups Antwort entlockte ihr ein erleichtertes Seufzen, was ihr einen schiefen Blick von den beiden einbrachte, die direkt neben ihr herflogen.

ElAya musste Lup Recht geben, die Feen waren wirklich alles andere als zuvorkommend. Mit Flügeln und Füßen stießen sie sie in das dunkle Turmzimmer. Da die plötzliche Dunkelheit sie völlig blind machte, fiel ElAya hin und schlug sich die Knie blutig. „Verdammter Mist, auch das noch!", hörte Lup sie fluchen. Er eilte zu ihr, um ihre Wunden zu lecken. Seine Freundin fand das allerdings keine besonders gute Idee. „Lup, lass das lieber, ich weiß nicht, ob es dadurch nicht noch schlimmer wird!" - „Wird es nicht, lass mich mal machen, jede Wolfsmutter macht das bei ihren Jungen so und es heilt immer – und zwar ziemlich schnell!", seine Stimme hatte einen leicht beleidigten Unterton, trotzdem hörte er nicht auf, ihr Knie zu reinigen. Zu ihrer Verblüffung musste sie zugeben, dass die Schmerzen wirklich augenblicklich vergingen. „Oh Lup, das ist ja fantastisch!", sie konnte es nicht glauben. „Dann sind wir ja nicht ganz ohne Medizin!" - „Stimmt", grinste Lup zurück, seltsam, dass mir das eben erst eingefallen ist. So gut wie Miles Tränen ist meine Spucke aber leider nicht!" - „Macht nichts", antwortete seine Freundin, „es ist trotzdem ein beruhigender Gedanke!" - „Was machen wir jetzt? Wir müssen hier raus und zum nächsten Tor und zwar so schnell wie möglich! Wenn du mich fragst, haben diese Flatterdinger nichts Gutes im Sinn!"

„Stimmt!", hörten sie vom Fenster her eine bekannte Stimme. Lup und ElAya sahen sich erschrocken um. An dem winzigen und einzigen Fenster des runden Raumes tauchte das Gesicht der Fee auf, die sie in die Stadt gebracht hatte. „Und hör auf, uns Flatterdinger zu nennen, Fellträger!", ließ sie sich vernehmen, „sonst überleg ich es mir noch einmal, ob ich euch da heraushelfe!" - „Du willst uns helfen? Wie heißt du eigentlich?", wollte ElAya wissen. „Ecorall und ja, ich werde dir helfen, Elfe, auch wenn du einen Fellträger bei dir hast!" - „Hör auf, mich dauernd so zu nennen!", knurrte Lup. Ecorall grinste von einem Ohr zum anderen: „Oh, entschuldige bitte", entgegnete sie süffisant, worauf er abermals ein ziemlich unwilliges Knurren von sich gab. Zwischen den Zähnen presste er ein „blödes Flatterding" hervor, allerdings so leise, dass Ecorall es nicht hören konnte. Leider durfte er sie nicht verärgern, sie mussten hier raus, also schluckte er seinen Zorn hinunter.

ElAya nahm es dankbar zur Kenntnis, denn falls Ecorall ihnen wirklich helfen konnte, hatten sie allen Grund, sie höflich zu behandeln.

„Warum willst du das tun kleine Fee?", wollte ElAya von ihr wissen. „Oh, sagen wir es einmal so", antwortete die. „Ich bin hier nicht allzu beliebt und deshalb lassen sich die anderen gerne ab und zu etwas einfallen, womit sie mich anschwärzen können. Außerdem mag ich unsere „liebe Königin Evandra" nicht allzu sehr, zu oft schon hat sie sich auf deren Seite gestellt, ohne mir überhaupt Gehör zu schenken!", Ecorall klang ziemlich wütend. „Das glaub ich dir gerne!", stimmte ElAya ihr zu.

„Aber wie willst du das anstellen, uns zu befreien? Wir passen nicht durch das Fenster und ich fürchte vor der Tür stehen Wachen." - „Stimmt Elfe, aber ich kann zu euch hineinkommen und ich kenne noch einen anderen Weg hinaus. Ist ziemlich nützlich, wenn Jagd auf mich gemacht wird. Deshalb hab ich mich irgendwann einmal umgesehen, ob es nicht irgendwelche Geheimgänge gibt! Ha, und es gibt sie! Die anderen halten sich ja für so schlau, aber sie haben keine Ahnung, wie ich es immer wieder schaffe, ihnen zu entkommen!", sagte Ecorall verächtlich und quetschte sich durch das winzige Fenster in den Raum.

Zielstrebig ging sie auf eine Stelle in der Wand zu. Weder ElAya noch Lup konnten irgendetwas Merkwürdiges an dieser Stelle erkennen. Aber die Fee drückte mit aller Kraft gegen einen Stein und lautlos glitt eine Tür auf. „Nun macht schon, los los, bevor jemand eure Flucht bemerkt!" Die Fee scheuchte ElAya und Lup durch die schmale Öffnung. Dahinter lag ein ebenso schmaler Gang. Es roch feucht und muffig. Ecorall war gerade hinter sie getreten, als ElAya fast das Herz stehen blieb. Der Durchgang in der Wand stand noch sperrangelweit offen, als sie das lautstarke Quietschen der Tür vernahmen, die in das Zimmer führte. „Los, Elfe, hilf mir, aber mach schnell!" ElAya griff voller Panik nach dem Türgriff, der sich auf der Innenseite befand. Vor lauter Schreck zog sie so fest sie konnte. Hätte Ecorall die Türe nicht in weiser Voraussicht gut geölt, wäre sie sicher mit einem lauten Schlag zugefallen.

„Wir können von Glück reden, dass das Fenster in dem Raum so winzig ist und die anderen euch kein Licht gegeben haben", flüsterte Ecorall. ElAya, die immer noch am ganzen Leib zitterte, nickte nur. „Jetzt lasst uns aber von hier verschwinden und seid leise!" Sie schlüpfte an ElAya und Lup vorbei und übernahm die Führung. Ganz offensichtlich benutze sie diese Gänge öfter. Lup sah im Dunkeln wie ein Adler, nur für ElAya war es eine Tortur, bis sich ihre Augen endlich ein wenig an die muffige Dunkelheit gewöhnt hatten. Früher war das kein Problem gewesen, aber sie hatte diese Fähigkeit lange nicht geschult. Sie versuchte ganz ruhig zu atmen, obwohl sie die Enge um sich herum hasste. „Lieber nicht darüber nachdenken, dass die Decke herunterkommt!", redete ElAya sich im Stillen gut zu. Die aufsteigende Panik war kaum noch im Zaum zu halten, als sie Lups Gedanken in ihrem Geist wahrnahm: „Atme ganz langsam durch den Mund und halt dir die Nase zu, dann ist es nicht so schlimm und mach dir keine Sorgen, ich bring dich auf jeden Fall hier raus – versprochen!" ElAya fühlte sich ein wenig besser, nachdem sie seinen Rat befolgt hatte, außerdem gewöhnten sich ihre Augen langsam an die Dunkelheit. Die Wände fühlten sich rau und uneben an. Der Gang musste tausende von Jahren alt sein, kein Wunder, dass er bei den Feen in Vergessenheit geraten war!

Kurz darauf erreichten sie eine kleine kreisrunde Höhle. Diese hatte einen Radius von vielleicht drei Metern. ElAya und Lup bekamen vor Staunen den Mund bzw. das Maul nicht mehr zu. Die Wände um sie herum schimmerten wie Mondlicht. In regelmäßigen Abständen glitzerten in der Wand riesige Edelsteine, in allen Regenbogenfarben. Ecorall stand grinsend neben ihnen: „Schön, nicht?" - „Schön?", fragte ElAya zurück „Nein, einzigartig, so etwas habe ich noch nie gesehen." Von Ehrfurcht erfüllt setzte die Elfe sich in die Mitte der Höhle und schloss die Augen. Lup und Ecorall stockte der Atem. Die Steine begannen zu summen. Das Geräusch wurde immer intensiver, dann tauchte direkt neben ElAya ein Tor auf! „Mach die Augen auf, da ist ein Tor! Ich glaube, wir sind am Ziel, das Ende der Zeit", fügte Lup ehrfürchtig hinzu.

Lup konnte sich nicht mehr bremsen und sprang auf seine Freundin zu. In seiner ungestümen Euphorie hatte er seinen Sprung nicht richtig eingeschätzt und flog samt seiner Freundin, die er versehentlich mit sich riss, durch das letzte Tor. Es verschwand hinter ihnen, ohne dass sie die Möglichkeit gehabt hätten, Ecorall mitzunehmen. ElAya standen Tränen in den Augen, als sie begriff, was geschehen war. Offensichtlich hatte das Tor Ecorall als Geschenk angenommen, auch wenn es gar nicht so gedacht war.

Erschöpft setzte sich die junge Elfe auf die Erde. „Das hat die kleine Fee nicht verdient! Weißt du, Lup, als sie uns erzählt hat, warum sie uns hilft, hat sie mich so sehr an meine Zeit bei den Mondelfen erinnert. Immerzu war irgendeins der anderen Elfenkinder hinter mir her. Meine Mutter hat das nicht wirklich gekümmert. Heute weiß ich, auch wenn ich es lange Zeit nicht wahrhaben wollte, dass ich nicht ihren Erwartungen entsprach!", endete ElAya bitter. Es tat ihr entsetzlich leid, dass sie die kleine Fee zurückgelassen hatten, auch wenn sie keine

Schuld traf und auch Lup konnte sie letztlich keinen Vorwurf machen, auch er hatte es nicht gewollt.

Seufzend erhob sie sich. „Komm, Lup, wir haben weder Wasser noch Proviant, alles ist bei den Feen zurückgeblieben. Lass uns nachsehen, ob wir den Zugang zum Ende der Zeit finden." Lup nickte zustimmend, er hatte immer noch ein schlechtes Gewissen wegen der kleinen Fee, aber nur, weil ElAya so traurig war, er selbst war ganz froh, dass das Flatterding als Geschenk zurückgeblieben war. Erstens war er sie los und zweitens, was hätten sie sonst auch zurücklassen sollen? Aber er würde sich hüten, seiner Freundin jetzt etwas von seinen Überlegungen mitzuteilen.

Lup war froh, dass sie nun offensichtlich am Ziel ihrer Reise angelangt waren, das Land am Ende der Zeit, hinter dem siebten Tor!

Nun besaßen sie nur noch die Federn und die Reise hatte sie gelehrt, wie wichtig diese für sie waren, Geschenke hätten sie nun keine mehr machen können. Wasser und Proviant hatten sie von den Feen keinen bekommen. Die Federn waren nur noch bei ihnen, weil ElAya sie unter ihrem Gewand verborgen hielt.

Sie dachte gerade, es könne nun nicht mehr weit sein, da fielen sie in ein Loch.

Kapitel 68

Ein bekannter Platz

Sie landeten in weichem, leuchtendem Gras. Stöhnend erhob sich die junge Elfe und trottete hinter Lup her. Sie mussten nicht weit gehen, als vor ihnen ein kreisrunder Platz auftauchte, der ElAya irgendwie bekannt vorkam. Aus einer Quelle sprudelte klares Wasser in einen kleinen See. Rund herum standen Bäume mit Kugelfrüchten, die ihr ebenfalls irgendwie bekannt vorkamen. Aber ihr Gehirn war wie ausgetrocknet! Sie schleppte sich zu der Quelle und trank so viel sie konnte, dann holte sie für Lup und sich einige der Kugeln herunter. „So, jetzt geht es mir besser."

„Lup, sag mal, kommt dir dieser Platz nicht auch irgendwie bekannt vor?" - „Mauri, na klar, das hier sieht aus wie der Platz, an dem wir die alte Schildkröte getroffen haben! Denkst du auch, was ich denke? Wir sind im Kreis gelaufen! Das darf doch nicht wahr sein, so viel vergeudete Zeit, unser ganzes Gepäck ist weg und jetzt stehen wir wieder ganz am Anfang!" - „Tz tz tz, nicht am Anfang, am Ende!", erklang Mauris Stimme. „Ohne diese Prüfungen gibt es keine Möglichkeit, zum Ende der Zeit zu gelangen. Nun seid ihr angekommen!"

„Und das sagst du uns jetzt?" ElAya hätte der alten Mauri am liebsten den langen runzligen Hals umgedreht! „Es ist Teil der Prüfung", antwortete sie schulterzuckend, „außerdem habt ihr euch lange genug ausgeruht. Geht diesen Weg entlang, dann findet ihr, wonach ihr sucht. Macht, dass ihr fortkommt!" - „Mauri, halt!", rief ElAya. Sie hatte noch so viele Fragen, aber die alte Schildkröte war bereits verschwunden.

Hinter der siebten Biegung erhob sich ein riesiges Gebirge. Zwischen den Bergen lag ein enges grünes Tal. ElAya und Lup sahen den Leib des Drachen aus der Ferne glänzen. Sie beschlossen, dass Lup in greifbarer Nähe, aber zuerst einmal versteckt hinter den Felsen warten sollte. Wer konnte wissen, was nun geschah. Sie blickte ihren Freund noch einmal an, dann drehte sie sich seufzend um, was blieb ihr schon anderes übrig, sie brauchten die Hilfe des Drachen.

Der schimmerte in allen Regenbogenfarben, die umso intensiver leuchteten, je näher sie kam. Die Farben beruhigten sie ein wenig, denn der Körper des Drachen hatte unvorstellbare Ausmaße. Als sie vor ihm stand, schluckte sie trotzdem schwer. Dann begann sie zögerlich zu sprechen: „Mein Name ist ElAya. Ich bin... ich komme..." sie geriet ins Stocken. Was sollte sie sagen, wer war sie schon, eine kleine Elfe ohne Heimat. Nach einer Weile aber straffte sie die Schultern, nein, das war Vergangenheit, jetzt war sie jemand und sie hatte einen Auftrag.

„Ich bin ElAya, die Elfe, Schülerin von Oliv, dem Eremiten und Kalaban, der Hüterin des heiligen Berges." Der Drache betrachtete sie lange, dann begann er zu sprechen, tief wie das Grollen der Erde klang seine Stimme: „Mein Name ist Mayola, ich bin tausende von Jahren alt und aus dem alten Geschlecht des Regenbogens." Dann wartete die alte Drachenfrau einfach ab. Wohl wissend, dass ElAya sprechen würde. Die Drachin hatte alle Zeit der Welt, sie wartete nun schon so viele Jahrhunderte auf eine Gelegenheit, auf jemanden mit Mut, auf die Erfüllung einer uralten Prophezeiung. Was bedeuteten schon ein paar Minuten oder Stunden.

ElAya wurde bewusst, dass der alte Drache der Zeit wenig Bedeutung zumaß. Sie suchte nach Worten, es hing so viel von dieser Mission ab. Oliv, Kalaban, Ullahom, ihre Gefährten zählten auf sie. Die junge Elfe schluckte noch einmal, dann begann sie, zuerst stockend, dann aber immer sicherer zu sprechen und erzählte von den Zuständen im Land, von dem, was die Wächter getan hatten, von Oliv, der in Gefangenschaft geraten war und von Kalaban, die alles tat, was in ihrer Macht stand, um den Schaden in Grenzen zu halten, schließlich sogar von Ullahom, die bereit war, mit dem furchtbaren Gregorius Kontakt aufzunehmen, nur damit sie eine Chance hatten, gegen Rezz und all das Böse zu siegen. Der Drache schwieg und sah ElAya weiterhin an. „Ich weiß wohl, dass dich mein Anliegen nicht interessieren muss", hob sie darum wütend an, „aber auch du lebst in diesem Land und selbst wenn das Böse hier noch nicht angekommen ist, ist es sicher nur eine Frage der Zeit, wie lange es noch dauern wird." Noch während sie es aussprach, wurde ihr bewusst, dass es sich wirklich so verhielt, an diesem Ort war von dem Bösen, dem Schleim und Sog nichts zu spüren, wie merkwürdig!

Kapitel 69

Ein Handel

Tief wie der Atem der Erde klang die Stimme der alten Drachenfrau, als sie endlich das Wort an ElAya richtete: „Es ist nicht meine Gegenwart, die sie abgehalten hat, sondern dieses Gebiet hier. Die Berge, die du ringsum siehst, spucken ab und zu Feuer und Lava, das hält alle außer uns Drachen fern. Aber nun zu deiner Frage, ob ich euch helfe! Nun, wir Drachen helfen grundsätzlich niemandem, warum sollten wir das tun? Wir sind stark und mächtig, viel mächtiger noch als ihr Elfen und ihr seid wahrhaftig ein uraltes Volk. Darum höre mir gut zu, ich sage es nur ein einziges Mal, denn ich bin in Stimmung und schlage dir einen Handel vor. Du hast Glück, denn ich warte schon lange. Beinahe ist es unseren Feinden gelungen, uns auszurotten, aber nur beinahe eben. Ein paar von uns leben noch hier, ein paar anderswo und was das Wichtigste ist, ich habe noch ein Ei, eins der wenigen, die es noch gibt. Bisher ist es nicht geschlüpft, seit 1000 Jahren warte ich." Die Stimme des Drachen wurde für einen kurzen Moment ein wenig brüchig. Warum das so ist, das kann selbst ich nicht sagen, aber mein Kind kann eines Tages aus dem Ei kommen, für Drachenkinder ist dies sogar nach so langer Zeit noch möglich.

Meine Zeit hier in diesem Land und diesem Leben aber geht zu Ende, ich höre die Stimmen meiner Ahnen nach mir rufen und es ist mein Wunsch, seit vielen Jahrhunderten, dem Ruf zu folgen! „Warum bist du dann noch immer hier?", wollte ElAya erstaunt wissen. „Unterbrich mich nicht", grollte Mayola. „Ich bin es, weil ich bis jetzt niemanden gefunden habe, dem ich mein Ei, mein Kind, anvertrauen kann. Wenn es schlüpft, so soll es nicht alleine sein, jemand muss unser uraltes Drachenwissen weitergeben und sich um die Aufzucht kümmern." Der Drache rückte ein wenig zur Seite und gab den Blick auf zwei unterschiedlich große Kugeln frei.

ElAya sah eine goldene Kugel, ungefähr so groß wie eine Orange. Das letzte Drachenei! Neben dem goldenen Ei, das die Drachenmutter ihr zeigte, lag eine kleine Kugel, sie schien aus Glas zu sein, auch sie glitzerte im Sonnenlicht. Was das wohl war? ElAyas Gefühl riet ihr, im Moment lieber nicht danach zu fragen.

Der Drache sprach weiter: „Unser Wissen ist uralt. Es ist nicht möglich, dass ein anderes Wesen einem Drachenkind diese Geheimnisse weitergibt. Ich aber hatte lange Zeit, darüber nachzudenken und ich habe eine Möglichkeit gefunden. Sieh genau hin!" ElAya sah auf den kleinen Kristall neben der goldenen Kugel. „In diesem Stein habe ich das gesamte uralte Wissen abgelegt. Also, Elfenmädchen, überzeuge mich davon, dass du die bist, die mein Ei hüten wird, wenn es sein muss bis ans Ende der Zeit! Dann werde ich dir helfen und mein Leben für euer Land einsetzen! Denk in Ruhe darüber nach, ob du gewillt bist, mit deinem Leben für das Leben meines Kindes einzustehen, wenn ja, so werde ich euch helfen, wenn nicht, geh dorthin zurück, woher du gekommen bist!" Sprachs, erhob sich in die Lüfte und war Sekunden später ElAyas Blick entschwunden.

Was sollte sie jetzt tun? Hüterin eines Dracheneis? Sie wollte kein Kind, weder ein Elfenkind noch ein Drachenkind, bei allen Heiligen, sie war 11 Jahre alt und selbst noch ein Kind, außerdem hatte sie nicht die allergeringste Ahnung, wie man ein Kind aufzog und Lust verspürte sie schon gar keine dazu. Lup, er würde vielleicht einen Rat wissen. Ihr junger Wolfsfreund aber sah das alles gar nicht so tragisch. „Reg dich nicht so auf, schließlich ist dieses Drachenkind doch bis jetzt nicht geschlüpft und es hätte ja nun 1000 Jahre Zeit gehabt. Wieso um alles in der Welt sollte es das jemals tun? Geh auf den Handel ein, wir haben schon genug Zeit verloren und außerdem brauchen wir ihre Hilfe!"

ElAya grummelte wütend vor sich hin. Was nur würde Oliv sagen, wenn sie sich auf so einen Handel einließ, falls sie ihn jemals wiedersah, dachte sie traurig. Oh ja, sie würde das Geschäft mit dem Drachen machen, nicht für sich, nicht für ihr

Land und schon gar nicht für den Drachen oder sein blödes Ei, aber für Oliv. Sie musste ihn befreien und ohne Mayolas Hilfe würde ihr das kaum gelingen. In diesem Moment kam der Drache zurück. Das riesige Tier war ElAya so wenig geheuer wie ihr Ei.

Kapitel 70

Prüfungen

Mayola nahm dieses Mal auf eine andere Art und Weise Kontakt mit ihr auf. ElAya war solche Geistberührungen durchaus gewohnt, seit sie ihre Ausbildung begonnen hatte, aber das hier war etwas völlig Anderes.

Zuerst spürte die Elfe nur einen Hauch, gerade so als würde der alte Drache an ihre geistige Tür klopfen, dann aber brach er mit Gepolter und lautem Gedröhne ein. ElAya hatte das Gefühl, ihr Kopf würde gleich platzen. Erstaunlicherweise beruhigten sich die Wellen, die der Eintritt in ihren Geist verursacht hatte, sofort wieder. Die Stimme des Drachen klang sehr angenehm. Was die kleine Elfe nach diesem Start nicht erwartet hätte. „Was machst du mit mir?" ElAyas Geist füllte sich mit Panik.

„Beruhige dich, dies ist die alte Art der Drachen, mit den Elfen zu sprechen, wenn wir Seite an Seite kämpfen wollen, so musst du dich daran gewöhnen. Es ist ein großer Vorteil für uns, denn niemand kann in diese Verbindung eindringen". Niemand, außer einem anderen Drachen, dachte Mayola, aber das würde nicht passieren, weil sie der einzige Drache in diesem Kampf wäre, deshalb beschloss sie, der kleinen Elfe auch nichts davon zu erzählen. „Und nun komm mit, ich habe etwas für dich!" Da drüben hinter dem großen Stein steht eine alte Kiste. Sieh nach, ob dir passt, was darin liegt!" Dies war die zweite Prüfung der kleinen Elfe. „Ihr Geist ist stark", dachte Mayola, das war die erste Prüfung, wenn sie das Gewand tragen kann, so ist das ein gutes Zeichen und sie hat auch die zweite Prüfung bestanden.

ElAya blickte sich suchend um. Und wirklich, an dem genannten Platz stand eine Kiste. Sie war ungefähr 70 cm lang und vielleicht halb so breit. Obwohl sie nicht sehr hoch war, schien der Deckel ziemlich schwer zu sein. ElAya musste all ihre Kraft bündeln, um ihn anheben zu können. Vor lauter Schreck hätte sie ihn beinahe wieder fallen lassen. „Meine Güte, was ist das denn?" In der Kiste lag ein Gewand aus Elfenseide, hell und licht wie die Gewänder der Mondelfen, nur tausendmal strahlender und schöner und es schimmerte in den Farben des Regenbogens. Ehrfürchtig nahm sie es heraus. Vorsichtig breitete sie es vor sich über dem Felsen aus. Die Robe war über und über mit Runen bestickt. Einige davon hatte sie schon einmal gesehen, andere hingegen waren ihr völlig fremd. Ein Frösteln überfiel sie. Was würde passieren, wenn sie es überzog? „Das wirst du erst wissen, wenn du es versuchst!", ließ sich der Drache vernehmen. Sie schluckte ihre Zweifel hinunter und schlüpfte hinein. „Mut hat sie also auch", ging es Mayola durch den Kopf.

Augenblicklich nahm ElAya einen Strudel von Empfindungen und Gefühlen wahr. Fast wäre sie gestolpert, so intensiv fühlte sie das Geschehen. Über das Gesicht des alten Drachen aber glitt ein zufriedenes Lächeln. „Den zweiten Teil meiner Prüfung hast du bestanden! Nur wem das Gewand der Kriegerin des Lichts passt und nur wer es schafft, es zu tragen, ohne zu verbrennen, der ist geeignet, ein Drachenkind zu hüten."

Die junge Elfe glaubte ihren Ohren nicht zu trauen: „Wie bitte, du meinst, wenn ich die Falsche gewesen wäre, denn wäre ich jetzt nur noch ein Häufchen Asche?" Ihre Stimme klang ungläubig und wütend. „Nun ja, eine andere Möglichkeit als die Anprobe gibt es nicht und außerdem hast du es ja überlebt, nicht wahr?" ElAya konnte den Humor der alten Drachenfrau nicht teilen! Aber plötzlich fiel ihr auf, dass sie kein Dröhnen und Poltern mehr spürte, wenn der Drache in ihren Geist eindrang. „Tja, das macht das Gewand!" Nun verstand ElAya, Mayola war sich von Anfang an sicher gewesen, dass sie die Richtige war. Offensichtlich hätte sie die Verbindung sonst überhaupt nicht ausgehalten! „Ganz richtig, Kleine! Du bist wirklich ein schlaues Kind!", hörte sie die Drachenfrau kichernd antworten.

Sie konzentrierte sich, um ihrerseits Kontakt zum Geist des Drachen aufzunehmen. Es war das Eigenartigste, was sie jemals erlebt hatte. Es kam ihr vor, als würde sie eine große lichtdurchflutete Halle betreten. „Tja, unser Geist hat wenig Ähnlichkeit mit dem anderer Wesen!" - „Ich gehe auf den Handel ein!", sagte ElAya und gab ihrer Stimme, bevor sie es sich wieder anders überlegen konnte, alle Überzeugungskraft, die sie besaß. „Ich habe mit keiner anderen Antwort gerechnet! Aber wisse, Elfe, an diesen Schwur bist du für immer gebunden, denn das Versprechen, das man einem Drachen während einer geistigen Verbindung gibt, wird dich dazu zwingen, es einzuhalten." Dann musste sie die Worte wiederholen, die die Drachenmutter ihr vorsprach.

Als sie aus Mayolas Geist hinausgeworfen wurde, fühlte sie sich müde und erschöpft. Aber der alte Drache ließ sie nicht zu Atem kommen, sie musste wissen, wie viel ElAya wusste. Oh ja, Mayola war sehr gut über die Geschehnisse im Land unterrichtet, sie hatte ihre Informanten überall. „Wer wird an unserer Seite kämpfen?" ElAya druckste ein wenig herum. „Nun ja, Kalaban, die Oberste Wächterin, Oliv, falls wir ihn bei dem Kampf freibekommen, vermutlich die anderen Wächter, Lup und ich natürlich ..." So in etwa hatte Mayola sich das vorgestellt. Dieses Elfengesindel. Natürlich hatten sie der Kleinen nur die halbe Wahrheit erzählt. Immer schön nur das preisgeben, was nicht vermeidbar ist. „Hör zu, Kleine! Auch wenn es dich verwundert, ich bin über alles informiert, was in diesem Land vor sich geht, ich warte schon lange auf jemanden, dem ich mein Ei anvertrauen kann, deshalb ist es für mich von

Interesse, was hier und dort vor sich geht. Deine geschätzten Freunde haben dir offensichtlich nicht alles erzählt. Die Wächter werden kaum an unserer Seite kämpfen können. Sie haben bei ihrem dummen Vorhaben so viele ihrer Gaben verloren, dass sie nun die Fähigkeiten und das Wissen ihrer Schüler und Schülerinnen brauchen, um das Tor überhaupt noch zu erhalten!" - „Was meinst du damit? Es gibt noch mehr Schüler?" ElAya glaubte dem Drachen nicht. Niemals hätten Oliv oder Kalaban ihr das verschwiegen, oder doch? Leise Zweifel stiegen in ihr hoch. „Nun, die Elfen geben prinzipiell nur das preis, was unbedingt nötig ist, das tun sie seit so langer Zeit, dass sie wahrscheinlich gar nicht mehr anders können", beantwortete Mayola ihre unausgesprochene Frage.

ElAya wollte noch so viel wissen, wo sollte sie beginnen? „Hör mir zu, ich erkläre dir das Wichtigste!" Der Drache fuhr fort: „Das Tor muss bestehen bleiben, sonst gibt es keine Verbindung mehr zu der Welt der Menschen und ihr werdet das Böse nie mehr los. Deshalb versuchen zehn Wächter und ihre Schüler dieses Portal zu halten. Oliv hat auf deine Ankunft gewartet und Kalabans Schüler ist im Land unterwegs, er hat verschiedene Aufträge für seine Meisterin auszuführen. Sie ist wahrlich nicht untätig und versucht seit langem Verbündete zu gewinnen". ElAya war sprachlos. Warum hatte ihr das niemand gesagt? Mayola jedoch ließ ihr keine Zeit, weiter darüber nachzudenken. „Das Ei bleibt hier! Sollte ich bei diesem Kampf mein Leben lassen, so bist du für mein Kind verantwortlich. Hole es und bring es an einen sicheren Ort! Wie schon gesagt, egal was passiert, du wirst es mit deinem Leben beschützen! Ruf deinen schwarzen Freund und steigt auf, die letzte Reise meines Lebens beginnt!"

Die gewaltigen Schwingen, die in allen Farben des Regenbogens schillerten, erhoben sich mit Macht in die Lüfte. ElAya und Lup krallten sich mit aller Kraft am Hals des Drachen fest, um nicht herunterzufallen.

Kapitel 71

Eine weitere Ausbildung

Nach Stunden setzte Mayola zur Landung an. Alle waren hungrig und müde. Der Drache hatte einen schönen Rastplatz ausgesucht; dankbar ließen sie sich unter den mächtigen Bäumen nieder, die ganz in der Nähe wuchsen.

Als ElAya einschlief, begann sie zu träumen. Im Traum saß sie wieder auf Mayolas Rücken und die alte Drachenfrau sprach zu ihr: „Unsere gemeinsame Reise könnte von kurzer Dauer sein, denn der Weg ist für mich nicht weit! Dennoch wird es eine lange Reise werden, du hast noch viel zu lernen. Bevor du deine Fertigkeiten und Kenntnisse nicht vervollkommnen kannst, ist es völlig aussichtslos, den Kampf mit Rezz zu suchen. Du würdest unterliegen, selbst wenn ich dir helfe!" ElAya sah den alten Drachen entsetzt an: „Aber wir müssen uns beeilen, mein Volk, mein ganzes Land ist in großer Gefahr, solange dieses Ungeheuer am Leben ist!" - „Das mag schon sein", erwiderte Mayola, „aber nützen wirst du ihnen erst, wenn du etwas kannst!" ElAya rief empört: „Aber ich habe schon viel gelernt, bei Oliv und Kalaban und ..." Weiter kam sie nicht. Der alte Drache unterbrach sie polternd: „Kindereien, weiter nichts, von allem haben sie dir nur wenig beigebracht, armselig ist dein

Wissen und ausrichten wirst du damit nichts, außer dich umzubringen!"

ElAya wollte widersprechen, aber Mayola ließ sie nicht zu Wort kommen. „Dein Geist ist ein offenes Buch für mich, also schweig und lerne von mir, was ich dich zu lehren habe! Es ist nicht meine Absicht, mein Leben in einem aussichtslosen Kampf zu vergeuden! Und du hast geschworen, mein Ei zu hüten, wenn ich gehe, also gib dir ein wenig mehr Mühe, um am Leben zu bleiben."

Als ElAya erwachte, erinnerte sie sich verschwommen an den seltsamen Traum. Es kam ihr nicht in den Sinn, dass Mayola wirklich zu ihr gesprochen hatte. Sie schüttelte den Kopf, um das eigenartige Gefühl loszuwerden, das der Traum hinterlassen hatte.

„Nun es ist an der Zeit, dass ich deinen wahren Namen erfahre!", war das erste, was der Drache sagte, als er erwachte. „Na wunderbar", dachte ElAya, „was soll ich jetzt tun, Kalaban hat mir ausdrücklich verboten ihn preiszugeben!" Nur für ganz bestimmte Situationen und Aufgaben war dieser gedacht, für welche, das wusste ElAya nicht, sie sollte es später erfahren. Wieso wusste der Drache überhaupt davon und warum wollte er ihren wahren Namen wissen? „Nein, den kann ich dir nicht nennen, Kalaban hat es mir verboten", erwiderte sie deshalb.

„Ganz recht, mein Kind, ein bisschen etwas haben sie dir also doch eingetrichtert" kicherte sie. Empört wollte ElAya zu einer Erwiderung ansetzen, als der Drache sie unterbrach. „Lass es gut sein und spar dir deine Energie, du hast meine Prüfung bestanden. Als kleine Wiedergutmachung werde ich dir verraten, wofür dein wahrer Name gut ist." Die Elfe spitzte die Ohren, der Handel mit Mayola schien ihr plötzlich gar nicht mehr so dumm, wer weiß, was sie noch so alles erfahren würde!

„Nun also, vermutlich hast du auch noch niemals etwas vom Buch der Elfen gehört." ElAya schüttelte den Kopf. „Es liegt im Heiligen Berg versteckt. Leider kommen die Elfen seit ein paar Jahrhunderten nicht mehr an dieses Wissen heran, die einzige, die es ihnen hätte sagen können, hat es leider versäumt dies zu tun. Von ihr stammt übrigens das wunderbare Gewand, das du nun trägst. Ich habe ihr einmal in einer misslichen Lage geholfen und dafür hat sie es mir überlassen. Aber das ist eine andere Geschichte und tut im Moment nichts zur Sache. Jedenfalls gibt es dieses Buch. Dort sind alle Antworten auf alle Fragen aufgeschrieben. Es wäre also sehr nützlich, gerade im Moment, aber wie schon gesagt, keine Elfe kann das Buch öffnen, weil sie den Schlüssel nicht mehr kennen. Dazu braucht es den wahren Namen! Wie das genau funktioniert, weiß ich allerdings nicht. Charna wollte mir nicht all ihre Geheimnisse anvertrauen. Nur so viel, sie hatte gute Gründe den Schlüssel nicht weiterzugeben. Der damalige oberste Wächter schien ihr nicht geeignet. Tja, prompt ist er ja auch in die Menschenwelt gegangen und hat alle verraten." - „Wie bitte, der abtrünnige Elf war der oberste Wächter?", fragte ElAya dazwischen. „So ist es! Egal, Charna ist einem Verbrechen zum Opfer gefallen, bevor sie einem anderen Elf ihr Geheimnis verraten konnte. Also hüte deinen wahren Namen gut, wer weiß, ob du ihn nicht eines Tages nutzen kannst. Und denk daran, seine Macht bleibt nur erhalten, wenn ihn keiner außer dir kennt."

Die junge Elfe erfuhr nun so manches über die verschiedenen Wesen der Welten, über ihr Land und dessen Bewohner, über das alte Volk der Drachen und das der Elfen, Dinge, die ihr weder ihre „Eltern" noch Oliv oder Kalaban je erzählt hatten. Das schmerzte sie am meisten. Dass ihre sogenannten Eltern ihr nichts gesagt hatten, nun ja, sie hatten wahrscheinlich vieles selbst nicht gewusst! Dass Oliv und Kalaban geschwiegen hatten, dafür konnte sie allerdings wenig Verständnis aufbringen.

Aber ElAya erfuhr nicht nur viel, sie lernte auch so einiges. Unter anderem erfasste sie eines Tages fast so nebenbei die Kunst des Geistheilens.

Sie waren schon seit Wochen unterwegs und Lup wurde immer unruhiger und aggressiver. Das Reisen auf Mayolas Rücken war selbst für ElAya mehr als unangenehm. Sie liebte das Fliegen, aber der Rücken der alten Drachenfrau war uneben und die Schuppen kratzig und rau wie Schmirgelpapier. Außerdem schaukelte es derart, dass sie stets ihre liebe Not hatten, sich festzuhalten. Ein Haltegriff oder Tragegurt, etwas in der Art wäre wirklich eine Erleichterung gewesen, aber es gab nichts dergleichen. Sämtliche Versuche ElAyas, Lup und sich selbst festzubinden waren gescheitert. Die Schuppen boten dafür nicht genug Halt. Sie hätten etwas benötigt, das ganz um den Leib des Drachen herumgereicht hätte. Bis jetzt war ihr noch nichts eingefallen, um dieses Problem zu lösen, und Lup verlor immer mehr an Gewicht, denn da ihm ständig übel war, konnte er kein Essen bei sich behalten.

Am Anfang hatte sie gedacht, dieses Problem schnell lösen zu können, denn sie besaßen ja noch die Federn und sie hätten ja einfach neben Mayola herfliegen können. Der Drache belehrte sie jedoch schnell eines Besseren. „Ihr müsst auf meinem Rücken fliegen, nur so ist es möglich, eine Verbindung zwischen uns dreien herzustellen und diese Vereinigung werden wir brauchen, sonst ist die Aussicht auf einen Sieg in dem großen Kampf gleich null!" Das waren die Worte des Drachen gewesen. Lup hatte daraufhin nur geseufzt und sich in sein Schicksal ergeben. Aber es fiel ihm mit jedem Tag schwerer und ElAya machte sich mit jedem Tag mehr Sorgen um ihren Freund.

„Lup, so kann es nicht weitergehen, ich werde Mayola bitten zu landen. Wir legen eine größere Rast ein, du musst etwas essen!" „Ich kann nichts fressen, schon bei dem Gedanken wird mir schlecht!", knurrte er mit zusammengebissenen Zähnen. „Oh bitte, sei kein solcher Sturkopf! Wenn wir lange genug rasten, wird sich dein Magen erholen!" - „Wird er nicht, weil dieser verflixte Drache meinen Kopf vollkommen wirr macht und es ist ganz egal, ob wir fliegen oder am Boden sind, er hört niemals damit auf und deshalb ist es völlig sinnlos, eine Pause zu machen!" Erschöpft lehnte sich Lup zurück. ElAya stöhnte auf, sie wusste, was er meinte, aber ihr machte es immer weniger aus. „Ach Lup", seufzte sie, „wenn ich dir nur helfen könnte!"

Wütend sah der junge Wolf seine Gefährtin an: „Dann zeig mir doch endlich, wie du damit klarkommst, so schwer kann es doch nicht sein, seine Gegenwart zu ertragen!" Sie sah ihren Freund verblüfft an. Aber natürlich, dass sie darauf noch nicht von selbst gekommen war!

Achtsam näherte sie sich Lups Geist. Sie bat sehr höflich um Einlass, so vorsichtig, wie sie es noch niemals getan hatte. Dann betrat sie Lups Geist, aber anstatt sich mit ihm auszutauschen, wie sie es sonst immer getan hatten, nahm sie seinen Geist bei der Hand, um ihn in ihren eigenen zu führen. Er zögerte kurz, dann kam er mit. Auch für ihn war das eine neue Erfahrung. ElAya ließ ihn einfach teilhaben an dem, was sie fühlte, wenn

Mayola in ihrem Geist war. Nach und nach begann er zu begreifen. Es wäre ihm nicht möglich gewesen, in Worte zu fassen, was geschah, aber danach stellte die Verbindung mit der Drachenfrau kein Problem mehr für ihn dar. Mayola hatte bemerkt, was vor sich ging. „Ihr lernt schnell! Solltet ihr jemals in die Lage kommen, dass ihr ein anderes Wesen heilen müsst, dann denkt an das, was heute geschehen ist!" Die beiden sahen sich lange an. Was hatte ElAya für Anstrengungen unternommen, um die Kunst des Geistheilens zu erlernen und nun hatte sie es quasi so nebenbei als Geschenk erhalten. Die zwei Freunde brachen in übermütiges, befreiendes Lachen aus und Mayola stimmte mit ein. Ihr Dröhnen war weit über alle Welten zu hören. Wie fernes Donnergrollen klingt es für die Wesen der Welt, wenn ein Drache zu lachen beginnt!

Kapitel 72

Drachenwissen

Mayola aber unterrichtete nicht nur ElAya, sondern auch ihren Freund Lup. „Die Elfen sind dümmer, als ich geglaubt habe", sagte sie zu den beiden „sie haben nicht erkannt, wie eng ihr verbunden seid und dass es keinen Sinn macht, nur die eine Hälfte zu unterweisen!" Und was die Drachenfrau tat, das ergab Sinn! Endlich konnte ElAya Gelerntes umsetzten und Herausforderungen meistern, die ihr früher nicht gelungen waren, denn ihr Seelenpartner lernte dasselbe wie sie. ElAya und Lup gemeinsam begriffen unendlich schnell. Schneller als Mayola zu hoffen gewagt hatte. Sie verstanden nun, sich wahrhaftig mit anderen Wesen zu verbinden und sie ganz zu begreifen. Dieses Wissen ging weit über das hinaus, was Oliv und Kalaban in der Lage gewesen waren, ElAya zu lehren.

So lernte auch Lup die Kunst des Geistheilens und er war sogar sehr viel besser darin als seine Freundin. Sie konnten nun zum ersten Mal wirklich ihren Geist leeren und sich auf sich selbst konzentrieren, sich tatsächlich unsichtbar machen und vor allem, ihre Seelenverbindung in Sekundenschnelle aufzubauen und wieder abzubrechen. Während die zwei Freunde darüber fast den Grund ihrer Reise vergaßen, hatte die alte Drachin schon einen Plan ausgearbeitet. Nun waren die beiden so weit, jetzt galt es Verbündete zu gewinnen, denn je mehr sie fanden, desto größer war die Chance auf einen Sieg und ihr lag viel daran, dass sie siegten, schließlich ging es um ihr Ei.

Sie hatten eine lange Wegstrecke zurückgelegt, als sie das Thema zur Sprache brachte. „Ihr habt mir von den Hypogreifen erzählt, wie viele sind es und wie groß ist die Wahrscheinlichkeit, dass sie uns helfen?" ElAya und Lup sahen sich verlegen an. „Ihr habt keine Ahnung – richtig?" Die beiden nickten beschämt. Ein wütendes Knurren drang aus der Drachenkehle, es galt nicht ihren Schützlingen! Nun denn, sie würden es herausfinden!

ElAya hatte Feuer gemacht und Lup und Mayola waren auf der Jagd gewesen. Er hatte für seine Freundin so viele Früchte und Beeren mitgebracht, wie er hatte finden können. Dazu nahm er stets ihren Beutel mit, den er im Maul herumtrug und mit allem füllte, was sie gerne mochte. Oft sammelte er auch Feuerholz, das hatte heute ElAya übernommen. Sie saßen zu dritt um das Feuer herum und überlegten, wer als Verbündete in Frage kam. Unterwegs hatten sie viele Wesen getroffen, aber weder Lup noch ElAya konnten sich vorstellen, dass irgendwer ihnen würde helfen können oder wollen. „Zähl sie trotzdem auf!", verlangte Mayola.

Die Elfe stöhnte, dann begannen die beiden abwechselnd zu überlegen und zu berichten. „Also Miles, der Wüstenwurm, hat uns seine Hilfe angeboten", sagte sie „Ja, aber er scheidet aus", erwiderte ihr Freund, er braucht den Wüstensand, um zu überleben!" - „Das Riesenkind und ihre Artgenossen scheiden auch aus, sie sind unberechenbar" - „Stimmt", beschied Lup, „und Penelope und die Lichtwesen kommen auch nicht wirklich in Frage, obwohl sie uns ihre Hilfe angeboten haben!" - „Nein, das geht wirklich nicht! Weißt du noch, sie wollen ein neues Füllhorn errichten, weil sie ihren Stamm teilen müssen. Nein, mir geht es wie dir, viel zu unzuverlässig!", meinte sie. „Und die Waldwichtel, nie im Leben, diese miesen Kreaturen!" - „Gut wär das Monster, das wir unterwegs getroffen haben, wir müssten es nur überzeugen, dass wir die Guten sind." Lups Stimme ging in ein albernes Kichern über. „Na klar, prima Idee, falls uns der Kerl nicht vorher frisst!" ElAya stimmte in das Gelächter mit ein. Mayola dachte nur: „Na wunderbar!"

In ihre pessimistischen Gedanken hinein sagte Lup plötzlich: „Hamilan und sein Volk, sie werden uns mit Sicherheit unterstützen, falls wir sie wiederfinden!" - „Wer ist Hamilan?", wollte Mayola wissen und er begann zu erzählen. Dabei sah er seine Gefährtin immer wieder verlegen an, denn bisher hatte er ihr noch nichts von diesem Teil der Reise erzählt. Er hatte sich nicht getraut, weil er stets befürchtete, die Schwärze könnte allein durch seine Erzählungen zurückkehren und ihr Geist aufs

Neue in den Nebeln versinken. ElAya selbst hatte nie nachgefragt, was Lup nur darin bestätigt hatte, lieber zu schweigen. Jetzt aber mit Mayola an ihrer Seite fühlte er sich sicher, also berichtete er von seinem Freund Hamilan und was er über dessen Volk wusste.

ElAya bekam vor Staunen den Mund nicht mehr zu. Sie konnte sich an nichts erinnern, in ihrem Geist gab es nicht einmal eine Art Lücke, die sie irritierte. Für sie war es, als hätte sie geschlafen. Ganz verschwommen konnte sie sich nur an den Fall und den Aufprall in der Wasserwelt erinnern. An diese selbst hatte sie allerdings ebenfalls nicht die geringste Erinnerung.

Mayola nickte bedächtig mit ihrem riesigen Kopf, was Lup an Mauri, die Schildkröte, erinnerte. „Wo lebt dieser Hamilan mit seinem Volk?", wollte der alte Drache von ihm wissen. Er beschrieb die Welt seines Freundes. Es war die Welt nach dem zweiten Tor gewesen. „Wir werden sie finden, es gibt eine Möglichkeit, zu den sieben Welten zu reisen, die nur wir Drachen kennen! Also weiter!" - „Moment, Lup, gibt es noch mehr zu berichten, was unterwegs passiert ist und wovon ich nicht die allergeringste Ahnung habe?" ElAya sah Lup anklagend an.

Der junge Wolf wand sich unter dem Blick seiner Freundin, da kam im Mayola zu Hilfe: „Sei nicht beleidigt, dein Geist war mit

Schwarzer Magie geknebelt und dein Freund hat nicht zu Unrecht eine Heidenangst davor. Ich vermute, er war ganz froh, dass es dir wieder gut geht und hat sich nicht getraut, dir irgendetwas zu erzählen. Er wollte dich schützen." Lup blickte den alten Drachen dankbar und fragend an. Mayola nickte zurück. Daraufhin erzählte er seiner Freundin alles, was passiert war. Sie schüttelte immer wieder den Kopf.

„Was ist mit den Engeln, Lup – denkst du sie könnten uns helfen?" Mayolas Stimme klang jetzt nicht mehr so furchtbar in seinen Ohren. „Nun ja, sie waren sehr merkwürdig und haben mir eher den Eindruck gemacht, dass sie sich nicht gerne in das Geschehen anderer Völker einmischen, sie helfen wohl vielmehr den Einzelnen. Fragen können wir sie ja, wenn es kein Problem ist, dorthin zu gelangen. Sie leben in der Welt gleich hinter Hamilan!" - „In Ordnung!", Mayola nickte wieder und selbst ElAya schien langsam zu verdauen, was sie eben gehört hatte. Ansonsten kam leider niemand in Frage. Alle, die sie noch getroffen hatten, schienen auch dem Drachen keine gute Wahl zu sein. Über das Elfenvolk, das ElAya und Lup von ihrem König befreit hatten, dachten sie kurz nach, verwarfen es dann aber wieder. Die Elfen waren mit ihrem eigenen Volk und dem Aufbau ihrer Stadt beschäftigt und sicher hatten sie zu viel Schlechtes erlebt, als dass sie ihnen nützlich sein könnten.

Hamilan und sein Volk zu überzeugen war ein Leichtes. Den Weg dorthin allerdings würden ElAya und Lup in ihrem Leben nicht vergessen. Noch immer packte sie das kalte Grauen, wenn sie daran dachten. Es war ihnen so vorgekommen, als würden ihre Seelen zerrissen und dann wieder zusammengesetzt. Ein Gutes hatte es allerdings gehabt, die Angst vor dem großen Kampf war kleiner geworden. Im Moment hatten beide das Gefühl, schlimmer und grauenvoller konnte es nicht mehr kommen.

Hamilan und seine Leute entschädigten sie ein wenig für die erlittenen Strapazen, denn sie begrüßten sie auf das Allerherzlichste, vor allem den jungen Wolf. Hamilan freute sich über alle Maßen, seinen alten Freund wiederzusehen. „Niemals hätte ich das geglaubt!", sagte er wieder und wieder. Er sicherte sofort seine Hilfe und die Hilfe seines Volkes zu. ElAya versuchte, ihn zu bremsen; sie dachte mit Grauen, was ihnen bevorstand, aber Lup hielt sie zurück: „Er wird uns helfen, egal, welche Gefahren und Hindernisse ihn und die Seinen erwarten – er ist so – glaub mir." ElAya schmerzte es noch immer, dass sie an diesen Teil ihrer gemeinsamen Reise keinerlei Erinnerung hatte, aber sie wusste, Lup konnte nichts dafür.

Auch Lup ängstigte die Rückreise, deshalb versuchte er, das Thema zu beenden, lieber wollte er nicht daran denken, es war sowieso unvermeidlich. ElAya verstand ihn nur zu gut. Am Abend aber kam sie noch einmal auf das Thema zurück: „Lup, was ist mit den Engeln?" Er seufzte: „Ich glaube nicht daran, dass wir sie überzeugen können. Du würdest mir zustimmen, wenn du sie gesehen hättest, merkwürdige Gesellen sind das!" Er stocke, er wollte ElAya nicht wehtun. „Es ist schon in Ordnung, mein Freund, ich habe verstanden, dass es nicht deine Schuld ist." Das Danke, das sie hinterherschickte, kam von Herzen.

Am nächsten Tag besprachen sie sich mit dem Drachen. Zu ihrem Erstaunen mussten die zwei feststellen, dass Mayola bereits alles durchdacht und geregelt hatte. „Wir brechen sofort auf, wir haben schon genug Zeit verloren." ElAya ließ sich allerdings nicht so leicht abspeisen: „Was hast du vor? Teile uns deine Pläne mit und dieses Mal bitte etwas ausführlicher, damit wir wenigstens auf Erlebnisse wie die Reise zwischen den Welten vorbereitet sind!", verlangte ElAya von dem Drachen. „Pass gut auf, wie du mit mir sprichst, nur weil wir einen Handel eingegangen sind, heißt das noch lange nicht, dass du es mir gegenüber an Respekt mangeln lassen kannst. Sei gewarnt, sollte so etwas noch einmal vorkommen, so wird es dir sehr leid tun und jetzt steigt auf, wir reisen zu den Engeln!" Lup wollte etwas sagen, Mayola aber unterbrach ihn so barsch, dass er erschrocken schwieg.

Kapitel 73

Die Art der Drachen

Die Reise zu den Engeln war für die zwei noch schlimmer als der Weg zu Hamilan, auch wenn sie sich das nicht hatten vorstellen können. Sie waren tagelang nicht ansprechbar. Mayola ließ sie an einem geschützten Ort zurück und verkündete nur: „Ich werde alleine mit den Engeln sprechen, ihr wartet hier!" Dann flog sie mit rauschenden Flügelschlägen davon.

Lup und ElAya waren zerrissen, wie ein großes Puzzle lagen ihre Seelen vor ihnen und sie waren nicht in der Lage, sie wieder zusammenzusetzen. Die Verzweiflung kroch wie ein kaltes Tier in ihre Herzen. Sie hielten sich aneinander fest, ihnen war schrecklich kalt. Es wurde von Tag zu Tag schlimmer und dann, als sie dachten, jetzt sei ihr Ende gekommen, trat endlich eine kleine Besserung ein. Wie ein winziger Sonnenstrahl erst, dann immer mehr und schneller setzten die Strahlen ihre geschundenen Seelen wieder zusammen.

Es ging ihnen noch eine Weile schlecht, dann waren sie wieder ganz die Alten. Genießen konnten sie diesen Zustand nicht, denn mit der Stunde ihrer Genesung kehrte Mayola von den Engeln zurück. „Ein Teil von ihnen wird uns helfen, auch wenn der Preis hoch ist!" Sie ließ Lup und ElAya gar nicht zu Wort kommen. „Aufsteigen, ihr dürftet inzwischen die Folgen der Reise überstanden haben!" Beide waren über diese Worte so verblüfft, dass sie einfach taten, was von ihnen verlangt wurde.

Mayola flog in ihre eigene Welt zurück. Dieses Mal war die Reise erträglicher und es dauerte auch nur einen Tag, bis sie wieder zu ihrem „normalen" Seelenzustand zurückgekehrt waren. Der Drache ließ ihnen keine Sekunde länger als nötig: „Wir werden nun die Hypogreife überzeugen! Ihr Anblick wird die Ungeheuer schwächen!"

Jetzt hatte ElAya genug! „Liebe Mayola, bist du bitte so nett und erklärst uns, woher du das weißt und wie du dir das vorstellst? Nach meinen Informationen ist es nämlich so, dass Gregorius alles tut und getan hat, um seinen Clan davon abzuhalten, uns zu helfen!" Sie war so aufgebracht, dass sie sich kaum noch beherrschen konnte. Lup nickte zustimmend, so einfach war das nicht, auch wenn Mayola das dachte! „Nun, das weiß ich bereits, strengt eure Köpfe an und lasst euch etwas einfallen!" ElAya und Lup sahen sich an. Dieser verflixte Drache tat ständig, was er wollte und nun sollten sie eine der größten Aufgaben lösen, die es gab? „Wieso brauchen wir diese Hypogreife überhaupt?", wollte Lup wissen, „was sollen sie uns helfen? Wenn sie gar nicht wollen, werden sie uns keine große Hilfe sein!" ElAya teilte Lups Meinung. Mayola stieß einen riesigen Schwall Feuer aus, dann fauchte sie: „Ihr habt wirklich überhaupt keine Ahnung von irgendetwas!" Und mehr zu sich selbst fügte sie hinzu: „Wie konnten diese vermaledeiten Elfen zwei so junge Wesen losschicken, ohne ihnen auch nur irgendetwas zu erzählen!" ElAya und Lup sahen sich betroffen an, denn die alte Drachenfrau war viel zu aufgebracht, als dass sie wirklich leise gesprochen hätte. „Wir werden jetzt einen gemütlichen Platz zum Rasten suchen und dann werde ich euch wieder einmal ein paar Dinge erklären!" Die Drachenstimme bebte vor Wut.

Sie flogen dahin und Mayola gab sich alle Mühe, damit es ein Genuss für die beiden wurde. Sie war ein Drache und normalerweise begegnete sie anderen Wesen eher gleichgültig, aber ElAya und Lup waren ihr in der kurzen Zeit ans Herz gewachsen und sie taten ihr leid. Kalaban, Oliv und Ullahom hatten aus reiner Vorsicht gehandelt, dessen war sie sich durchaus bewusst, trotzdem fand sie es nicht in Ordnung, dass sie die beiden jungen Wesen auf diese Reise geschickt hatten, ohne ihnen alles zu erzählen. Aber das würde sie nun nachholen! Und um einen kleinen Ausgleich bemüht, folg sie so sachte wie es ihr nur möglich war. Ihre Gäste juchzten vor Freude und über Mayolas Gesicht glitt ein seltenes Lächeln. Langsam begann sie das Ganze zu genießen. Diese verdammten Elfen würden schon noch sehen, was geschah, wenn ein Drache seine Klauen im Spiel hatte!

Sie landete auf einem leicht bewaldeten grünen Berg. Das Gras war weich und sie ließen sich von ihrem Rücken gleiten. „Der Flug war herrlich, vielen Dank!" Lup nickte zu ElAyas Worten und das war ein großes Kompliment, denn er hasste das Fliegen. „Gern geschehen, nun ruht euch aus, ich werde etwas zu essen besorgen und euch dann ein paar Geschichten erzählen." Der Drache erhob sich wieder in die Lüfte und die zwei Freunde legten sich ins weiche Gras und schliefen ein. Die Ereignisse der letzten Zeit waren nicht ohne Folgen geblieben.

Mayola ging auf die Jagd. Sie brachte ein Kaninchen für Lup und ElAya mit. Beeren konnte sie keine sammeln, das war für einen Drachen unmöglich. Sie liebte Beeren und genüsslich verzehrte sie sofort, was ihr Maul fand. Nicht einmal für die kleine Elfe schaffte sie es, welche übrig zu lassen. Die winzigen Früchte verschwanden in ihrem Magen, sobald sie die Lippen berührten. Sie würde nichts davon erzählen, das war ihr kleines Geheimnis! Schließlich gab es für die zwei gebratenes Kaninchen!

Die Elfe, die früher niemals Fleisch gegessen hatte, fand inzwischen zwar noch immer keinen Gefallen daran, nahm es aber dankbar an, zu oft hatte sie Hunger leiden müssen. Bevor sie aber aß, dankte sie jedes Mal dem Tier, das sein Leben für sie gegeben hatte und bat um Verzeihung, dass sie an dessen Tod Mitschuld trug. „So weit ist es gekommen", dachte sie trotz allem manchmal, aber welche Wahl gab es schon, seit sie diese verdammte Reise angetreten hatte?

Kapitel 74

Charna

Nach dem Essen setzten sie sich ums Lagerfeuer. ElAya hatte genügend Holz gesammelt und Mayola hatte die Flammen mit ihrem Atem in Gang gebracht. ElAya und Lup sahen noch immer jedes Mal mit Erstaunen zu, wenn sie das tat. Dann begann der Drache zu erzählen:

„Ich habe euch berichtet vom Buch der Elfen und meiner alten Bekannten, der Elfe, der du ElAya das Gewand verdankst, das du trägst. Sie war einst eine mächtige Elfe und sie hat mir so manches Geheimnis anvertraut, auch wusste sie um den abtrünnigen Elf und was sein Verhalten für Folgen haben würde, die Alte konnte es nicht mehr verhindern, denn einer ihrer Feinde hat sie hinterrücks überfallen und erstochen. Er hat für Charnas Tot bezahlt, glaubt mir. Ich habe ihn langsam in meinem Feuer geröstet. Egal, das tut nun nichts zur Sache!" ElAya und Lup überlief ein Schauder des Entsetzens, aber Mayola sprach schon weiter. „Charna wusste von dem großen Kampf – es ist eine uralte Prophezeiung. Sie wusste nicht, wie es einst dazu kommen sollte, aber dass es soweit kommen würde, war ihr bekannt und sie hat im Buch der Elfen gelesen! Es ist unmöglich, den Krieg ohne das Heer der Hypogreife zu gewinnen! Außerdem müssen mindestens 13 verschiedene

Völker oder ihre Vertreter auf unserer Seite stehen, sonst ist unser Kampf aussichtslos. Nun versteht ihr vielleicht, wieso ich es selbst bei den Engeln versucht habe!"

ElAya und Lup waren sprachlos! „Wie hat Kalaban sich das nur vorgestellt?" Die junge Elfe konnte nur noch den Kopf schütteln. „Das weiß ich nicht! Vielleicht hat sie keine Ahnung von der uralten Weissagung!" - „Egal, bis jetzt haben wir Elfen, einen Wolf", dabei sah sie Lup an, „Hamilan und sein Volk, die Engel, mich und hoffentlich bald die Hypogreife, damit wären wir dann sechs. Das heißt, es fehlen noch immer sieben Völker oder ihre Vertreter!"

ElAya stöhnte auf, wie sollten sie denn sieben verschiedene Völker oder Vertreter davon finden, die sie unterstützen würden? Lup unterbrach ihre Gedanken „Mils, der Wüstenwurm! Vielleicht geht es ohne Sand, also wären es sieben!" Und weiter ging ihre Aufzählung: „das Riesenmädchen Fee, Nummer acht; die Lichtwesen und Penelope, Nummer neun; „Ben, der Bär, Nummer zehn; Emily und Alfredo, die Einhörner, Nummer elf; Helena die Eule, Nummer zwölf! Es fehlt nur noch eine Gruppe, falls es uns gelingt, sie alle zu finden und für unsere Sache zu gewinnen!"

Mayola sah die zwei stolz an, sie hatte es doch gewusst! Die beiden waren erstaunlich, wirklich ganz erstaunlich! Sie würden diesen verdammten Kampf gewinnen und ihr Ei würde in Sicherheit sein!

Miles, die Lichtwesen, Ben und Helena waren relativ leicht zu überzeugen. Das Riesenmädchen war froh, ihren Verwandten zu entkommen; die Einhörner hingegen stellten sich als eine echte Herausforderung dar, aber schließlich gelang es Lup, das Wunder zu vollbringen. Gemeinsam schafften sie es sogar, Gregorius und seine Leute auf ihre Seite zu ziehen.

Erschöpft aber glücklich über ihren Erfolg lagerten sie am Rand eines großen goldenen Waldes. „Wer wird die Nummer dreizehn sein?" ElAyas Stimme klang müde. „Keine Ahnung, jetzt werden wir erst einmal essen und schlafen! Morgen ist auch noch ein Tag, es wird uns schon etwas einfallen!" Selbst Mayolas Stimme klang schläfrig.

Am nächsten Morgen erledigte sich diese Frage von selbst. Der Wald, in dessen Nähe sie lagerten, war die Heimat der Zwerge und die hatten mit den Ungeheuern noch eine Rechnung offen, denn sie hatten eine Gruppe ihrer Kinder entführt und bisher war es den Zwergen nicht gelungen, diese wieder zu befreien.

„Ich bin dagegen, dass die Winzlinge die Nummer dreizehn werden, sie sind hinterhältig und unberechenbar. Wenn es darauf ankommt, verbünden sie sich mit dem Feind – nein, wir sollten nach jemand anderem suchen!" ElAya wollte um jeden Preis verhindern, dass die Zwerge an ihrer Seite kämpften, sie traute ihnen nicht, aber Lup und Mayola überstimmten sie, der Sieg schien ihnen so nah, schließlich musste sie sich dem Großen Rat beugen, den die Vertreter der zwölf einberufen hatten. Die Zwerge waren dabei.

Es war ein unbeschreibliches Bild, als die dreizehn Völker bzw. ihre Vertreter durch das Land zogen an Land und in der Luft. Die Atmosphäre vibrierte und Siegesstimmung lag in der Luft. Einzig ElAya und inzwischen auch Lup, den sie mit ihrem Misstrauen angesteckt hatte, hegten Zweifel.

Sie zogen zum heiligen Berg. Mayola wollte mit Kalaban sprechen, bevor sie die Ungeheuer herausforderten. „Ich nehme an, die oberste Wächterin hat sie beobachten lassen – ich will hören, was sie zu sagen hat!", verkündete der Drache daher. Die Anführer der anderen Wesen waren mit diesem Plan einverstanden!

ElAya hegte die Hoffnung, dass Kalaban Kontakt mit Oliv hatte! „Hoffentlich ist er noch am Leben! Oh Lup, ich habe den Gedanken an ihn bisher so gut es ging verdrängt, aber jetzt ist es nicht mehr weit bis zum Heiligen Berg. Kalaban hat seinen Stein, was sie wohl weiß?" Lup sah seine Freundin mitfühlend an. Er wusste genau, wie es ihr ging und auch er hoffte, dass Oliv noch am Leben war!

Kapitel 75

Kalaban

Als sie am Heiligen Berg ankamen, wurde es bereits dunkel. Mayola war die Anführerin, es hatte sich auf der Reise so ergeben. „Wir können nicht alle gehen und ich nehme an, sie wird nicht so ohne weiteres herunterkommen! Also wählt drei aus, die mich begleiten!" ElAya wunderte sich, dass nicht einmal Gregorius oder Kolm, der Anführer der Zwerge, widersprach. „Wie macht sie das, Lup?" - „Sie hat alle mit ihrem Feueratem verhext", kicherte er, „ich bin gespannt, wie Kalaban auf sie reagieren wird!" Auch er konnte sich ein Glucksen nicht verkneifen.

Ullahom hatte Kalaban schon vor Stunden Bericht erstattet, der Obersten Wächterin klangen ihre Worte noch im Ohr: „Sie haben es geschafft, in ungefähr fünf Stunden dürften sie hier eintreffen! Du wirst niemals glauben, was dieses Kind und ihr Freund zuwege gebracht haben!" - „Bringt sie wirklich den Drachen mit?" - „Ja, und nicht nur den. Ein ganzes Heer Verbündeter folgt ihr!" Ullahoms Gesicht überzog ein Strahlen, dann wurde sie wieder ernst: „Die Hypogreife sind bei ihnen, Gregorius führt sie an!" Kalaban blickte ihre Freundin ungläubig an: „Was hat sie sich dabei gedacht? Sie kann die Folgen eines solchen Tuns nicht abschätzen, das hätte sie zuvor mit uns absprechen müssen, verdammt, dieses Kind wird zu schnell selbstständig und dabei ist ihre Ausbildung noch nicht einmal abgeschlossen – die Zeiten sind furchtbar, alles gerät durcheinander!" Ihre Freundin nickte nur zustimmend!

Die beiden waren allerdings nicht auf dem neuesten Stand. Die Ausbildung war abgeschlossen, einmal davon abgesehen, dass sie nie auslernen würde, Mayola war nicht untätig gewesen.

In einem aber sollte sich der Drache täuschen. Die verschiedenen Völker berieten noch, wer auf den Heiligen Berg gehen sollte, da erblickten sie die Oberste Wächterin. An diesem großen Tag hatte sie beschlossen, den Berg zu verlassen. Sie musste mit eigenen Augen sehen, was sich ereignete. Zorn flammte in ihr auf, als sie an Gregorius dachte, aber dieses Problem musste warten! Sollte es sich trotz ihrer Zweifel und ihres Misstrauens erweisen, dass er es ehrlich meinte, dann würden die Hypogreife unter seiner Führung mächtige Verbündete sein. Nun wollte sie zuerst versuchen, die Völker unter ihrer Führung zu einen.

Sie ließ den Blick über die Ebene zwischen den Bergen schweifen. Es war unglaublich und alle waren sie ElAyas Ruf gefolgt. Ringsherum erblickte sie Lagerfeuer und über allem schwebte ein Gewirr von Sprachen und Stimmen. Kurz fragte sie sich, wie sich ihre Schülerin mit den verschiedenen Wesen verständigt hatte, dann verschwand auch dieser Gedanke wieder. Sie musste sich auf ihre Ansprache konzentrieren.

„Seid gegrüßt, Völker des Landes! Auch wenn ihr nur als deren Vertreter gekommen seid, ich bin überglücklich, euch heute Abend hier zu sehen." Alle konnten sie verstehen. „Zum Glück habe ich noch alle meine Fähigkeiten, die Verständigung wäre sonst unmöglich", Kalabans Nerven vibrierten, dies war einer der wichtigsten Momente der Geschichte! Wenn sie es nicht schaffte, die Völker unter ihrer Führung zu einen, konnten sie den Kampf gegen das Böse im Land niemals gewinnen. Sie seufzte kurz und leise, dann sprach sie weiter. „Ich habe lange auf diesen Tag gewartet, endlich ist er gekommen! Ich werde versuchen, heute Abend noch mit möglichst vielen von euch zu sprechen! Der Tag des Großen Kampfes ist nicht mehr fern und wenn ich euch ansehe, dann weiß ich, wir werden siegen!"

Unter ihr brachen die Anwesenden in großen Jubel aus. Sie waren alle gekommen, um zu kämpfen und zu siegen. Mayola, ElAya und Lup fühlten sich nicht ganz so optimistisch, sie wussten, was ihnen bevorstand, trotzdem hofften sie, Kalaban würde Recht behalten.

Dann begann sich die Oberste Wächterin unters Volk zu mischen. Immer wieder hielt sie Ausschau nach ihrer Schülerin und dem jungen Wolf, konnte sie aber nirgends entdecken.

ElAya und Lup hingegen sahen sie sehr wohl, aber Mayola hatte ihnen eingeschärft, sie an diesem Abend nicht zu stören. „Kalabans Mission ist sehr wichtig, sie muss mit möglichst vielen sprechen, also haltet euch im Hintergrund. Sie wird nach euch Ausschau halten und wenn sie euch entdeckt, dann ist der Abend für das, was wichtig ist, verloren. Mischt euch heute ebenfalls unter die anderen, sprecht mit möglichst vielen, versucht herauszufinden, welche Stimmung in den einzelnen Lagern herrscht und wer gegen wen interveniert!"

ElAya sah den Drachen an: „Mayola, das sind unsere Verbündeten, sollten wir nicht annehmen, dass sie auf der richtigen Seite stehen?" Der alte Drache grinste verschlagen: „Das sollten wir! Davon gehen sie aus, aber es ist immer besser, den anderen einen Schritt voraus zu sein und in diesem Fall geht es um unser aller Leben, das Land und mein Ei! Meinst du nicht auch, dass hier ein wenig Vorsicht ratsam ist?" ElAyas Gesicht wurde flammend rot, Mayola hatte völlig Recht, schließlich kannten sie ihre Verbündeten nicht wirklich gut. Sie machte sich mit Lup auf den Weg, um ihren Auftrag auszuführen. Die Oberste Wächterin hatte sie für den Moment völlig vergessen. Aber weder Lup noch seine Freundin wussten, dass es Kalaban nicht möglich war, sie zu entdecken. Das Gewand, das ElAya trug, machte es unmöglich. Die junge Elfe war unsichtbar und Lup, der immer dicht neben ihr ging, ebenfalls. Kalaban schritt durch die einzelnen Lager wie eine

Königin, immer bemüht, den Eindruck zu vermitteln, dass sie die Lage trotz allem unter Kontrolle hatte. Es lief gut, bis sie auf Mayola traf. Der Drache hielt sich nicht lange mit Floskeln auf. „Du siehst, was das Kind erreicht hat!" Ihr Atem wehte der alten Elfe unangenehm heiß ins Gesicht. Sie setzte zu einer Antwort an: „Ihr habt wahrlich Großes geleistet, aber auch wir waren nicht untätig, Wächter und Schüler sind auf dem Weg hierher, sie werden morgen in aller Frühe hier eintreffen!" - „Gut, wir können jede Unterstützung brauchen, aber nun lass uns über den Zeitpunkt des Kampfes sprechen! Die Feuer sind weit im Land zu sehen, es wird nicht lange dauern, bis die Kunde unseres Eintreffens bei den Ungeheuern ankommt. Ich hätte gerne den Überraschungsmoment auf unserer Seite!"

Es stand kurz ein merkwürdiges Glitzern in ihren Augen, dann hatte sie sich wieder im Griff, was Mayola keineswegs entging. „Ich gebe dir völlig Recht, wir sollten so schnell wie möglich handeln!" Kalaban hatte kaum zu Ende gesprochen, als die Stimme des Drachen wie ein Gewitter über sie hereinbrach. „Hör auf, mich für dumm zu verkaufen, ich weiß von der Prophezeiung! Wo ist das Buch der Elfen und wie kommt ElAya dorthin?" Die Oberste Wächterin sah den alten Drachen sprachlos an. „Woher weißt du davon und was hat die Kleine damit zu tun?" - „Ganz einfach, sie trägt das Gewand der Hüterin und sie wird gehen!" Kalaban schüttelte entschieden den Kopf: „Das ist unmöglich, Drache, sie ist zu jung für diese

Aufgabe, sie hat nicht das Wissen und auch nicht die Erfahrung!"

Mayola sah Kalaban lange an, so lange, bis der ganz merkwürdig zumute wurde: „Nun, dass sie nichts weiß, daran bist wohl du selbst schuld, nicht wahr, und was ihr Alter betrifft, sie hat auch ihre letzte Aufgabe gemeistert, sieh dich um!" Kalaban wollte den Drachen unterbrechen, aber der sagte nur: „Spar dir deine Worte, sie wird gehen, sie ist die Richtige!" Seine Stimme donnerte über Kalabans Kopf wie eine Gewitterwolke, die sich entlud. Mayola würde dieses unwürdige Spiel nicht weiter mitspielen, sie wusste nur zu gut, was hier und in Kalabans Kopf vorging, deshalb sagte sie noch einmal: „Sie ist die einzige, die es tun kann und sie wird es tun! Du wirst ihr dabei helfen!" Der alte Drache ließ keinen Zweifel daran aufkommen, was geschehen würde, sollte Kalaban sich seinen Wünschen nicht fügen.

Die Sprache des weisen, alten Drachen war klar und eindeutig, selbst ohne Worte. Zähneknirschend nickte die alte Elfe, sie wusste, wann sie verloren hatte: „Nun gut, ich werde mein Möglichstes tun, sie zu unterstützen." Bei sich hegte sie jedoch ganz andere Gedanken: „Was nach dem Großen Kampf geschieht, das werden wir sehen!" Ihre Wut verrauchte bei diesem Gedanken ein wenig, nicht so der Zorn des Drachen. „Es ist genau, wie ich es erwartet habe! Kein Wunder, dass dieses

Land in so einem Zustand ist, diese vermaledeiten Elfen werden niemals klüger!" Mayola wandte sich ab, sie konnte den Anblick der alten Elfe nicht mehr ertragen.

Dann kam das Bild Charnas in ihren Geist. Sie war anders gewesen, die alte Hüterin des Elfenbuches, und ElAya war es ebenfalls. Mayola schwor, dass sie dafür sorgen würde, dass sie diesen Kampf überlebten und dann würde sie die kleine Elfe und ihren Freund beschützen, so gut sie es vermochte, in der Zeit, die ihr noch blieb. Mayolas Gedanken schweiften ein letztes Mal zu Kalaban. Sie wusste, was die Oberste Wächterin dachte, ohne dass diese auch nur einen Hauch davon ahnte. Diese uralte Kunst beherrschten die wenigsten. Charna war eine von ihnen gewesen, das wusste Kalaban, aber sie wiegte sich in Sicherheit, denn Charna war schon lange tot. Was die alte Elfe nicht wusste: ElAya beherrschte diese Kunst inzwischen ebenfalls.

Kapitel 76

Das Buch der Elfen

Der Drache hatte nach der Unterredung mit der alten Wächterin beschlossen, das Kind und ihren jungen Freund noch eine Weile von selbiger fernzuhalten. „Ich muss die beiden zuerst vorbereiten und da sie mir niemals glauben würden, dürfen sie von dieser Vorarbeit nichts wissen!" Mayola hatte sich längst einen Plan zurechtgelegt.

Kalaban hatte sich wieder unters Volk gemischt, sie versuchte, alle unter ihrer Leitung zu einen. Es musste gelingen! Selbstverständlich hätte auch ElAya diesen Part übernehmen können, aber das Kind sollte jetzt auf eine andere Aufgabe vorbereitet werden und für diese Angelegenheit kam nur die Kleine in Frage. Ein positiver Nebeneffekt für Mayola, dass Kalaban das Gefühl hatte, die große Anführerin zu sein. „Es läuft alles nach Plan!" Der Drache grinste zufrieden.

Als die alte Elfe ihren Blicken entschwunden war, rief sie ElAya und Lup zu sich. Die beiden schliefen tief und fest, aber ihr Ruf weckte sie sofort. Sie wussten genau, wo sich der Drache befand und so machten sie sich verschlafen auf den Weg.

Mayola führte sie an die Stelle, an der die Heilige Acht begann. „Hört zu ihr beiden. Ich weiß, ihr seid schrecklich müde, aber was ich euch zu sagen habe, ist wichtig. Morgen früh werdet ihr die Oberste Wächterin Kalaban treffen! Ihr dürft vorerst nichts von der Reise erzählen, nicht, bevor du ElAya, die nächste Aufgabe gemeistert hast! Warum, erkläre ich dir zu einem anderen Zeitpunkt, vertraut mir einfach. Sagt ihr, ihr wollt später in Ruhe mit ihr darüber reden, wenn der Große Kampf vorüber ist. Erzählt, ihr seid zu nervös und hättet Angst!" ElAya und Lup sahen Mayola fragend an, was für eine merkwürdige Bitte. Dann blickten sie einander an: „Nun ja, so ganz Unrecht hat Mayola nicht einmal, ich habe wirklich Angst und ich bin auch schrecklich nervös!" Lup nickte zustimmend zu ElAyas Worten.

„Kalaban wird dich, ElAya, zum Buch der Elfen führen, wir müssen herausfinden, wann der günstigste Zeitpunkt für unseren Angriff ist und du bist die Einzige, die es herausfinden kann!" - „Ich?" - „Ja, denn du trägst das Gewand der Wächterin des Buches der Elfen!" Die junge Elfe sah verblüfft an sich herab! „Ich werde das Heilige Buch sehen!" Alle Zweifel verschwanden bei diesem Gedanken! Mayola nickte zufrieden. ElAya würde es schaffen.

Kapitel 77

Das heilige Buch

Die beiden entdeckten Kalaban gleichzeitig. ElAya rannte auf sie zu, um sie zu umarmen und sie zu begrüßen, aber irgendetwas hielt sie zurück. ElAya war verwirrt, der alte Drache sah es deutlich. Mayola empfand keine Genugtuung, aber einen gewissen Stolz, die kleine Elfe war wie ein Kind für sie geworden. Sie selbst war eine der wenigen Drachen, die nie ein Kind ausgebrütet hatten. ElAya würde gut für ihr Ei sorgen. Nach dem Großen Kampf war ihre Zeit gekommen, sie konnte es spüren. Aber jetzt würde sie der Kleinen helfen. Zuerst mussten sie den Tag für die Schlacht bestimmen, dann konnte sie ElAya und Lup helfen, einen sicheren Ort zu finden.

Die Oberste Wächterin sprach nur das Nötigste. Sie bemühte sich sehr, ihrer Schülerin und ihrem Freund den Eindruck zu vermitteln, dass die Sache, die anstand, so wichtig war, dass für ein echtes Gespräch nun keine Zeit blieb. Das stimmte durchaus, aber ElAyas Antennen waren geschärft, die Reise hatte sie verändert. Die junge Elfe war gewachsen, vor allem ihr Geist, ohne dass sie es bemerkt hätte. Es war wie so oft im Leben, wenn man tief in einer Entwicklung steckt, merkt man selbst am wenigsten, wie groß die Fortschritte sind, die man gemacht hat; genauso ging es ElAya nun. Sie beschloss zu schweigen und sich auf das neue Abenteuer einzulassen. Innerlich seufzte sie zwar, denn eigentlich sehnte sie sich nach Ruhe, aber sie wusste, was auf dem Spiel stand, Zeit zum Ausruhen hatten sie jetzt nicht!

Schweigend führte Kalaban den Trupp zum Heiligen Berg. Als sie unterhalb einer großen Felsnase angekommen waren, sprach sie wieder: „Von hier aus musst du alleine gehen ElAya, mach deine Sache gut, mehr kann ich dir nicht mitgeben. Keiner von uns weiß, was im Innern geschieht." Als die Wächterin daraufhin schwieg, sah Mayola ElAya tief in die Augen und sprach zu ihrem Geist: „Sei wachsam, mein Kind, und verlass dich auf deinen Instinkt, die Kinder der Bahar werden dich erkennen!" ElAya wollte etwas fragen, sah aber den warnenden Blick des alten Drachen, diese Information musste genügen und war ausschließlich für sie bestimmt. Sie stellte noch einmal sicher, dass ihr Geist fest verschlossen blieb, denn sie spürte, dass Kalaban versuchte, in ihren Geist einzudringen. „Wie merkwürdig", dachte ElAya „warum interessiert sich Kalaban dafür, was Mayola mir mitgibt, wenn es doch so offensichtlich ist, dass es nicht für sie bestimmt ist."

Gleichzeitig registrierte ein Teil ihres Bewusstseins, dass es ihr ganz leicht möglich war, sich von ihrer großen Lehrerin abzugrenzen. ElAya war verwirrt, damit konnte sie sich aber jetzt nicht beschäftigen! Mit Bestimmtheit schob sie alle

Gedanken beiseite und konzentrierte sich auf ihre Aufgabe. Achtsam ging sie den Pfad entlang, den Kalaban ihr gewiesen hatte. Der Weg führte immer tiefer in den Berg hinein, bis sie in der Ferne ein schwaches Leuchten erkennen konnte. Sie ging tapfer darauf zu, ihr Herz schlug bis zum Hals. Lups Worte fielen ihr wieder ein „Mut bedeutet nicht, etwas ohne Angst zu tun, sondern es zu tun obwohl man Angst hat!" Sie lächelte sich selbst zu, dann ging sie entschlossen weiter. Sie betrat die Höhle, die vor ihr auftauchte, das Leuchten wurde ein wenig stärker, es ging von dem Werk aus, das vor ElAya auf einem mächtigen Bergkristall ruhte.

Das Buch war bestimmt einen halben Meter lang und fast ebenso breit. ElAya schluckte. Es lag umgeben von Schlangen, die zischend ihre Köpfe erhoben, als ElAya näherkam. Sofort blieb sie stehen. Es waren neun Kobras, wunderschön und sehr gefährlich. „Lebend werde ich diesen Ort nicht mehr verlassen", fuhr es ihr durch den Kopf. Die Schlagen waren sehr nah und sie wusste, wie schnell diese waren. Sie hatte keine Chance zur Flucht.

Für einen kurzen Moment schloss sie die Augen, Mayolas Worte kamen ihr wieder in den Sinn. Die Drachenfrau hatte von den Kindern der Bahar gesprochen. ElAya schickte ihre Gedanken weg und konzentrierte sich, dann sah sie jeder der Schlangen tief in die Augen: „Ich grüße euch, Kinder der Bahar, ich bin

ElAya, die Elfe!" Auf diese Worte erhob sich ein unglaubliches Zischen und Raunen. Die Schlangen begannen zu tanzen und den Kristall hinabzugleiten. Die junge Elfe hielt den Atem an, als sie auf sie zukamen. Langsam und geschmeidig schoben sich die neun Schlangen an ihrem Körper nach oben. Eine legte sich um ihren Kopf, die Zweite um ihren Hals, die Dritte und die Vierte wanden sich elegant um ihre Arme, zwei um ihren Leib und zwei weitere um ihre Beine, die Neunte aber blieb vor ihr liegen und richtete sich auf, bis ihr Gesicht ganz nah an ElAyas war. Zischend begann sie zu sprechen: „Woher kennst du unsere Mutter?", begehrte sie zu wissen. ElAya hatte ihr oberstes Bewusstsein ohne es zu bemerken zu Mayola geschickt. Der alte Drache hatte darauf gehofft und vertraut, dass sie genau dies tun würde. Es war ein großes Risiko gewesen, aber sie hatte dem Kind nicht mehr verraten können. Bahar hatte sie gewarnt und der alte Drache erinnerte sich noch gut an die Worte: „Wenn dereinst die Hüterin des Buches kommt, so darfst du ihr nur diese eine Information geben, dann schick sie zu meinen Kindern! Wenn sie die Richtige ist, wird sie das Richtige tun, wenn nicht, wird sie sterben, es gibt keine andere Möglichkeit!"

Mayola wurde in dem Moment, als ElAyas oberstes Bewusstsein ihren Geist erreichte, bewusst, wie sehr sie in Sorge gewesen war. Sie schob jedoch sofort alles beiseite und sandte ElAya die magischen Worte, derer sie nun bedurfte und diese sprach:

478

„Eure Mutter schickt mich zu euch, eine traurige, schmerzliche Nachricht zu überbringen. Ihre Trägerin wurde schändlich verraten, sie ist ihr, wie es ihre Pflicht war, in den Tod gefolgt, zuvor aber hat sie die neue Trägerin erwählt und ihr eure neun Namen genannt!" Wieder erhob sich ein unglaubliches Zischen, dann trat Totenstille ein. ElAya sprach die Namen aus, einen nach dem anderen, langsam und deutlich, dann erwachte sie wie aus Trance, ihr Bewusstsein sammelte sich wieder, der Drache hatte losgelassen. Sie blinzelte, die Schlange vor ihr sah ihr tief in die Augen: „Sei uns willkommen, Hüterin des Elfenbuches, und nun wähle!" ElAya sammelte ihre Konzentration, sie wusste, sie musste sich nun für eines der neun Kinder der Bahar entscheiden. Sie ließ ihren Geist zu jeder einzelnen Schlange gleiten, dann sah sie dem Tier vor sich tief in die Augen und wählte: „Ich wähle Baharan, die Schlange um meine Mitte, die Schlange, die ihr Haupt auf meinen grünen Stein gelegt und damit mich und meinen Freund Lup erwählt hat!"

ElAya hielt inne, wenn ihre Wahl falsch war, so würde sie nun sterben. Ihr Kopf hatte gesagt, sie solle die Schlange wählen, die vor ihr stand und mit ihr sprach. Sie hatte den Kampf zwischen Kopf und Herz in sich gefühlt und nun wartete sie. Die mächtige Kobra vor ihr streckte zischelnd ihre Zunge heraus und fuhr über ElAyas Gesicht, die Elfe schloss die Augen nicht, im Angesicht des Todes wollte sie ganz da sein, aber die Kobra biss nicht zu. Es kam ein anerkennendes Zischen, das sich wie ein Lachen anhörte aus ihrem Schlund. „Gut gewählt, Hüterin, Baharan wartet schon lange auf dich und deinen schwarzen Freund." Langsam wich der Atem aus ihren Lungen. Sie hatte nicht bemerkt, dass sie die Luft angehalten hatte. Behutsam glitten die Schlangen von ihr wieder zu dem Kristall und legten sich um das Buch, nur Baharan blieb bei ElAya und am Eingang der Höhle tauchte Lup auf. Erstaunt sah sie ihren Freund an. Die Schlange, die immer noch um ihren Leib gewickelt war, sagte nur: „Ich habe ihn gerufen, er gehört zu uns!" ElAya nickte nur. Lup kam an ihre Seite und gemeinsam gingen sie zum Buch der Elfen.

Tausende von Jahren war das Wissen alt, das in diesem Buch enthalten war. ElAya und Lup standen ehrfürchtig davor. „Berühre den Deckel und stell deine Frage, heute ist keine Zeit für mehr, wir werden dich zu einem späteren Zeitpunkt in die Geheimnisse des Heiligen Buches einführen!" Es war Baharan, die zu ihr gesprochen hatte. Die Stimme des Buches hörte sich ähnlich an wie die Stimme des Drachen. Ihren Körper überzog ein Frösteln, als sie den Zeitpunkt für die Schlacht vernahm: der nächste Vollmond. „Lass uns gehen, das ist bald, die Reise nach Norden weit und du hast noch einiges zu tun, bevor du die Völker gegen das Böse in die Schlacht führen kannst!" Wieder hatte die Schlange Baharan zu ihr gesprochen. „Ich, ich führe sie nicht an, Kalaban ist unsere Oberste Wächterin!" ElAyas

Stimme klang verblüfft. „Sie ist niemand, du wirst die Völker führen und nun geh, wir haben keine Zeit zu verlieren!" Baharans Stimme duldete keinen Widerspruch und so ging die junge Elfe mit ihrem Freund, dem Wolf völlig verwirrt zurück zu den anderen.

Mayola war inzwischen nicht untätig gewesen, denn sie hatte Kalaban mitgeteilt, dass ElAya die Völker anführen würde. Zornbebend hatte diese versucht, ihr klarzumachen, dass sie damit niemals einverstanden sein würde, aber der alte Drache wusste genau, was zu tun war. „Du hast keine Wahl, wenn du die Oberste Wächterin bleiben willst, dann tust du, was ich dir sage und überlässt ElAya die Führung, wir haben nur dann eine Chance zu gewinnen. Überlege dir gut, was du willst!" Zähneknirschend gab Kalaban klein bei, sie spürte, dass der Drache in diesem Punkt die Wahrheit sprach.

Als ElAya bei den beiden ankam und den Zeitpunkt nannte, gab es deshalb keine Auseinandersetzung über die Führung. Die Drachenfrau hatte sich bereits einen Plan zurechtgelegt, ihr war klar gewesen, dass der Kampf nahe bevorstand. Sie hatte zwar gehofft, dass sie etwas mehr Zeit haben würden, aber es war nicht zu ändern, nun mussten sie schnell handeln und alle noch nötigen Vorbereitungen treffen, und ElAya nach Kräften unterstützen. Mit Kalabans Hilfe war kaum zu rechnen, sie konnten froh sein, wenn die sich ruhig verhielt!

Kapitel 78

Der Große Kampf

ElAya war schrecklich nervös, sie sollte die Völker anführen, wie sollte das gehen? Sie hatte überhaupt keine Ahnung, wie man sich in einer solchen Situation verhalten musste. Ihre Stimme hatte einen jammernden Unterton. „Was soll ich ihnen nur sagen Lup? Ich bin keine Anführerin!" - „Nun beruhige dich erst einmal, sei einfach du selbst, alle wissen, um was es geht, sie werden dir folgen! Sprich noch einmal mit den großen Kriegern, die Erfahrung mit so etwas haben. Du wirst es schaffen, Mayola glaubt an dich und ich tue es ebenfalls!" Seine Worte hatten eine beruhigende Wirkung. ElAya würde tun, was zu tun war, und ihr Bestes geben, mehr konnte niemand von ihr erwarten. Mit Kloß im Hals bat sie Lup, er möge dem Drachen sagen, sie sei nun bereit, er solle die Völker zusammenrufen. Die Zeit drängte.

„Du bist ein wahrer Freund Lup, danke für deine Unterstützung. Ich gehe noch für einen Moment zu den Bäumen da drüben und sammle meine Kräfte, dann werde ich tun, was getan werden muss." ElAya umarmte den jungen Wolf fest, dann ging sie auf die kleine Lichtung. Lup sah ihr stolz nach, seine Gefährtin würde es schaffen! Seine Freundin wusste noch immer nicht um ihre Wirkung, aber er sehr wohl! Er kicherte in sich hinein.

Lup sollte Recht behalten, als ElAya vor die Völker trat, erhob sich ein ehrfürchtiges Gemurmel. Von ihr ging ein übernatürliches Strahlen aus. Mayola hatte in einem unbemerkten Moment die letzte Rune an ihrem Gewand befestigt. Selbst sie hatte nicht gewusst, wie die Wirkung sein würde, aber zusammen mit der natürlichen Autorität, die die kleine Elfe inzwischen ausstrahlte, war das Ergebnis einfach überwältigend.

Es dauerte gar nicht so lange, eine Schlachtordnung zu entwerfen, wie die kleine Elfe befürchtet hatte. Alle waren aufs Äußerste bemüht, sie nach Kräften zu unterstützen. Sie wussten, was auf dem Spiel stand und sie brachten ihrer jungen Anführerin Respekt und Wertschätzung entgegen. Zuerst waren viele von ihnen verunsichert gewesen, ein Kind sollte sie führen? In einer Schlacht, in der es für sie alle um Leben und Tod und um ihr Land ging? Aber die kleine Elfe hatte sie überzeugt. ElAya hatte inzwischen eine Aura, die alle in ihren Bann zog. Belustigt dachte Mayola bei sich: „Es ist gerade so, als wäre die letzte Rune gar nicht nötig gewesen, die Kleine hätte es selbst ohne das Gewand der Hüterin geschafft, die Völker zu einen." Der alte Drachen hatte vor lauter Stolz und Rührung Tränen in den Augen.

Aber die junge Elfe hatte es nicht nur geschafft, die Völker zu einen, sie war zu viel mehr fähig. Die Kunde eilte ihr voraus und egal durch welchen Landstrich sie zogen, überall schlossen sich ihnen die Elfen an. Das war ein großes Ereignis, denn normalerweise waren diese zu stolz, um sich jemandem unterzuordnen. Sie lebten in ihren Clans mit festen Hierarchien, die sich seit Jahrtausenden nicht geändert hatten. Nun aber hatte ElAya, die junge Elfe, es geschafft, den Geist der Veränderung zu überbringen. Sie folgten ihr in Scharen und als am Horizont die Burg der schwarzen Ungeheuer auftauchte, waren es tausende und abertausende, die an ihrer Seite zu kämpfen gedachten.

Aber auch die Ungeheuer waren nicht untätig gewesen, auch sie hatten ein gewaltiges Heer des Bösen um sich geschart. Die schlechte, klebrige Energie konnte man bis weit über die Grenzen hinaus spüren. ElAya schauderte. Nun trug sie die Verantwortung für so viele Leben. Oliv kam ihr in den Sinn und sie fragte sich zum wiederholten Male, ob ihr Meister wohl noch am Leben war. „Stopp, lasst uns hier ein letztes Mal Halt machen!", rief sie in die Menge. „Wir sind sehr viele und dafür bin ich dankbar, aber keiner von euch sollte den Fehler begehen, die Ungeheuer zu unterschätzen, ihre Energie ist dunkel, kalt und klebrig und sie waren nicht untätig, auch wenn ihr die schwarze Armee nicht sehen könnt, so seid sicher, sie ist da, ich spüre es genau! Also seid vorsichtig und auf der Hut, es geht um unser aller Leben und um unser Land!" ElAya sah noch einmal in die Runde, viele konnte sie dieses Mal nicht erreichen. Ihre

Mitstreiter konnten sich nicht vorstellen, was sie erwartete. Blieb nur zu hoffen, dass sie es rechtzeitig begreifen würden! ElAya fühlte die dunkle Energie näherkommen. Der Kampf stand kurz bevor, es blieb keine Zeit mehr für Erklärungen, nun würde jeder auf sich selbst vertrauen müssen. Ein weiteres Mal durchflutete sie eine Welle der Dankbarkeit, dass Lup an ihrer Seite war.

Was sie Sekunden später am Horizont auf sich zukommen sahen, ließ ihnen den Atem stocken und das Blut in den Adern gefrieren. Schwaden von Dunkelheit verfinsterten den Horizont und ElAyas Heer erstarrte. „Lup!" ElAyas Geist schrie so schrill, dass Lups Kopf beinahe entzweisprang. „Rezz hat seine Brüder wieder erweckt! Wir müssen die Unseren aus dieser Starre lösen, sonst haben wir den Kampf verloren, bevor er überhaupt begonnen hat!" Mayolas Stimme erklang in ihnen: „Verbindet eure Energie mit mir, dann lasst uns die anderen nacheinander dazunehmen. Wir müssen eine Einheit bilden! Der Kampf wird anders verlaufen, als wir uns das vorgestellt haben. Unsere Gegner sind durch und durch feige, sie werden versuchen, ihre Leiber vor Schmerz zu schützen. Deshalb senden sie ihre dunkle Energie aus. Dies wird das erste Duell sein! Sammle die Energien deiner Leute ElAya, sonst haben wir keine Chance!" Die Stimme des alten Drachen verklang, aber in ElAya blieb eine ungeheure Kraft zurück und langsam und mit Bedacht verband sie sich mit Lup und gemeinsam ließen sie ihre Energie wandern. Sie sollte bald merken, dass sie richtig gehandelt hatte, denn durch die Langsamkeit und Vorsicht, die sie bei der Verbindung walten ließ, brachte sie die dunkle Kraft vollkommen aus dem Gleichgewicht. Am Horizont bildeten sich nach und nach immer größer werdende helle Flecken in der Masse aus Dunkelheit. „ElAya, du musst die Energie zusammenhalten, du bist der Schlüssel", wie von Ferne hörte die junge Elfe die Stimme des alten Drachen. Ihr Geist war nur für den Bruchteil einer Sekunde abgelenkt, das aber reichte schon, sofort verdichteten sich die dunklen Schwaden wieder. Lup rettete die Situation, indem er den Geist seiner Seelengefährtin umarmte und all seine Liebe zu ihr fließen ließ. Die hellen Stellen am Himmel wurden immer größer, aber ihnen beiden war ebenso klar wie dem Drachen, dies war nur eine Atempause. Die Ungeheuer würden wieder angreifen und sie wussten nicht, was sie dann tun sollten. Sicher war nur eins, aufgeben würden sie niemals, sie gedachten zu siegen.

Die Macht, die plötzlich über ElAya hereinbrach, ließ sie sich zusammenkrümmen. Ein eisiger Schmerz durchzog ihren Körper. Ein Blick auf Lup genügte, ihm erging es nicht besser. Nur der Drache schien unversehrt. Überall erhob sich ein grausiges Ächzen und Stöhnen. Die junge Elfe nahm Mayolas Stimme wie aus weiter Ferne wahr: „Verbinde dich mit den anderen und unternimm etwas dagegen und zwar sofort!" ElAya versuchte, den schrecklichen Schmerz zu ignorieren und sich mit Lup zu verbinden. Es dauerte länger als sonst, aber es gelang ihr. Als die Verbindung fest stand, verschwand der Schmerz und ElAya und Lup ließen ihre Energie zu den anderen fließen. Nach und nach verstummte das schmerzerfüllte Schreien um sie herum. Sie bekam eine Vorstellung von diesem Kampf. Ihr treuer Freund sah sie nur an, er teilte ihre Sorge.

Dann brach die Nacht herein. ElAya ließ überall Wachen aufstellen. Sie und Lup hatten mit Mayola vereinbart, dass auch sie sich abwechseln würden. Alle wussten, das war nur die Stille vor dem Sturm. Der Drache würde die erste Schicht übernehmen, ElAya und Lup waren erschöpft. Sie kuschelten sich unter die mächtigen Schwingen Mayolas und schliefen sofort ein. Lup erwachte kurz vor Mitternacht, der alte Drache und der junge Wolf hatten gerade beschlossen, ElAya von der Wache auszuschließen, sie würde all ihre Kräfte brauchen, wenn der Kampf aufs Neue losbrach. Sie hatten ihr leises Gespräch noch nicht zu Ende gebracht, als sie in weiter Ferne den tiefen schaurigen Klang von alten Totenglocken vernahmen.

Keine Sekunde später brach das Inferno los. Dunkle Feuerwolken kamen über den Horizont auf das Lager zu. Mayola reagierte als Erste. „Weck ElAya, sie muss sofort ihre Energie sammeln und sich mit den Völkern verbinden!" Dann erhob sich der Drache in die Lüfte. „Was tust du da?", rief Lup entgeistert. - „Tu genau das, was ich dir gesagt habe, ich werde versuchen, das Feuer aufzuhalten!" Mayola flog so nah heran, wie sie konnte, dann ließ sie eine mächtige Feuersalve aus ihrem Inneren aufsteigen. Augenblicklich kamen die dunklen Wolken zum Stillstand, aber nur für einen kurzen Moment, dann entbrannte ein wütendes Zischeln zwischen den Feuermassen. ElAya, die inzwischen erwacht war, sah zum Himmel hoch. Sie hatte die Völker mit ihrer Energie geeint, doch nun mussten sie alleine zurechtkommen, Lup würde sie unterstützen so gut es ging, sie aber musste nun dem alten Drachen zu Hilfe eilen, sie konnte spüren, dass Mayola alleine nicht mehr lange durchhielt.

„Steig auf meinen Rücken!" Mit tiefer Erleichterung nahm ElAya Ullahom neben sich wahr. Sie hatte sich schon die ganze Zeit gefragt, wo sie gesteckt hatte. „Egal, jetzt ist sie da und keinen Moment zu spät!" Sie schwang sich dankbar auf den weißen Pferderücken des Hippogreifen. Die Flügelspitzen des Drachen hatten bereits Feuer gefangen, als sie ihn erreichten. Ullahom schlug mit ihren Flügeln so wild und schnell wie sie es vermochte, um die Flammen zu löschen, während ElAya sich mit dem Drachengeist verband. Die junge Elfe fühlte den Schmerz wie eine Klinge durch ihren Leib fahren, aber sie ließ nicht los. „Gemeinsam werden wir siegen!" Ihr Schlachtruf drang durch alle Poren des Drachen und auch Ullahom konnte die Macht der Worte spüren. Der Schmerz hatte die junge Elfe nur für den Bruchteil einer Sekunde betäubt, aber diese kurze

Spanne hatten die Ungeheuer genutzt. ElAya, Ullahom und der Drache waren von Feuersäulen umzingelt. Dahinter erblickten sie die Fratzen des Bösen. Mit aller Macht hielten sie ihre Energie aufrecht und damit das Feuer zurück. Als ElAya schon glaubte, sie hätten den Kreis durchbrochen, spürte sie, wie mit dem Hippogreif eine Verwandlung geschah. Ihre Kraft wurde immer schwächer.

ElAya fühlte mehr, als sie verstand, was geschah. Die stolze Hippogreifendame hatte sich schon einmal in den Fängen der Ungeheuer befunden, dies gab ihnen die Möglichkeit, Ullahoms Geist und damit ihre Energie zu schwächen. Sie fiel wie ein Stein und mit einer unglaublichen Geschwindigkeit zu Boden. „Sieh nicht nach unten, halte deinen Geist mit meinem verbunden, ElAya, für Trauer haben wir jetzt keine Zeit!" Mayolas Stimme riss die junge Elfe aus ihrer Starre und sie handelte im letzten Moment. Dass dabei ihr wunderbares Haar in Flammen aufging, konnte sie nicht mehr verhindern. Der Schmerz, der ihre Kopfhaut streifte, bevor Mayola die Flammen löschen konnte, ließ einen solchen Zorn in ihr auflodern, dass die Flammen, die die Ungeheuer umgaben, sich gegen sie selbst richteten. Schreiend und fluchend lösten sie den Kreis um den Drachen und die Elfe und verschwanden Richtung Burg.

Die Elfe hatte sich selbst in der Luft gehalten, nachdem ihre Freundin zu Boden stürzte, nun aber stieg sie auf den Rücken des Drachen. Mayola setzte mit einer harten Landung auf, auch sie war geschwächt. ElAya rannte zu Ullahoms leblosem Körper und brach in Tränen aus. Der Kampf hatte das erste Opfer gefordert. Ullahom war tot. Aber sie hatten noch mehr Verluste zu beklagen, wie sie bald feststellen sollten. Während Ullahom, ElAya und Mayola am Himmel in einen Feuerkampf mit den schwarzen Gestalten verwickelt waren, war deren Heer am Boden nicht untätig gewesen. Sie hatten gekämpft wie die Berserker und viele Vertreter der Völker waren dabei zu Tode gekommen. Ihre genauen Verluste konnten sie noch nicht abschätzen, aber es hatten wohl Hunderte in dieser Nacht ihr Leben gelassen. Es war den Überlebenden nur ein schwacher Trost, dass auch auf Seiten der Bösen große Verluste zu verzeichnen waren.

Kapitel 79

Ein riskanter Plan

ElAya rief noch in derselben Nacht alle zusammen. Sie durften sich nicht mehr trennen, das war zu gefährlich. Sie berieten lange darüber, ob sie in ständiger Verbindung bleiben sollten. Letztlich schien ihnen das aber doch zu riskant. Die energetische Verbindung dauerhaft aufrecht zu halten verbrauchte zu viel Energie. Dies würde sie schwächen und das konnten sie sich nicht leisten. „Aber eins können wir tun! Wir müssen trainieren, dass die Verbindung schneller und effektiver ist!" Mayola hatte mit diesem Vorschlag Recht und auch wenn alle Schlaf nötig hatten, machten sie sich sofort ans Werk. Sie hatten keine Ahnung, wie viel Zeit ihnen blieb, bevor der nächste Angriff erfolgen würde. Als der Morgen zu grauen begann, waren alle erschöpft, sie mussten ein wenig schlafen. Also teilten sie wieder Wachen ein und hofften auf ein wenig Erholung.

Als ElAya erwachte, stand sie Sonne hoch am Horizont. Sie hatten alle ein paar Stunden geschlafen und fühlten sich etwas besser. Den Gedanken an Ullahom und all die anderen schob ElAya beiseite. Wenn sie jetzt darüber nachdachte, würde sie in ihrer Trauer versinken. „Ihr Tod soll nicht umsonst gewesen sein!", schworen sie und Lup sich in diesem Augenblick. Sie ging zu dem alten Drachen. „Hör zu, Mayola, wir können nicht weiter abwarten, wir müssen die Ungeheuer überrumpeln, bevor sie wieder einen Angriff starten! Je mehr Möglichkeiten wir ihnen geben, desto schwächer werden wir werden! Es ist Zeit zu handeln!" - „Du hast Recht!", war alles, was Mayola sagte, sie war zum selben Schluss gekommen. In diesem Moment regte sich die Schlange um ElAyas Leib. Baharan hatte sie im Eifer des Gefechts vollkommen vergessen. Mit zischelnder Stimme sprach die Schlange zu den dreien. „Ihr habt Recht, doch ihr seid ohne Plan! Wenn ihr die Ungeheuer und das Heer des Bösen, das sie um sich scharen, besiegen wollt, so müsst ihr die Burg einnehmen! Ihr habt 24 Stunden Zeit, euch etwas zu überlegen, heute Nacht werden sie keinen neuen Angriff starten", nach diesen Worten senkte sie den Kopf und ringelte sich wieder eng um ElAyas Mitte zusammen. „Woher weißt du das"! ElAya versuchte, Baharan zu wecken und sie zu einer Antwort zu bewegen, aber die Schlange schien tief und fest zu schlafen, in jedem Fall gab sie keinen Laut von sich und erst recht keine Antwort.

Die drei Freunde sahen sich an. „24 Stunden und wir brauchen einen Plan, um die Burg einzunehmen, na wunderbar, unsere Chancen auf einen Sieg werden immer geringer!" - „Jetzt lass den Kopf nicht hängen ElAya, es wird uns schon etwas einfallen", sagte der alte Drache, der insgeheim die Meinung der jungen Elfe teilte, sie aber nicht entmutigen wollte. Lup hatte ein nachdenkliches Gesicht aufgesetzt und murmelte irgendetwas vor sich hin, so saßen sie dicht beieinander und ließen die Köpfe hängen.

Nach einer halben Ewigkeit meinte Lup: „Wir müssen versuchen, die Wölfe auf unsere Seite zu bekommen, sie sind der Schlüssel! Wenn die uns unterstützen, wird es ein Leichtes sein, in diese Burg hineinzukommen und wenn wir erst drin sind, befreien wir Oliv und all die anderen Gefangenen und bringen diese Ungeheuer eines nach dem anderen um!" ElAya und Mayola sahen ihren Freund, den jungen Wolf, sprachlos an! „Wie sollen wir das denn anstellen, das Wolfsrudel auf unsere Seite zu bringen? Sie sind doch alle durch und durch böse?" - „Aber nein, sie wurden aus den verschiedensten Gründen verstoßen und sie leben nur in der Burg, weil sie wegen dem Futter, das die Ungeheuer ihnen geben, nicht herauskönnen. Versteht ihr, ich glaube, sie werden mit schlechter Energie gefüttert, aber in Wirklichkeit hassen sie dieses Zeug und wenn wir einen Weg finden, ihnen andere und echte Nahrung zu bringen, dann wechseln sie bestimmt das Lager!" Lups Stimme war atemlos.

„Aber woher nehmen wir den echte Nahrung für dieses Pack? Sollen wir uns selbst verfüttern?" ElAyas Stimme war voller Ärger und Wut: „Was für eine abstruse Idee!" - „Vielleicht könnte es doch funktionieren", wandte Mayola ein „wir haben keine bessere Idee, also sollten wir sie den anderen unterbereiten und sehen, was sie zu sagen haben, vielleicht hat ja einer eine Eingebung, womit wir die Wölfe füttern könnten!"

Sie riefen alle zusammen. Die Anführer saßen mit ElAya, Lup und Mayola in der Mitte, alle anderen in konzentrischen Kreisen eng um sie herum. Lup erklärte ihnen die Idee und was er von dem Rudel wusste. Verblüffung machte sich breit und Anerkennung.

Der junge Wolf war in der Burg der Ungeheuer gewesen, um einen Hippogreifen zu befreien. Dann erhob einer der Zwerge die Stimme: „Ich glaube, der Plan ist gut! Wir haben Nahrung genug für das Rudel, selbst wenn es groß ist!" Alle Gesichter sahen fragend in Richtung des Zwergenkönigs, der gesprochen hatte. „Erklär uns, was du meinst, König der Zwerge!" ElAya sprach als Anführerin für alle. „Sieh dich um, das Schlachtfeld ist übersät von Toten, wir können sie nicht beerdigen, die Erde hier ist so hart, dass selbst wir Zwerge, die es gewohnt sind im Berg zu arbeiten, keinen Zentimeter Erde bewegen können. Wenn wir aber all diese Leichen hier herumliegen lassen, dann werden die Ungeheuer leichtes Spiel mit uns haben!" Sie werden unseren Toten die Energie aussaugen und sie im Kampf gegen uns nutzen!

Gemurmel und Fragen erhoben sich. „Seid still und lasst den König der Zwerge ausreden!" „Nun, wir Zwerge haben eine feine Nase und meine Brüder und Schwestern können es bestimmt auch schon riechen, bei euch wird es noch eine Weile dauern, aber sie verpesten die Luft; ein gefundenes Fressen für die Ungeheuer!" Betroffen sahen die anderen sich an. Unser Feind nutzt die Energie des Todes!

Alle versanken in tiefes Schweigen, dann sahen sie sich an, einer nach dem anderen und dann wandten sie ihre Blicke ihrer Anführerin zu. ElAya schluckte, sie würde die Entscheidung treffen und die Verantwortung übernehmen müssen. Sie sah zuerst Lup und dann Mayola an. Die beiden nickten leicht. Sie hatten keine andere Wahl.

„Unsere Gefährten hätten es so gewollt! Lasst uns Dank an sie richten, dass sie uns selbst noch im Tod in diesem Kampf zur Seite stehen. Kein Opfer soll vergebens gewesen sein!" Dankbare Stille senkte sich über die Anwesenden. Dann sprach ElAya wieder: „ Organisiert einen Trupp, Lup ist der Anführer, er ist der einzige, der das Rudel kennt. Schafft die Toten zum Tor der Burg. Tut es gleich, bevor der Gestank zu schlimm wird!" Sie verstummte, sie konnte nicht mehr sprechen, sie hatte ja keine Ahnung gehabt, wozu diese Ungeheuer sie zwingen würden.

Dann aber überkam sie eine große Ruhe. Die Seelen ihrer Gefährten, die so treu neben ihr gekämpft hatten, würden in Frieden und in der Gewissheit, dass ihr Leben nicht umsonst gewesen war, in die andere Welt gehen! Und letztlich war alles besser, als im Tod von diesen elenden Bestien benutzt und ausgesaugt zu werden. Die Zustimmung all der Toten berührte sie wie der feine Flügelschlag eines Schmetterlings. Sie hatte die richtige Entscheidung getroffen.

Kapitel 80

Sieg und Niederlage

Die Abordnung, die mit Lup zur Burg zog, bildete einen
schaurigen Prozess. Die, die zurückblieben, sorgten sich, es war
riskant, was Lup und seine Begleiter vorhatten. Wenn es nicht
gelingen sollte, dann würden viele ihrer besten Leute sterben
und der Sieg für sie immer ungewisser werden. Trotzdem, sie
mussten es versuchen, keiner hatte eine andere oder bessere
Idee gehabt.

„Ich brauche zwei Freiwillige, die mit mir durch die kleine
Pforte dort gehen!" Lup hatte sich unterwegs einen Plan
zurechtgelegt, den er seiner Freundin wohlweislich
verschwiegen hatte. „Wir nehmen einen Toten mit, sozusagen
als Gastgeschenk." Selbst Lup drehte sich bei diesen Worten der
Magen um. „Ich werde versuchen, die Wölfe zu überzeugen!"
Die anderen sahen ihn an. „Und wenn sie sich nicht überzeugen
lassen?", wollte einer der Zwerge wissen, der mitgekommen
war. Lup sah ihn lange und tief an: „Dann werden wir sterben,
ihr lasst die Leichen dann am besten liegen und schaut zu, dass
ihr davonkommt, zurück zu den anderen!"

„In Ordnung", knurrte der Zwerg, er wusste Mut zu schätzen.
„Ich werde dich begleiten, du bist ein guter Anführer und ich

vertraue dir!" Sein Freund Ortwin nickte: „Ich bin dein zweiter Mann, welche der Leichen sollen wir auswählen?" Lup sah die beiden erleichtert an, er hatte nicht erwartet, dass ausgerechnet die Zwerge ihn unterstützen würden. „Nehmt die Schwerste, die ihr finden könnt, das Rudel ist groß und sie sollen den Eindruck haben, dass es ein gutes Geschäft für sie ist, die Seiten zu wechseln. Alle nickten und so zogen Lup und die beiden Zwerge mit der Last weiter zu der kleinen Pforte am Tor der Burg.

Der Gestank war wie beim letzten Mal unerträglich. „Haltet euch die Nasen zu, es wird besser, wenn wir im Inneren sind!" Die Gesichter der Zwerge nahmen schon eine leicht gelbe Farbe an. Als die drei die kleine Pforte passiert hatten, konnten sie das Geheul der Wölfe hören. Rinn, dem Lup damals nur knapp entkommen war, kam auf sie zu, aber noch bevor er etwas sagen konnte, wies Lup auf den Toten. „Hier ich hab euch etwas mitgebracht, echtes Fleisch, nicht dieses schwarze Zeug, das die Herren der Burg euch füttern." Rinns Blick wurde gierig, aber er wusste genau, was mit ihm geschehen konnte, wenn er sich darüber hermachte, ohne dem Anführer der Bande Bescheid zu geben. Er wendete sich seufzend ab und knurrte: „Folgt mir!"

Er führte Lup und die Zwerge mitsamt ihrer Last zu dem Rudel und ihrem Boss. Es hätte nicht viel gefehlt und Lup wäre nicht mehr dazu gekommen, sein Anliegen vorzubringen. Gerade noch rechtzeitig schaffte er es mit Hilfe der Zwerge, die Leiche zwischen sich und das aufgebrachte Rudel zu bringen, das sich noch gut an Lup erinnern konnte. „Gut und schlecht in einem", dachte Lup seufzend, dann begann er zu sprechen: „Hier, mein Gastgeschenk als kleine Entschädigung für mein schlechtes Benehmen vom letzten Mal – fresst und dann hört mir zu!"

Lup setzte darauf, dass diese kleine Kostprobe (viel blieb für den einzelnen Wolf nicht) schon eine gewisse Wirkung haben würde. Und wirklich, die Aura des Rudels veränderte sich bereits ein wenig. Sie schmatzten und schluckten gierig, lange hatten sie nur die schwarze Masse zu fressen gehabt. Als das Mahl beendet war, sprach der Große Graue: „Du bist sicher nicht zu uns gekommen, um uns ein Geschenk zu machen!" - „Nein, ich komme um einen Handel mit euch abzuschließen – hört zu: Ich kann euch noch mehr von dem leckeren Zeug geben, wenn ihr mich und die Meinen – Lup tat ganz bewusst so, als wäre er der Anführer – gegen die Ungeheuer der Burg unterstützt – still, lasst mich ausreden – ihr lasst meine Leute in die Burg! Wenn es zum Kampf kommt, stellt ihr euch auf unsere Seite, vorher könnt ihr euch laben und ausruhen, dann starten wir!"

Lup hielt die Luft an, er fühlte sich nicht so sicher, wie er sich gab, aber das Rudel hatte Blut geleckt, echtes Blut und sie hatten Hunger, Hunger auf echte Nahrung. „Wo ist die Beute?", wollte der Anführer wissen. „Die Zwerge bringen euch hin, ich warte hier auf eure Rückkehr und denkt daran, nur wenn ihr uns helft, gibt es am Ende des Kampfes mehr davon!" Die Wölfe nickten, dann zogen sie mit den Zwergen ab. Das war ein großes Risiko, aber Lup war nicht dumm, er hatte mit ElAya abgesprochen, dass sie und die Völker sofort zur Burg kommen sollten, sobald sie das Rudel abziehen sahen. Den Wölfen war nicht zu trauen, aber wenn sie all die Toten gefressen hatten und sie würden sicher nichts übriglassen, so ausgehungert wie sie waren, dann wären sie satt und voll, so dass sie nicht mehr kämpfen konnten, darauf vertraute Lup zumindest. Das war der Plan.

ElAya sah das Rudel zu dem Haufen rennen, den sie aufgeschichtet hatten. Sie wartete noch ein wenig ab, bis die Wölfe anfingen zu fressen, dann gab sie das Zeichen zum Aufbruch, sie würden die Burg einnehmen, aber vorerst ohne Getöse, ganz leise und durch die Hintertür.

Ihr Plan ging auf: Als die Ungeheuer merkten, was geschah, waren ElAya und die ihren in der Burg verteilt. Die Bewohner und ihr Heer waren noch immer im Vorteil, sie kannten sich besser aus, aber ElAya hatte ihre Leute gut verteilt. Als der große Kampf in der Burg begann, war es ein Kampf Mann gegen Mann, denn durch ElAyas Strategie mussten sich auch die anderen aufteilen. Es waren unglaublich viele und sie kamen wahrlich aus allen Ritzen, überall spritzte Blut und das Schreien der Verwundeten wurde mit jeder Minute unerträglicher. ElAya kämpfte wie eine Löwin, sie versuchte, ganz ins Innere der Burg vorzudringen, um Oliv zu retten, falls er noch am Leben war. Sie glaubte fest daran, dass sie es gespürt hätte, wenn er nicht mehr leben würde. Sie trug wieder seinen Stein.

Je tiefer sie ins Innere der Burg vordrang, desto intensiver wurde das Gefühl, Oliv nahe zu sein. Sie bog um eine Ecke und währte sich am Ziel, so stark war das Gefühl plötzlich. Da stand plötzlich der Anführer der Ungeheuer vor ihr. Seine Fratze war hämisch, er hatte auf sie gewartet, dumm war er nicht, er hatte ihre Gedanken, ihre Handlungen vorausgesehen. Mayolas Warnung kam ihr in den Sinn. Aber nun saß sie in der Falle. Angst kroch ihr Rückgrat hoch, sie konnte sich nicht mehr bewegen, die dunkle schlechte Energie des Angreifers kroch langsam von unten in ihren Körper, sie war unfähig, sich zu wehren. Sie konnte alles sehen, aber nichts dagegen unternehmen, dann nahm sie eine Bewegung um ihren Leib wahr. „Baharan", dachte ElAya, „vielleicht kann sie mir helfen." Hoffnung machte sich in ihr breit und sofort stockte die dunkle Energie. ElAya bemerkte, dass Baharan versuchte, mit ihrem Geist in Kontakt zu kommen, aber all ihre Empfindungen waren wie Kleister, ihr Denken wurde immer langsamer, dann spürte sie einen scharfen Schmerz am Bauchnabel. Baharan hatte sie gebissen. Ungläubig registrierte ElAya, was vor sich ging. Selbst die Schlange wandte sich gegen sie, sie war verloren. Die junge

Elfe versuchte, den letzten Rest ihres Geistes zu sammeln und Mayola zu Hilfe zu rufen, dazu kam es nicht mehr, eine tiefe Ohnmacht ergriff ihren Körper und ihren Geist.

Der alte Drache hatte den Hilferuf erhalten, Mayolas Antennen waren sehr gut ausgebildet und sie war sich sicher gewesen, dass das Kind nicht auf sie hören würde, weshalb sie sich bereits auf der Suche nach ihr befand. Es war allerdings sehr schwierig für sie gewesen, dem Innersten der Burg und damit den Verliesen nahe zu kommen, bei ihrer Größe war sie einfach zu auffällig. Sie hatte Hunderte ermordet auf ihrem Weg, nun aber fühlte sie, dass sie ihrem Ziel nahe war. Plötzlich veränderte sich der Kontakt, ElAyas Geist war wie in Nebel gehüllt.

Der Drache begann zu rennen. Als sie um die Ecke bog und das Ungeheuer erblickte, stürzte sie ohne lange nachzudenken, darauf zu. Die beiden umkreisen sich. Mayola fuhr dem schwarzen Gesellen mit ihrem Vorderlauf quer über die schreckliche Fratze, dieser stöhnte auf, schlug aber ebenfalls eine klaffende Wunde in Mayolas Leib. Die gepanzerten Schuppen, die sonst immer ein guter Schutz für sie gewesen waren, halfen ihr hier nicht. Die Pranken des Bösen durchfuhren sie, als wäre es Luft. Der alte Drache stöhnte auf, er war schwer getroffen, damit hatte er nicht gerechnet.

„Ich werde nicht aufgeben, bis auch er stirbt, meine Reise ist hier zu Ende, das wusste ich bereits, aber dieses Ungetüm werde ich mit in den Tod nehmen." Mayola gab alles, ein Kampf auf Leben und Tod, immer wieder gelang es ihr, dem Ungeheuer eine Wunde zuzufügen, aber auch sie selbst wurde immer schwächer. Mayola hatte inzwischen so viel Blut verloren, sie würde nicht mehr lange durchhalten und spürte, dass ihr letzter Moment auf dieser Welt gekommen war. Der Drache hatte tapfer gekämpft, aber sie hatte das Ungeheuer nicht besiegen können. Als Mayola starb, schoss eine letzte Feuersäule aus ihrem Innern. Damit hatte der Schwarze nicht gerechnet, er war dem Drachen zu nah, um noch zurückweichen zu können, die Flammen vollendeten ihr Werk.

Die Schlange hatte nur auf diesen Moment gewartet. Sie tauchte ihren Schlund in das Drachenblut und flößte es der jungen Elfe ein. ElAya erwachte benommen: „Was ist passiert?" - „Mayola und der Anführer sind tot, ich habe dir das Leben gerettet, befrei Oliv und sieh zu, dass du den Kampf für uns entscheidest. Der Tod des alten Drachen sollte nicht umsonst gewesen sein." ElAya hatte keine Zeit, um nachzudenken, sie tat einfach, was Baharan ihr sagte. Oliv war in einem erbärmlichen Zustand, aber auch darüber konnte sie gerade nicht nachdenken, sie zog ihn einfach mit sich. Sie musste zum Kampf zurück, um die Sache für sich und ihre Völker zu entscheiden. Oliv ließ ElAya zusammen mit Baharan in einer geschützten Nische zurück.

In der großen Halle tobte der Kampf. Überall zerfetzte Leiber, Blut und Tote. Die junge Elfe schauderte, dann konzentrierte sie sich wieder, sie konnte sich jetzt keine Schwäche leisten, Baharan hatte Recht, jetzt galt es den Kampf für sich zu entscheiden. ElAya versuchte, so viele Gegner wie möglich zu töten, und fragte sich immer wieder, wo die anderen Ungeheuer waren. So wie sie die Lage einschätzte, müssten noch drei übrig sein. Den Anführer hatte der alte Drache getötet, wie gefährlich die anderen waren, konnte sie nicht abschätzen und das machte ihr Sorge, vor allem, da sie nicht wusste, wo sie sich befanden. Das änderte sich schlagartig. Die drei hatten nur auf den richtigen Moment gewartet, um gleichzeitig die große Halle zu stürmen. Es war auch an der Zeit, wenn man sah, wie wenige von ihnen noch übrig waren.

Die Ungeheuer hatten sich abgesprochen und stürzten sofort auf ElAya zu. Lup rief die ihren zusammen, um ihre Anführerin zu schützen, aber die war bereits umzingelt. Es war Lup und den anderen unmöglich zu ElAya vorzudringen. Sie versuchten es immer wieder, während sie gleichzeitig die anderen Angreifer in Schach hielten. ElAya kämpfte mit aller Kraft, aber ihr war klar, dass sie alleine gegen diese drei nicht mehr lange durchhalten konnte. Die anderen versuchten die drei Ungeheuer von hinten zu attackieren, aber diese hatten eine Mauer aus böser Energie in ihrem Rücken aufgebaut, die es Lup und seinen Mannen unmöglich machte ihrer Anführerin zu Hilfe zu eilen. Sie kämpften gegen Windmühlen und konnten nichts ausrichten und vor allem wurden sie dabei immer schwächer.

Auch ElAya wurde immer kraftloser und Mayola, die sie sonst stets mit ihrer Energie unterstützt hatte, war nun nicht mehr da. Baharan fiel ihr ein und sie sandte eine eindringliche Bitte an die Schlange: „Bitte, Baharan, hilf mir, sonst sind wir alle verloren!" Zuerst geschah eine lange Zeit gar nichts, sie hatte die Hoffnung schon beinahe aufgegeben. Sie war dabei, sich mit ihrem Tod und einem verlorenen Kampf abzufinden. Ihre Bewegungen wurden zunehmend langsamer. Sie sank auf die Knie und die Ungeheuer beugten ihre gierigen Schlünde über sie.

In diesem Moment erschien Baharan zu ihren Füßen. Sie stieß in die Höhe und tötete alle drei mit ihrem Gift, es ging so schnell, dass keiner, weder ElAya im Inneren des Kreises, noch einer von außen mitbekam, was geschehen war. Alle sanken in eine tiefe Ohnmacht. Die Ungeheuer hatten ihnen viel ihrer Lebenskraft geraubt. Zu ihrem großen Glück hatten die drei keinen Unterschied zwischen Freund und Feind gemacht. Baharan glitt langsam von einem der Feinde zum anderen, sie spürte keine Eile, sie wusste genau, dass es Tage dauern würde, bis sie wieder bei Bewusstsein wären. „Nun ja, diese da werden überhaupt nicht mehr zu sich kommen!", sie kicherte leise vor sich hin. Als ihr Werk vollbracht war, glitt sie zurück zu ElAya und wand sich anmutig wie immer um deren Leib, dann fiel auch sie wieder in Schlaf.

Und wirklich, nach drei Tagen begannen die ersten sich zu regen. Sie fühlten sich benommen und wussten nicht recht, wo sie waren. Nach und nach fiel es ihnen wieder ein, sie versuchten, sich aufzurappeln, um nach den Feinden Ausschau zu halten. Der Zwerg Ortwin war einer der Ersten, die bei den toten Feinden ankamen. Er schritt die Reihen ab. „Sie sind alle tot, scheint so, als hätten wir doch noch gesiegt!" - „Aber um welchen Preis, sieh nur, wie wenige von uns noch übrig sind!" Sein Freund sah sich in dem großen Saal der alten Burg um und er hatte leider Recht, Leichen über Leichen und so viele davon waren auf ihrer Seite für die gerechte Sache gestorben.

Lup kam zu den beiden gewankt: „Ja, wir haben einen traurigen Sieg errungen, es sind nur noch ein paar Hundert von uns am Leben und dereinst waren es tausende, die hier gekämpft haben!" Inzwischen war auch ElAya erwacht: „Ullahom und Mayola sind ebenfalls tot!", fügte sie traurig hinzu. Da wand sich Baharan von ihrem Leib und richtete sich vor ElAya und Lup auf: „So ist es!", bevor der alte Drache jedoch diese Welt verlassen hat, habe ich eine Botschaft für dich empfangen – hör mir gut zu, denn ich sage es nur einmal: „Viele sind in diesem großen Kampf gestorben, auf beiden Seiten, die Ungeheuer sind tot, ihr habt gesiegt, auch wenn es ein trauriger Sieg ist angesichts der vielen Toten. Aber du, ElAya, und du, Lup, euch ist noch immer keine Pause vergönnt, es droht euch Gefahr und deshalb müsst ihr euch noch einmal oder schon wieder auf die Reise machen. Holt den Gegenstand für den du, ElAya, die Verantwortung übernommen hast und dann macht euch auf den Weg! ElAya denk an das Mädchen, von dem du mir erzählt hast, dort geht hin ihr beiden und beeilt euch! Nehmt euch in Acht vor den Wesen, die ihr immer für eure Freunde gehalten habt und gebt gut auf euch acht, der Weg wird sich vor euch aufzeigen, wenn ihr meine Anweisungen befolgt!" Baharan wand sich wieder um ElAyas Mitte, sie hatte ihre Botschaft überbracht.

ElAya und Lup sahen sich an, dann nahm die junge Elfe ihren Freund beiseite: „Mayola hat von dem Menschenkind gesprochen Lup, sie will, dass ich das Ei hole und mit dir zusammen in die Menschenwelt gehe!" Lup nickte: „Ja, und sie sprach von Kalaban! Noch verstehe ich den Zusammenhang nicht! Warum ist die Oberste Wächterin plötzlich unsere Feindin, sie hat es doch immer gut mit dir gemeint?" Lup sah seine Freundin fragend an. „Ich weiß es nicht, aber ihr Benehmen seit wir wieder zurück sind ist ausgesprochen merkwürdig. Mayola hat noch versucht mir einiges zu sagen, aber sie kam nicht mehr dazu, was auch immer dahinter steckt, Lup, ich glaube Mayola und Baharan! Wenn du mit mir kommst, holen wir das Ei und gehen zu dem Menschenkind.

Dann können wir immer noch sehen, was geschieht!" Fragend sah sie den jungen Wolf an. Lup dachte nicht nach: „Ich bin an deiner Seite, lass uns sofort aufbrechen, noch habe ich Kalaban nicht gesehen, aber wenn die Gefahr von ihr ausgeht, wird sie sicher bald hier sein und ich teile deine Meinung, seit wir wieder hier sind, ist ihr Verhalten äußerst merkwürdig!"

„Vielleicht erfahren wir ja unterwegs etwas, denn wir müssen noch einmal zurück zum Ende der Zeit, das Drachenei liegt dort verborgen!" Lup nickte: „Ja, aber dieses Mal wird die Reise nicht von langer Dauer sein, denn Mayola hat etwas für uns zurückgelassen, wir werden den Weg nehmen können, den wir mit ihr gekommen sind!", grinsend sah er seine Freundin an. „Wie meinst du das?" - „Nun", antwortete er „sie hat gewusst, dass sie dieses Schlachtfeld nicht lebend verlassen wird, deshalb hat sie mir ein Geheimnis anvertraut!", sagte Lup schnell, als er ElAyas Gesichtsausdruck sah. „Mayola hatte befürchtet, dass die Ungeheuer oder andere Feinde versuchen würden, in deinem Geist zu lesen, deshalb war sie der Meinung, dass dieses Wissen bei mir sicherer aufgehoben ist! Also, die Sache ist die", Lup flüsterte ElAya ganz leise etwas ins Ohr. Die Augen der jungen Elfe wurden immer größer: „Und du glaubst, dass das wirklich wahr ist und funktioniert?" Lup nickte: „Komm mit!" Während die anderen noch an den Leichen auf und ab gingen, begaben sich Lup und ElAya zu dem Leichnam des alten Drachen. „Heb den Flügel an!" Lups Stimme war heiser vor

Aufregung. ElAya brauchte ihre gesamte Kraft, um diesen ein paar Zentimeter anheben zu können, so schwer war er, aber diese paar Zentimeter reichten. Lup hatte Recht! Darunter befanden sich Flügel im Miniformat gemessen an Mayolas Spannweite! „Wie hat sie das gemacht?", wollte ElAya wissen „Ich weiß es nicht – kannst du sie dort wegnehmen?" Sie nickte: „Ich glaube schon." - „Na, dann beeil dich, unter dem anderen Flügel ist mein Paar!" ElAya hob den Flügel an und Lup stellte sich darunter, damit ElAya die Flügel abmachen konnte.

„Lup, was ist mit Oliv?", gerade war es ElAya wieder eingefallen, sie hatte ihren alten Meister in einer Mauernische zurückgelassen. „Geh und sieh nach ihm, ich warte hier auf dich, es muss hier einen Ausgang geben, während du nach Oliv siehst, werde ich versuchen, ihn zu finden!"

Als sie bei der Nische ankam, lag Oliv im Sterben. Er lächelte, als er sie sah: „Das hab ich mir immer gewünscht, dass ich dich noch einmal sehe, mein Kind, bevor ich diese Welt verlassen muss." - „Aber du darfst nicht sterben, Oliv, gerade jetzt, wo ich dich wiedergefunden habe!" Über ihre Wangen rannen dicke Tränen der Verzweiflung. „Hör zu, meine Liebe, ich habe nicht mehr viel Zeit", Olivs Stimme kam schleppend und leise. „Kalaban führt nichts Gutes im Schilde! Sie beabsichtigt, ihren Schüler zu ihrem Nachfolger zu machen. Du bist eine Gefahr für sie! Du und Lup, ihr müsst hier weg, ich spüre, dass ihr nicht mehr viel Zeit habt und auch meine Zeit geht zu Ende. Ich kann dir nicht mehr alles sagen, was ich weiß, aber versuche einen sicheren Ort zu finden. Du wirst es wissen, wenn die Zeit für deine Rückkehr gekommen ist! Und behalte meinen Stein, er ist jetzt der deine!" Ihr alter Meister wollte noch mehr sagen, aber seine Zeit war abgelaufen, er starb mit einem Lächeln auf den Lippen in ElAyas Armen. Seine einstige Schülerin weinte verzweifelt, bis laute Stimmen an ihr Ohr drangen, sie kamen aus dem großen Saal und eine davon gehörte Kalaban.

„Leb wohl Oliv, ich werde dich nie vergessen, aber nun ist es wohl Zeit für Lup und mich, diesen Ort zu verlassen." Sie schloss die Augen ihres alten Meisters und bettete ihn in die Nische, dann rannte sie zu Lup zurück, der zum Glück inzwischen den anderen Ausgang gefunden hatte.

Als sie im Freien waren, erhoben sie sich auf den Schwingen, die Mayola für sie gemacht hatte, in die Lüfte, sie würden das Ei holen und dann in die Menschenwelt gehen.

„Oh Lup, wir sind so einen weiten Weg gegangen, wie häufig war ich dabei wütend und noch viel öfter mutlos und verzweifelt. So oft habe ich nicht verstanden, warum uns das widerfährt, weshalb mein Weg so schwer ist. Unser Weg hat mich und dich durch so manches steinige Tal und über so manchen hohen Berg geführt. Unzählige Male habe ich gedacht: können wir nicht dort gehen, wo die Sonne scheint, anstatt hier im Schatten? Und abermals sind wir auf der Reise. Aber einen Kampf haben wir gewonnen, wenn der Preis auch hoch war, unser Land wird weiterexistieren, auch wenn wir nicht hier bleiben können. Ich habe verstanden, wir werden an einem anderen Ort gebraucht!"

Und so machten sich die Elfe ElAya und der junge Wolf Lup mit dem letzten Drachenei auf den Weg in die Menschenwelt.

Danksagung

Ich danke meiner wundervollen Tochter Chiara, meinem Mann Matthias und meinen göttlichen Freundinnen, die immer an mich geglaubt und mich unterstützt haben.

Sowie meinen Freundinnen und Freunden, Iris Brennenstuhl, Iris Baumann-Weiß, Ilona und Harald Auras, die mein Buch als erste gelesen und mir Mut gemacht haben, es zu veröffentlichen.

Sowie allen, von denen ich an meinem 50. Geburtstag unterstützt wurde.

Umschlaggestaltung (c) Juliane Schneeweiss,
www.juliane-schneeweiss.com
Bildmaterial (c) shutterstock, depositphotos